언제 살해당할까

언제 살해당할까

구스다 교스케 장편소설
김명순 옮김

いつ殺される

楠田匡介

일러두기
1. 외래어는 국립국어원의 외래어 표기법을 따랐으나 일반적으로 통용되는 경우에는 관용에 따라 표기했습니다.
2. 작중에서 길이, 부피 등의 단위는 독서의 편의를 위해 미터법으로 일괄 변환했습니다.

목차

제1장 **동 병동 4호실** · 007
제2장 **유령이 나오는 병실** · 017
제3장 **자살과 동반 자살** · 035
제4장 **데이터를 모아서** · 069
제5장 **이시게 경감의 불안** · 084
제6장 **비명을 지르는 경첩** · 106
제7장 **사라진 기름통** · 127
제8장 **지문** · 148
제9장 **낙서** · 176
제10장 **주삿바늘** · 205

제11장 **물소리 문제** · 223
제12장 **유치한 협박장** · 242
제13장 **문이 닫히는 소리** · 262
제14장 **발로 뛰는 수사** · 279
제15장 **이시게, 더 북쪽으로** · 300
제16장 **네 명의 여자** · 335
제17장 **첫 번째 여자** · 363
제18장 **넷에서 셋을 빼다** · 380
제19장 **살아있는 시체** · 397
제20장 **단두대** · 420

저자 후기 · 444
해설 | 서스펜스와 트릭이 가득한 장편 미스터리 · 452

제1장

동 병동 4호실

  동반 자살을 하는 꿈과 겹치며, 흰옷을 입은 여인의 모습이 쓰노다의 망막을 스쳐 지나갔다.
  "하아, 벌써 세 번째잖아." 쓰노다는 꿈에서 깨어나 혼잣말을 내뱉었다.
  '도대체 왜 자꾸 이런 꿈을 꾸는 거지?'
  쓰노다는 곰곰이 생각에 잠겼다. 그건 며칠 전에 있었던 일이 계기였다. 병문안을 왔던 친구가 문득 이런 말을 꺼냈다.
  "이 병원이지? 그…… 다키시마가 자살을 시도한 뒤 실려 와 죽었다던 병원."
  "응, 맞아." 쓰노다가 대답했다.
  다키시마라는 남자는 농림성_{한국의 농림수산식품부에 해당하는 일본의 중앙행정기관으로, 현재의 농림수산성에 해당}의 젊은 사무관으로, 팔천만 엔이 넘는 돈을 부정하게 유용한 끝에 그 사실이 들통날까 두려워 연인과 함께 약을 먹고 동반 자살한 남자였다. 꿈은 그렇다 치자. 하지만 그 꿈과 포개지듯 내 침대 옆을 스쳐 지나간 그림자는 대체 뭐였을까?

'하지만 병실 문이 열리는 소리는 전혀 들리지 않았어.'

희미한 의식 속에서 쓰노다는 생각했다. 그 시각쯤이면, 의사도 간호사도 찾아올 일이 전혀 없을 터였다.

'하하, 설마 유령인가?'

쓰노다는 밝은 햇살 아래에서 그런 생각을 했다. 그러나 그 정도 일에 놀랄 만큼 소심한 남자는 아니었다. 지금은 전혀 다른 분야인 소설을 쓰며 생계를 꾸리고 있지만, 그는 기계과 출신이었다.

그가 입원해 있는 곳은 가로세로 삼사 미터쯤 되는 작은 병실로, 벽 쪽으로 철제 침대 두 개가 나란히 놓여있었고 그중 하나는 비어 있었다. 쓰노다의 병명은 중증 당뇨병과 그 합병증으로 생긴 다리 신경통이었다. 그는 하얀 병실을 천천히 둘러보았다. 맑게 갠 하늘에서 쏟아지는 햇살 덕분에, 병실은 눈부시게 밝았다.

"어?"

그는 창 쪽으로 몸을 돌렸다. 병실 입구의 미닫이문과 마주 보이는 남쪽 벽면은 커다란 미닫이창으로 되어있고, 그 위로는 폭이 삼십 센티미터 정도 되는 기다란 채광창도 있었다. 하지만 지금 쓰노다가 '어?' 하는 소리를 낸 것은 채광창 때문이 아니었다. 유리창에 또렷하게 보이는 굵은 쇠창살 때문이었다.

병실 창문에 쇠창살이라니, 아무래도 이상했다. 쓰노다는 침대에서 내려와 불편한 다리를 질질 끌며 창문을 열어보았다. 쇠창살에 칠한 페인트 색이 선명한 걸 보니 최근에 설치된 듯했다.

그는 창밖으로 고개를 내밀고 다른 병실 창문을 살펴보았다. 역시, 다른 병실에는 이런 위압적인 쇠창살이 달린 곳이 없었다. 절뚝거리며 침대로 다시 돌아온 그는 침대 모서리를 짚으며 문 앞까지 가서 문을 열고 바깥을 내다보았다. 문 바깥쪽에는 자물쇠가 단단하게 설치되어 있었다.

'대체, 왜 이런 게……?'

쓰노다는 고개를 갸웃거리며 다시 침대로 돌아왔다. 아무리 봐도 이상한 병실이었다. 문득 삼 주 전 일이 떠올랐다. 입원 첫날, 이 병실을 배정받았을 때 아내 에쓰코가 "이상하네. 철창이 있는 병실이라니……"라고 말했던 것이다.

그때 복도에서 발소리가 나더니, 에쓰코가 건강하고 아름다운 얼굴을 내밀었다. 서른을 훌쩍 넘긴 나이였지만, 큰 눈에 긴 속눈썹을 가진 싱그러운 인상이었다.

"어머, 일어나 있었네?"

"응."

"화장실?"

"아니."

"식사는 아직이죠?"

"응."

"왜 그래요? 표정이 이상한데, 열 있는 거 아냐?"

"아니야."

"신경통이 또 도진 거야?"

"아니야, 그런 거."

"그럼, 왜 그래요?"

에쓰코는 들고 온 신문과 우편물을 담요 위에 내려놓고, 쓰노다를 침대 위에 앉혀 주었다.

"유령이 나왔어."

"어머, 대낮에 유령이라니. 요즘 유령은 참 겁도 없네."

"밤에 나왔어."

"그래? 언제? 어젯밤?"

"응."

"어떤 유령이래? 여자? 남자?"

"여자였어."

"당신, 유령한테 원한 살 만한 짓이라도 했어?"

"흐음."

"원통하대?"

에쓰코는 가슴 앞으로 양손을 늘어뜨리며 유령 흉내를 냈다.

"그렇게 화려한 장갑은 안 끼고 있었지."

"어머." 그녀가 원색 털실로 짠 장갑을 벗고 쓰노다의 이마를 짚어보며 말했다. "그러고 보니 열도 좀 있는 것 같네."

"그 유령, 두세 번 왔었어."

"누가 원한이라도 품었나?"

"그럴 리가."

"산 사람 혼일 수도 있지. 혹시 당신 젊었을 때 바람피웠던 여자 영혼은 아니고?"

"처음엔 동반 자살을 하는 꿈이었어. 꿈속의 여자가 진짜 유령이 돼서 나왔고."

쓰노다는 꿈속에서 자살하려던 여자를 보살폈던 이야기를 들려주었다.

"역시 당신이란 사람은, 꿈속에서도 여자를 챙기네."

"그만해. 무슨 삼류 치정극도 아니고, 꿈에 나온 여자한테 질투는 하지 말자." 쓰노다는 웃으며 말했다.

"하하, 그래서? 재미있네."

"그런 꿈을 꾼 다음부터 병실에 진짜 유령이 나오더라고."

"어떤 유령이었는데요?"

"하얀 옷을 입고 있었어."

"유령이란 게 보통 다 하얀 옷 입고 나오지. 빨간 가디건이나 체크무늬 스웨터 같은 걸 입고 나오는 유령은 없거든."

"나 장난 아니야. 농담으로 받지 마."

"흐응……." 에쓰코는 코웃음을 치며 잠시 생각에 잠기더니, 무언가 떠오른 듯 말했다. "이 병실, 혹시 정신병자가 썼던 거 아냐?"

"그럴 수도 있겠네."

그렇다면 창문에 쇠창살이 있고 문에 자물쇠가 달려있어도 이상한 일이 아니었다.

"틀림없어. 이따가 간호사한테 물어봐 줄게요." 에쓰코는 밝은 얼굴로 말했다.

"그럼 그 정신병자랑 유령은 무슨 관계가 있길래?"

"그 환자, 지금은 다른 병원으로 옮겼겠지. 바로 옆 사토미 공원 부지에 국립병원 정신병동의 분원이 있잖아요. 아마 거기 들어갔을 거야. 정신이 좀 이상하니까, 예전에 자기가 있던 병실이 생각나서 한밤중에 그냥 찾아온 거지. 원래 미친 여자들은 여기저기 헤매고 돌아다니잖아요. 그래, 그거야. 그게 틀림없어." 에쓰코가 딱 잘라 말했다.

"그런가……."

"그럼, 지금 가서 물어봐 줄게."

명랑한 에쓰코는 예민하게 구는 남편을 비웃기라도 하듯 병실을 뛰쳐나갔지만, 잠시 후 묘한 표정을 지으며 돌아왔다.

"왜 그래?"

"그게 말이에요, 정신병자가 입원한 적은 없다더라고. 그래서 내가 '그럼 왜 창문에 쇠창살이 있냐'고 물었는데, 시원하게 대답을 안 해주네."

"누가?"

"하마무라 수간호사. 뭔가 있어, 이 병실. ……어쩐지 으스스하더라."

"병실이 다 그렇지 뭐. 여기서 죽은 사람도 있었을 테고, 누군가에게 공격을 당했다가 끝내 여기서 숨을 거둔 사람도 있었을지 몰라. 자살한 사람도 있었을 테고."

"그러고 보니, 입원할 때 좀 이상하긴 했어."

그건 삼 주 전 일이었다. 쓰노다가 미열이 나서 평소 진료를 받던 의사 히로쓰에게 찾아갔더니, 간에 조금 이상이 있고 소변에도 당 수치가 너무 높다고 했다. 엄격한 식이 요법을 따르는 건 물론이고 당장 입원해야 한다며 그가 이 병원을 소개해 주었다.

"쇠뿔도 단김에 빼라잖습니까? 오늘 바로 입원할 수 있게 수속 밟아주시겠어요?"

히로쓰 선생은 직접 병원에 전화를 걸어주었다.

"일인실은 없다네요. 그래도 어떻게든 자리를 마련해 보겠답니다."

쓰노다는 반나절 동안 책상 위에 벌여 놓은 일들을 대충 정리하고 차를 불러 병원으로 향했다.

쇼지 병원은 이치카와시(市)의 언덕 위에 자리 잡고 있었고, 쓰노다의 집에서는 걸어서 고작 십이삼 분 거리였다. 치과까지 있는 종합병원이었지만 입원 환자들은 대부분 폐 질환 환자였다. 병동은 총 네 개의 동이 있는데, 남 병동과 북 1병동, 북

2병동은 모두 결핵 환자용이었다. 쓰노다가 입원한 동 병동만이 몇 안 되는 외과 병실과 부인과 병실로 쓰이고 있었다.

생각해 보면, 이 병원에 도착했을 때부터 뭔가 이상했다. 쓰노다를 현관에서 기다리게 해놓고, 그 사이 원무과 직원과 수간호사, 의사가 뭔가를 의논하는 듯 보였던 것이다. 병실이 이미 마련되어 있을 줄 알고 온 쓰노다로서는 무척 불쾌했다. 게다가 열까지 나기 시작해 점점 신경질이 올라왔다.

"다인실밖에 없습니다만……." 얼추 이야기가 끝났는지 원무과 직원이 다가와 죄송한 듯한 표정으로 말했다.

"어디든 상관없습니다!" 쓰노다는 쏘아붙이듯 말했다.

"아니면," 젊은 의사가 서둘러 말을 보탰다. "내일은 1인실 하나가 비긴 할 텐데요."

"어디든 괜찮아요." 에쓰코가 조용히 끼어들었다.

병원의 허술한 응대에 쓰노다는 부아가 치밀어 올랐다. 열이 나서 몸은 휘청거리고, 당장이라도 눕고 싶었다. 히로쓰 선생이 신경 써서 소개해 준 것만 아니었다면, 소리라도 버럭 지르고 돌아갔을 것이다.

젊은 의사와 수간호사, 원무과 직원은 구석으로 가서 다시 무언가를 상의했다. "네, 네. 그래도……" 하고 수간호사의 목소리가 들렸다. 잠시 후에는 "그럼, 그렇게 하시죠"라는 의사의 말이 들렸다.

"어디든 괜찮다니까!" 쓰노다는 짜증 섞인 목소리로 아내에게 말했다.

"그럼, 동 병동 4호실로……."

수간호사는 쓰노다의 짐에 손을 대며 지나가던 젊은 간호사에게 살짝 속삭였다. 젊은 간호사는 잠시 놀란 듯 수간호사의 얼굴을 쳐다보았지만, 곧 짐을 들고 쓰노다 부부를 안내했다. 긴 복도를 여러 번 돌고 돌아, 쓰노다는 마침내 운명의 '동 병동 4호실'에 입원하게 되었다.

"어머, 4호실……?" 에쓰코가 놀란 듯 중얼거렸다.

쓰노다는 미신이나 징크스를 믿지 않았다. 하지만 병실에 '4호실'이라니, 아무래도 드문 일이긴 했다. 어느 병원이든 '4호실', '13호실', '49호실' 같은 번호는 병실에 붙이지 않는 게 보통이다.

"죽을 '사死'와 음이 같다고 숫자 4를 꺼리는 건 유치하지 않습니까? 서양에서 13이라는 숫자를 꺼리는 데 특별한 이유가 있는 것처럼, 4도 그런 거라면 모를까. 그 논리대로라면 '의사', '변호사', '교사'도 되려는 사람이 없어야죠. '사'라는 말이 이 나라에서 없어지지 않는 이상 말입니다."

쇼지 병원장은 이렇게 말하며 4호실을 만들었다고 한다. 듣고 보니, 월급이 사십만 엔은 불길하니 삼십만 엔대로 깎아달라는 사람도 없고, 4번 타자 자리를 거절한 야구선수도 없다. 투표에서 사천 표를 얻어 불길하다고 시의원을 사퇴했다는 사람도 들어본 적 없다.

4호실을 만들기는 했지만, 쇼지 원장은 이 병실에 상태가 위중한 환자는 들이지 않았다. 되도록 회복 가능성이 높은 환자들을 배정했다.

 "4호실에 들어가면 병이 더 빨리 낫는다더라."

 이런 말까지 나돌 정도였다. 이 모든 것은 병원장의 능란한 트릭이었다.

제2장

유령이 나오는 병실

'4호실'의 존재 이유야 그렇다 쳐도, 쓰노다는 철창과 문에 달린 자물쇠가 영 마음에 걸렸다. 간호사들이 입을 굳게 다물고 아무 말도 하지 않을수록 쓰노다의 의혹은 점점 짙어졌다. 거기에 호기심까지 더해져 쓰노다는 반드시 그 진상을 밝혀내고 싶어졌다.

"정말로 유령이 나온다니까." 쓰노다는 아내에게 그렇게 말했다.

"찝찝하네. 방 바꿔 달라고 할까요?"

"지금 일인실은 이 방밖에 없다잖아."

"그 사이에 퇴원한 사람도 있겠지. 이렇게 입원한 사람이 많은데."

"일인실 쓰던 사람이 퇴원했으면 모를까, 난 다인실은 싫어.

일도 못 하고."

쓰노다는 마감이 임박한 원고를 병원에서도 계속 쓰고 있었다. 지역 신문에 실을 글이 하나, 잡지에 연재하는 아동물도 하나 있어서 입원했다고 쉬고 있을 수는 없었다. 쓰노다는 글감이 떠오르면 한밤중에라도 글을 쓰곤 했기 때문에, 방은 혼자 쓰는 편이 마음 편했다.

"유령이 자꾸 나온다며?"

"나와도 상관없어. 잡아먹히는 것도 아니고."

"그래도 난 싫어."

"왜?"

"자고 있는 당신 얼굴을 한밤중에 다른 여자가 본다고 생각하면……."

"됐어!"

"그래도…… 뭔가 이유가 있을 거야. 그 자물쇠랑 철창 말이에요."

"히로쓰 선생님께 한번 물어봐야겠어. 히로쓰 선생님이라면 숨기지 않으실 거야."

"응, 그게 좋겠어요."

"이따 집에 가서 선생님께 전화 좀 해줘."

"알겠어요, 전화할게."

아내 에쓰코는 저녁이 다 되어 돌아갔다.

'간호사들이 말을 꺼리는 건 분명 이유가 있어!'

생각해 보면 이상한 점이 없었던 것도 아니었다. 어쩌다 병실 문이 열려있을 때면, 지나가는 환자나 보호자들이 하나같이 묘한 눈길로 방 안을 흘끗 들여다보았다. 원래 일인실 환자는 어느 정도 사람들의 호기심을 끌기 마련이지만, 특히 이 4호실은 정도가 심했다.

밤 아홉 시 정각, 불이 꺼지기 전에 야간 회진이 있다. 원래는 당직 의사가 와야 하지만 대부분은 간호사가 대신했다. 그래도 수간호사가 올 때는 일반 간호사를 한두 명 함께 데리고 와서 상태를 묻고 가곤 했다. 하지만 젊은 간호사들은 병실 안으로 들어오기는커녕, 문만 빼꼼 열고서 겁먹은 얼굴을 내밀며, "별일 없으세요?" 하고 묻는 게 전부였다.

"고마워요. 별일 없어요."

"안녕히 주무세요."

그렇게 말하고는 마치 도망치듯 사라졌다. 처음엔 쓰노다도 대수롭지 않게 여겼지만, 가만히 살펴보니 그런 행동은 유독 쓰노다의 병실에서만 벌어지는 듯했다. 괜히 따지고 들면 꼬투리나 잡는 사람처럼 보일 것 같아 그때도 그는 상황을 그냥 넘겼다. 그것도 어쩌면 이 철창과 무슨 관련이 있는 건 아닐까?

그렇게 생각하니, 야간 회진을 도는 젊은 간호사들의 겁먹은 얼굴도 어느 정도 이해가 됐다. 어쩌다 한 번씩 밤중에 간호사가 이 병실에 오게 될 때가 있는데, 그때마다 간호사들은 문을 열어둔 채 좀처럼 닫으려 하지 않았다. 세찬 밤바람이 병실 안으로 들이치는 날에도, 문을 닫은 적이 없었다. 그러다 볼일을 마치면 허둥지둥 도망치듯 돌아갔다.

○

"아이쿠, 정말 오랜만입니다."

에쓰코의 전화를 받은 히로쓰 선생이 병실을 찾아온 건 이틀이 지나서였다.

"어떠세요, 몸은?"

"열도 없고, 보시다시피 이렇습니다." 쓰노다는 씩씩하게 대답했다.

"쇼지 원장을 만났는데, 혈당도 많이 내려갔고 당뇨가 점점 호전되고 있다더군요. 인슐린 투여량을 조금 더 줄여도 될 정도가 되면 퇴원하셔도 괜찮을 거라고 하던데요. 신경통은 좀 어떠십니까?"

"많이 좋아졌습니다."

"후훗."

히로쓰도 오늘 방문의 의미를 알고 있기에, 웃으며 의자를 끌어당겼다.

"몸도 괜찮고 다리도 이젠 괜찮은데, 머리가 이상해질 것 같습니다."

"하하, 작가도 참 고달픈 직업이군요. 괜히 혼자 끙끙대시고."

"신경이 쓰여서 견딜 수가 없어요. 집사람한테 얘기 들으셨죠?"

"네, 대충은 들었습니다만……, 그런 건 그냥 넘기셔도 되지 않을까요?"

"그냥 넘길 일이 아니라서요. 꿈이야 그렇다 치는데, 유령이 나온다니까요."

"하하하, 무슨 말도 안 되는 소리를!"

겉으로는 히로쓰 선생이 웃고 있는 것처럼 보였지만, 그의 표정 너머로 스치고 사라진 당혹스러운 기색을 쓰노다는 놓치지 않았다.

"숨긴다고 될 일이 아니잖아요?" 쓰노다는 웃으며 말했다.

"숨기려는 건 아니에요. 다만, 저도 사실 유령이니 요괴니 하는 얘기들은 별로 믿지 않는 편이라서요."

"저도 안 믿어요. 제가 본 유령도 그냥 꿈이다 생각하면 그만이에요. 제가 정말 알고 싶은 건, 왜 젊은 간호사들이 이 병실을 유난히 피하는지, 왜 여기에 철창이 있고 자물쇠까지 달려있는지, 그 이유예요."

"오호, 작가님께서도 이 수수께끼는 풀 수가 없다는 건가요?" 히로쓰 선생은 장난기 어린 눈빛으로 쓰노다를 바라보며 말했다.

"그러니까 이렇게 선생님께 진상을 묻는 것 아닙니까. 간호사도, 의사도, 이 병원 사람들 모두가 입을 다무니 말입니다."

"저라면 금방 풀죠."

히로쓰는 마치 수수께끼를 던지듯 눈으로 웃었다. 쓰노다도 웃으며 말했다.

"퀴즈라도 내시는 겁니까?"

"예, 뭐…… 그렇죠. 여기 병원장이 경찰의경찰에 소속되어 의료 및 검시 업무 등을 담당하는 의사도 맡고 있다는 거 알고 계셨나요?"

"네, 들었습니다."

"그럼, 아시겠네요."

하지만 쓰노다는 그 말의 의미를 이해할 수 없었다.

"무슨 말씀이신지……." 잠시 생각한 끝에 쓰노다가 말했다.

"경찰에 연행된 사람도 병에 걸릴 수 있잖아요. 가벼운 감기나 배탈 정도라면 유치장에서도 치료받을 수 있겠지만, 핵심 용의자 중에는 맹장 수술 같은 걸 받아야 하는 사람도 생기죠. 그런 사람을 자물쇠도 철창도 없는 병실에 그냥 놔두는 건 곤란하지 않겠어요?"

어쩌면 그것도 이유 중 하나일지 모른다.

"하지만……."

그러나 쓰노다는 그런 설명만으로는 납득이 가지 않았다.

"하지만, 뭔가요?"

그럴듯한 해석이 아니냐는 표정으로 히로쓰는 입가에 웃음을 띤 채 담배 연기를 내뿜고 있었다.

"그렇다면 왜 간호 실습생들이 이 병실을 유난히 무서워하고, 아무 말도 해주지 않는 걸까요? 그건 좀 이상하지 않습니까?"

"하하하, 그렇게까지 말씀하시면야……."

히로쓰는 머리에 손을 얹고 쾌활하게 웃었다.

"그렇다고 이 방이 재수 없다느니, 방을 바꿔달라느니 하면서 여길 소개해 주신 선생님을 곤란하게 만들 생각은 전혀 없어요. 아무도 귀찮게 굴지 않아서 오히려 더 좋습니다."

"하하, 작가님은 당해낼 수가 없네요. 제가 십 년 넘게 작가님을 진료하다 보니, 어떤 성품인지 잘 아니까 드리는 말씀인데요……." 히로쓰 선생은 잠시 진지한 표정을 지었다가 이내 다시 웃으며 말을 이었다. "사실은요, 작가님 말대로 이 방에 유령이 나옵니다."

"예에……?" 뜻밖의 말에 허를 찔린 쓰노다는 잠시 멍한 표정으로 의사의 얼굴을 바라보며 말을 이었다. "흰옷 입은 유령 말씀이시죠?"

"그럴 때도 있고요, 남자 목소리만 들릴 때도 있다더군요."

"오호, 남자 유령도 나옵니까?"

"뭐, 대충 그런 거죠."

"대충 그렇다는 게 참 찝찝하게 들리네요." 쓰노다는 웃으며 말했다.

히로쓰도 히죽 웃으며 담배를 피우다가, 이윽고 이런 이야기를 꺼냈다.

"쓰노다 씨, 올봄에 있었던 농림성 다키시마 사건 알고 계시죠?"

"네, 알고 있어요. 팔천만 엔이나 되는 비자금을 숨기고 자살한 남자 말이죠?"

"맞습니다. 바로 이 병원 건너편에 있는 사토미 공원에서, 가가야라는 여자와 함께 동반 자살을 시도했죠."

"그랬다더군요."

"신문엔 자세히 나오지 않아서 잘 모르실 수도 있는데, 두 사람이 발견됐을 때는 둘 다 숨이 붙어있었어요. 그래서 이 병원으로 실려 오게 된 거죠."

"저도 그렇게 들었습니다." 쓰노다는 고개를 끄덕이며 말했다. "그 두 사람이 입원한 병실이……, 여기란 말씀이시죠?"

"그렇습니다."

"그게 유령이랑 무슨 상관이죠?"

"혼이 아직 이곳을 떠나지 못한 거죠. 아무튼 팔천만 엔이라는 거액의 행방이 아직도 밝혀지지 않았으니까요. 그 남자도 그 돈에 꽤 미련이 있었던 모양이에요."

"그래서 떠돈다?"

"뭐, 그렇게 말하면 그럴싸한 괴담처럼 들릴지도 모르겠지만, 신문에 보도된 대로라면 다키시마는 의식을 되찾지 못한 채 이 병실에서 숨졌고, 여자는 고통에 몸부림치다 저 아래 에도강으로 기어가서 자살을 재차 시도했으니까요."

"그 여자의 익사체가 한 석 달쯤 지나 강 하류에서 발견되었다는 기사는 읽었습니다."

"그 사건 이후, 이 병실에서 이상한 일이 자꾸 일어났어요."

"어떤 일들 말입니까?"

"그 일 이후로 한동안 이 병실은 비워져 있었어요. 동반 자살하려던 사람이 입원한 곳이라서가 아니라, 다른 곳에도 빈 병실이 있었거든요. 그런데 이상하게도, 그때부터 이 빈 병실에서 무슨 소리가 나기 시작했답니다. 물건 소리가 나거나, 사람 소리가 들리는 것도 같고요. 한번은 여기에 입원한 환자가 그 유령을 보고 놀란 적도 있었다네요. ……유독 아침부터 비가 내리는 날이었죠."

"흐음……."

"이건 좀 나중 얘긴데요. 어떤 간호사도 전에 유령을 본 적이 있답니다. 그때도 비가 왔다더라고요."

"흠, 괴담에는 역시 비가 빠지질 않네요. 다음은 으스스하게 절의 종소리라도 울릴 모양이죠." 쓰노다는 웃으며 농담을 던졌다.

그날은 하야시란 이름의 간호 실습생이 이 병동의 다인실에 볼일이 있어 새벽 두 시쯤 이 앞 복도를 급히 지나고 있었다고 한다. 한밤이 되면 밝은 전등은 꺼지고 작은 전등만 남기 때문에 복도는 어슴푸레하게 윤곽만 보일 뿐, 구석진 곳은 칠흑 같은 어둠에 잠겨 있었다.

"어?" 하고 하야시는 걸음을 멈췄다. 아무도 없어야 할 이 4호실 안에서 불빛이 살짝 비쳤다. 도로와는 거리가 있으니 자동차의 헤드라이트가 비칠 일은 없었다. 병실 창밖은 논이라, 그 시간에 사람이 지나갈 리도 없었다. 하야시는 화재가 제일 걱정되었다. 그녀는 병실을 살짝 들여다보려 했지만 불빛은 이내 사라졌다. 그녀는 이를 대수롭지 않게 여기고 다인실에서 일을 마친 뒤 다시 그 앞을 지나가게 되었다.

이번엔 분명히 들었다.

"싫, 어……."

꼬리를 물고 길게 이어지는, 힘없는 여자의 목소리였다. 푸르스름한 불빛이 반투명 유리창에 여자인 듯한 실루엣을 비추었다. 끼익, 하고 무언가 삐걱이는 소리가 났다.

"아악!"

하야시는 비명을 지르며 복도를 구르다시피 하며 뛰기 시작했다. 그리고 당직실로 뛰어들자마자 외쳤다.

"저, 저 4호실이요!"

"4호실에서 무슨 일 있었어?" 당직 중이던 주임 간호사 미조구치가 물었다.

"그 외과 4호실이요, 동 병동. 아무도 없는 빈방에서 여자 목소리가 들렸어요. 유리문에 얼굴도 비쳤어요!"

"말도 안 되는 소리!" 미조구치는 단호하게 잘라 말했다.

서른이 다 된 미조구치는 아름다운 눈매와 아담한 체구를 지닌 베테랑 간호사였다. 미조구치는 들고 있던 붕대를 내려놓고 아무 말 없이 밖으로 나갔다.

비는 복도 지붕 위를 후드득 두드리며 처연한 소리를 냈다. 빗물받이를 타고 흐르는 낙숫물은 때때로 높은 소리를 내기도 했다. 끼익, 하고 어디선가 스프링 도어경첩에 스프링이 달려있어서 문을 열고 나가면 자동으로 닫히는 문가 삐걱이며 쓸쓸한 소리를 냈다. 미조구치는 씩씩한 척 일부러 발소리를 크게 내며 복도를 건너 동 병동 쪽으로 걸음을 옮겼다.

4호실은 숨소리 하나 들리지 않고 고요했다. 미닫이문을 열자, 고요한 심야 병동에 놀랄 만큼 큰 소리가 울려 퍼졌다. 안쪽을 들여다봤지만 사람의 흔적은 물론 없었다. 미조구치는 몸을 반쯤 들이밀고 스위치를 켰다. 형광등이 세 평 남짓한 병실을 한낮처럼 환하게 밝혔다.

아무도 없었고, 특별히 이상한 점도 없었다. 그저 서늘한 흰 불빛 아래, 철제 침대와 파란 줄무늬 매트리스가 보일 뿐이었다. 벽에 그려진 어설픈 낙서만 웃음 짓고 있었다.

"바보같이, 뭐가 있다는 거야?" 겁에 질려 따라온 하야시에게 미조구치가 말했다.

"쓸데없이 이상한 소문 퍼뜨리지 마."

미조구치는 스위치를 끄고 돌아왔다. 이것이 바로 이 '동 병동 4호실'에서 벌어진 이상한 일들의 시작이었다. 그날 밤 이야기는, 삼백 명이나 되는 입원 환자들 사이에서 들불처럼 번져나갔다.

소문이란 건 전해질 때마다 살이 붙기 마련이다.

"하야시 씨, 기절했다면서요?"

"젊은 여자였다던데?"

"파란 기모노에, 무슨 가을풀 무늬가 있었대……."

"물에서 기어 나온 사람 같았다던데."

"4호실이라고 번호를 붙여서 그래."

"가을풀 무늬라면……, 올봄에 4호실에서 기어 나와 저 아래 강물에 투신했던 다키시마인가 뭔가 하는 사람 애인 아냐?"

사람들 입에 재갈을 물릴 수도 없는 노릇이었다.

"말 같지도 않은 소리 그만들 하세요." 쇼지 병원장은 못마땅한 표정으로 환자들을 꾸짖었다.

하지만 사건은 그것으로 끝나지 않았다. 그로부터 얼마 뒤, 당직이었던 외과 의사 도키타가 한밤중에 이 4호실에서 나는 소리를 듣고 안을 들여다보았다. 도키타는 군의관 출신으로, 완고하기로는 병원장보다 한술 더 뜨는 인물이었다.

"소문이 또 다른 소문을 낳는 법이야. 자라 보고 놀란 가슴 솥뚜껑 보고도 놀란다고, 그냥 바람 소리도 유령 소리로 들리겠지. 그런 사람은 제 그림자도 유령으로 보일걸."

하지만 그날 밤은 달랐다. 그날도 당직을 맡은 사람은 외과 주임 간호사인 미조구치였다.

"어머, 선생님!"

"음?"

"이상한 소리가 나요."

"별일 아니야. 한동안 안 쓴 병실이니까 쥐라도 나왔겠지!"

도키타는 발소리를 죽이고 4호실 문을 드르륵 열었다. 하지만 안에는 쥐새끼 한 마리 보이지 않았다. 그는 스위치를 켰다.

"아무도 없잖아!"

"어라……." 뒤이어 미조구치도 안을 들여다보았고, 그녀는 외마디 비명을 질렀다. "어머!"

"왜 그래?"

"그…… 그게 없어요. 수납장이요……."

병실 침대 앞에 놓인 수납장은 테이블이라고 부르기도 애매한, 물건을 넣어두는 선반 같은 것으로 보통은 침대마다 꼭 하나씩 놓여있었다. 그것이 두 개 다 없어진 상태였다.

"낮에 일이 있어서 누가 잠깐 들고 나간 거 아니겠어?"

"아뇨……." 미조구치는 고개를 저으며 말을 이었다. "저녁에 제가 화상 보호대를 가지러 왔을 때는 분명 두 개 다 있었어요."

"흐음, 그럼 사무실에 한번 물어봐."

"아뇨, 그럴 리 없어요. 병실 물건을 옮길 땐 제게 알리게 되어있거든요." 미조구치는 단호하게 말했다.

"그럼 어떻게 물건이 사라져?"

"모르겠어요."

"물건 훔치는 유령이라도 나와?" 도키타는 웃으며 말했다.

창밖으로 고개를 내밀고 보았지만, 밖은 안개비가 자욱해서 한 치 앞도 분간할 수가 없다. 아래 논에서는 개구리 울음소리만이 들려왔다. 다음 날, 병원 안을 샅샅이 찾아보았지만 그 수납장을 본 사람은 아무도 없었다. 보잘것없는 그 나무 수납장이 그렇게 사라져 버린 것이었다.

그리고 또 얼마 후. 그 무렵은 이미 여름이 되어있었는데, 여름밤 하면 빼놓을 수 없는 것이 바로 유령 이야기였다. 낯선 여자 하나가 이 4호실에서 나와 맞은편 화장실로 들어가 사라졌다는 소문이 돌았다.

"마스크를 쓰고 있긴 했지만 눈이 크고 속눈썹이 긴 아름다운 여자였어요." 그 모습을 목격한 여자 환자가 말했다.

여름밤에 마스크를 쓰고 있는 사람이라면 간호사나 간병인일 터였다. 이 환자는 그것을 착각했을 것이다. 때마침 그때도 도키타가 당직을 서고 있었는데, 급히 달려가 여자가 사라진 화장실 문을 하나하나 열어보았지만, 수상한 그림자 하나 스치지 않았다.

"환자분은 그때 화장실에서 나오셨죠?"

유령을 목격한 건 도키타가 담당하던 환자로, 중학교 여교사인 이시이였다.

"네."

"그리고…… '화장실에 들어간 여자가 아직 거기에 있다'고

제게 알려줬지요. 그런데 어떻게 아직 있다는 걸 알 수 있었습니까?"

"여자가 들어가고 나서 쏴아 하고 물 내려가는 소리가 났는데, 나오질 않아서요."

"허어, 나오질 않았어요?" 도키타는 의심스럽게 물었다.

"그 여자는 그 뒤로 화장실에서 나오지 않았어요."

"화장실 앞에서 쭉 지켜보고 있었던 거네요?"

"아, 아뇨, 절대 아닙니다!"

"그럼 어떻게 여자가 안 나왔다는 걸 압니까?"

"그 화장실 문은 스프링에 기름이 말라서 여닫을 때마다 '끼익 끼익' 하고 아주 거슬리는 소리가 나거든요. 저는 침대로 돌아가서 귀를 기울이고 있었는데, 아무 소리도 안 났어요."

그다음 날, 각 병동을 둘러보고 온 사무장 모토하시가 원장에게 보고했다.

"이젠 매트리스까지 사라졌습니다."

"뭐라고? 매트리스가 사라졌다니?"

"동 병동, 그 4호실 말입니다."

"크음."

"어젯밤에 거기서 매트리스까지 없어졌습니다."

"어쩌다가?"

"도둑맞은 것 같습니다."

한동안 모토하시 사무장의 얼굴을 노려보던 원장은 말을 내뱉었다.

"무슨, 말 같지도 않은 소릴!" 쇼지 원장은 몹시 언짢았다.

"대책을 세워야겠지요?"

"크음……."

쇼지 원장은 못마땅한 듯 한마디만 내뱉고 의자를 돌려버렸다. 원장은 이 상황이 불쾌하기 짝이 없었다.

"이번엔 매트리스도 훔쳐갔다지요."

점심시간, 도키타는 원장 옆에 나란히 앉아 튀김 덮밥을 먹으며 말했다.

"흠." 원장은 언짢은 표정을 지었다.

"참 한심한 인간들입니다."

"그러게 말일세."

"원장님께서는 원인이 뭐라고 생각하십니까?"

"글쎄, 자네는?"

"제 생각에는 그 농림성 사람들이 아닐까 합니다."

그때서야 비로소 쇼지 원장은 아, 하며 그 4호실에 다키시마 커플이 입원했던 일을 떠올렸다.

"그 농림성 직원?" 원장은 입 안에 남은 새우 꼬리를 젓가락으로 꺼내며 물었다.

"팔천만 엔이 사라졌다면서요. 혹시 그 돈, 4호실에 숨겨놓은 게 아닐까요?"

"호오, 팔천만 엔이라……." 원장이 이번엔 고개를 들고 말했다.

"도키타 선생. 팔천만 엔이면 말이지, 천 엔짜리로 쌓으면 이만큼은 될 걸세."

원장은 작은 서랍장만 한 크기를 허공에 손으로 그렸다.

"아니면, 돈을 숨겨 둔 장소가 표시된 지도를 숨겨 놨을지도……." 도키타는 몹시 공상적으로 말했다.

"하하하, 에드거 앨런 포의 소설 『황금 벌레』해적이 남긴 암호문을 우연히 손에 넣은 주인공이 암호를 해독하며 숨겨진 보물을 찾는다는 내용의 단편소설라도 되는 줄 아나?"

원장은 크게 웃었다. 하지만 그 일이 다키시마의 동반 자살 사건과 관련 있는지는 둘째 치고, 무언가 조치를 취해야겠다는 생각이 들었다. 4호실에서 없어진 건 병실 수납장 두 개와 매트리스 두 장뿐이라 금액으로 따지면 대수롭지 않지만, 결코 유쾌한 일은 아니었다. 우선 사무 직원이 이치카와 경찰서에 도난 신고를 접수했다.

"이상한 물건들을 훔쳐 갔네요."

일단 인근 파출소 순경이 와서 조사를 마친 후, 병실 평면도를 만들어 살펴보며 의아하다는 듯 고개를 갸웃거렸다.

"다시 못 들어오게 잠금장치를 잘 해두셔야겠습니다. 보시다시피 밤낮으로 누구나 자유롭게 드나들 수 있으니까요. 복도 쪽에도 말입니다."

순경의 당부도 있었기에 원장은 창문에 쇠창살을 달고, 문에도 바깥에서 잠글 수 있는 자물쇠를 달게 했다. 이 도난 사건은 오직 이 '4호실'에서만 벌어진 일이었다.

○

"설마 작가님도 이 병실 안에 그 팔천만 엔이 숨겨져 있다고는 생각하시는 건 아니겠죠?" 히로쓰 선생이 웃으면서 쓰노다에게 말했다.

"팔천만 엔이라……."

쓰노다도 웃으며 병실 안을 한 바퀴 둘러보았다. 하지만 그곳은 삼 주 내내 지겹도록 바라본, 밋밋하고 새하얀 병실일 뿐이었다.

"그것뿐이면 좋았겠지만, 여기서 그 일로 자살한 사람까지 나왔습니다." 히로쓰는 눈살을 찌푸리며 말했다.

"자살자라니……. 남자입니까, 여자입니까?"

제3장

자살과 동반 자살

"중년 남자였고, 니쿠니라는 사람이에요."

"왜 자살한 거죠?" 쓰노다는 몹시 흥미를 느끼며 물었다.

"병원 측 말로는 신경 쇠약이었다고 하더군요."

히로쓰는 입가에 미소를 띠며 쓰노다를 바라보았다.

"유서라도 있었나요?"

"그게……. 있었으면 좋았겠지만, 없었답니다."

"그럼 어떻게 자살이라고 판단한 거죠?"

"딱히 살해당할 만한 이유가 없었으니까요."

"어떻게 죽었답니까?"

"수면제를 과다 복용했다는군요."

"원래 자주 복용하던 사람이었나요?"

"아뇨." 히로쓰는 고개를 저으며 말을 이었다. "위궤양 수술을 받은 뒤였다던데, 어디서 약을 구했는지는 병원 측도 모른다더군요."

"보호자가 사 온 게 아닐까요?"

"보호자는 그 사람 부인이었는데 그런 건 절대 사 온 적 없다고 했다네요."

"무슨 약이었답니까?"

"병원에선 브로바린 효과가 강한 진정·수면제로, 불면증이나 불안증, 신경질환에 효과가 있으나 중독 문제와 과다 투여시의 호흡 억제로 인한 사망 위험이 있다 이었을 거라고 했어요."

"약 상자나 케이스 같은 게 남아있어서 알았나 보네요."

"아뇨, 아무것도 남아있지 않았답니다."

"그럼 어떻게 브로바린이란 걸 알 수 있었을까요?" 쓰노다는 끈질기게 캐물었다.

"……."

히로쓰 선생이 말없이 히죽 웃으며 쓰노다의 얼굴을 바라보았다.

"이상하네요."

"이상하죠."

히로쓰 선생은 앵무새처럼 같은 말을 하며 담배 케이스를 더듬었다.

"그럼 그 약은 문병 온 사람이 가져다줬을까요?"

"찾아온 사람은 한 달 넘게 아무도 없었대요."

"본인이 직접 약을 사러 나가진 않았을까요?"

"그럴 리 없죠. 화장실도 혼자 못 가는 상태였어요."

"간호사는요?"

"병원에서 처방한 약 외엔 철저히 금지되어 있었어요."

"그럼 그날 밤에 그 사람 부인은 뭘 하고 있었답니까?"

"밤이라서요. 남편 상태가 괜찮을 땐 가끔 집에 돌아가기도 했다는데, 그날 밤도 그랬죠."

"그렇다면 그 브로바린 상자나 케이스는 어떻게 된 거죠? 이상하지 않습니까?"

"네, 이상하긴 하네요."

히로쓰의 얼굴 너머로 복잡한 표정이 어렸다.

"그럼 자살이 아니지 않습니까?"

"약봉지가 있긴 했어요."

"그건 당연히 있겠죠. 매일 약을 먹고 있었을 테니까요."

"구겨서 버린 약봉지 중 하나에 브로바린이 조금 남아있었답니다."

"그 약봉지는 이 병원 것이었나요?"

"네, 종이 재질이 같은 거였어요. 물론 감식을 한 건 아니지만요."

"그럼 이 병원 누군가가 브로바린을 줬다는 말인가요?"

"아뇨, 아뇨. 이 병원에서는 수면제로 브로바린을 사용하지 않습니다."

"자살하고 싶어할 만한 이유가 있었던 건가요?"

"있었죠. 오랜 세월 병원 신세를 지는 바람에 생활이 어려워져서, 시에서 의료 지원을 받으려던 참이었습니다. 원래는 제법 잘살았던 공무원이었어요. 만주에서 귀환한 사람인데, 병 때문에 땅도 집도, 심지어 무덤까지 팔았다고 하더군요. 그러다가 죽기 이삼 개월 전에는 하나밖에 없는 자식까지 잃고……."

"하지만 병세는 호전되고 있었다면서요?"

"네, 병은 그랬죠."

"그럼……, 자살한 직접적인 이유는요?"

"유령이랍니다."

"그걸 어떻게 알았습니까?"

"부인에게 말했다더군요. '이 병실에 유령이 나온다'라고."

"그 부인이란 분은 어떤 사람인가요?"

"똑 부러진 사람이었죠. '말도 안 되는 소리 마세요. 지금이 어떤 시대인데. 원자력이다 뭐다 하는 시대에 유령이라니' 하며 웃어넘겼다고 합니다. 그런데 그 니쿠니 씨는 이렇게 말했다더군요. '아니야, 만주에 있던 그 여자가 온 거야.' 그래서 부인이 '그 여자라니, 누구요?'라고 물으니, '당신은 모르는 여자야……. 그 여자가 원한을 품고 아직도 나를 저주하고 있어'라고 혼잣말처럼 중얼거렸다는군요. 만주에서 무슨 큰 죄를 지은 것 같다고 하더라고요. 이래저래 여러 가지로 겹치면서 신경 쇠약에 걸려서……."

"타살 가능성은 없었나요?"

"글쎄요……. 굳이 있다면 유령에게 살해당한 셈이지요."

히로쓰가 그렇게 대답하긴 했지만 쓰노다의 귀에는 실없는 말처럼 들렸다. 만약 타살이라면 병원 측도 타격을 입을 테니 가만히 있을 수는 없었을 것이다.

"하하, 뭐 작가님이 그런 걸 신경 쓸 분도 아니고, 이렇게 자세히 말씀드렸으니 우리끼리만 아는 얘기로 덮어주시죠."

그 뒤로 두 사람은 한참 더 잡담을 나눴다. 그러다 저녁 무렵 갑자기 병동이 분주해진 느낌이 들자 히로쓰는 자리에서 일어섰다.

"저도 조심해야겠네요. 유령한테 목숨을 잃지 않으려면요."

"하하, 찝찝하시면 병실을 바꿔달라고 할까요?"

"천만에요. 이 병실, 지내기가 아주 좋아서요." 쓰노다도 웃으며 말했다.

"그렇다면 걱정할 것 없겠네요."

히로쓰는 그런 말을 남기고 돌아갔다. 그가 나가자마자, 에쓰코가 발랄하게 모습을 드러냈다.

"어땠어요? 유령 이야기는."

"유령은 진짜였어. 인위적인 냄새가 나긴 하지만."

"인조 유령?"

"뭐, 그런 비슷한 건데, 그보다 훨씬 뿌리가 깊은 것 같아."

"무슨 뜻이에요?"

"도둑이었던 것 같아."

"뭘 훔쳐 갔대요?"

"침대 수납장과 매트리스 두 장."

"그게 무슨 부적이라도 돼?"

"팔천만 엔이야."

"어머머머……, 또 간 때문에 열나는 거 아냐?"

에쓰코는 그렇게 말하며 쓰노다의 이마에 손을 얹어보았다.

"보물찾기 같아."

"정말 갈수록 태산이네. 당신, 걱정돼."

"뭐가?"

"간경화로 죽으면 어떡해요. 나 벌써 과부 되는 건 싫은데."

"쓸데없는 소리. 팔천만 엔이 이 4호실에 숨겨져 있다는 말이야."

"당신 진짜 정신 좀 차려요."

"차렸거든."

"그럼 뭐야? 팔천만 엔이라니?"

"농림성 다키시마 사건 말이야."

"아하, 그 젊은 사람이 꿀꺽했다는 그 돈?"

"그 친구, 여기 4호실에서 죽었거든."

"그 돈이 여기에 숨겨져 있다는 거야?"

"뭐, 어쩌면……."

쓰노다는 히로쓰 의사에게 들은 이야기를 에쓰코에게 자세히 들려주었다.

"그래서 당신, 그 팔천만 엔을 찾겠다는 거야?"

"글쎄, 뭐……."

"어머……." 에쓰코는 눈을 동그랗게 뜨며 말했다. "움직이지도 못하면서, 그 몸으로? 거의 뭐 감금이나 마찬가지인 이 병실에서?"

"감금이라 해도 어차피 사건은 이 4호실 안에서만 벌어졌어."

"팔천만 엔이라니. 그만한 돈은 부피가 어느 정도 되는지 직접 본 적도 없으니까 짐작도 안 가지만, 과연 이런 곳에 숨길 수 있을까. 천 엔짜리 열 장이면 만 엔, 백 장이면 십만 엔, 천 장이면 백만 엔, 만 장이면 천만 엔이야. 그럼 팔천만 엔이면 팔만 장이잖아? 와, 당신 그때 천 매짜리 장편 원고지가 이만큼이었죠? 팔만 장이면 그거의 팔십 배네. 지폐라도 침대 수납장 한두 개엔 절대 안 들어가요. 매트리스 두 장 안에도 다 못 숨겨. 그리고 그 많은 돈을 말이야, 심하게 말하면 한 트럭이나 되는 현금을 들고 그 두 사람이 이 병실에 들어왔다는 게 말이 돼요?"

"돈을 숨긴 장소를 암호로 남긴 쪽지 같은 것일 수도 있지……."

"어머, 이건 뭐 괴기 소설이네. 아니, 옛날 추리 소설인가?"

"진짜 심심해서 미치겠단 말이야. 매일같이 이 네모난 철창 감옥에 갇혀 있으니 뭐라도 안 하면 지겨워 죽을 것 같다고."

"그럼 작품 구상이라도 해봐요."

"이 상황에 마음 편히 작품 생각이나 하고 있을 수 있겠어?"

"팔천만 엔이나 되니까. 하긴 원고지 한 장에 칠팔백 엔, 많아야 장당 천 엔쯤 하는 원고료로는 공장 돌리듯 글을 써대도 평생 모을 수도 없는 돈이긴 하네."

"이봐! 남편을 도매금으로 넘기지 마! 난 그냥, 왜 이 병실에 발 달린 유령이 나타나는지 확인하고 싶을 뿐이야."

"그럴 수도 있겠네. 근데 그 보물은 수납장 안이나 매트리스 속에서 이미 누가 찾아갔을 수도 있어요. 그 후론 유령이 안 나온다며?"

"쇠창살을 달고 자물쇠까지 채웠으니까. 하지만 그 자물쇠가 없어지고 내가 이 병실에 들어온 뒤로, 다시 나타나기 시작했어."

"참 이상하네. 사람이 있을 때 나타나는 유령이라니, 그게 뭐예요?"

"첫 번째는, 물건을 찾지 못했다는 거지."

"두 번째 이유는?"

"이번 유령은 자물쇠를 열거나, 쇠창살을 자를 수 없는 녀석이라는 거야."

"그럼 이번에는 지난번 도둑과는 다른 패거리라고 추리한 거예요?"

"아니. 한패일 수도 있지만, 이번엔 단독범 같아."

"이쯤 되면 명탐정 소리 들어야겠네."

"그러니까, 탐정 놀이에 당신도 한몫 거들어봐."

"그럼 나는 왓슨〈셜록 홈즈〉 시리즈 속 지적이고 침착한 조력자 캐릭터 역할이야? 아니면 수다쟁이 하치고로 에도 시대 연극에 자주 나오던 감초 캐릭터로, 수다스럽고 어리숙하지만 인간미와 유머가 있는 인물 역할?"

에쓰코는 쓰노다의 말에 장단을 맞춰줬지만, 속으론 이 '보물찾기'를 믿지 않는 눈치였다. 아이도 없고, 긴 병치레로 지루해하는 쓰노다를 위해 에쓰코는 말벗이라도 되어 주려는 마음으로 곁에 있는 것이었다.

"뭐, 당신은 수다쟁이 하치고로 역이지."

"그것 참 고맙네요. 내 능력에 비해 너무 시시한 역할이지만 어쩌겠어. 남편이 좋다니 별 수 있나, 맞춰야지. 그래서, 내가 뭘 하면 되는데요?"

"일단 이 병실 안을 샅샅이 뒤져보는 거야."

"수색 영장은 어디서 나오나?"

"후훗, ……나도 나름대로 뒤져보긴 했지."

"움직이지도 못하면서, 그 몸으로?"

"우선은 머리로 찾는 거지. 매트리스는 두 개 다 새 걸로 교체되었고, 침대 수납장도 예전 거랑 달라. 이제 남은 건 침대뿐인데, 프레임을 살펴보니 파이프나 앵글, 나사못 같은 데는 손 댄 흔적이 하나도 없어. 물론 침대 밑바닥까지 들어가 보진 않았지만."

"나보고 들어가 보란 거예요?"

"하치고로는 그런 것도 해야지. 어디 수상한 데가 없는지 좀 살펴봐 줘."

"별 수 없지, 뭐."

에쓰코는 히죽 웃더니 침대 밑으로 기어 들어갔다. 한참 뭔가를 뒤적이던 그녀가 씩씩하게 외쳤다.

"이상 무! 손 탄 흔적 없음!"

"그럼 이번엔 이쪽."

에쓰코는 기어 나와 다른 침대 밑으로 들어갔다.

"여기도 나사못 하나 손댄 흔적 없네."

"앵글이나 연결 부위는 어때?"

"그것도 멀쩡하고, 파란 페인트칠도 깨끗해요. 이제 됐나?"

"뭐, 그 정도면 됐지." 쓰노다는 침대 위에서 대답했다.

머리는 산발이 되고 얼굴이 벌개진 에쓰코가 침대 밑에서 나왔다.

"탐정 노릇도 보통 일이 아니네."

"이건 시작에 불과하지."

"어머! 아직 더 있는 거야?"

거울 앞에서 헝클어진 머리를 매만지던 에쓰코가 놀라서 남편 쪽을 돌아봤다.

"이번엔 천장이야."

"천장?"

"구석에 환기구 있잖아."

창가 천장에는 가로세로 삼십 센티미터 정도 되는 철망이 쳐진 환기구가 있었다.

"이 수납장 위에 올라가서 손으로 더듬어봐. 뭘 숨겼다면 이제 남은 데는 거기뿐이야."

"정말, 별걸 다 시키고 있네."

에쓰코는 불량 청소년 같은 말투로 말하며, 수납장을 끌고 와 그 위에 올라섰다. 하지만 여전히 천장에 손이 닿지 않았다.

"의자도 올려봐."

"탐정은 재주도 부려야 하나 봐?"

"말 많네. 팔천만 엔이잖아!"

"네, 네."

에쓰코는 순순히 의자를 수납장 위에 올렸다.

"좋아, 내가 잡아줄게."

쓰노다는 절룩이며 침대에서 내려와 수납장으로 다가갔다. 에쓰코는 학창 시절 운동 선수였고, 지금도 등산이나 스키를 즐길 만큼 활동적이라 이런 일쯤은 아무렇지 않았다. 그녀는 까치발을 하고 환기구 안을 들여다봤지만, 굵은 주물 철창 안은 칠흑같이 어두웠다.

"그 철망, 안 움직여?" 아래에서 쓰노다가 물었다.

"안쪽에서 나사로 단단히 조여 놨어요."

"손은 안 들어가?"

"응, 도저히 안 되네."

"그럼 이걸로 좀 훑어봐."

쓰노다는 서랍에서 길쭉한 가위를 꺼내 건넸다. 에쓰코는 가위를 딸깍딸깍 움직이며 철창 안을 뒤적였지만, 오래 쌓인 먼지가 후두둑 떨어질 뿐이었다.

"퉤퉤……. 아무것도 없어."

"나도 그럴 줄 알았어."

"뭐야, 그럼 이런 위험한 곡예를 귀한 마누라한테 시킬 필요가 없었잖아요. 다치기라도 했으면 어쩔 뻔했어?"

"그럼 나란히 침대 놓고 여기 입원하는 거지. 그런데 있잖아, 당신 슬립에 실밥이 터졌더라? 좀 꿰매서 입어."

"정말 못 말려. 음흉하게 그런 걸 왜 봐요."

"음흉하다니! 눈높이보다 위에 있는데 보이는 게 당연하지. 뭐, 어두워서 그 이상은 잘 안 보였지만……."

"당뇨병 걸리면 정력도 떨어진다던데?"

"요즘은 약도 좋아졌거든."

"퇴원이나 하셔."

"이젠 퇴원도 못 하겠는걸?"

"그러다 유령한테 잡아먹혀요. 위장병 걸린 니쿠니인가 뭔가 하는 사람처럼."

"어이, 니쿠니의 죽음을 자살이 아니라 타살로 보는 거야? 왜 그렇게 생각해?"

"그렇게 생각해야 추리 소설 같고 재밌죠."

"흠……, 하지만 내 목숨은 멀쩡하잖아."

"당연히 그래야지. 그래도 장담은 못 해요. 팔천만 엔인데, 그 정도 금액이면 사람 한둘 죽어나가도 놀랍지 않을걸. 그래서 앞으로 어쩔 셈이에요?"

"원점으로 돌아가는 수밖에."

"원점이란 게 있었어?"

"있지. 동반 자살 사건……."

"이제 와서 어떻게 밝히려고?"

"신문이나 잡지는 믿을 수 없으니까, 경찰 기록을 좀 보려고."

"그런 걸 경찰이 민간인한테 보여줄 리가 없잖아요."

"개인적으로 부탁할 거니까."

"아, 이시게 씨한테?" 에쓰코가 고개를 끄덕이며 말했다.

"응, 이시게는 뭔가 알고 있을지도 몰라. 이따 집에 가면, 경찰서에 전화해서 병원으로 좀 오라고 해줘."

"그 댁에서 벌써 몇 번이나 문병을 왔는데요?"

"이번엔 문병이 아니라 의논이야."

"원장님은 당뇨병이라도 절대 안정이 필요하다던데."

"당뇨병 따위, 알 게 뭐야."

"어머……, 기운이 넘치셔. 심심풀이 땅콩으로 삼기에는 제격인 취미네." 에쓰코는 말을 하다가 갑자기 진지한 표정을 지으며, 쓰노다의 눈을 똑바로 들여다보았다. "잠깐만!"

"왜 그래?"

쓰노다는 눈을 깜빡이며, 눈이 부신 듯 아내를 바라보았다.

"그 만주에서 귀환한 니쿠니라는 사람, 히로쓰 선생님의 말이 석연치 않아서 타살이라고 짐작한 거죠?"

"응. 히로쓰 선생님의 말을 듣고 그런 생각이 들었지. 그 사람은 몸을 움직일 수도 없는 상태였고, 약봉투도 없었다니까……. 선생님도 그게 이상했는지, '약봉지 안에 브로바린이 들어있었다'고 하긴 했지만."

"그렇지? 그 사람 병실도 이 병실이었고, 그럼 유령도 여자네. 여보! 당신 목숨도 그 니쿠니라는 사람처럼 위험한 거 아녜요?"

"그럼 당신도 내가 그 니쿠니처럼 언젠가 살해당할 거라고 생각하는 거야?"

"아니야? 당신도 지금 같은 길을 따라가고 있잖아! 그 니쿠니라는 사람도 팔천만 엔 때문에 당신처럼 이리저리 뛰어다녔을지도 몰라요. 여보, 여기서 나가야 해!" 에쓰코가 소름 돋는다는 눈빛으로 말했다.

"어처구니없는 소리……. 니쿠니가 죽은 건 진짜 자살일지도 몰라."

"이제 와서 그런 말을 해요? 니쿠니라는 사람은 살해당한 거야. 나, 그 사람 부인한테 가서 직접 물어볼래!"

"그 여자는 홋카이도에 간 뒤로 행방불명이래."

"그 부인도 살해당했을지 몰라."

"말도 안 되는 소리 하지마."

"장난이라면……, 보물찾기 같은 거라면, 나도 장단을 맞추죠. 하지만 목숨이 걸린 일이라면 사양할래요. 그런 건 추리 소설만으로 충분하다고! 언제 죽을지 모르는 거잖아!"

"언제 죽을지 모른다니? 무, 무슨, 말 같지도 않은……. 내가 왜 죽어!"

"그런 건 유령한테 물어봐요. 그 유령을 조종하는 살인귀한테 직접 물어보면 되겠네!" 에쓰코가 히스테릭하게 외쳤다.

"자, 잠깐만."

"싫어요! 니쿠니란 사람도 그런 짓을 하니까 살해당한 거야. 만주에 있던 여자가 찾아 왔네 어쩌네 하는 건 그냥 우연의 일치고. 교활한 인간이라면 돈을 찾고 있다는 걸 감추려고 그 정도는 얼마든지 꾸며낼 수 있잖아."

"잠깐만, 진정해."

"싫다니깐!" 에쓰코는 밀쳐내듯이 소리쳤다.

"여자들은 왜 흥분하면 이성을 잃고 감정만 앞세우는 건지!"

"남편이 죽을지도 모르는데 가만있을 수는 없잖아."

"하하하! 누가 그래, 내가 죽는다고? 그 니쿠니란 사람은 어쩌면 정말 자살한 걸지도 몰라. 그걸 다키시마 사건이랑 엮은 건 나라고. 어쩌면 팔천만 엔도 꿈같은 이야기일지도 모르지."

"그게…… 당신이 지어낸 공상이라고요? 그저 꿈 얘기라는 거예요?"

"그럴지도 몰라……. 하지만 그건 이시게한테 물어봐야지. 진짜인지 공상인지 누가 알겠어? 하하, 나도 내 목숨은 아깝다고. 이렇게까지 날 걱정해 주는 아내가 있는데 쉽게 죽을 수는 없지."

쓰노다는 아내의 목덜미를 끌어당겨 이마에 가볍게 입을 맞췄다. 달콤한 향수 냄새가 쓰노다의 온몸을 감쌌다.

"못됐어, 정말!"

에쓰코는 헝클어진 머리를 매만지며 마침내 웃음을 지어보였다.

"판단은 이시게에게 맡기자고."

밤이 되자 이시게가 병원을 찾아왔다.

"할 말이 있다면서? 이건 선물."

"고마워……. 뭐야?"

"후훗."

쓰노다는 포장지를 풀어보았다. 안에는 그날 막 출간된 다니자키 준이치로의 소설『열쇠』가 들어있었다.

"안 그래도 읽고 싶었는데."

"후후, 환자에겐 독일지도 모르지만……."

이시게는 이치카와 경찰서 수사1과*주로 살인이나 상해 등의 강력 범죄 수사를 담당하는 부서의 과장이었다. 마흔을 앞둔 그는 몸집이 좋아 감색 더블 수트가 제법 잘 어울렸다. 탄탄한 체격에, 웃으면 아직 앳된 얼굴이 남아있는 붙임성 좋은 남자로, 쓰노다와는 초등학교 때부터 친구였다.

"한번 와야지, 와야지 해놓고 오질 못 했네."

"아냐, 제수씨가 자주 와줬어."

"그래, 집사람은 한가하니까. 난……."

"눈코 뜰 새도 없이 바쁘다 이 말이지?"

"그렇지 뭐, 그나저나 무슨 일이야?" 빈 침대에 걸터앉아 다리를 꼬며 이시게가 물었다.

"올봄에 사토미 공원에서 농림성의 다키시마라는 사람이 애인과 자살했잖아?"

"응."

"그 사건에 대해 자세히 좀 듣고 싶어."

"뭘 하려고? 논픽션이라도 쓰려고?"

"좀 신경 쓰이는 게 있어서."

"흐음." 이시게는 의아한 표정을 지었다.

"사실 동반 자살하는 꿈을 꿨거든. 그 뒤로 자꾸 하얀 유령이 나타나."

"뭐? 유령? 어디에?"

"이 병실에 말이야."

"요즘 세상에 무슨."

"아니, 진짜라니까."

이시게는 말도 안 된다는 듯 웃으며 듣고 있었지만, 쓰노다의 진지한 표정을 보고는 조용히 고개를 끄덕였다.

"그냥 유령이 나오기만 하면 괜찮겠지만, 그 일로 사람이 죽었다면 너도 관심이 생길걸?"

쓰노다는 이 '4호실'에 얽힌 사연을 이시게에게 들려주었다.

"어, 도둑이 든 건 알고 있어. 보고도 받았으니까. 근데 동반자살을 시도했던 사람들이 이 병실에 있었는지는 몰랐네."

"수사1과 과장이 태평하구만."

"그런 자잘한 것들까지 내가 일일이 챙길 순 없어. 우린 살인, 강도 사건 전문이야."

"그래도 보고서는 봤을 거 아냐?"

"도장은 찍지."

"그러고도 과장이냐."

"신발 한 켤레 도난당한 신고도 경찰서장 결재가 들어가. 하지만 그걸 서장이 전부 다 살펴볼 수는 없잖아. 그거랑 같은 이치지."

"이치라는 것도 참, 갖다 붙이기 나름이구만."

"그나저나, 책임 추궁하려고 날 오라고 한 건 아닐 테고."

"뭐, 그렇긴 한데……. 니쿠니란 남자가 죽은 건 어떻게 처리됐어?"

"자살이라면, 그것도 어쩔 수 없는 일이야. 변사니까 검시는 제대로 했어."

"변사이긴 해도, 타살이야."

"그렇게 생각하는 건 너뿐이야."

"그 많은 정보를 듣고도?"

"전부 초짜들이 모은 정보잖아. 그리고 다키시마 동반 자살 사건과 무슨 연관이 있는지도 알 수 없잖아. 니쿠니가 그 돈을 찾고 있었다는 것도 난 처음 듣는데?"

"이제부터 그걸 조사해 보려고. 그래서 너한테 그 동반 자살 사건의 내막을 자세히 듣고 싶다는 거지."

"그 사건이 일어난 게…… 아마 4월 10일 새벽이었지." 이시게가 이야기하기 시작했다. "새벽 네 시쯤이었어. 난 전화로 보고를 받았지. ……어느 폐품팔이 노인이 발견했는데, 그날은 벚꽃이 한창이라 사람들로 북적여서 길가엔 온갖 쓰레기가 산더미처럼 쌓여있었어. 그걸 주우러 나갔다가 시체를 발견하고 파출소에 신고한 거야. 유서도 있으니 동반 자살로 추정됐는데, 아직 숨이 붙어있어서 병원으로 옮겨졌지. 남자는 새로 맞춘 듯한 말쑥한 양복 차림이었고, 여자도 고급 기모노를 입고 있었어. 신원은……."

이시게는 경찰 수첩을 꺼냈다.

"소지품 덕분에 바로 확인됐어. 농림성 신분증과 국철 정기 승차권이 있었거든. 남자는 다키시마 세쓰조, 스물일곱 살이고 주소는 신주쿠구 햐쿠닌초 3-786. 여자는 가가야 아야코, 스물세 살. 주소는 기타구 시모주조 3-83. '이케우치 도요'라는 사람의 집에 하숙하고 있었고, 호쿠에쓰 정유 회사 사무원이었지. 남녀 모두 위세척과 주사 치료 등 응급 처치를 받았지만 끝내 의식을 되찾지 못했고, 남자는 그날 밤 아홉 시 사십 분에 사망했어. 여자는 다음 날 새벽, 간호사 몰래 병실을 빠져나가 에도강에 투신했고. 대략 이런 경위야. 사건의 전말은 다 말했는데, 혹시 더 알고 싶은 게 있어?"

"그 유서를 좀 보고 싶은데……, 진짜 맞아?"

"혹시 몰라서 필적 감정도 했어. 진본이 틀림없어!" 이시게가 자신 있게 말했다.

"그건 어디에 보관돼 있어?"

"사건 서류랑 같이 서에 있지."

"그걸 좀 보고 싶군."

"팔천만 엔 얘기는 한마디도 안 나와." 이시게가 웃으며 말했다.

"그래도 좀 흥미가 생기는걸."

"서에 오면 한번 보여줄 순 있지만 반출은 할 수 없어."

"사진은 찍을 수 있지?"

"내용만 베껴오면 안 돼?"

"글자 배열이나, 행간의 느낌을 보고 싶어."

"문학가란 사람들은 참, 별걸 다 신경 쓰는구나. 하지만 필적은 확실해."

"서명도 있었던 거지?"

"응. 남자 것도, 여자 것도 다 있었어. ……팔천만 엔을 횡령한 사실이 드러난 뒤에 국회에서도 문제가 돼서, 그 유서가 다시 도마 위에 올라 재감정을 받았지."

"그 여자와의 관계는 어떤 거야?"

"단순 동반 자살 사건이라 경찰이 따로 수사하진 않았지만, 요즘 젊은 애들치고는 제법 진지했던 것 같아. 여자와는 무슨 파티에서 알게 돼서 두세 달 정도 사귄 모양인데, 이런 걸 보면 딱 요즘 젊은 애들이네."

"무슨 약을 먹었대?"

"의사 말로는 브로바린이래. 백 정짜리 약상자 두 개가 옆에 나뒹굴고 있었고, 약과 함께 마신 듯한 삼백육십 밀리리터짜리 양주병 하나와 주스 병 하나가 다 비어 있었어. 수면제를 술이랑 같이 마시면 효과가 직방이지."

"그 병에……."

쓰노다가 말을 꺼내자, "지문 말이지?" 하고 이시게가 곧바로 받아쳤다. "현장에 있던 순경이 똑 소리 나는 친구라서, 지문은 이미 채취해 뒀지."

"오, 그것참 잘했네. 넌 참 유능한 경찰이야."

"징그럽긴. 실은 말이야, 우리 서에 그쪽 일에 열성적인 친구가 있거든."

"그 지문은?"

"처음에 출동한 파출소 순경 것, 그리고 의사 것. 물론 당사자들 것도 나왔지."

"그 외에 다른 사람 건?"

"없었어." 이시게는 잘라 말했다.

쓰노다는 고개를 끄덕이고, 다시 물었다.

"두 사람은 이 병실에서 의식이 돌아오지 않아서 죽었다고 했잖아? 그런데 그 여자는 어떻게 이 병실을 빠져나갈 수 있었지?"

"남자가 먼저 죽었지. 그 무렵 여자는 맥박이 제법 안정되기 시작했어. 간병인이 옆에 있었는데, 깜빡 잠든 사이에 여자가 나가버렸어. 간병인 말이, 처음엔 의식이 돌아와서 화장실이라도 간 줄 알았대. 그런데 아무리 기다려도 돌아오질 않으니까 그제야 난리가 나서 경찰에 신고한 거지."

"강에 뛰어든 건 누가 확인했지?"

"강둑 아래에서 핸드백이 발견됐고, 신고 있던 병원 슬리퍼가 아무렇게나 벗겨져 있었어."

"흠, 슬리퍼라고?" 쓰노다는 의심스럽게 물었다.

"응. 남자 구두랑 여자 가죽 조리_{발가락 사이에 끈을 걸어 신는 일본 전통 신발}는 원래 병실 안에 있었는데, 경찰이 증거품 라벨을 붙여두느라 신문지에 싸서 끈으로 묶어놨거든. 그래서 여자는 현관 앞에 있던 슬리퍼를 신고 나간 거지."

"가져간 건 그 핸드백 하나뿐이었어?"

"응…… 하오리_{기모노 위에 걸쳐 입는 일본 전통 겉옷}도 벗어놓고, 오비_{기모노 위에 두르는 폭넓은 허리띠}도 그대로 두고 갔어."

"강가에 있던 그 핸드백은 어떤 거였어? 싸구려였나?" 쓰노다가 물었다.

"아니, 평범한 여직원이 가질 물건이 아니었어. 팔천만 엔이나 빼돌린 남자의 애인이잖아. 우리 월급 한 달 치쯤은 되는 고가품이더라고."

"가방 안에 없어진 물건은 없었고?"

"예리한 질문이군. 그런 생각까지 하다니, 일류 수사관 뺨치는데? 없어진 게 있었다면 재밌을 텐데, 아쉽지만 그런 건 하나도 없었어."

"돈은?"

"가지고 있던 돈도 그대로였어. 병원에 실려 온 뒤, 의사 입회하에 입고 있던 옷이며 소지품까지 전부 확인하고 표에 기록해 뒀거든."

"하오리와 오비까지 그대로 두고 나가면서도 핸드백은 챙겨 간다는 게, 그게 바로 여심이지. 여자의 습성은 참 무섭다니까. 너라면 술병부터 챙겼겠지." 쓰노다가 놀리듯 말했다.

"그럼, 넌 뭘 챙길 거야?" 이시게는 딴청을 부리는 듯하다가 입가에 웃음을 띠고는 다시 물었다. "부인이겠지?"

"흐흥." 쓰노다는 코웃음을 치며 말했다. "그 여자 말이야. 그렇게 소중하고 값비싼 핸드백을 왜 강둑 아래에 두고 갔을까?"

"뭐어?" 이시게는 어이없다는 듯 쓰노다를 바라봤다.

"소설에선 말이지, 여자가 핸드백을 가져갔는지 두고 갔는지로 자살과 타살을 가르기도 한다고."

"말도 안 되는 소리 작작 해. 죽은 사람한테 핸드백이 무슨 소용인데? 저승사자한테 보여주려고?"

"하하, 뭘 그렇게 정색하고 그래." 쓰노다는 웃으며 말을 이었다. "그럼, 남자 물건 중에 없어진 건?"

"아, 그렇지……. 말 안 한 게 있었네. 더스터 코트_{품이 넉넉하고 가벼운 느낌의 코트} 한 벌, 그건 여자가 걸치고 나갔어. 기모노에 하오리도 걸치지 않고 오비도 안 맨 채 얇은 끈 하나 묶고 나갔으니, 눈에 띌 수밖에 없지."

"죽으러 가는 마당에 체면이 무슨 소용이야?"

"그런 몰골을 누가 보기라도 하면 수상하게 여길 텐데, 강에 뛰어들기도 쉽지 않지."

"다시 본론으로 돌아가면, 여자는 왜 이 병실을 빠져나갔을까?"

"의식을 되찾고 보니 자기네들이 낯선 곳에 누워있고, 남자는 이미 죽었어. 함께 죽기로 약속했는데 자기만 살아남았으니 망신이지. 이렇게 된 이상, 병원에서는 죽게 놔두지도 않을 거고. 그래서 따라 죽으려 한 게 아니겠어?"

"한창 젊은 나이에 말이지."

"그 젊은 나이에 언론에 뭇매를 맞고, 차라리 죽는 게 나았을 거야. 살아있었다면 팔천만 엔 횡령 사건이 밝혀지는 과정에서 검찰이며 국회며, 사방에서 몰아붙였을 테니까."

"그 여자 시신은 한참 후에나 발견된 거지?"

"응. 그 당시에 상당 기간 수색했지만 끝내 못 찾았어. 그러다 석 달쯤 지나서, 강 하류 우라야스 앞바다에서 떠올랐지. 머리카락은 다 빠졌고 눈알도 없었어. 한쪽 팔도 떨어져 나갔더라고. 여기저기 부딪히고, 물고기랑 게한테 뜯겨서, 도저히 눈 뜨고 볼 수 없는 상태였어."

"그런데도 어떻게 그 여자라고 확신할 수 있었어?"

"상당히 집요하네. 청문회에서 신문이라도 받는 기분이야. 성별에 치열까지 확인했지. 그 여자는 충치 하나 없이 가지런한 치아를 가지고 있었어. 그리고 키와 나이, 사망 추정 시기 같은 걸 전부 다 종합해서 그 시체가 가가야 아야코라고 판단한 거야. 기모노는 거의 유실돼서 알몸이나 다름없었는데 다행히 속옷 안쪽에 '가가야'라고 수놓은 이름이 있었어. 또 희미하긴 하지만 세탁소에서 붙인 이름표에도 '가가야'라는 글자가 남아있었고."

"지문은?"

"지문 채취는 못 했지. 손톱조차 남아있지 않았거든."

"시신 사진은 있어?"

"있지. 볼래?"

"아, 아냐. 그건 됐어." 쓰노다는 황급히 손사래를 쳤다.

"그래, 뭐 그리 유쾌한 장면은 아니니까. 자, 이제 또 뭐가 궁금해?"

"네 얘기 듣고 나니까 어느 정도는 납득이 가네. 덕분에 무료함도 달랬어."

"허, 그것참. 그럼 나는 이 바쁜 와중에 네 심심풀이 상대나 하고 있었단 거냐?" 이시게는 살짝 기분이 상했다.

"하하, 친구 좋다는 게 뭐겠어. 입원한 친구 병문안이라고 생각하고 봐줘라."

"근데 말이야." 이시게가 문득 진지한 표정으로 말했다. "설마 너, 이 사건에 뛰어들 생각은 아니지?"

"왜?"

"그랬다가는 니쿠니처럼 언제 죽을지 몰라. 제수씨도 걱정하더라."

겉으론 웃고 있었지만, 이시게의 표정에는 진지함이 묻어있었다. 그리고 다음 날, 쓰노다는 비록 전문가는 아니었지만 온종일 나름대로 분석해 보았다. 통증도 없고 고통도 없는 병자에게는 꽤 괜찮은 심심풀이였다.

우선, 그 다키시마가 은닉한 팔천만 엔은 어디로 사라졌을까? 쓰노다는 사건을 나름대로 추리해 보며 하루 내내 머리를 굴렸다. 그 돈은 비료 구입 자금이라는 명목하에 지방 농협들을 상대로 편법 대출을 돌려가며 만들어 낸 팔천만 엔이었다. 지금까지 드러난 온갖 부패나 착복 사건들과는 달리, 그 돈은 다키시마가 죽은 뒤에도 행방이 묘연했다.

그 돈과 관련해서는 장부 하나, 메모 한 장도 남아있지 않았다. 쓰노다는 에쓰코를 조수 삼아 그 사건이 실린 신문과 잡지, 관보, 사법위원의 기록까지 모조리 모았다. 하지만 그 안에 담긴 건 이미 죽은 사람에 대한 억측뿐이었고, 돈의 행방은 어디에서도 실마리를 찾을 수 없었다. 관련이 있어 보이는 국회의원, 장관, 비료 제조업자의 이름이 군데군데 눈에 띄었지만, 시간이 지나면서 신문 지면에서도 점점 잊혀지더니 끝내 자취를 감추었다.

팔천만 엔 중에 행방이 밝혀진 금액이라고 해봐야 얼마 되지 않았다. 자기 집에 고급 텔레비전 한 대, 냉장고 하나 들여놓은 정도였다. 다른 부패 사건의 젊은 관료들처럼 고급차를 사거나 사업에 투자한 흔적은 찾아볼 수 없었다. 양복 열두어 벌, 구두는 스무 켤레 남짓. 생각해 보면 돈도 참 쪼잔하게 썼다. 애인 아야코에게 해준 것도 핸드백이나 반지, 나머지 자질구레한 것까지 다 합쳐야 겨우 십오만 엔에서 십육 만 엔 정도였다.

다만, 한때 신세를 진 친구의 아내에게 도쿄 이케가미_{거대한 불교 사찰이 자리하고 있는 도쿄 변두리의 조용한 마을} 지역에 작은 요릿집을 차려준 것이 그가 쓴 돈 가운데 그나마 가장 큰 지출이었다. 그렇다 해도, 이것저것 다 합쳐봐야 사오백만 엔 남짓에 불과했다. 나머지 칠천만 엔은 대체 어디로 사라진 것일까.

그렇게 사건은 흐지부지되면서 어느새 사람들의 기억 속에서 잊혀지고 말았다. 부정부패라는 것은 본래 그런 속성을 지닌 것일지도 모른다. 비단 다키시마 사건에만 국한된 이야기가 아니다. 전쟁 이후에도 수도 없이 비슷한 사건들이 일어났다. 전력 회사 관련 비리, 탄광 산업에 얽힌 부정부패, 섬유와 조선 업계를 둘러싼 의혹, 지방자치단체와 수력 발전 개발을 둘러싼 부패 사건, 건설 관련 입찰 비리 등. 이런 사건들에서도 과장이나 대리급 정도 되는 인물이 자살했을 뿐, 세간의 입에 오르내리던 거물들은 그 돈으로 배를 두둑이 불리고 언제 그랬냐는 듯 다른 고위직으로 영전榮轉했다. 검찰이 뇌물 수수 정황을 들이밀면, 국회의원들은 어김없이 '정치 헌금'이라는 구실을 대며 빠져나갈 구멍을 마련해 두었다.

○

이삼일쯤 지나서 이시게가 찾아왔다.
"네가 원하던 물건이야."
"뭔데?"
"다키시마와 가가야의 유서. 실물 크기로 뽑아왔다."
이시게는 큰 서류 봉투에서 사진을 꺼내 쓰노다의 무릎 위에 올려놓았다. 편지지는 평범한 듯한데, 글씨체는 반듯하고 정갈했다. 쓰노다는 유서를 손에 들고, 소리 내어 읽었다.

> 다키시마 세쓰조 배상
>
> 26일 자 속달 편지, 정중히 잘 받았습니다. 송구한 말씀을 드립니다. 이제 제 힘으로는 더 이상 어찌할 도리가 없는 지경에 이르렀습니다. 하지만 그렇다고 누구를 원망할 마음은 없습니다. 모든 것은 제 몸으로 갚겠습니다. 그동안 정말 많은 신세를 졌습니다. 저희에게는 이 길이 최선이라 생각합니다. 저희 두 사람은 두 번 다시는 뵐 수 없는, 돌아오지 못할 여행을 떠납니다. 부디 저희를 찾지 마시고, 평안하시길 바랍니다.

지금까지가 다키시마의 필적이고, 그 다음으로 가가야가 덧붙인 짧은 글이 있었다.

> 니다. 그동안 정말 많은 신세를 졌습니다. 저희에게는 이 길이 최선이라 생각합니다. 저희 두 사람은 두 번 다시는 뵐 수 없는, 돌아오지 못할 여행을 떠납니다. 부디 저희를 찾지 마시고, 평안하시길 바랍니다.
>
> 저는 행복합니다. 모든 분들께 안부 전해주시기 바랍니다.
>
> 아야코

"가가야라는 사람의 글씨도, 본인 필적이었어?"
쓰노다가 물었다.

"틀림없어."

"글씨는 너무 잘 썼는데, 글은 형편없군."

"그 사람들은 안타깝게도 너처럼 소설가가 아니니까."

"그래도 말이야, '저희 두 사람은 두 번 다시는 뵐 수 없는, 돌아오지 못할 여행을 떠납니다'라니. 너무 구식이잖아. 아무리 봐도 나미키 고헤이 並木五瓶 에도 시대 후기의 대표적인 가부키 극작가가 활동하던 시절 연극 대사 같단 말이지."

"소설가는 참 까다롭네. 이건 말이지, 지금 막 죽으러 가는 사람이 쓴 글이야. 이승과 작별하는 마지막 순간, 뭐 그런 심정으로 쓴 글이라고 이 친구야. 문학적 품격 같은 거 따질 여유가 어디 있겠어. '나는 죽는다. ······쓰노다' 이렇게만 써도 훌륭한 유서가 된다니까."

"하긴, 그렇겠지. 나야 유서 같은 건 써본 적 없지만."

"그런 걸 누가 써보겠어. 살아있는 사람이라면······." 이시게는 그렇게 말했지만, 이내 웃으며 덧붙였다. "아니지, 요즘 삼사십 대 남자들치고 유서 안 써본 놈이 어디 있겠어. 전쟁터에 끌려갔던 녀석들 말이지······. 뭐, 생각할 시간이나 있었겠어? 난리도 아니었지. 몇 달 전까지만 해도 전쟁터에서 죽게 될 거란 생각은 꿈에도 해 본 적이 없는데, '유서 쓰기 개시!'라는 군대 명령이 떨어졌으니. 그렇지만 이 두 사람의 유서는 정말 죽기 직전에 쓴 거잖아. 그만하면 봐줄 만하지."

"흐음, 근데 넌 어째서 이게 죽기 직전에 쓴 거라고 단정할 수 있지?"

"하여간 말 많네. 언제 썼든 진짜면 그만이지……."

"아니, 그게 중요한 거야!"

"왜……?"

하지만 쓰노다는 그 질문에 대답하지 않고, "이건 어떤 상태로, 어디서 발견된 거지?" 하고 물었다.

"완전히 검사 신문이 따로 없네. 그 종이, 접힌 자국 보면 알겠지만 네 번 접혀서 서류 봉투에 들어있었어. 봉투엔 받는 사람 이름도, 본인 이름도 없었고. 그걸 다시 반으로 접어서 다키시마의 겉옷 안주머니에 넣어둔 거지."

"경찰이 발견했겠지?"

"맞아."

"흠."

"반응이 뭔가 시큰둥한데. 사진에 뭐 걸리는 거라도 있어?"

"아니, 오히려 별것 없어서 실망한 거지." 쓰노다는 그 사진을 침대 수납장 위에 내려놓으며 말했다. "이건 내가 가지고 있어도 되지?"

"그래. 이왕 봤으니 한번 들여다보고, 소설 소재로라도 써보든가. 괜찮은 거 나오면 자료 제공료는 잊지 마시고."

"그래……." 쓰노다는 건성으로 대답했다. "그리고 말야, 깜빡하고 못 물었는데, 남자가 가지고 있던 돈에는 이상 없었어?"

"그 말은, 여자가 가져간 게 아니냐는 뜻인가?"

"응."

"동전 하나도 모자라지 않았어. 요즘도 죽으러 갈 땐 역시 육도전 망자가 삼도천을 건널 때 뱃삯으로 바치는 여섯 개의 동전이면 되나 봐. 삼도천 건너는 뱃삯이 인플레이션으로 올랐다는 얘긴 못 들었으니까."

"그럼 다음에 그 소지품 목록 좀 적어서 보내줄래? 그리고 중요한 걸 또 깜빡했는데, 다키시마가 죽었을 때 그 시체가 다키시마인지 누가 확인했어?"

"모두가."

"모두라니, 너무 막연한 대답이잖아."

"물어보면서 자꾸 따질래?"

"네가 신문할 땐 나처럼 얌전한 말투는 아닐 거잖아?" 쓰노다가 받아쳤다.

"그야 그렇지. 죄다 범죄자거나 용의자라 만만치 않은 놈들이니까. 내 선까지 온다는 건……. 참, 무슨 얘기하고 있었더라?"

"다키시마 시신을 누가 확인했냐는 얘기였어."

"죽기 전에 확인했지. 아직 숨이 붙어있을 때 말이야. 다키시마네 가정부, 그리고 농림성 동료들, 과장……."

"그럼 전부 남이잖아?"

"그 집 식구들은 시코쿠 일본 열도를 구성하는 네 개의 섬 중 가장 작고, 인구도 가장 적으며, 바다와 산으로 둘러싸인 섬 산골에 살고 있거든. 전보를 쳐도 가는 데만 사흘은 걸려. 대단한 흉악범도 아니고, 당시엔 팔천만 엔 얘기도 나오지 않았을 때니까. 게다가 그땐 화창한 봄날이었어, 4월. 시신을 그리 오래 놔둘 수는 없잖아. 일본엔 시체 안치실이 없으니."

"만약 다키시마가 죽지 않았다면 넌 어떻게 하겠어?"

"이봐!"

이쯤 되자 그 침착하던 이시게도 소리를 지르지 않을 수 없었다. 그는 어이없는 표정을 지으며 쓰노다의 얼굴을 한참 들여다보고는 말했다.

"너 설마, 그 다키시마가 가짜라도 된다는 거야?"

"그럴 수도 있다는 말이지. 무려 팔천만 엔이나 되는 돈이야. 나라도 죽은 척하고 어디 숨어서 그 돈 써보고 싶을걸."

"흐음, 그런 얘기 어디서 들어본 적 있는데……. 아, 소설『몬테크리스토 백작』. 역시 소설가라는 작자들은 진짜 별의별 엉뚱한 생각을 다 한다. 너 진짜 할 일 없구나. 얼마나 심심하면 유령 이야기를 분석하고 있겠냐마는……."

"그게 아니라면, 죽은 자는 말이 없다는 걸 노리고 누군가가 대신 죽은 시체를 갖다 놓았다는 얘기지."

"그만, 그만. 너 같은 괴짜랑 엮였다간 내 밥줄이 끊기겠어." 이시게는 그렇게 말하며 몸을 일으켰다.

"하하, 그냥 그러면 흥미롭겠다 싶어서 잠깐 상상해 봤을 뿐이야."

이시게는 어이없다는 얼굴로 돌아갔다. 하지만 그가 돌아간 뒤에도, 쓰노다의 그 생각은 곰팡이처럼 머릿속 깊이 달라붙어 좀처럼 떨어지지 않았다.

제4장

데이터를 모아서

"선생님이 다키시마 씨를 여기서 직접 치료하셨다면서요?"

그는 히라바야시라는 젊은 내과 의사였다.

"네."

아침 회진 때였다.

"이곳에 실려 왔을 때는 이미 가망이 없는 상태였나요?"

"뭐, 남자분은 회복 가능성이 높진 않았죠."

"두 사람 이야기 좀 자세히 들려주실 수 있을까요?" 쓰노다가 웃으며 물었다.

"의사는 환자 정보를 제삼자에게 말할 수가 없어요." 히라바야시도 웃으며 말했다. "혹시, 글감으로 쓰시게요?"

"예, 뭐……. 그래볼까 하고요."

"부럽습니다. 병원에 계셔도 일을 할 수 있으니."

"대신 수입도 적습니다."

"설마요. 벌써 건물 하나쯤은 올라간 건 아니고요?"

"하하하."

마침 회진도 여기가 마지막 차례라, 히라바야시는 의자에 앉아 쓰노다에게 이야기해 주었다.

"안타까웠죠. 그 사람이 정말 팔천만 엔 사건의 당사자인 줄 알았더라면 제가 밤낮없이 달라붙어 어떻게든 해봤을 텐데요. 전날 밤 당직이라 날을 새는 바람에 저녁에 교대하고 집에 가 버렸거든요. 지금도 안타까워요. 어쩌면 살릴 수도 있을 거라고 생각했는데……."

"여자는 어땠나요?"

"여자는 남자보다 상태가 나쁘지 않았지만, 뭐 결국 사망했죠."

"남자보다 나쁘지 않았다는 게 정확히 어떤 말씀인가요?"

"구토했더라고요. 그래서 위에 남은 수면제 양이 적었던 것 같아요. 체온이나 호흡, 맥박도 남자보다 훨씬 양호했어요."

"의식이 없는 척 연기한 건 아닐까요?" 쓰노다가 물었다.

"네? 설마……. 왜 그렇게 생각하세요?" 히라바야시는 놀란 듯 쓰노다의 얼굴을 바라보다 되물었다.

"두 사람에게 그럴 이유가 있었던 건 아닐까요?"

"무엇 때문에요?"

히라바야시는 의아한 표정을 지었다.

"음, 지금으로선 저도 모르겠습니다만……, 꾀병도 만들라 치면 뭐…….."

"글쎄요. 그러려면 강한 의지가 필요할 겁니다. 의사를 속이려면 말이죠. 하긴, 최근에도 있긴 했죠. 전범 사형수가 무려 사 년이나 전문가들을 속인 일도 있으니까요. 미친 척하면서 형 집행을 멈추게 했죠. 그거에 비하면 겨우 반나절이나 하루쯤이야 마음만 먹으면 못할 일도 아니겠죠."

"도대체 두 사람이 약을 얼마나 먹은 걸까요?"

"새로 딴 백 정짜리 약통 두 개가 다 비어 있었어요. 그걸 전부 먹었다고 보는 게 일반적인 판단이겠지만, 그 두 사람이 각자 몇 알씩 먹었는지는 알 수 없죠."

"실제로 먹은 양이 그리 많지 않았을 수도 있을까요?"

"그럴 수도 있죠. 우리가 보는 앞에서 삼킨 건 아니니까요. 하지만 현장엔 약통을 싸고 있던 셀로판지와 개봉할 때 뜯는 빨간 테이프, 설명서까지 다 바닥에 떨어져 있었어요. 현장에서 새 약통을 개봉해서 전부 먹었을 거라고 보는 게 상식적인 설명 아닐까요?"

"위스키랑 같이 마셨다고 하던데요?"

"네, 위세척을 했을 때 알코올 냄새가 많이 났습니다."

"여자도요?"

"네, 여자도 조금은 마신 듯했어요. 술과 함께 복용하면 흡수가 잘 되서 효과도 더 빨리 나타나거든요."

"위 내용물은요?"

"오, 꽤 전문적으로 물으시네요." 히라바야시는 웃으면서 말했다. "돼지고기, 벚꽃새우, 표고버섯, 당면……. 중국요리로 추측되는 내용물이었어요."

"여자는요?"

"여자도 거의 비슷했어요."

"위 속에 남아있던 음식의 양은요?"

"여자는 양이 적었어요. 구토를 많이 한 것 같았어요. 기모노와 오비에도 토사물이 많이 묻어있었거든요."

쓰노다는 화제를 바꿔, 병문안을 온 사람이나 친척들에 대해 물어보았다. 경찰의 연락을 받고 농림성에서 직장 동료 두 사람이 찾아왔고, 나중에 과장이라는 남자가 문병을 와서 오후 내내 병실에 머물렀다고 한다. 쓰노다가 간호사에게 부탁하여 명함을 찾아보게 했더니, 다행히 남아있었다.

농림성 비료과장·농림사무관 | 호리키리 슈헤이

"참 따뜻한 분이더군요. 세상을 떠난 두 사람은 물론이고, 남겨진 유족들까지 챙겼다고 하더라고요. 요즘 같은 시대에 보기 드문 공무원이라며 칭찬이 자자했어요. 돌아가서도 여러 번 전화해서 두 사람의 상태를 물어봤고요." 히라바야시 선생이 말을 덧붙였다.

여자의 집은 후쿠시마인데, 다음 날 아버지라는 사람이 찾아왔지만 그땐 이미 여자가 투신한 뒤였다. 남자 쪽 친척은 사흘이 지나서야 겨우 도쿄에 도착한 모양이었다. 다키시마네 가정부가 병원에 온 뒤로는 줄곧 두 사람을 곁에서 돌봤다.

"그 후로 이 병동에 유령이 나온다는 얘기가 있던데요?" 히라바야시의 이야기가 일단락되자 쓰노다가 물었다.

"젊은 간호사들 사이에서 그런 말이 좀 돌긴 했죠, 하하하. 하지만 예전부터 말입니다. 하코네에서 도쿄까지는 귀신이나 괴물 같은 건 안 나온다는 게 정설 '촌뜨기와 도깨비는 하코네 너머에 있다'라는 에도 시대 속담으로, 대도시 에도(도쿄)는 세련되어 촌스러운 것이 올 수 없다는 의미입니다. 뭐, 살아있는 괴물이라면 우리 병원 간호사 중에도 있긴 합니다만……."

"말씀이 지나치시네요! 그런 말 간호사들이 들으면 눈썹부터 치켜올릴걸요?"

"그게 오히려 얼굴에 좀 긴장감을 주지 않겠어요?"

"하하하!"

"아무튼 그 뒤로는 이 병실을 쓰지 않았어요."

"하지만 니쿠니란 사람이 여기서 자살했다던데요?"

"아, 네……."

히라바야시 선생의 표정이 어두워졌다. 알고 보니 니쿠니는 그의 환자였다.

"그리고 절도 사건도 있었죠."

"네, 팔천만 엔이면…… 눈에 불을 켤 만하지요. 하하하."

"바쁘신데 선생님을 너무 오래 붙들어 놨네요."

"아닙니다. 조금이라도 집필에 도움이 됐다면 다행입니다. 걸작을 완성하시면 꼭 보여주세요. 다만, 제 얘기는 나쁘게 쓰지 말아 주세요. 특히 간호사한테 괴물이라 한 건……, 삭제해 주세요. 하하!"

"그럼요." 쓰노다도 웃으며 말했다.

다음 날, 아내 에쓰코가 왔을 때 쓰노다는 이시게에게 전화를 부탁했다.

"그 동반 자살 현장에 제일 먼저 간 순경을 좀 만나고 싶다고 전해줘."

그리고 점심때쯤 되어 이시게가 그 순경과 함께 지프를 타고 병원에 찾아왔다.

"너 참 성가시게 하는구나. 팔천만 엔 같은 건 이제 없다니까. ……여기 이 친구가 오타니 순경이야."

"하하하, 이시게가 말한 팔천만 엔 얘기는 농담입니다. 그 다키시마 사건이 일어난 아침 일로, 조금 궁금한 게 있어서요. 처음 현장에 도착하셨을 때, 두 사람의 모습은 어땠습니까?"

"장소는 소네지 아치카와에 위치한 절로, 사토미 공원과 맞닿아 있다의 묘지를 지나 솔숲 끝자락이었어요."

그렇게 오타니 순경은 그날 아침의 이야기를 들려주었다.

소네지 경내와 사토미 공원 일대는 전쟁 때 군대가 주둔했던 곳으로, 그때 파 놓은 커다란 구덩이들이 여기저기 남아있었다. 두 사람은 한 구덩이 옆에 나란히 누워있었는데, 날이 어슴푸레 밝아오던 무렵에 어느 폐품팔이 노인이 두 사람을 처음 발견했다. 노인은 시신을 발견하자 파출소로 달려갔다.

두 사람은 강 쪽으로 발을 뻗은 채, 풀도 거의 없는 땅바닥에 아무것도 깔지 않고 누워있었다. 남자는 양복 위에 더스터코트를 입고 있었고, 여자는 큼직한 무늬가 들어간 화려한 기모노를 입고 있었다. 여자 얼굴에는 여성용 손수건이 덮여있었고, 남자의 발 쪽에는 신문지가 덮여있었다. 곁에는 삼백육십 밀리리터짜리 위스키 빈 병 하나와 주스 병 두 개, 그리고 백 정짜리 수면제 약통 두 개가 텅 빈 채 나뒹굴고 있었다.

오타니 순경이 맥을 짚어보니, 두 사람 모두 희미하게나마 맥박이 뛰고 있었고, 몸에도 아직 온기가 남아있었다. 그는 폐품팔이 노인을 곧장 파출소로 보내 구급차를 부르게 했다. 두 사람은 맥이 있었지만 의식은 없었고, 여자의 아름다운 기모노 가슴께에 토사물을 닦은 흔적이 있었다. 오타니 순경은 혹시 그걸 닦은 휴지나 손수건이 있지 않을까 싶어 주위를 둘러봤으나 소득은 없었다. 사건이 벌어지기 이틀 전은 벚꽃 구경하기 딱 좋은 일요일이었는데, 근처 구덩이엔 그날 버려진 종잇조각들만 잔뜩 쌓여있었다.

구급차가 도착해 두 사람은 쇼지 병원으로 이송되었고, 오타니 순경은 한동안 병원에 남아있었다. 농림성에서는 과장이라는 조용한 중년 남성과 동료라는 건장한 청년이 왔고, 다키시마 집에서 일하는 가정부도 병원으로 달려왔다.

"두 사람 밑에 아무것도 깔려있지 않았다고 하셨죠?" 오타니 순경의 설명이 끝나자 쓰노다가 물었다.

"네."

"그게 좀 이상하군요."

"왜? 뭐가?" 이시게가 끼어들었다.

"남자는 왜 자기 코트를 벗어서 깔아주지 않았을까요? 4월이라 해도 땅바닥은 꽤 눅눅하고 서늘했을 텐데요. 술을 마시면서 약까지 함께 먹었으니, 한참 동안 그 자리에 앉아있었을 텐데……."

"죽음을 앞둔 인간의 심리란 원래 제정신이 아닙니다요, 나리." 이시게가 웃으며 말했다.

"게다가 그 둘은 어딘가에서 중국요리에 술까지 곁들여 꽤 취한 상태로 현장에 간 것 같더라고요.

"정말, 두 사람이 직접 거기까지 갔을까요……?"

"어? 뭐라고? 무슨, 말도 안 되는 소릴. 그럼 넌 그게 살인사건이거나, 누군가가 자살을 도왔다는 거야?"

"아니……." 쓰노다는 난감한 듯 쓴웃음을 지으며 말했다. "꼭 그렇다고 생각하는 건 아니야."

"꼭 그렇지는 않지만, 그런 생각이 들긴 한다는 거야?"

쓰노다는 말없이 웃고 있었다. 두 사람의 대화가 잠시 끊기자, 오타니 순경이 물었다.

"집필에 참고하시게요?"

"이 친구는 팔천만 엔을 찾고 있는 거야."

"쓸데없는 소리……." 쓰노다는 웃으며 말했다. "그 돈은 아직도 행방이 묘연하다지?"

"어디 산속이나 바닷가 모래밭에라도 파묻혀 있겠지." 이시게가 얼렁뚱땅 둘러댔다.

"꿈이 없는 인간은 참 딱하네."

"대낮에 눈 뜨고도 꿈을 꾸는 인간도 딱하긴 마찬가지지." 이시게가 받아쳤다.

"당뇨병은 오래 간다죠." 오타니 순경이 무심코 말했다.

"이 친구 상태가 심각한 건 아닌데 다들 내보내 주질 않는 거야. 병원에 있는 동안은 세상이 조용하니까. 그래야 살만하거든." 이시게가 말을 이었다.

"아, 맞다. 그 여자가 강에 투신했을 때, 수색도 직접 하셨나요?" 오타니 순경이 인사하며 돌아가던 순간, 쓰노다가 무언가 떠오른 듯 물었다.

"아니, 그건 다른 순경이 했지." 이시게가 대신 답했다. "설마 이번엔 그 순경을 찾는 거야?"

"기회가 된다면 만나보고 싶어." 쓰노다가 말했다.

"참 귀찮게 한다."

"모치즈키 경사님입니다." 오타니가 말했다.

"쉬는 날에 바람도 쐴 겸 한번 들르라고 전해줘. '쓰노다 총

경님께서 찾으신다'고 하면서." 이시게는 히죽히죽 웃으며 농담을 던졌다.

"너도 참 대단하다." 오타니 순경의 발소리가 문 너머로 사라지자 이시게가 쓰노다를 놀리듯 말했다. "줄줄이 불러대는구만. 순경에, 경사에, 경감까지."

"모치즈키라는 사람, 경사라고?"

"응, 작년 여름에 네 강의를 들은 친구야."

쓰노다는 작년에 경찰 대상 연수로, 문학 강좌를 일고여덟 차례 맡은 적이 있었다.

"너 말이야, 아직도 날 친구라고 생각해?" 쓰노다가 불쑥 뜬금없는 말을 꺼냈다.

"그게 무슨 말이야?" 이시게는 의아한 표정을 지었다.

"지금도 변함없는 우정을 갖고 있냐고 묻는 거야."

"흐흠……." 이시게는 히죽 웃었.

쓰노다와 이시게는 초등학교 시절부터 친구였다. 중고등학교도 함께 다녔고, 이후엔 각자의 길을 걸었지만 이곳 이치카와에 와서 다시 만나게 된 것이다.

"그래서 그 우정이 뭐 어쨌다는 거야?"

"아직 우정이 남아있다면 이번 사건을 좀 도와달라는 거지."

"뭐, 뭐라고?" 이시게가 놀라며 되물었다.

"보다시피 난 이 모양이라 당분간 움직일 수가 없어. 그러니 네가 수사를 해 줬으면 좋겠어."

"무슨 수사를 하겠다는 거야?"

"팔천만 엔의 행방이지."

"그건 법무위원회에서 이미 조사 끝난 일이야." 이시게는 쓰노다를 안쓰럽게 바라보며 말했다. "게다가 이미 사건은 종결됐고."

"정부가 슬쩍 덮어버린 거야. 괜히 파헤치다간 목이 날아갈 수 있으니까."

"나도 충직한 정부 사람이야." 이시게가 비꼬듯 말했다.

"그 공무원 나리의 휴가를, 한 달만 나한테 주라."

"몽땅 다?"

"아니, 일요일만."

이시게는 잠시 쓰노다의 눈을 바라보다가 말했다.

"그래. 그것까지 거절할 순 없지, 우리 사이에."

○

이시게가 돌아간 지 두 시간쯤 지나서, 비번이라며 모치즈키 경사가 얼굴을 내밀었다. 중년의 마른 남자였고 머리숱도 상당히 적어 보였다.

"입원하신 줄 몰랐습니다. 그런데 무슨 일로 저를?" 모치즈키는 가져온 카네이션을 머리맡 꽃병에 꽂은 뒤 곧바로 물었다.

"고맙습니다. 여기가 말이죠, 그 다키시마가 죽어나간 병실입니다."

"그렇다면서요. 아까 경감님께 들었습니다."

"그 사건과 관련된 일인데요. 가가야라는 여자가 투신한 현장 말입니다."

"뭐가 궁금하십니까?"

"그때, 그 여자의 상태가 궁금합니다. 거긴 에도강……."

"게이세이 전철이 다니는 철교에서 약 칠백오십 미터쯤 올라간 상류였어요. 도로에서 삼 미터쯤 내려간 강가였습니다."

그 일대는 집 한 채 없는 외진 곳으로, 일종의 '죽음의 장소'였다. 해마다 서너 번은 어김없이 투신 자살 사건이 발생하는 곳이었는데, 물살이나 조류의 영향으로 인해 시신을 발견하기도 쉽지 않았다. 바로 아래 지점에서 강이 굽이쳐 큰 웅덩이를 이룬 지형이 있는 것도 그랬다. 그러다가 물살을 타게 되면 시신은 강 하류를 따라 우라야스 앞바다까지 떠내려가게 됐다.

모치즈키 경사는 여자가 사라졌다는 병원의 연락을 받고 순경 한 명을 소네지 절의 묘지 위쪽으로 보냈고, 본인은 곧장 강가로 갔다. 아직 날이 채 밝지 않은 이른 아침, 옅은 우윳빛 안개가 내려앉아 있었다. 그 장소에 도착하자, 아니나 다를까 핸드백 하나가 떨어져 있었다. 도로 아래 비탈에 핸드백이 뒤집힌 채, 그 안에 있던 립스틱과 향수병 같은 것들이 쏟아져 여기저기 흩어져 있었다. 슬리퍼 한 짝은 바로 옆에 벗겨져 있었다. 나머지 한 짝은 거기서 삼 미터쯤 떨어진 비탈—그래봤자 말뚝으로 만든 계단식 흙막이지만—의 아래에서 두 번째 단에 뒤집힌 채 나뒹굴고 있었다.

모치즈키 경사는 여자가 아직 수면제에서 완전히 깨어나지 못한 상태였을 것이라고 생각했다. 그래서 새벽안개 속에서 발을 헛디뎌 강물에 빠졌고, 그 길로 목숨을 잃은 게 아닐까 추측했다. 살펴보니 물가 쪽 흙이 조금 깎여 있었고, 강물 쪽으로 한 뼘쯤 튀어나온 말뚝 머리 두세 개가 젖어있었다. 자세히 관찰해 보니 그 말뚝을 향해 물가의 풀이 마치 무거운 무엇인가를 질질 끌고 간 듯 쓰러져 있었다.

모치즈키 경사는 이삼일 전 내린 비로 강물이 불어나 시신이 이미 멀리 떠내려 갔을 거라고 생각했다. 실제로도 한참이 지나 그 시신이 우라야스 앞바다에서 발견되었다.

그는 현장 약도를 그려 병원에 보고하러 갔고, 오타니 순경이 작성한 핸드백 속 물품 목록과 대조해 보았지만 빠진 것은 하나도 없었다.

"이게 현장 약도입니다. 복사본이니 두고 가겠습니다."

모치즈키는 약도를 쓰노다 앞에 펼쳐 보였다. 쓰노다는 모치즈키 경사를 유능한 경찰이라 판단했다. 그가 만든 약도는 매우 요령 있게 잘 정리되어 있었다. 조감도처럼 그린 약도에는 소나무 서너 그루도 멋지게 그려져 있었다. 핸드백과 슬리퍼의 위치도 표시해 두고, 화살표와 함께 '핸드백은 아래쪽을 향함', '슬리퍼는 뒤집혀 있음'이라는 설명이 덧붙어 있었다.

"이상한 질문처럼 들리시겠지만, ……혹시 그 여자가 살아있을 가능성은 없을까요?" 쓰노다는 웃으며 물었다.

"네? 살아있냐는 말씀입니까?" 모치즈키 경사는 어이없다는 듯 고개를 저었다. "그럴 리는 없을 겁니다. 시신도 이미 확인됐고요. 살아있다면 핸드백은 무조건 챙겼을 거예요. 어디를 가든 돈은 필요하니까요. 핸드백 안에는 만 오천엔 가까운 현금이 들어있었어요. ……병원을 빠져나올 때도 들고 나온 가방이거든요. 게다가 그 여자는 맨발이었습니다. 잘 아시겠지만, 거기서 전철을 타든 국도에서 차를 잡아타든, 파출소 앞을 지나지 않고는 갈 수가 없어요. 젊은 여자가 맨발로 파출소 앞을 지나간다면 경찰이 그냥 보고 넘겼을 리가 없죠."

모치즈키 경사가 돌아간 뒤, 쓰노다는 그가 두고 간 두 사람의 유류품 목록을 가만히 들여다보았다.

그날 밤, 다시 놀러 온 이시게에게 쓰노다는 물었다.

"이 다키시마가 가지고 있던 물품 목록 중에 말이야, 좀 이상한 게 하나 있어."

"뭔데?"

이시게도 목록을 들여다보았다.

"세메다인 일본에서 판매되는 합성접착제 이야."

"세메다인이 왜?"

"안 뜯은 새 접착제였어?"

"나도 봐서 기억하고 있는데, 통에 절반쯤 남아있었어."

"오래된 거였어?"

"아니, 새것처럼 보였어. 다른 데서 썼겠지. 다키시마가 가지고 있던 손수건에 세메다인을 닦은 흔적이 있었어. 뭐, 손가락에 묻은 거라도 닦지 않았겠어?"

"다키시마는 새로 맞춘 말쑥한 양복을 입고 있었다면서?"

"응. 소지품도 다 고가품이었고."

"그 비싼 새 양복에, 쓰다 남은 접착제라……." 쓰노다가 중얼거렸다. "거기다 손수건까지. 삼박자가 딱 맞는군."

제5장

이시게 경감의 불안

'저 녀석 호기심도 참 골칫거리야.' 이시게 경감은 쓴웃음을 지으며 생각했다. '어릴 때부터 한번 꽂히면 끝장을 봐야 직성이 풀리는 성격이라니까! 그게 단점이기도 하고, 또 장점이기도 하고……. 이번 일도 그래. 그 팔천만 엔을 찾아낼 수 있다고 믿고 있으니, 어이가 없지.'

신주쿠행 전철 안에서 이시게는 속으로 혼자 중얼거렸다. 이시게는 말도 안 되는 얘기라고 생각했다. 그냥 거절할까 싶기도 했다. 하지만 쓰노다가 하도 열을 올리는 바람에 그만 국철에 몸을 싣고 말았다.

"뭐, 한두 번 원하는 대로 해주면 정신 차리겠지. 국회 법무위원회에서도 덮은 일인데, 아무 경험도 없는 글쟁이가 침대에서 떠들어봤자 쥐새끼 한 마리 안 나올걸."

늦가을 햇살이 창문으로 들어와 조금 덥게 느껴질 정도였다. 출근 시간대를 벗어나 국철 안은 한산했다. 전철은 지금 높다란 아키하바라 고가 위를 지나 오차노미즈 역으로 들어섰다.

"제일 먼저 알아보고 싶은 게 뭐야?" 오늘 아침, 이시게는 쓰노다의 병실을 찾아가 물어보았다.

"동반 자살 사건이 있던 날, 남녀의 행적."

"허, 완전히 경찰 수사네."

"응, 그렇게 될지 몰라."

"현직 경감을 동선 추적에 탐문 조사까지 시키다니. 전국을 떠들썩하게 할 대형 사건이 아니고선 어림도 없지!"

"대형 사건이 될지도 몰라. 팔천만 엔이잖아."

"아이고, 그놈의 팔천만 엔에 깔려 죽겠다!"

"대신, 찾아내기만 하면 넌 하루아침에 스타 형사가 될걸."

"꿈에서 말이냐? ……행적 조사 다음은 뭔데?"

"두 사람의 유품, 일기나 메모, 편지 같은 거."

"그런 건 진즉에 다 없어졌지. 검찰청에서 이미 조사 끝난 뒤야."

"놓친 게 있을 수도 있지. 특히 여자 쪽 말이야……. 신문에서도 '여자는 이번 사건과는 무관하다'고 단정 지었거든. 그게 바로 맹점이야."

"좋아! 알았어. 갔다 와준다. 하지만 그 이상은 사양이야. 자칫하면 인권 침해 소리나 듣게 돼."

"허어……, 죽은 사람 인권? 아니면 국민의 혈세를 갉아먹는 악질의 인권?"

"죽으면 다 부처가 된다잖아. 어릴 적부터 들었지? 죽은 사람 욕하는 거 아니라고."

"하하, 그게 현직 경찰 입에서 나올 소리야? 이래서 나는 요즘 경찰이 싫다니까. 죄 없는 착한 사람들보다 나쁜 놈들 인권을 더 챙긴다니까."

"경찰도 사람이야. 먹고는 살아야지. 딸린 식구가 어디 한둘이냐고. 그게 바로 우리 목줄이야."

그런 말다툼이 오간 후, 이시게는 다키시마가 전에 살았다는 신주쿠 햐쿠닌초로 발길을 옮겼다. 일요일의 신주쿠는 여전히 사람들로 북적였다. 이시게는 인파를 헤치고 밖으로 나섰다.

다키시마가 세 들어 살던 집의 주인이 바로 그 옆집에 살고 있어 물어보니, 다키시마를 간병하던 그 가정부는 이제 이케가미에 있는 요릿집 쓰쿠시에 일한다고 했다. 사실 이런 건 경찰서에서 경시청(도쿄도를 관할하는 경찰본부)에 전화 문의만 해도 바로 확인할 수 있는 일이었다. 하지만 오늘은 사적인 일이었다. 쓰쿠시는 다키시마가 자금을 대고 그의 친구 아내가 운영하고 있는 가게라는 것을 이시게도 알고 있었다.

'그럼, 이제 가가야가 살던 시모주조로 갈까, 아니면 쓰쿠시가 있는 이케가미를 먼저 들를까?'

역의 인파 속에서, 이시게는 시곗바늘을 노려보며 고민했다.

그는 느릿느릿 무심코 자동판매기 쪽으로 걸어가서, 십 엔짜리 짜리 동전을 집어넣었다.

'어디로 갈지는 들어가서 정하자······.'

이시게는 인파에 떠밀려 지하도로 이어지는 계단을 내려갔다. 양장을 차려입은 풍만한 몸매의 여자가 눈앞을 지나갔다. 두둑한 엉덩이 선이 절묘하게 흔들렸다. 새하얀 반코트에 새빨간 스커트, 곧고 매끈한 다리에 빨간 구두, 힙 사이즈는 아마 구십 센티미터는 족히 넘어 보였다. 이시게는 넋을 놓고 그 뒷모습을 바라보다 야마노테선 승강장으로 올라갔다.

'그래, 이케가미로 가자.'

고탄다역에서 이케가미선으로 갈아타 이케가미역에 내리자 쓰쿠시는 금방 눈에 띄었다. 부채꼴 모양의 처마 등이 달린 문을 지나자, 왼편에 빨간 도리이 신사 입구에 세우는 일본식 전통 기둥문가 있는 이나리 신사의 작은 사당이 있었고, 그 옆에 출입문이 있었다. 안내를 청하자 멀리서 여자 목소리가 들려왔고 곧 열여덟, 열아홉쯤 되어 보이는 젊은 여자가 얼굴을 내밀었다.

"누구세요?"

"보험사에서 나왔습니다."

"아, 보험이요? 저······, 지금 아무도 안 계시거든요."

"보험 영업하러 온 게 아닙니다. 다키시마 씨와 함께 돌아가신 가가야 씨의 보험금 지급 건으로 왔어요."

"아, 그러세요······."

"그래서 전에 다키시마 씨 댁에 계셨던 가정부, 그러니까 신주쿠 햐쿠닌초에 계셨던 오토시라는 분을 좀 뵙고 싶은데요."

"잠깐만 기다려 주세요."

소녀는 그렇게 말한 뒤 안으로 들어갔고, 잠시 후 오토시 씨가 모습을 드러냈다.

"어서 오세요. 제가 오토시입니다."

"이야……."

이시게는 피우던 담배를 바닥에 버리고 구둣발로 눌러 껐다. 오토시는 생각보다 아름다웠다. 서른 하고도 서넛쯤 되었을까? 오랜 세월 이런 곳에서 살아온 사람만이 가진 묘한 매력이 온몸에서 스며 나오는 듯했다.

"실은, 가가야 아야코 씨의 보험금 문제로 좀 여쭙고 싶은 게 있어서요. 아시겠지만, 자살일 경우에는 보험금 지급 절차가 꽤 까다롭거든요."

실제로 가가야는 백만 엔짜리 보험에 가입되어 있었다. 하지만 이 건은 다키시마의 고향 선배이자 과장인 호리키리가 이미 모든 절차를 마무리한 상태였다.

"그렇겠네요."

"자살 사유란에 어떤 내용을 써야 할지 잘 모르겠습니다. 제가 후쿠시마에서 가가야 씨에게 보험을 권유한 사람이기도 해서……. 아무리 그래도 그 원인이 다키시마 씨 때문이었다고는 쓸 수가 없어서요."

"네……."

"다키시마 씨에게 협박을 받아 어쩔 수 없이 그런 선택을 했다는 사람들도 있더라고요."

"말도 안 되는 소리예요. 다키시마 씨는 그런 분이 아니에요. 두 분은 정말 서로를 아끼는 사이였어요."

"그랬던 두 사람이 왜 하필 그런 선택을 했을까요. ……저는 그 팔천만 엔 이야기는, 지금도 믿기지 않습니다."

"저도 그래요." 오토시는 고개를 끄덕였다.

"아직도 두 사람이 스스로 목숨을 끊었다는 생각이 들지 않아요. 가가야 씨와는 오래전부터 알고 지내셨지요? 두 분과 가장 가까웠던 분이니까, 혹시 뭔가 알 수 있지 않을까 싶어 이렇게 찾아왔습니다……."

"네……."

"그날 일 말인데요. 어떤 사람은 오히려 가가야 씨가 다키시마 씨를 억지로 끌어들였다는, 말도 안 되는 소릴 하더군요."

"그건…… 아니지 않을까요."

"저도 그날 일은 잘 몰라서요. 그날 아침, 가가야 씨가 댁에 찾아왔나요?"

"아뇨, 다키시마 씨가 전화로 아야코 씨를 불러내셨어요."

"그래요? 무슨 일로요?"

"글쎄요……. 제가 듣기로는 다키시마 씨가 '가기 싫으면 굳이 안 가도 돼'라고 하셨어요."

"그게 어딘가요?"

"음……."

"영화나 연극 같은 건가요?"

"글쎄요……."

"이치카와나 고노다이 이치카와시에서 사토미 공원과 소네지 절, 가가야가 투신한 흔적이 발견된 에도강 등지 등이 속한 작은 지역구 같은 곳 얘기는 안 했나요?"

"아뇨."

"전에 다키시마 씨가 이치카와에 간 적이 있었을까요?"

"음……, 그건 저도 잘……."

"다키시마 씨가 아야코 씨에게 전화를 건 시간은 몇 시쯤이었죠?"

"점심 조금 지나서였던 것 같아요."

'어라?' 이시게는 문득 이상하다는 생각이 들었다. "그날은 월요일이었잖아요?"

"네……. 하지만 점심 무렵에 퇴근하셨어요."

"그렇다면, 어디 멀리 다녀올 계획이 있었던 걸까요?"

"글쎄요……. 가끔 점심 무렵에 외출하시는 일이 있긴 했어요."

"가가야 씨는 그 시간에 회사에 있었겠죠?"

"그랬던 것 같아요."

"그럼 그날 가가야 씨가 그 이후에 댁으로 오셨나요?"

"아뇨."

"그럼 다키시마 씨 혼자……, 차라도 부르셨나요?"

예약 택시라면 목적지를 알 수 있을 거라고 이시게는 생각했다.

"아뇨, 큰길로 나가면 빈 택시들이 많이 다니거든요."

"그날 어디로 갔는지만이라도 알 수 있으면 좋을 텐데요." 이시게는 집요하게 물었다.

"음……."

"혹시 친구 집에 갔던 건 아닐까요?"

"글쎄요." 오토시는 웃으며 말했다. "젊은 남녀잖아요. 그런 건 캐묻는 게 아니에요."

"아하하, 그렇네요." 이시게도 결국 웃고 말았다.

"그렇지만 전날인가 통화할 때, 생일이 어쩌고……, 그런 말을 하긴 했어요."

"다키시마 씨가요?"

"네."

"가가야 씨 생일은 그날이 아니고, 다키시마 씨는……."

"아니에요, 다키시마 씨는 8월이에요."

"그럼 다른 사람 생일 파티에 초대라도 받았나?"

이시게는 고개를 갸웃거렸다. 그렇다면, 그날 아야코가 고급스러운 기모노 차림이었던 것도 이해가 갔다.

"다키시마 씨의 일기 같은 건 남아있지 않지요?"

"네, 전부 가져갔어요."

"누가요?"

"농림성 사람이요."

"언제요?"

"그날 아침에 제가 경찰서에서 온 전화를 받고 집을 나선 뒤였어요."

"그런데 그 사람은 어떻게 문을 열고 들어갔을까요?"

"평소에 제가 집을 비울 일이 있을 땐 옆집에 사는 집주인분께 열쇠를 맡기고 갔어요."

"그날은 댁에 아무도 없었는데, 왜 그렇게 급히 온 걸까요?"

"그날 아침에 당장 필요한 중요한 서류가 있는데, 그걸 다키시마 씨에게 맡겨뒀다면서 찾아왔대요."

"농림성 어느 과였나요?"

"그건 나중에 알아보긴 했는데 결국 확인하진 못했어요."

"혹시 비료과 아니었나요?"

"아뇨. 호리키리 씨께 여쭤봤는데 모른다면서 좀 이상한 표정을 지으시더라고요."

"호리키리 씨랑 다키시마 씨는 어떤 사이였죠?"

"고향도 같고 다키시마 씨가 도움을 많이 받은 것 같았어요."

"그분이 병원에서도 줄곧 곁을 지켜줬다면서요?"

"네, 정말이지……."

"아, 그러고 보니." 이시게는 자리에 일어서려다 문득 떠오른 듯 말했다. "두 사람, 수면제를 먹었잖아요. 다키시마 씨는 평소에도 수면제를 복용했나요?"

"아뇨. 집에서는 그런 걸 드신 적이 한 번도 없어요."

오토시는 그렇게 말하고는 입을 다물었다. 그리고 두세 번 눈을 깜박이다가 물었다.

"혹시…… 경찰 분이신가요?"

이시게는 말없이 웃기만 했다.

○

다음 날, 이시게는 농림성을 찾아갔다. 가가야 아야코의 보험금 문제를 핑계로 댔다. 동반 자살이 있었던 날, 쇼지 병원에 다녀갔다는 사무관은 바로 만날 수 있었다. 도비타 그리고 이가시라, 두 사람이었다.

"가가야 씨의 보험 대리인입니다. 자살일 경우에는 보험금 청구가 쉽지 않아서요……."

이시게는 이런 식으로 운을 띄우며 다키시마와 가가야에 관해 이것저것 캐보려 했지만, 별다른 수확은 없었다. 다키시마가 초대받았다는 생일 파티의 주인공에 대해 물었지만, 두 사람 모두 모르고 있었다.

"그날 아침에 농림성 사람이 다키시마 씨 집에 가서 서류를 뒤졌다고 하던데, 알고 계셨나요?"

"그게요, 좀 이상하더라고요. 저희도 나중에야 알았어요. 다키시마 씨네 가정부인 오토시 씨, 그분한테 들었거든요. 누가 그런 건지 과장님도 모른다고 하시더라고요. 도무지 알 수가 없어요."

"이른 아침이었다고 하던데요?"

"네, 저희가 경찰 전화를 받은 시각과 거의 비슷했어요."

그것은 이상한 일이었다. 이시게는 호리키리 과장을 직접 만나보기로 했다. 그는 오십 대로 보이는, 작은 체구에 온화한 인상을 가진 사람이었다.

"호리키리입니다……."

이시게는 여기서도 보험 때문에 나온 사람인 척했다.

"참 안타까운 일이었습니다." 진심으로 안타까워하는 기색을 보이며 호리키리는 말했.

"과장님께서 가가야 씨에게도 큰 도움을 주셨다고 들었습니다. 유족분들이 무척 고마워하시더군요."

"아닙니다……."

"가가야 씨의 보험 건으로 여쭙고 싶은 게 있어서요. 나중에 보험료 영수증이 한두 장 나오긴 했는데, 정작 보험 증서는 보이지 않더라고요. 수령인이 다키시마 씨로 되어있었다는데, 댁에서도 아직 못 찾고 있다고 하더군요. 듣기로는 농림성에서 다키시마 씨 관련 서류를 가져가셨다고 해서요. 혹시 그 사이에 섞여 들어간 건 아닐까 싶어 여쭤보는 겁니다."

"글쎄요……." 호리키리는 미간을 찌푸리며 말했다.

"그런 얘기가 들려서 확인해 봤는데, 여기선 거기에 간 사람이 아무도 없고 다키시마에게 서류 같은 것을 맡긴 적도 없습니다. 지금 생각해도 이상한 일이에요……."

호리키리는 상대를 살피듯 안경 너머로 이시게를 뚫어지게 바라봤다.

"정말 이상하긴 하네요." 이시게도 맞장구를 쳤다.

하지만 그 비리 사건 이후 농림성 사람들이 그 일에 대해 말 꺼내는 것조차 꺼린다는 기색이 호리키리의 태도에서도 고스란히 드러났다.

'이제 와서 찾아본들 무슨 소용이야…….'

공무원들끼리 똘똘 뭉쳐서 다 한통속이었다. 바늘 하나 들어갈 틈도 보이지 않았다. 이시게는 담배에 불을 붙였다. 천천히 연기를 내뿜으며 말했다.

"보험과는 관련 없는 이야기입니다만, 그 자살 사건이 있었던 날, 가가야 씨는 다키시마 씨와 함께 누군가의 생일 파티에 초대받았다고 하더군요."

"음……."

호리키리도 덩달아 담배에 불을 붙였다.

"그런데 누구의 생일 파티였는지는 끝내 알 수가 없었습니다. 혹시 짐작 가는 분은 없으신가요?"

"흐음……, 그걸 왜 알아야 하죠?" 호리키리는 웃으며 되물었다.

"아뇨……. 저도 그 동반 자살이 좀 석연치 않게 느껴져서요. 하하, 그냥 개인적인 호기심입니다."

호리키리는 아무 대답도 하지 않았다. 그리고 그 뒤로는 입을 굳게 다물었다.

이시게는 합동청사 건물 밖, 환한 곳으로 발걸음을 옮겼다. 문득 그날 아침 다키시마의 집에 서류를 가지러 갔다는 남자가 누구였는지 확인해 보고 싶어졌다.

팔천만 엔은 그때 이후로 사라졌다. 만약 그것이 현금이었다면, 가장 먼저 다키시마 집에 간 사람이 어떻게 했을지 알 수 없다. 하지만 호리키리를 비롯한 농림성 사람들은 하나같이 가지 않았다고 했다. 비리 사건이라 감추려는 건 어찌 보면 당연하지만……, 그렇다 해도 법무위원회에서조차 문제 삼지 않은 건 왜일까?

'이 정보는 쓰노다에게 선물로 갖다줘야겠군!'

이시게는 그렇게 생각하며 다시 이케가미로 향했다. 오늘은 기분 좋게 택시를 잡아탔다.

○

"경찰 분이신가요?" 오토시는 대뜸 물었다.

"무슨 말씀이세요. 그 사건은 벌써 국회에서도 끝난 일입니다." 이시게는 능청스럽게 둘러댔다.

"그렇군요……." 오토시 씨는 안심한 듯했다.

"그럼요."

그럴 만도 했다. 이시게만큼 경찰 같지 않은 인물도 드물었으니까. 그는 평소에도 옷차림에 신경을 쓰는 편이었고, 오늘도 새로 맞춘 우스티드 양복에 파란색과 빨간색이 섞인 울 넥타이, 거기에 크림색의 화려한 오버코트 차림이었다.

"그날 아침, 서류 때문에 다키시마 씨 집에 갔던 사람이 어쩌면 보험 서류까지 챙겨갔을 수도 있겠네요."

"그럴지도 모르겠네요."

"어떻게 농림성 사람이라는 걸 알았죠? 그 사람하고는 만나지도 않았다면서요?"

"네, 새벽에 전화가 걸려 왔거든요."

"어떤 전화였죠?"

"처음엔 다키시마 씨 계시냐고 묻는 전화였어요."

"그게 몇 시쯤이었습니까?"

"이른 아침, 막 동이 튼 직후였어요."

"이름은 말하지 않던가요?"

"네. 제가 안 계시다고 하니까 나중에 다시 걸겠다며 전화를 끊었거든요."

"농림성이라고는 했군요?"

"네."

"어느 과라고는 안 했습니까?"

"글쎄요, 기억이 안 나네요……."

"다키시마 씨가 다녔던 비료과는 아니었다?"

"그랬다면 바로 알았을 거예요."

"그 뒤로 또 전화가 걸려 왔죠?"

"네, 두세 번쯤……. 경찰 전화를 받고 난 직후라, 그 얘기를 했더니 깜짝 놀라면서 '그럼 저도 그쪽으로 가겠습니다'라고 했어요."

"그 사람, 병원에 왔습니까?"

"아뇨, 병원에 온 건 도비타 씨와 이가시라 씨였어요. 그리고 호리키리 과장님도요."

"그럼 당신이 집을 비운 걸 알고 하쿠닌초에 있는 집으로 간 거군요."

"네, 맞아요."

이건 오토시가 지난 번에 해준 이야기와 모순된다. 그 사건이 한창 세간의 이목을 끌던 무렵엔 누군가가 이 여자의 입도 막았을지도 모른다. 하지만 지금은 사건이 정리된 지 벌써 서너 달이 지났다.

"병원에 왔는지도 모르지만 아마 면회는 못 했을 거예요. 과장님이 의사한테 '면회는 힘들 것 같네요'라고 하면서, 도비타 씨였나? 누군가한테 '면회 사절'이라고 쓴 종이를 병실 문에 붙이라고 했거든요. ……그러니, 아무도 없는 하쿠닌초 집으로 갔을지도 모르죠."

이시게는 그럴 수도 있겠다 싶었다. 만약 그 남자를 호리키리 씨를 비롯한 농림성 사람들이 알고 있으면서 숨기고 있다면 수상한 일이고, 정말 몰랐다면 알아볼 가치가 있다는 생각이 들었다.

"호리키리 과장님은 예전부터 알고 계셨습니까?"

"아뇨, 예전에 한 번 뵌 게 전부예요."

이시게는 쓰쿠시를 나와 사철과 국철을 갈아타고 신주쿠의 햐쿠닌초로 갔다. 그리곤 다키시마의 옆집을 찾아가 그날 아침 농림성 사람이라며 열쇠를 빌려 간 남자에 관해 물어보았다. 하지만 옆집에 사는 노파는 시치미를 떼는 것처럼 두루뭉술한 말만 늘어놓았다.

"보험 회사 직원인데요."

이시게가 백 엔짜리 지폐 세 장을 종이에 싸서 내밀자 노파는 마지못해 입을 열었다. 찾아온 건 둘이었고, 공무원처럼 보였다고 한다.

"자동차를 타고 왔습니까?"

이시게가 묻자 노파는 "그건 모르겠네요"라고 답했다.

"평소 오토시 씨가 집을 비울 때면, 열쇠는 늘 할머니가 맡아두는 겁니까?"

"다키시마 씨는 열쇠를 가지고 다니는 걸 싫어해서요. 오토시 씨가 하나를 갖고 있고 나머지 하나는 우리 집에서 맡아주고 있었지요."

"가끔 열쇠를 빌리러 오는 사람이 있었습니까?"

"아니, 그런 일은 거의 없어요."

"그래도, 있긴 하군요?"

"음, 관공서에서 나온 사람이……."

"그날 온 사람은 전에도 온 적이 있는 사람이었습니까?"

"아뇨."

옆집 할머니에게서 들을 수 있는 말은 거기까지였다. 이시게는 신주쿠역으로 돌아갔다. 이번에는 야마노테선을 타고 이케부쿠로에서 갈아탄 뒤 시모주조역에서 내렸다.

그사이 가을 해는 이미 저물었다. 이시게는 역 앞의 파출소에서 길을 묻고 버스를 탔다. 헛수고라는 생각도 들었지만 가가야 아야코가 하숙했던 이케우치 도요라는 사람의 집을 찾아갔다. 이곳을 찾아가 알아본 결과를 쓰노다에게 전해준다면, 친구 된 도리는 다한 셈이다. 답답한 병상에서 자신의 수사 행적을 듣는다면 쓰노다도 분명히 만족할 거라고 이시게는 생각했다.

그는 너저분한 골목길을 몇 번 돌며, 근처 고무 공장에서 반장으로 일한다는 이케우치의 집을 찾아냈다. 집 뒤편에 작은 별채가 있고 그 2층에 가가야 아야코가 세 들어 살고 있었다. 이시게가 찾아갔을 때 집주인인 반장은 아직 퇴근하지 않았고, 부인인 도요 씨가 나와 응대해 주었다.

도요 씨는 이런 부류 사람들에게 흔히 보이는 수다스러운 성격이라 이시게에게 도움이 되었다. 햐쿠닌초의 옆집 노파에게 한 것처럼 돈 봉투를 건넨 것도 한몫했다.

도요 씨는 아야코에게 별다른 악감정은 없는 듯 요즘 보기 드문 참한 아가씨라며 칭찬까지 했다. 사건이 있던 날 아야코는 평소처럼 아침 일곱 시쯤 집을 나섰고, 저녁에 다시 집에 들렀다가 무슨 파티가 있다며 옷을 갈아입고 다시 외출했다고 한다.

"누구 생일 파티였다고 하던데, 그런 얘긴 못 들으셨어요?" 이시게가 물었다.

"글쎄요. 그런 얘기를 했던 것 같기도 하고……."

도요 씨는 물론 동반 자살 같은 건 꿈에도 생각하지 못했다고 말했다. 다키시마에 대해서도 물어보았지만, 그가 올 때마다 빈손으로 오지는 않았는지 그에 대해서도 나쁜 말은 하지 않았다.

"그 사건 전후로 별다른 일은 없었습니까?"

이시게는 크게 기대하고 물은 건 아니었다. 사건의 중심은 다키시마였고 아야코는 주변 인물에 지나지 않았기에 아야코의 일상에서 쓰노다가 찾고자 하는 무언가가 나올 거라고는 생각하지 않았다.

"그게요, 도둑이 든 적이 있어요." 도요 씨는 마치 큰 사건이라도 되는 듯 말했다.

"그래요? 어디에요?" 이시게는 무척 흥미가 끌린 듯한 얼굴로 되물었다.

"별채에 있는 가가야 씨 방에요."

"언제요?"

"그 사건이 있던 날이요. 경찰서에서 연락받고 제가 병원으로 달려간 사이에 일어난 일이에요."

"뭘 훔쳐갔습니까?"

"그게요, 점심 지나서 돌아와 보니 별채 2층 아야코 씨 방에 누군가 들어간 흔적이 있었어요."

"그래서, 뭘 도둑맞은 겁니까?" 이시게가 다시 말을 재촉했다.

"그게, 참……." 그녀는 묘한 웃음을 지으며 말했다. "그런 놈을 변태라고 하겠죠?"

"음……."

"다른 건 놔두고 하필이면 가가야 씨 속옷을 훔쳐 갔어요."

"네에?" 이시게도 묘한 표정을 지었다.

"전날 세탁해서 제가 걷어다 놓은 게 두세 개 없어졌어요."

"귀중품은요?"

"돈도, 통장 같은 것도, 새로 산 옷도 그대로였어요."

"경찰에는 신고하셨죠?"

"네, 신고서 써서 제출했는데 경찰도 웃더라고요. 뭐, 이 근처는 불량배도 많은 동네라 이런 일은 흔하긴 해요."

사건이 있던 그날, 신주쿠에 있는 다키시마 집에도 침입한 놈이 있었다. 그리고 여기에도 도둑이 들었다. 이 일은 동반 자살 사건, 그리고 팔천만 엔 비리 사건과 모종의 관계가 있는 걸까? 이시게는 문득 그런 생각이 들었다.

'아니면 단순한 변태 도둑의 소행이고, 이 모든 게 그저 우연의 일치였던 걸까?'

경찰 기록을 참고해 보자면 아야코는 미인이었고 몸매도 상당히 좋은 편이었다.

"그 범인은 잡혔습니까?"

"잡히긴요."

"혹시 서류 같은 것도 함께 도둑맞은 건 아닐까요?"

"글쎄요……. 저희로선 알 수가 없죠."

"신문사 같은 데선 안 왔나요? 사진 같은 걸 구하려고."

"네, 하지만 사진은 한 장도 없었어요."

"사진을 안 찍었나 보네요. 요즘 사람들은 사진 찍는 걸 참 좋아하는데."

"그러게요." 도요 씨가 고개를 갸웃거리며 말했다.

"가가야 씨 물건 중에 뭔가 남아있는 건 없습니까?"

"아뇨. 다음 날이었나, 고향에서 아버지라는 분이 오셔서 전부 가져가셨어요."

"혼자서요?"

"아뇨, 다키시마 씨가 다니던 관공서 사람도 같이 왔어요."

"그 아버지 주소는 알고 계십니까?"

"네, 후쿠시마 어디라고 했는데, 적어둔 게 있어요."

이시게는 혹시 몰라 직접 확인하고 싶은 마음에 주소가 적힌 종이를 보여 달라고 부탁했다. 도요 씨는 자리에서 일어나 방 한구석 편지꽂이에서 종이 한 장을 꺼내왔다. 아야코의 주소는 이미 경찰 기록에 남아있어 이시게도 이미 알고 있었다.

그것은 평범한 편지지였다. 하지만 이시게는 그것을 손에 들고, '어?' 하고 속으로 외쳤다. '이건, 두 사람이 남긴 유서와 같은 편지지잖아!' 이시게는 다시 한번 마음속으로 소리쳤다.

"이 편지지, 댁의 것인가요?"

"아뇨."

"그럼 이 편지지는 아야코 씨 아버지가 가져온 건가요?"

"아니에요. 전부터 가가야 씨 방에 있던 거예요."

"전부터라면 꽤 오래전부터 있었던 건가요?"

"글쎄요······. 그래도 이 종이는 두세 번 본 적 있어요."

다키시마가 여러 번 이 집을 드나들었으니 어쩌면 그가 가져온 것일지도 모른다고 이시게는 생각했다.

"이 종이, 잠시 빌려 가도 되겠습니까?" 이시게가 물었다.

"네, 그러세요."

그녀는 따로 적어둔 것이 있다고 했다. 이시게는 종이를 받아들고 이케우치 도요의 집을 나섰다. 이건 하나의 발견이다. 하지만 큰 의미가 있는 건 아니었다. 다키시마가 이 집에 놀러 왔을 때 가져온 것일 수도 있고, 그가 쓰던 편지지를 아야코에게 준 것일 수도 있으니까.

'하지만…….'

이시게는 국철을 타고 가면서 생각에 빠졌다. 그러다 문득 중요한 사실을 깨달았다.

'이 편지지……?' 이시게의 등줄기가 서늘해졌다. '아니……, 설마 그런 일이 있을 리가!'

이시게는 마음속으로 부정했지만 두려움이 차올라 가만히 있을 수가 없었다.

제6장

비명을 지르는 경첩

쓰노다는 분명히 병실 안에서 사람 발소리를 들었다.

꿈이 아니다……. 눈을 떠보려 하지만, 눈꺼풀은 바위처럼 무겁다. 어렴풋이 옷자락이 스치는 소리가 들린다……. 눈은 떠지지도 않지만, 하얀 사람의 형체가 조용히 흔들리는 모습이 보인다…….

'치잉.' 침대 철제 파이프에 무언가 닿은 듯 금속 소리가 난다.

'뭐지?' 몽롱한 머릿속으로 생각한다.

'쿵.' 벽에 무언가 부딪히는 둔탁한 소리가 난다.

'또 그 유령인가? 아니, 인간이다…….' 쓰노다는 그렇게 확신한다. '제길, 붙잡아서 면상 가죽을 벗겨버릴까.'

하지만 몸은 커녕 손끝도 혀도 눈꺼풀도 뜻대로 움직여지지 않는다. 수면제를 먹고 깊은 잠에 빠져들 때나 막 깨어날 무렵에 꾸는 꿈과 매우 비슷하다.

'나는 지금, 꿈을 꾸고 있는 거야……' 하고 쓰노다는 생각한다. 그리고 이내 모든 것이 아득한 심연 저편으로 사라져간다…….

○

쓰노다가 눈을 떴을 때는 이미 창가에 아침 햇살이 어슴푸레 비치고 있었다. 고개를 돌리니 맑은 날씨를 예감케 하는 은은한 붉은빛이 채광창 유리를 통과해 회색 벽에 아름다운 줄무늬를 그리고 있었다. 시계를 들여다보니 여섯 시 삼십 분이 조금 지나 있었다. 방 안을 둘러보았지만 어젯밤의 유령 흔적은 어디에도 없었다.

멀리서 사람 발소리가 들렸다. 문을 여닫는 소리도 들렸다. 병원의 아침이 막 시작되고 있었다. 갑자기 누군가가 문을 톡톡 두드렸다.

"들어오세요."

쓰노다가 말하기도 전에 미닫이문이 열리며 하마무라가 주사기를 들고 들어왔다.

"춥네요."

"네, 그렇지만 오늘도 날씨는 좋을 것 같아요."

"간호사님, 당직이세요?"

"네, 어젯밤에 당직이었어요. 왕진도 세 번이나 있었고……."

인슐린 주사는 수간호사인 하마무라가 담당 업무를 시작하기 전에 놓으러 온다. 그녀는 능숙하고 사무적인 손놀림으로 주사를 놓고는 "몸조리 잘하세요" 하고 무심하게 인사한 뒤 방을 나갔다. 이렇게 쓰노다의 하루 일과가 시작되었다.

주사 맞은 자리를 꾹 누르며 쓰노다는 어젯밤에 본 유령을 떠올렸다.

'삼사일은 보이지 않았는데…….' 쓰노다는 생각했다. '하지만 그게 정말 유령이었을까?'

발소리를 죽이고 걷는 걸음, 옷자락이 살짝 스치는 소리, 하얀 옷. 가끔 미세한 숨소리마저 들렸다. 쓰노다는 원래 꿈을 자주 꾸는 남자였다. 누워서 잠들기 전에 문득 떠오른 생각이 고스란히 꿈으로 이어지기도 했다. 꿈을 꾸다 깨고, 다시 그 꿈을 이어서 꾸는 일도 있었다.

이날은 에쓰코가 일찍 왔다.

"표정이 왜 그래요?"

"응, 꿈은 왜 꾸는지 연구하고 있었거든."

"오장육부가 지치면 꿈을 꾼다고 옛날 사람들이 말했잖아요. 게다가 당신은 성인군자가 아니니까." 이 태평한 아내는 쓰노다를 놀렸다.

"성인군자는 꿈을 꾸지 않는구나." 쓰노다는 아내 에쓰코의 말에 말려들었다.

"아니면 진찰이라도 받아볼래요? 여기 신경과가 있었던 가……. 이 상황에 머리까지 고장 나면 정말 답 없거든요."

"머리야 어찌 되든, 거시기만 쌩쌩하면……."

"허참, 또 시작이네. 내가 당신이랑 부부 만담이나 하려고 매일 병원에 오는 줄 알아요?"

"아니, 진짜로 꿈 연구를 하고 있다니까."

"동반 자살 꿈이라니 비련의 주인공이네."

에쓰코는 진지하게 받아주지 않았다. 침대에 걸터앉아 늘씬한 다리를 흔들거리며 주간지를 읽기 시작했다.

"그게 아니라……, 당신도 좀 들어줘." 쓰노다는 힘을 주며 말했다.

"무슨 얘기?" 에쓰코가 얼굴을 들었다.

"유령 얘기야."

"흐음." 에쓰코는 잠자코 듣고 있다가 쓰노다의 이야기가 끝나자 입을 열었다. "여긴 동 병동 4호실이야. 여기가 어떤 방인지 몰라요? 동반 자살을 시도하고 실려 온 사람도 이 방에 있었고, 여기서 자살한 사람도 있었고, 강도에게 칼 맞고 사흘 만에 숨진 사람도 있었던, 그런 피비린내 나는 4호실이에요. 당신도 알고 있잖아? 그러니까 당신 무의식 속에 그게 남아서 꿈에 나오는 거라고."

"그렇다면 칼에 찔리거나 누가 죽는 꿈도 꿔야지. 계속 똑같은 여자 모습만 나오는 건 어떻게 설명할 건데?"

"당신 원래 꿈을 잘 꾸는 사람이었잖아요. 늘 꿈을 꾸고 살았지. 어떨 때 보면 낮에도 꿈을 꾸는 것 같고. 밤낮 없이 불규칙했던 생활이 요즘은 기차 시간표처럼 규칙적인 생활로 바뀌었잖아요. 변화가 크니까 그런 꿈도 꾸는 거지."

여자란, 참 뭐든 간단하게 결론지을 수 있는 존재인 것 같다.

"그런 거라면 나도 아무 걱정 없지."

"그럼 뭔데?"

"누가 일부러 나한테 수작을 부려서 그런 꿈을 꾸게 만든 게 아닐까 싶어."

"어머. 당신, 지금도 꿈속에 있는 거 아니야?"

"왜?"

"왜긴 왜야. 누가 기계 같은 걸로, 아니면 주술이라도 써서 그런 걸 할 수 있겠어요? 정신 분열 초기엔 환청도 들리고 환각도 보인다던데……, 그거 아냐?"

"사, 사람 바보 만들지 마!" 쓰노다는 그렇게 말했지만, 등골을 타고 서늘한 전율이 흘러내렸다.

"요즘은 말이야, 야간 투시경 같은 기계도 있어서 유령을 보여줄 수도 있대."

"당신이 그런 것도 알아?"

"그럼요. 요즘 세상엔 텔레비전도 있고 라디오도 있고, 참 고마운 게 많잖아요. 그리고 꿈이 외부 자극으로 만들어지는 거라는 사실은 이미 1800년대에 프레보라는 사람이 떡하니 밝혀냈고."

에쓰코는 그런 것까지 알고 있었다. 실험에 따르면 음향, 열, 빛, 냄새, 피부 자극에 따라 다양한 꿈을 만들어낼 수 있다고 증명되었다.

"그럼, 누가 그런 자극을 나한테 주는데?" 쓰노다는 말하다 말고 힐끗 에쓰코의 얼굴을 바라보았다.

"왜?" 수상하다는 듯이 에쓰코도 쳐다보았다.

"이 병원 의사……."

"그 의사 선생님이 당신 꿈을 만든다고?"

"과학적 지식을 가진 의사라면, 얼마든지 꿈을 조작할 수 있어. ……병원에 있는 동안은 내 생명줄이 그 사람 손에 달려있잖아."

"그럼 어떤 방법으로 그런 꿈을 만드는데요?"

"약으로도 꿈을 만들어낼 수 있지. 코카인, 모르핀, 아편 같은 마약류가 환각을 일으킨다고 하잖아."

"의사가 무슨 목적으로 당신한테 그런 짓을 해야 해?"

"그것도 다키시마 동반 자살 사건……."

"어머, 또 그 얘기예요? 아주 그냥 팔천만 엔 귀신이 됐네." 에쓰코는 웃음을 터뜨리며 말했다.

"그 사건에 대해서는 당신한테도 말했고 이시게한테도 얘기했어. 여기 병원에선 외과의사 도키타랑 내과의사 히라바야시 선생 하고도 이야기를 나눴지. 외부 사람 중엔 오타니 순경이랑 모치즈키 경사하고도 얘기했고. 아마 의사들은 간호사들한테도 말했을지 몰라."

"그럼 그 의사들이 야간 투시경을 사용하고 있다는 거예요?" 에쓰코의 표정이 진지해졌다.

"아니. 그런 기계는 병원에 반입할 수 없어."

"그럼…… 주술, 요술, 최면 같은 거?"

"아니. 아까 말한 약이지."

"그런 걸 어떻게 먹인다는 거야?"

"주사가 있잖아."

"그건 인슐린 주사잖아?"

요즘의 인슐린 주사는 과거와 달리, 사백 밀리그램 정도를 하루에 단 한 번 이른 아침에 주사한다.

"아침에 맞은 주사가 한밤중까지 약효를 유지해서 유령을 보이게 한다는 게 가능할까……."

"안 그러면 약이지."

"약이라면, 하루 세 번 식후에 먹는 가루약 말이에요?"

"응."

"저녁 때 먹은 약의 약효가 새벽 한두 시까지 지속될 수 있을까? 당신 말로는 낮에 잘 때는 그런 게 안 나타난다면서요?"

"자기 전에 먹는 약도 있잖아."

"그렇다면 그 약에는 무슨 짓을 할 수도 있겠네." 에쓰코는 생각에 잠겼다가 말했다. "하지만 그것도 불가능할 것 같은데."

"왜?"

"그 약은 나흘에 한 번씩 저녁에 간호 실습생이 가져오잖아요? 손잡이 달린 쟁반 같은 상자에 담아서……. 거기엔 당신 약만 들어있는 게 아니고 이 병동 수십 명의 약이 다 들어있는데, 그 실습생이 약에 무슨 짓을 한다는 거예요?"

"왜 의사나 약사는 빼고, 약 가져오는 실습생만 의심하는데?"

"약사는 당신과 아무 접점도 없잖아?"

"나는 본 적도 없어."

"예쁘고, 체격도 좋아. 스물네다섯쯤 된 여자예요."

"나랑은 아무 상관없지만, 동반 자살한 다키시마나 가가야랑은 뭔가 연관이 있을지도 몰라."

"그렇게 따지면 여기 있는 환자들도, 의사들도, 간병인들도 다 연관이 있을지 몰라요. 하지만 의사는 약 조제엔 관여하지 않는걸."

"관여는 안 해도 약국에는 출입할 수 있어."

"들어가도 약에 손대지는 못하지."

"하지만 전에 당신이 약국 일부를 사무실로도 쓰고 있다고 말한 적 있잖아? 그렇다면 사무원은 물론, 간병인들도 드나들 수 있겠지?"

"그건 그래요. 하지만 왜 하필 당신 약에 손을 대겠어?"

"약 봉투째로 바꿔치기할 수도 있잖아."

"약 봉투 글씨가 바뀐 적 있어요? 당신, 그거 보고 글씨 잘 쓴다고 칭찬도 했잖아?"

"글씨는 바뀌지 않았어. 하지만 제대로 감정한 건 아니잖아. 비슷하게 흉내 내면 눈치채기 어려워. 굳이 봉투까지 바꿀 필요도 없어. 내용물만 바꿔치기하면 되니까……."

"뭐, 가능성은 거의 없지만 당신 말이 옳다고 치자. 그럼 그걸 언제 해요? 나도 사무실에 볼일이 있어서 한두 번 들어간 적 있는데, 그 예쁜 약사님과 담당 간호사가 둘이서 일해요. 게다가 거긴 유리로 되어있고 보는 눈도 많은데 어떻게 거기서 그런 간 큰 짓을 할 수 있겠어?"

"하지만 의사가 하면 아무도 의심 안 해."

"그게 바로 아마추어의 경솔함이지……. 당신도 다 알면서 괜히 억지 부리는 거잖아요, 삐딱해서는. 환자는 의사가 뭘 해도 별로 신경 안 쓸지 모르지. 하지만 병원 직원들은 달라요. '저 선생님, 왜 약 봉투를 뒤적이지?' 하고 수상하게 보겠지. 특히 약사가 그걸 봤다면……. 그래서 난 실습생일 거라고 생각한 거예요."

"거짓말하고 있네!" 쓰노다는 웃으며 말했다. "내가 한 말을 꼬투리 잡아서 대충 생각나는 대로 결론 낸 거잖아?"

"후훗, 그래도 그걸 할 수 있는 사람은 그 실습생밖에 없어요. 약국에서 여기까지 오는 길엔 사람 눈에 잘 띄지 않는 구간도 있으니까……."

"의사나 간호사가 실습생을 방으로 불러서 일을 시켜놓고 그 사이에 손을 댈 수도 있지."

"만약 이게 추리 소설이라면 그렇게 전개되겠죠. 물론 그런 일이 절대 없다고 단정할 순 없겠지만……, 그래도 그건 이야기가 너무 잘 맞아떨어지잖아. 게다가 약사를 비롯해 누구든 다키시마 사건과 관련이 있다고 믿는 것 자체가 이미 정신적인 징후의 시작일 수도 있어요. 당신을 쫓아내는 게 목적이라면 굳이 그런 수고스러운 방법 말고도 더 쉬운 방법이 얼마든지 있을 텐데……. 무시무시한 얘기긴 하지만, 그런 잔꾀를 부릴 바엔 차라리 약을 한 번 타서 먹이는 쪽을 택할걸요? 내가 실습생이라고 한 건, 사실 아무 근거도 없이 그냥 문득 떠오른 생각일 뿐이고……. 차라리 밥에 약을 타는 건 어때요?"

이야기가 이상한 방향으로 흘렀다. 하지만 에쓰코는 이 이야기도 지난번 팔천만 엔 은닉 장소 이야기처럼 쓰노다의 무료함을 달래기 위한 진짜 꿈 이야기라고 생각했다.

'그러니까, 그냥 남편하고 놀아주면 되는 거야.' 에쓰코는 그런 생각으로 남편을 대했다.

"밥인가?" 쓰노다는 침울한 표정이었다.

"아침은 일곱 시 오십 분, 점심은 열한 시 사십 분, 저녁은 네 시 사십 분. 마치 도장 찍는 것처럼 정확하죠?"

"응. 하지만 조리실이 어떻게 돌아가는지는 몰라도, 내 입에 들어오기까지는 여러 사람 손을 거치잖아."

"응, 맞아요."

"그렇다면 약보다 밥에 손댔을 가능성이 있겠지."

세 끼 식사는 여러 단으로 된 수레에 실려 운반된다. 처음부터 알루미늄 쟁반에 일 인분씩 따로따로 담겨 나온다. 쓰노다는 식이 요법이 적용된 특별식을 받는데, 이 병동에서 특별식을 먹는 환자는 쓰노다 한 사람뿐이어서 금방 눈에 띈다.

수레는 병동까지 밀고 온 뒤 현관 옆에 있는 배식 준비실 앞에 세워두고 배식원이 그것을 각 병실의 침대까지 가져다준다. 가끔은 실습생이 도와줄 때도 있지만 그건 드문 일이다. 중증 환자라면 보호자가 직접 식사를 가지러 오기도 하지만 그 또한 한순간도 다른 사람 눈을 피할 수는 없다.

"그리고 당신도 알다시피 난 과일도 안 먹어."

"밥 말고 먹는 건 뭐가 있는데?"

"그냥 물이랑 온수, 그리고 녹차……."

"찻잎은 내가 사 와서 이 차통에 넣어뒀으니까 그건 아무도 손대지 않을 거고, 물은 병실 수돗물을 마시잖아요."

병실 한쪽 구석에는 작은 싱크대가 있어 수돗물이 나온다. 그 수도에 뭔가 조작을 하기는 어렵다.

"온수는 식사 시간마다 식사와 함께 수레에 실려 오는 큰 주전자에서 내가 이 보온병에 덜어두는 거야. 이것도 누가 손댈 수는 없어."

이렇게 하나하나 따져보면 뭔가 일을 꾸밀 기회를 가진 사람은 아무도 없는 셈이었다.

"당신, 이 병실에서 한 발짝도 안 나가지?" 에쓰코가 걱정스레 물었다.

"당연하지. 이런 다리로 어딜 가겠어? 대소변도 병실 안에서 해결하는데."

"그럼 다행이네……. 역시 유령은 당신 망상이었어."

식사는 하루 세 번 가져다주고, 먹고 나면 아침에는 체온을 재거나 소변 검사를 하러 온 간호사가 빈 그릇을 치워준다. 점심때는 대부분 에쓰코가 병실에 와 있다. 저녁 식사 후에만 가끔 쓰노다가 배식 준비실의 식기 소독기에 그릇을 직접 갖다 놓기도 한다. 그 배식 준비실은 여기 4호실에서 불과 칠팔 미터쯤 떨어져 있고, 문을 열면 바로 정면으로 보인다. 식기를 대충 물로 헹궈 소독기 안에 넣고 돌아오는 데 걸리는 시간은 짧게는 삼사십 초, 길어도 일 분이 채 되지 않는다.

"이걸로는 인간의 힘으로 유령을 만들어 낼 순 없어요."

"그래도 유령은 정말 나온다니까."

"그럼 어딘가에 유령이 비집고 들어올 틈이 있다는 거네. 입에 들어가는 것에 마약을 섞는다든가, 그런 사각지대가 있을 거예요. 우선 그걸 찾아봐야겠어."

"좋아, 그럼 병원의 하루 일과표를 만들어보자. 특히 이 병실에 누가 드나드는지 시간대별로 정리하는 거야."

그렇게 두 사람은 병원의 하루 일과표와 출입 기록을 함께 정리했다.

6시 30분~40분경	수간호사 하마무라가 인슐린 주사를 놓으러 온다. (약 2분)
7시~7시 10분경(격일)	청소부가 방 청소를 하러 온다. (약 3분)
7시 50분~8시경	배식원이 아침 식사를 가져온다. (약 20초)
식후 30분	아침 약(가루약)을 먹는다.
9시경	간호사 또는 실습생이 소변량을 측정하러 온다. (약 5분)
10시~10시 20분경	간호사 또는 실습생이 아침 체온을 재러 온다. (약 3분)
10시~10시 30분경(주 1회)	의사가 회진을 온다. (약 20분)
11시 40분경	점심 식사를 가져온다. (약 20초)
식후 30분 후	점심 약(가루약)을 먹는다.
3시~3시 30분경	오전과 마찬가지로 오후 체온을 재러 온다. (약 3분)
4시 30분~4시 40분경	저녁 식사가 배식된다. (약 20초)
식후 30분 후	저녁 약(가루약)을 먹는다.
5시~5시 30분경(4일마다)	약국 실습생이 약을 가져온다. (약 20초)
5시 50분~6시경(가끔)	배식 준비실에 식기를 반납한다. (30초~1분)
8시~8시 30분경	간호사 또는 실습생이 야간 회진을 온다. (약 10초)
9시~11시(필요시)	마지막 약(가루약)을 먹는다.

○ 아침 청소라고 해도, 실제로 청소할 곳은 없다. 에쓰코가 거의 매일 와서 청소를 해주기 때문에, 청소부는 그저 형식적으로 바닥을 한번 쓸고 지나갈 뿐이다.

○ 배식원은 병실 안까지 들어오지 않고, 문 옆에 있는 싱크대 근처에 식사를 두고 간다.

○ 소변 양을 확인하러 오는 사람도 문 옆에 있는 계량통을 가져다가 병실 앞 화장실에서 세척하고 돌아간다.

○ 체온 측정 시간에는 침대까지 와서 맥박을 잰 후, 전날 저녁 일곱 시와 아침 일곱 시의 체온을 쓰노다에게 물어 기록하고 간다.

○ 약은 침대 수납장 위에 놓고 간다.

○ 저녁 식사 후 식기를 반납할 때, 다리가 불편한 쓰노다는 한 손에 지팡이를 짚고 다른 한 손으로 쟁반을 들고 간다. 이때 병실 문은 열어둔 채 다녀온다.

○ 주 1회 있는 의사의 회진은 주로 원장이 직접 올 때가 많고, 내과 의사·수간호사·간호사가 함께 따라온다. 가끔 삼십 분 정도 머물기도 한다.

○ 필요할 때만 챙겨먹는 마지막 약을 먹고 나면 쓰노다는 곧바로 4호실의 불을 끈다. 처방되는 약은 신경통 진정제와 수면제라고 한다.

○ 에쓰코는 매일 한 번은 반드시 병원에 온다. 집에서 신문과 우편물을 가지고 오전 열한 시쯤 와서 가끔은 저녁 식사 이후까지 머무를 때도 있다.

○ 문병객도 거의 매일 찾아온다. 세어보면 평균적으로 하루에 두 명은 된다.

"이렇게 따져보면, 약을 두는 침대 수납장 쪽으로 오는 사람은 거의 없어. 아침에 청소하는 사람이나, 약을 놓고 가는 실습생 정도지. 그런데 실습생은 굳이 여기까지 와서 약을 바꿔치기할 필요가 없어. 오는 길에 충분히 할 수 있을 테니까. 그럼 남는 건 청소부뿐인데, 청소부도 약을 그렇게 재빠르게 바꿔치기할 시간은 없어. 대부분 내가 침대에 앉아서 청소하는 걸 지켜보고 있으니까. 문병객들도 내 눈에 보이는 데 앉아서 얘기하거든." 쓰노다는 일과표를 하나하나 살펴보며 말했다.

"그렇지……. 그러니까 결국 당신 망상이라는 거잖아요."

"그럼 이제 당신 하나만 남았네."

"어머, 또 나야? 지난번에도 말했잖아요. 내가 왜 남편을 그런 식으로 놀래키겠어?"

"설마 내가 당신을 의심하겠어?"

"그런 취급당하면 너무 억울하지. ……그렇게 걱정되면 하루 종일 아무것도 먹지 말고, 약도 먹지 마요. 설마 공기 속에 독이라도 섞는 건 아니겠지?"

에쓰코는 쿵쿵, 코로 세게 숨을 들이마시며 놀렸다.

"그래, 하루 동안 아무것도 먹지 않겠어. 약도 안 먹을 거야. 그리고 모든 것에 주의할 거야."

"그 몸으로 하루 동안 아무것도 안 먹으면 당신 죽어요."

"물은 안심해도 돼. 당신이 우유만 서너 병 사다 놔 줘. 그럼 괜찮지?"

"참나……, 드디어 당뇨병이 머리까지 올라왔나 봐." 에쓰코는 농담을 던지고 돌아갔다.

쓰노다는 그날 점심부터 식사를 거르기로 했다. 약도 먹지 않았다. 이 정도 조심하면 어떤 악마도 비집고 들어올 틈은 없을 것이다.

밤은 길었다. 여덟 시 십오 분, 복도 저편에서 야간 회진이 시작되었다. 조용한 병동에 문이 열리는 소리가 유난히 신경을 거슬렀다. 야간 회진은 1호실부터 시작된다. 복도는 'ㄱ'자로 꺾여있고, 일인실인 1호실과 2호실은 복도 끝에 있다. 꺾인 곳에 3호실과 4호실이 나란히 있다.

똑똑똑, 노크에 이어서 '끼익' 하는 문 경첩 소리. 그리고 동시에 "별일 없으세요?" 하는 목소리가 들리고, 환자의 대답도 듣지 않은 채 "몸조리 잘하세요" 하며 다시 쓸쓸한 경첩 소리가 이어진다. 그리고 그것이 반복된다. 쓰노다는 읽던 책을 내려놓고 문이 열리기를 기다렸다.

'똑똑똑.'

'드르륵, 드르륵.'

쓰노다의 병실 문은 서양식 미닫이문이었다. 그 문이 한 뼘 정도 살짝 열렸다.

"별일 없으세요?" 마스크를 쓴 얼굴만 슬쩍 내밀며 누군가 말했다. "몸조리 잘하세요."

미닫이문은 다시 닫혔다.

6호실과 7호실은 다인실이라 병실 입구에서 '똑똑', '끼익' 소리만 내고 "별일 없으세요? ······몸조리 잘하세요" 하며 간단히 인사만 건넬 수는 없었다. 간호사는 삐걱대는 문을 열고 들어와 환자에게 두세 마디 말을 건넨 뒤 다시 나갔다. 이 과정이 끝나면 병원은 조용히 잠들었다.

야간 회진 소음이 사라지고 겨우 이십 초쯤 지났을까. 다다다다, 복도를 달려오는 발소리가 들렸다. "어?" 하는 순간, 그 발소리는 병실 앞 화장실로 들어가 거센 물소리를 냈고, 이내 회오리바람처럼 복도를 따라 달아났다. 쓰노다는 쓴웃음을 지었다. 젊은 간호 실습생이었다.

'잠깐, 이거?'

곧이어 쓰노다는 뭔가 이상하다는 걸 깨달았다. 그리고 한동안 귀를 기울였다. 이 분쯤 지나 또 다른 누군가가 와서 화장실을 쓰고는 사라졌다. 하지만 이번에도 경첩이 삐걱거리는 소리는 들리지 않았다.

이 화장실 스프링 도어의 경첩은 기름이 다 말라서 '끼익······ 끼익······' 하며 심하게 불쾌한 소리를 냈다. 아니, 이 화장실만의 문제가 아니었다. 이 병동의 현관문이며 병실 문까지도 하루가 멀다 하고 삐걱대며 비명을 질러댔다. 쓰노다는 입원하자마자 그 소리가 신경에 거슬렸다. 그래서 간호사에게 말해봤지만 "어머, 정말 그러네요"라며 놀란 듯 대꾸했을 뿐, 아무 조치도 없었다.

여전히 문들의 비명은 그치지 않았다. 사무실에까지 말해봤지만 역시나 소용없었다. 그러는 사이 그 소음에도 차츰 익숙해져서 쓰노다도 더는 크게 신경 쓰지 않게 되었다.

이 병동의 화장실은 이용자 수에 비해 지나치게 넓었다. 아마 훗날 증축을 염두에 두고 처음부터 크게 지어둔 모양이었다. 이 병동은 새 건물이라 화장실도 비교적 깨끗해서 다른 병동의 환자들까지 여기 화장실을 사용하러 오곤 했다. 환자들이나 의사들은 조용히 다녀갔지만, 문제는 젊은 간호 실습생들이었다. 그들은 복도를 마치 회오리바람처럼 달려와 문을 걷어차듯 세게 열어젖혀서, 경첩을 두 번이나 삐걱거리게 만들었다.

"굳이 저렇게까지 해야 하나······."

쓰노다는 쓴웃음을 지었다. 심한 경우엔 화장실에서 요란하게 물을 내린 뒤, 손도 씻지 않고 콧노래를 흥얼거리며 또다시 태풍처럼 복도를 달려 나가버렸다.

"저거, 어떻게 좀 안 되려나······."

어느 날, 쓰노다가 웃으며 실습생 한 명에게 조심스럽게 말을 건넨 적이 있었다. 그러자 실습생은 "어머, 너무하세요!" 하며 잠깐 새침한 표정을 짓고는 몸을 배배 꼬았지만, 그걸로 끝이었다. 이내 또다시 회오리바람이 몰아쳤다. 아무도 그들에게 주의를 주지 않는 눈치였다.

쓰노다는 수간호사 하마무라에게도 한 번 더 말을 꺼냈다.

"저도 그것 때문에 참 난감해요······."

하지만 그 뒤로도 회오리바람은 멈추지 않았다. 그런데 오늘, 그 화장실 문이 삐걱거리는 소리가 들리지 않았다. 누군가 기름칠을 해둔 게 틀림없었다.

'이제야 내 말을 들어준 거구나.'

쓰노다는 흐뭇하게 웃으며 잠시 우쭐했지만, 곧 그것이 착각이었다는 걸 깨달았다. 화장실 입구의 스프링 도어나 안쪽 여자 화장실 문 경첩에서는 소리가 나지 않았다. 하지만 병동의 현관문과 병실 문들은 여전히 끼익, 끼익 비명을 질러대고 있었다.

"도대체 이게 어떻게 된 일이지?"

그 회오리바람 같은 아가씨들이 기름칠을 했을 리는 없다. 만약 사무실에서 한 일이라면 화장실 문에만 기름칠한 것도 이상하다. 쓰노다는 침대에 누워 계속 생각했다.

그렇다면 이건 대체 무엇을 의미하는 걸까?

그리고 문이 언제부터 소리가 나지 않게 되었을까?

이건 쓰노다도 의식하지 못한 부분이었다. 문 경첩 소리는 오늘 아침까지도 들렸던 것 같기도 하고, 이삼일 전부터 사라진 것 같기도 했다. 인간의 주의력이라는 게 바로 이런 것이다.

'그럼, 저 문 경첩에 기름칠을 한 일과 내가 본 유령은 무슨 관련이 있을까?'

쓰노다는 생각했다. 하지만 그는 아무런 연결고리도 찾아낼 수 없었다. 쓰노다는 조용히 전등을 껐다. 어둠 속에서 다시 깊은 생각에 잠겼다. 기름칠을 한 사람은 분명 병원 관계자일 것이다.

'누굴까?'

내일 사무실에 가서 물어보면 알 수 있을지도 모른다. 하지만 만약 그 일이 이 4호실 문제와 관련이 있다면 자칫 몹시 위험한 일이 될 수도 있다.

니쿠니라는 남자는 이미 살해당했다. 어쩌면 누군가 독을 먹였을 가능성도 있다. 그런 점에서 병원이란 곳은 마음만 먹으면 손쉽게 살인을 저지를 수 있는 곳이다. 독약이나 극약은 가까운 곳에 널려있다. 오진으로 인한 사망 사고도 병원 안에서는 문제 삼지 않는 경우가 많다. 진단이 잘못 내려지는 사고는 언제든 발생할 수 있고, 실수는 누구나 하는 법이니까. 그리고 의사라면 그 과실이 두드러지지 않는 한 대체로 눈감고 넘어가는 일이 다반사다.

또한 특이 체질이라는 것도 있다. 알레르기 체질이라고도 하는데, 소량의 약물만으로도 사망에 이를 수 있다. 최근 문제로 떠올랐던 것 중 하나는 페니실린 쇼크사였다. 독을 먹여 살해한 후 그 사람이 특이 체질이라고 말해버리면 그만이다. 그 뒤에 그걸 입증할 방법은 없다.

우리는 여전히 의사를 절대적인 존재라고 과신하는 습관이 있다. 범행 동기만 철저히 감춘다면 의사만큼 완전 범죄를 쉽게 저지를 수 있는 사람도 없을 것이다.

쓰노다의 등줄기에 싸늘한 기운이 타고 흘렀다. 문 경첩 소리가 거슬려 견딜 수가 없었다. 눈을 크게 뜬 채, 그는 어둠 속을 뚫어지게 응시했다.

밤 열한 시, 열두 시. 쓰노다는 겨우 잠이 들었다. 유령은 나타나지 않았다.

제7장

사라진 기름통

"여보, 당신한테 탐정 역할 좀 부탁하고 싶은데……."
다음 날 아침, 쓰노다는 에쓰코에게 말했다.
"어머, 이번엔 탐정이야?"
에쓰코는 놀란 듯 남편의 얼굴을 바라보았다.
"응. 기름을 찾아야 해."
"기름?"
"그래. 누가 화장실 문 경첩에 기름칠을 했더라고."
"기름칠을 했으면 좋은 거 아니에요? 그 끼익 끼익 소리가 안 나니까 속이 다 시원하구만. 그러고 보니 정말 소리가 안 나는 것 같네." 에쓰코가 귀를 기울이며 말했다.
"그게 말이지, 다른 문들은 여전히 삐걱거리는데 화장실 문만 조용하더라고."

"그건 좀 이상하네."

"그래서 말인데……. 아니, 별거 아닐 수도 있지만 이 4호실, 그 동반 자살 사건이랑 뭔가 관계가 있는 게 아닐까 싶어."

"흐음……. 유령도 이젠 꽤 현실적인 존재가 됐네요. 그렇게 뜬구름 잡는 식으로 단서를 어떻게 찾아? 설마 병원 사람들한테 일일이 물어보고 다니라는 건 아니죠?"

"당치도 않아. 괜히 그러고 다녔다간 범인에게 찍힐 수 있어. 지난번에 여기 입원해 있던 니쿠니란 남자처럼 내 목숨도 위험해질지 몰라!"

"설마……."

에쓰코는 잠시 진지한 얼굴이 되었다.

"일단 어떤 기름인지 알고 싶어. 그리고 그걸 어떻게 경첩에 발랐는지도 궁금하고."

"하지만 난 그런 지식은 하나도 없는데."

"전문적인 건 나도 몰라. 그래도 식용유인지, 재봉틀용 기름인지 정도는 당신도 알 수 있잖아. 식용유는 매일 쓰는 거고, 재봉틀은 우리 집에도 있으니까."

"그 정도라면 구별할 수 있지……."

"게다가 우리 집엔 자전거용 기름도 있어. 내 생각엔 그 셋 중 하나야."

에쓰코는 씨익 웃으며 병실을 나갔다가 곧 돌아왔다. 손에는 기름이 흠뻑 밴 종이가 들려있었다.

"당신 말대로 재봉틀 기름이 맞더라. 문 경첩에 작은 기름 주입구가 있는데, 그 구멍에 넣어서 기름칠한 것 같아요."

쓰노다는 종이를 들어 냄새를 맡아보았다.

"기름을 넣은 사람은 기계를 잘 모르는 사람일 거예요."

"허, 왜 그렇게 생각하는데?"

"기계를 좀 아는 사람이라면 저렇게 넘치도록 기름을 붓진 않으니까."

"흐흣······." 쓰노다는 코웃음을 쳤다.

"어머! 지금 코웃음 친 거야?"

"맞아. 재봉틀이나 타자기를 매일 쓰는 사람이라면 그런 짓은 안 해. 물론, 당신 같은 사람도 있긴 하지만."

"당신, 내가 여름옷에 기름얼룩 묻힌 얘길 굳이 지금 할 필요는 없잖아?"

"그래서 이 기름이 재봉틀 기름이라는 걸 확신한 거지."

"후훗."

"역시 경험에서 나오는 거네." 쓰노다는 피식 웃으며 말했다.

"이제 어떻게 할 생각이에요?"

"우선 병원 안에서 누가 재봉틀을 갖고 있는지부터 알아봐야지."

"어떻게 찾으려고? 자칫하면 당신이 니쿠니 2호가 될지도 몰라요. 게다가 재봉틀 기름이 아니라 타자기나 시계용 기름일 수도 있잖아?"

"하지만 이 병원엔 타자기 같은 건 없어 보이던데."

"외부인이 밖에서 가져왔을지도 모르죠."

"그렇다면 내가 니쿠니 2호가 될 일은 없지. 병원 사람이 범인이라면 좀 불안하긴 해."

"병원 사람이 밖에서 들여왔을 수도 있잖아요."

"난 그렇게 생각 안 해. 재봉틀 기름일 거야."

"그래서 나보고 병실마다 몰래 들어가서 재봉틀용 기름통을 찾으라고? 으으윽……."

에쓰코는 긴 속눈썹 아래 커다란 눈을 동그랗게 뜨고 어깨를 움츠러트렸다.

"우선 간호사들부터 슬쩍 떠봐."

"뭐라고 하면서?"

"친구 중에 재봉틀 고치는 사람이 있다고 해. 그러면서 혹시 재봉틀 좀 보여줄 수 있냐고 자연스럽게 말 꺼내봐. 기름통은 보통 재봉틀 서랍 안에 두니까, 그걸 보면서 최근에 사용한 흔적이 있는지도 보고."

마침 그때 간호 실습생이 우편물을 들고 들어왔다.

"저기요. 이 병원에 재봉틀 갖고 계신 분 계세요?" 에쓰코가 물었다.

"네, 있어요."

"몇 대나 있어요?"

"세 대요."

"누구 거예요? 제 친구가 재봉틀 수리를 잘해서요."

"하마무라 수간호사님 거랑, 병원에 원래 있던 낡은 것 두 대요."

"수간호사님 거는 새것이에요?"

"네, 여름에 사셨어요."

"고마워요."

실습생은 나갔다.

"탐정 일도 생각보다 쉽네. 금방 다 알아냈잖아!" 실습생의 발소리가 옆방으로 사라지자 에쓰코가 말했다.

"그럼, 이제 가서 한번 보여달라고 해봐."

쓰노다가 입원하던 당시 히로쓰 선생에게 수간호사인 하마무라를 소개받은 후로 그녀와 계속 친분을 쌓아오고 있었다.

열두 시, 점심시간이 되자 에쓰코는 하마무라를 찾았다. 하마무라는 내과 진료실에서 책을 읽고 있었다. 에쓰코는 하마무라와 함께 병원을 돌아다니며 재봉틀을 살펴보았고, 예상대로 기름통 하나가 없어진 상태였다. 병원에 있던 낡은 재봉틀 두 대는 기숙사 2층에 있었고, 두 대 모두 먼지가 잔뜩 들러붙은 낡은 기름통이 들어있었다. 대롱은 휘어져 있었고, 한동안 사용한 흔적도 없었다.

기숙사는 남 병동과 동 병동 사이에 자리하고 있었다. 날씨가 좋은 날이면 기숙사 현관의 큰 스프링 도어를 활짝 열어두는 일이 많았다. 기숙사 뒤편에는 낮은 절벽이 있었고, 바로 옆으로는 사토미 정신병원 건물이 보였다.

하마무라의 방이 좁은 탓에 그녀의 재봉틀은 기숙사에 있는 이마이 간호사의 방에 놓여있었다. 이마이의 방은 기숙사 현관에 들어서자마자 바로 보이는 위치에 있었다. 에쓰코는 이마이에게 양해도 구하지 않은 채 방에 들어가 재봉틀 서랍을 열어보았다. 역시 기름통은 없어진 상태였다. 이마이를 불러 물어보니 그저께 점심때까지만 해도 분명히 있었다고 했다.

"어땠어?" 병실로 돌아오자마자 쓰노다가 물었다.

"재봉틀 기름통이 하나 없어졌더라. 새 거."

"누구 거?"

"하마무라 수간호사 거야."

"흠……, 어디에 뒀는데?"

"기숙사에 있는 이마이 간호사 방."

"언제 없어졌대?"

"그저께 점심때까진 있었대."

"그 방은 기숙사 어디쯤이지?"

그 기숙사는 쓰노다도 입원했을 때부터 알고 있던 곳이었다. 동 병동 현관에서도 보이는 위치였다. 에쓰코는 이마이의 방을 설명했다.

"도둑이라기엔 뭔가 이상해."

"그러게……."

"이건 내가 손댈 일이 아니야. 이시게의 영역이지."

하지만 이시게 경감은 지난 방문 이후 좀처럼 모습을 보이지 않았다. 하마무라 수간호사의 기름통이 사라졌다는 사실을 알고 난 뒤, 쓰노다는 점점 신경이 곤두섰다. 쓰노다는 이시게에게 전화를 걸었다. 하지만 경찰서에도, 집에도, 그가 없다고 했다. 저녁 무렵이 되어 수사과에 다시 전화를 걸었지만, 이시게가 어디에 갔는지는 알 수 없다는 불안한 답변만 돌아왔다. 집에 메시지를 전해달라고 부탁해 두었더니 밤이 깊어서야 이시게가 언짢은 표정으로 찾아왔다.

"왔구나." 쓰노다가 반가운 목소리로 말했다.

"응……."

"기분이 썩 안 좋아 보이네. 온종일 찾았잖아. 어디 갔었어?"

"응……."

"또 '응'이야? 무슨 일 있었어?"

"조금."

"내가 부탁한 일 때문이야?"

"응. 그것도 있고."

"그거 말고도 있어?"

"응……."

이시게는 한동안 담배를 만지작거리다가 쓰노다의 얼굴을 뚫어지게 바라보며 말했다.

"이번에…… 어쩌면 전근 갈지도 몰라."

"뭐? 어디로?"

쓰노다에게는 그야말로 청천벽력 같은 말이었다.

"아직 확정은 아니지만, 인사 발령이 날 것 같아."

"무슨 소리야, 그게?"

"지바현 남쪽 끝, 시라하마 쪽이래."

"승진이야?"

"엄청난 좌천이지." 이시게는 내뱉듯이 말했다.

쓰노다는 일부러 활기찬 목소리로 말했다.

"서장이랑 한판 붙은 거야?"

"아니."

"그럼 뭐야? 어떻게 미리 알았어? 누가 귀띔이라도 해줬어?"

"아니."

"신문에 발령 기사라도 난 거야?"

"아니야. 그런 건 아니고, 서장도 아직 몰라."

"그게 더 이상하잖아! 그럼 누구한테 들은 거야?" 쓰노다는 걱정스러운 얼굴로 물었다.

"경찰 본부장, 사사베 총경이야."

"허어……."

쓰노다로서는 조금 뜻밖이었다.

"그동안 나를 끌어준 사람이야. 너한테 소개한 적 있지?"

"응, 같이 마작 한 번 친 적 있지."

"그 사사베 본부장이 어젯밤에 날 지바로 불러서 슬쩍 말해

주더라고. 그때도 좀 이상한 눈치였어. '요즘 자네 뭐 하고 있나?' 하고 묻길래, 나도 이상하다 싶었지만 그냥 '요즘은 특별히 맡은 수사는 없습니다' 했지. 그랬더니 본부장이 미심쩍은 표정으로 '그런가……' 하면서 더는 말을 안 하더라고."

"그래서?"

"그래서 내가 '갑자기 인사 발령은 왜 난 겁니까?' 하고 물었지. 그랬더니 본부장이 그러는 거야. '자네 또 어디 중앙 사건에 발 담근 건 아닌가 싶어서 말이야' 하고." 이시게는 그렇게 말하고는 시선을 피했다.

"중앙 사건이라면, 내 사건을 말하는 거잖아!" 쓰노다는 깜짝 놀라 외쳤다.

이시게는 천천히 끄덕이며 말했다.

"그래서, 네가 지금 팔천만 엔을 쫓고 있다고 농담 삼아 말했지. 그랬더니 본부장이 바로 '자네가 그거 도와주고 있는 거지?' 하고 묻더라고. 역시 눈치 빠르더라. 그래서 나도 다 털어놨어."

"그랬더니?" 쓰노다가 재촉했다.

"그때 깨달았어. 이건 보통 사건이 아니구나, 하고. 네 부탁으로 두세 군데 돌아다녀 봤거든. 물론 내 신분은 안 밝혔지. 보험 회사 직원이라고 했어. 그런데 이미 누군가 손을 써놓은 상태더라고. 그래서 본부장한테도 말했어. '다키시마 사건은 동반 자살로 끝난 거 아니었습니까?' 하고."

"그래서, 본부장은 뭐래?"

"'그래, 끝났지'라고 하더라. 그런데 말이야……. 본부장 얼굴이 딱, '넌 지금 아주 위험한 일에 발을 들여놓은 거야'라고 말하는 것 같더라."

쓰노다는 그 말을 듣고, 이 일이 결코 간단한 문제가 아니라는 걸 직감했다. 잠시 후 쓰노다가 물었다.

"내 얘기는 안 나왔어?"

이시게는 고개를 저었다.

"그럼, 전근은 오늘내일 중으로 가는 거야?"

쓰노다는 이시게가 떠나게 되면 팔천만 엔의 행방도 더는 알아낼 수 없겠구나 싶었다.

"아니, 그렇게 급한 건 아닌 것 같아. 다만 본부장이 그러더라고. '그런 장난 같은 일에 경찰이 끼어드는 건 곤란하지' 하고. 단단히 못을 박는 느낌이었어." 이시게는 쓸쓸하게 말했다.

"정말 미안하게 됐어. 나도 이제 팔천만 엔 찾는 일은 그만 둘게." 쓰노다도 절절하게 말했다.

"흐음……." 쓰노다의 말을 들은 이시게는 냉소인지, 빈정거림인지, 아니면 자조인지 모를 웃음을 코끝에 흘렸다.

"괜한 일을 시켰어. 따분한 병원 생활을 달래보려다가 너한테까지 민폐를 끼쳤다." 쓰노다는 일부러 씩씩하게 말했다.

"너 정말 그렇게 생각해?"

"당연하지. 보상은커녕 폐만 끼쳤는데……."

이시게는 말없이 창밖을 초점 없는 눈빛으로 바라보다가, 조용히 쓰노다 쪽으로 시선을 돌렸다.

"이제 나도 이쯤에서 손 뗄 테니, 네가 발로 뛰면서 알아낸 것은 알려줘." 쓰노다는 민망한 듯 말했다.

"그래, 말해줄게. 본부장 일은 그렇다 치고, 보고할 의무는 있으니까."

"하하, 의무라니." 쓰노다는 웃었다.

"후훗, 이 사건에선 네가 수사 팀장이니까." 이시게의 입에서 드디어 농담이 나왔다. "제일 궁금했던 게, 그날 두 사람의 행적이었지?"

"응."

"영 소득이 없었지만, 다키시마 집에서 일하던 가정부한테서 들은 얘기가 있어. 그날 다키시마와 가가야는 누군가의 생일 파티에 초대된 것 같다고 하더라고."

"그 가정부라는 사람은, 다키시마가 친구 부인한테 차려줬다는 이케가미의 요릿집 쓰쿠시에서 일한다는 여자?"

"응. 하지만 누구 생일이었는지는 끝내 알아내지 못했어."

"정말 생일 파티에 간 걸까?"

"가가야가 하숙하던 집의 주인 여자도 그런 얘기를 들은 것 같다고 하더라. 가가야는 그날 집에 들러서 옷을 갈아입고 다시 나갔어."

이시게는 농림성의 젊은 공무원들을 찾아갔다가 호리키리

과장을 만난 일도 쓰노다에게 이야기했다.

"그런데 이상한 일이 하나 있었어. 가정부 오토시가 집을 비운 사이에 농림성 누군가가 다키시마 집에 찾아와서는, '다키시마에게 맡겨둔 서류를 찾으러 왔다'며 집 안을 뒤지고 다녔다는 거야. 그때 다키시마가 남겨둔 메모나 일기 같은 것도 죄다 가져가 버렸대. 그런데 호리키리도 그렇고, 부하들도 전혀 몰랐다고 하더라고. 왜 그랬을까? 너처럼 다키시마가 숨겨놓은 팔천만 엔을 찾고 있었을지도 몰라."

"농림성 사람이었다고?"

"그래."

"문은 어떻게 열었대? 그때 그 오토시란 가정부도 이 병원에 와 있었는데." 쓰노다가 의심스러운 표정으로 물었다.

"외출할 땐 항상 옆집에 사는 집주인한테 열쇠를 맡겨둔다더라고."

"흐음, 그걸 잘 알고 있는 놈이군." 쓰노다는 무언가 곰곰이 생각하는 듯했다. "그럼, 그자들은 그때 이미 다키시마 사건을 알고 있었다는 거네."

"글쎄, 어쨌든 아침 일찍부터 계속 전화가 걸려 왔다더라고."

"흠, 그 전화라는 게……."

쓰노다가 말을 흐리자, 이시게가 대신 말을 받았다.

"의심하자면, 다키시마의 죽음을 미리 알고 있던 자들일 수도 있지."

"호오……."

"그런데, 그 동반 자살 말이야. 오토시는 물론이고 농림성 사람들이나 가가야네 집주인도 전혀 상상도 못 했다고 하더라. 그렇다면 두 사람은 수면제를 먹는 그 순간까지도 죽을 생각은 없었던 게 아닐까?"

"아니, 정확히 말하면 수면제를 산 순간까지였다고 해야겠어. 약을 한꺼번에 그렇게 많이 산다는 건, 죽을 작정이었을 때나 가능한 일이니까. 둘이서 한 통이면 충분했을 텐데 말이야." 쓰노다가 말했다.

"흐음, 그렇군. 그리고 네가 좋아할 만한 선물 하나 가져왔어."

이시게는 쓰노다의 얼굴을 바라보며 안주머니에서 편지지 한 장을 꺼내 쓰노다의 무릎 위에 올려놓았다. 쓰노다는 '이건 뭐지?' 하는 눈빛으로 이시게를 보다가 종이를 펼쳤다.

"이, 이건……, 어디서 난 거야!?" 쓰노다가 외쳤다.

"원래는 가가야 아야코 책상 위에 있던 거야……. 내 손에 들어왔을 땐, 가가야네 하숙집 편지꽂이에 꽂혀 있었어."

"그거 확실한 거지?"

"너, 현직 경찰도 의심하냐?"

"그, 그게 아니라……." 쓰노다는 말을 더듬었다.

"쓰노다! 너 이걸 보고도 이 사건에서 손 뗄 수 있어? 팔천만 엔을 포기할 수 있겠냐고?"

"너 왜 이걸 먼저 보여주지 않은 거야! 너, 벌써 이 수수께끼를 풀었구나?"

"후훗, 연극이란 게 말이야, 막이 내릴 때가 중요하잖아. 이제야 조금씩 감이 잡히기 시작했어."

쓰노다는 이시게의 얼굴을 가만히 쳐다보았다.

"뭐라도 알게 된 거야?"

"두 사람이 남긴 유서랑 같은 편지지인데, 두 편지지의 폭은 왜 이렇게 다를까?"

"바로 그거야." 쓰노다는 기쁜 듯이 말했다.

"넌 전부터 알고 있었던 거지?" 이시게가 물었다.

"나는 소설가잖아. 매일 원고지를 만지며 사는 사람이야. 그러니 처음 봤을 때부터 그 편지지 길이가 이상해 보였어. 그래서 다키시마나 가가야 집에 같은 편지지가 있으면 좋겠다고 생각했어. 그래서 너더러 가보라고 한 거고. 넌 이 차이를 언제 눈치챘어?"

"이 편지지를 본 순간 알았어."

"이 일, 사사베 본부장에게 말했어?"

"아니."

"그런데도 넌 순순히 시라하마로 전근을 가겠다는 거야?"

"후후, 이렇게 나올 줄 알았어." 이시게는 웃으며 말했다. "몰랐을 때야 어쩔 수 없지만, 알아버린 이상 경찰을 때려치우더라도 이 수수께끼는 꼭 풀고 싶어."

"네 목을 날릴 만큼 무서운 놈이 배후에 있다는 거잖아!"

"어쩔 수 없지. 운명은 거스를 수 없으니까." 이시게는 그렇게 말하고 시선을 돌렸다.

"네가 포기하지 않겠다면 말해줄게." 잠시 후 쓰노다가 입을 열었다.

"뭔데?"

"나도 새롭게 알게 된 게 있어."

"어떤 거?"

"이 병동 화장실 문 경첩에 누가 기름칠을 해놨더라고."

"흐음……." 이시게는 묘한 표정을 지으며 물었다. "왜 그런 짓을 했을까?"

"나도 알고 싶어. 간호사 방에서 기름통을 훔친 놈이 있더라고."

"기름통? 무슨 기름통?"

"수간호사인 하마무라의 재봉틀 기름통이야."

쓰노다는 에쓰코가 조사한 내용을 이시게에게 모두 들려주었다.

"흠……." 이시게는 다 듣고 나서 묘한 표정을 지었다.

"모든 문에 다 칠했다면 이해가 가는데, 이 병동 화장실 문에만 기름칠을 했다는 건 좀 이상하지 않아?"

"그러게, 이상하긴 하네. 소리가 안 나기 시작한 건 언제부터야?"

"눈치챈 건 어젯밤인데, 기름통이 없어진 건 그저께 점심부터야."

"네가 봤다는 유령하고 뭔가 관련이 있으려나?"

"그건 모르지."

"기름통이 없어진 일과 경첩에 기름칠한 일은 단순한 우연일지도 몰라. 기름 같은 건 굳이 남의 걸 훔치지 않아도 얻을 수 있는 거니까."

"난 그 기름통을 찾고 싶어."

"흠, 어째서?"

"두 사건이 관련 있다면 기름통에 지문이 남아있을지도 모르니까."

"너무 순진한 생각 아냐? 내 목을 날릴 정도로 무서운 놈이야. 그런 놈이 거기에 지문을 남기겠어? 그것도 사람 눈에 잘 띄는 데다가? 벌써 없앴을걸."

"아냐!" 쓰노다는 고개를 저으며 말했다. "그건 엔진 오일 깡때기 같은 물건이야. 작지만 어디에 넣어두기도 애매한 물건이지. 아마 기름 범벅이었을 테고."

"그 기름 묻은 종이, 혹시 있어?"

쓰노다는 침대 수납장 서랍에서 비닐봉지에 넣어둔 종이를 꺼내 이시게에게 건넸다.

"가져갈게. 하마무라의 기름하고 같은 건지 조사해 볼게."

"기름통은?" 쓰노다가 물었다.

"어디 근처에 있겠지."

"또 그렇게 쉽게 말한다."

"처리하기 애매한 물건이라고 네가 방금 말했잖아!"

"하지만 범인은 이 병원 사람이 아니야."

"왜 그렇게 생각해?" 이시게가 물었다. "무슨 근거로 그렇게 단정하는 거야?"

"병원 사람이었다면 원래 자리에 돌려놨을 거야. 이마이 간호사의 방에 돌려놓기 힘들면 2층 재봉틀 방에라도 슬쩍 두고 왔겠지."

"그 말도 일리는 있네. 그렇다면 기름통이 어디 있는지 찾아볼 범위가 너무 넓어지겠는걸." 이시게의 얼굴이 어두워졌다.

"하지만 의외로 가까운 곳에 있을지도 몰라. 아까도 말했지만, 오래 들고 다닐 수 있을 만한 물건은 아니니까."

"아마추어 추리도 존중은 하지." 이시게는 웃으며 말했다.

"그래도 혹시 모르니까 직접 현장을 좀 살펴봐야겠어."

"경첩 좀 잘 봐줘. 지문 같은 거 남아있는지."

"경첩에까지 지문이 있을지 모르겠지만……. 그래, 조사해볼게. 네 의견, 존중하니까."

"오늘따라 존중을 참 많이 받네."

"뭐, 이제 나도 반쯤은 내 목을 걸고 있는 셈이니까."

"후후, 뼈는 내가 추려줄게."

"그 뼈 말인데, 한 몸만 있는 게 아니거든. 먹여 살려야 할 입이 셋이나 돼."

"그 정도는 감당할 수 있지."

"하하, 잘리면 고향 내려가서 농사라도 짓지 뭐. 다행히 형도 처갓집도 논은 안 팔고 놔뒀거든. 요즘 일손도 부족하다더라."

"너무 심각하게 생각하지 마. 지금은 좀 시끄럽지만 막상 뚜껑 열어보면 별거 아닐 수도 있어."

"경찰이라는 게 참 팔자 사나운 직업이야. 그래도 그 일을 뼛속까지 좋아하니, 고향으로 돌아갈 수도 없고."

이시게는 농담을 던지며 4호실 미닫이문을 열고 나갔다. 반투명 유리에 그의 커다란 모습이 까맣게 비쳤다가, 복도로 빨려들 듯 이내 사라졌다. 경첩 스프링도 기름을 잘 먹었는지 전혀 소리가 나지 않았다.

여자 화장실에서 물 내리는 소리가 두어 번 크게 들렸다. 이시게가 뭔가 테스트를 하고 있는 것 같았다. 병동 안은 조용했다. 간호 실습생이 건너편 복도를 폭풍처럼 휩쓸고 지나가는 소리가 들렸다. 쓰노다는 귀를 기울였지만, 그 소리도 곧 사라졌다. 멀리서 자동차 경적 소리가 들려왔다.

이십 분쯤 지나, 이시게가 돌아왔다.

"어땠어?" 쓰노다가 물었다.

"아무것도 없더라. 빈 양동이부터 쓰레기통까지 죄다 뒤져봤는데, 화장실 안에는 아무것도 없어."

"여자 화장실이면 기름통 정도는 변기에 내려버릴 수 있는 크기잖아."

"그럼 거기에 버렸으려나."

"그럴 수도 있지. 문득 생각난 건데, 프랑스에선 수세식 변기 구멍이 신생아 머리가 들어갈 정도는 되어야 허가가 난다더라."

"허탈하네……. 아니다. 어제 네가 말한 대로 의외로 가까운 곳에 있을지도 모르니까, 내일 병원 근처를 좀 더 찾아볼게."

이시게는 그렇게 말하고 돌아갔다.

다음 날 아침, 쓰노다가 아침 식사를 막 끝냈을 무렵 이시게가 불쑥 나타났다.

"벌써 왔어?" 쓰노다가 웃으며 말했다.

"네 의견을 존중해야지."

"찾았구나."

"그래, 이거."

이시게는 종이에 싸둔 무언가를 쓰노다 앞에 내밀었다. 금빛으로 반짝이는 작은 기름통이었다.

"어디서 찾았어?"

"출입구에서 좀 떨어진 곳에 드럼통을 개조해서 만든 큰 쓰레기통이 있더라고. 그 안에 있었어. 종이에 둘둘 말아 버려놨더라. 오늘이라서 다행이야. 내일쯤이면 아마 밖으로 실려 나갔을 거야. 쓰레기가 거의 가득 차 있었거든."

"그 안에 있을 거라고 어떻게 짐작했어?"

"짐작한 건 아냐. 그냥 이 잡듯 뒤져봤을 뿐이야. 그러다 걸린 거지."

"겸손하긴."

쓰노다는 속으로 감탄하며, 역시 전문가답다고 생각했다. 이런 게 바로 형사의 '촉'이라는 것일지도 몰랐다.

"운이 좋았지. 변기 속에 버렸다면 절대 못 찾았을 거야."

"지문이 남아있을까?"

"글쎄……, 기대는 안 해. 그래도 종이에 싸서 버린 건 다행이지. 오염은 안 됐을 테니까."

"그냥 버렸으면 금방 들켰을걸."

"그렇긴 해. 지문이 남아있어도 전과자가 아니면 대조할 방법이 없어."

"그럼 일단 여기 병원 사람들 지문부터 채취하지 뭐."

"그건 좀 놀라운데? 지문을 어떻게 채취하려고? 자칫하면 인권 침해라는 소리 듣는다. 중국 공산당의 지문 수집 문제처럼 말이야." 이시게는 피식 웃으며 말했다.

"이 병원 사람이 아니면 기숙사에는 들어가기 어렵대."

"어라? 어제 말한 거랑 다르잖아! 어젠 범인이 외부인일 가능성이 높다며?"

"추리는 끊임없이 추이推移하는 법이지."

"뭐야, 말장난이냐! 그렇다고 이 기름통을 병원 사람이 썼다고 단정할 수는 없잖아."

"병원 사람이 아니라면 굳이 위험을 무릅쓰고 병원에서 남의 물건을 훔칠 필요는 없지. 게이세이역 앞에 재봉틀 가게만

두 군데나 있어. 거기서 사다 쓰면 안전하거든." 쓰노다는 물러서지 않았다.

"하지만 넌 범인이 게이세이역에서 내리지 않았을 수도 있다는 걸 간과하고 있어. 다른 역에서 내렸을 수도 있고, 반대 방향에서 왔을 수도 있잖아?" 이시게도 지지 않았다.

"기름칠이 된 날, 이마이 간호사의 방에서 이게 사라졌어. 그게 '낮'에 일어난 일이었다는 점에 주목해야 해. 그리고 이 기름이 이마이의 방에 있던 것과 같은 종류라면, 이 통도 거기서 가져온 거라 볼 수 있겠지. 거기서 귀납해 보면……."

"아마추어들은 뭐든 귀납으로 풀고 싶어 하더라."

이시게는 웃으며 손을 흔들고 돌아갔다.

제8장
지문

"다녀왔어요." 그날 정오, 에쓰코가 병실에 들어서며 말했다.
"그 여선생님 만나고 왔어?"
"응."
"어떤 유령이었대?"
"유령 얼굴이 어땠냐고 물어볼 수는 없잖아."
"진짜 유령이라고 믿는 눈치야?"
"설마, 요즘 세상에 학교 선생이라는 사람이 유령을 믿겠어요? 창피하게."
"창피하다니, 그래도 여자들은 아직……."
"에헴."
"아차, 당신도 여자였지.
"여자 앞에서 할 소리야?"

"아내라는 건, 여자가 아니야."

"어머, 그럼 뭐야?"

"그렇게 따지고 들면 설명하기 곤란한데 말이야. 그러니까 아내라는 건……."

"사람? 사물? 대체 뭐야?"

"당연히 사람이지, 여자이기 이전에 말이야. 하지만 흔히 '반쪽'이라고 부르기도 하잖아. 남편 입장에서 보면 아내는 자신의 반쪽이자 절반인 셈이지. 즉, 여자는 남자의 절반쯤 되는 거 아니겠어?"

"꽤나 억지스러운 설명이네. 무슨 얘기 하다 말았지?"

"유령을 봤다는 여선생을 당신이 만나고 온 이야기지."

"그래. 그 선생님은 무서워서 제대로 못 봤다고 하더라. 게다가 마스크를 쓰고 있었는데도 굉장히 미인이었대."

"제대로 보지도 못했으면서 미인이라니 말이 돼?"

"말꼬리 잡지 마요. 눈이 크고 속눈썹은 길고, 무대 위에서나 볼 법한 여자 얼굴 같았대."

"무대 화장한 여자라면 보통 눈꼬리를 붉게 칠하잖아. 그런 얼굴이라는 거야?"

"그런가 보지, 뭐. 거기까지는 나도 안 물어봤지만 약간 동그란 얼굴이었다더라."

"동그란 얼굴에 눈이 크고 속눈썹이 길면, 그건 당신 얼굴이잖아?"

"그런가 봐. 그 사람도 내 머리카락을 유심히 보더니 이상한 표정을 짓더라고."

"머리까지 닮았다고? 기가 막히네."

"키도 나만 했다더라."

"허, 설마 당신이 유령이 돼서 밤마다 이 4호실에 나타난 건 아니겠지?"

"그렇게 아래를 훑어보지 않아도 다리는 여기 멀쩡하게 있어요." 에쓰코는 두 다리를 번갈아 흔들며 말했다.

"옛날엔 이혼병離魂病. 영혼이 육체에서 빠져나오는 병이라는 것도 있었다지."

"마치 내가 유령의 표본이라도 된 것 같네."

"옷은?"

"그건 기억이 잘 안 난대요. 그런데 그 선생님, 표정이 너무 이상하더라. 유령이랑 닮은 여자가 대낮에 찾아와서 유령 얘기를 물어보니까."

"그야, 놀랄 만하지"

"그래서 당신 이름을 팔았죠. 그랬더니 작가인 당신을 알고 있더라고. '아, 그렇군요' 하고 고개는 끄덕이긴 하던데……, 그래도 왜 그런 걸 물으러 왔는지는 끝내 납득 못하는 얼굴이었어요."

"그래서, 당신은 뭐라고 했는데?"

"그 4호실에 남편이 입원해 있는데, 가끔 가위에 눌리기도 하고 유령도 본다고 얘기했지. 그래서 예전에 4호실에서 나오는 여자를 선생님이 봤다는 얘길 듣고 그때 상황을 좀 여쭤보려고 찾아왔다고."

"그 여선생이 본 유령은 4호실에서 나와서 병실 앞 화장실로 들어가 사라졌다고 했댔지?"

"응."

"나는 이번 유령도 역시 화장실에서 나왔다고 생각해."

"옛날 괴담엔 화장실 유령이 많았잖아요. 기생집이나 유곽 같은 데선 지금도 화장실에 귀신이 따라붙는다지만, 신식 건물의 타일 깔린 수세식 화장실엔 여자 유령이 아니라 율 브리너^{이국적인 스타일의 러시아 출신 할리우드 영화배우} 같은 타입이 어울리지."

"화장실 문 경첩에 기름을 치고……. 참, 어제 당신이 가고 나서 이시게가 왔었는데, 그 친구한테 기름통에 대한 당신의 추리를 들려줬어."

"그래서? 그 사람 진짜 탐정 일이라도 하는 거야?" 갑자기 큰 흥미를 보이며 에쓰코가 눈을 반짝였다.

"이시게가 없어진 기름통을 찾아냈거든."

"어머, 어디서?"

"기숙사 뒤편에 쓰레기통으로 쓰는 드럼통이 있는데, 그 안에서 찾았대."

"거긴 여자들 생리 용품 같은 걸 버리는 데에요. ……역시 유령은 여자네."

"당신 추리는 참 단순해."

"남자라면 그런 곳까지 눈에 들어올 리 없지. 버리거나 숨길 데야 얼마나 많은데."

"당신도 가끔은 예리한 데가 있어. 나도 어제부터 그 생각을 하고 있었거든. 유령은 여자라고 말이지."

"옛날부터 유령은 대부분 여자였어요. 여자는 죄가 많은 존재라잖아……. 그래, 뭐 남자 유령도 있긴 하지."

유령이 여자라는 쓰노다의 생각은 기름통 범인도 여자라는 추리로 이어졌다. 바로 그때 노크도 없이 이시게가 들어왔다. 이시게를 보자마자 쓰노다는 바로 입을 열었다.

"뭔가 알아냈구나?"

"아, 안녕하세요, 제수씨."

"이시게 씨도 고생 많으시네요. 이렇게 폐를 끼쳐서 어떡해요. 부인과 아이들은 잘 지내시죠?"

"네, 한번 찾아뵈야지 하면서도……."

"괜찮아요. 애들도 있는데 그게 어디 쉬운가요."

"뭔가 찾았어?" 쓰노다는 기다리지 못하고 물었다.

"지문이지, 기름통에서."

"대조는 가능하겠어?"

"그게 말이야. 용의자가 특정되면 지문을 채취할 수 있지만, 이 병원에 있는 수십 명의 지문을 전부 모으는 건 현실적으로 어려워."

"그래도 이마이 간호사나 하마무라 수간호사 정도는 받을 수 있잖아?"

"음, 경찰 수사라면 병원 관계자 모두의 지문도 채취할 수 있지. 하지만 아무 이유 없이 지문을 뜰 순 없어."

"기름통에서 어렵게 지문을 찾으셨을 텐데, 안타깝네요." 에쓰코도 아쉬운 듯 말했다.

"제수씨가 보시기에 수상한 사람은 없어요?" 이시게가 농담조로 물었다.

"그 수상한 사람이 바로 저예요. 제 지문 한번 떠보실래요?" 에쓰코는 두 손을 내밀며 말했다.

"하하하, 하지만 이 기름통 유령은 그렇게 만만한 상대는 아닐 것 같은데요."

"만만한 상대가 아니라면, 기름통에서 지문이 나왔다는 것도 좀 이상하지 않아?" 쓰노다가 말했다.

"그래. 그래서 난 유령하고는 별개일지도 모른다는 생각이 들어."

"저기 말씀 중에 죄송한데요……." 에쓰코가 웃으며 대화에 끼어들었다. "유령이라면 분명 장갑을 끼고 있었을 거예요. 저는 범인이 병원 내부 사람이라는 가설엔 동의하지 않거든요. 그 작은 기름통을 쓰려면 그냥 장갑으로는 손이 온통 기름 범벅이 됐을 거예요. 여자라면 목장갑 같은 게 아니라, 아마 가죽이나 나일론 장갑을 꼈을 거고요. 기름이 스며들면 곤란하니까요. 그러니까 기름통에서 지문이 나왔다고 해도 그게 유령의 지문이라고 단정할 수는 없죠."

"당신 오늘은 꽤 설득력이 있네." 쓰노다는 웃으며 말했다. "물론 이 친구 말대로라면 '아마추어 추리'란 소리를 듣겠지만."

"하하하하, 그 유령 지문이 갖고 싶네." 이시게도 웃으며 말했다.

"응, 유령만 잡히면 모든 게 해결될 텐데 말이지. 문제는 녀석이 꼭 내가 정신이 흐릿해지고 몸도 제대로 못 움직일 때만 나타난다는 거야. 게다가 보다시피 내 다리 상태도 이 모양이고."

"누군가 밤새 같이 있으면 되잖아."

"이렇게 좁은 병실에서? 숨을 데도 없잖아. 그리고 유령은 영리해. 사람이 있으면 절대 나타나지 않지. 이 4호실은 늘 누군가 지켜보고 있는 셈이야."

"그럼 이제 어쩔 거야?"

경찰 수사가 아닌 이상, 이시게로서도 뾰족한 수가 없었다.

"쇼지 박사님께 상의해 보는 건 어때요?" 에쓰코가 두 사람 얼굴을 번갈아 보며 말했다.

"그랬다간 범인의 경계심만 더 강해질 거야." 쓰노다가 대답했다.

"하지만 딱히 다른 방법도 없잖아요. 유령이 나온다느니, 그 유령이 하마무라 간호사 방에서 기름통을 훔쳤다느니, 이런 말을 할 수도 없는 노릇이고……."

"하, 그런 말 했다간 바로 옆에 있는 정신병원에 끌려갈걸."

병원의 그 누구에게도 말할 수 없는 만큼, 곤란한 문제였다.

'지문의 주인만 알아내면 사건의 절반은 해결될 텐데……'

세 사람 모두 마음속으로 그렇게 생각했다.

"실컷 고민하세요, 두 탐정님." 에쓰코는 그렇게 말하고는 쓰노다가 먹은 그릇을 치우고 집으로 돌아갔다.

"좋아! 병원 쪽 지문은 내가 어떻게든 생각해 볼게. 내가 움직일 수만 있으면 좋을 텐데, 이렇게 병실에 갇혀 있으니……. 저기 배식 준비실에 있는 식기 소독기까지 가는 것도 벅찰 지경이라." 쓰노다가 말했다.

"자, 이제 다음 문제로 넘어가 보자고."

이시게는 주머니에서 서류 봉투 하나를 꺼냈다. 그 안에는 다키시마 세쓰조와 가가야 아야코의 유서 원본과 아야코의 하숙집에서 찾아온 편지지가 들어있었다.

유서는 서류철에서 빼낸 듯 오른쪽 끝에 구멍이 두 개 뚫려 있었다. 원래 크고 넓은 편지지인데, 유서는 그것보다 가로 폭이 약 사 센티미터 정도 좁았다.

"양쪽 끝을 잘라냈군……. 종이 재질이나 인쇄 상태도 같아."

쓰노다가 종이 두 장을 햇빛에 비춰보며 말하자 이시게도 잠자코 고개를 끄덕였다.

"이 유서는 여백이 줄 한 칸 넓이밖에 안 돼. 네가 사진을 보여줬을 때부터 이상하다고 생각했어. 이렇게 어정쩡하게 가로 폭이 좁은 용지는 없어. 보통 양쪽 여백은 줄 두세 칸 넓이쯤은 되거든."

"맞는 말이야."

"그래서 이 유서는 조작됐다는 거야."

"편지지가?"

"편지지뿐만 아니라 내용까지도."

"허, 대체 누가? 다키시마가?"

"유서를 쓴 당사자들이 그랬다면 너무 웃기는 얘기잖아."

"왜?"

"당사자들이 굳이 왜 편지지를 잘라내고 썼겠어?"

"실수로 글씨를 잘못 썼을 수도 있잖아."

"그랬다면 다른 종이에 다시 쓰면 되잖아."

"종이가 한 장밖에 없었을 수도 있지!"

"아니, 다른 종이는 얼마든지 있었어."

"그래도 시신이 가지고 있던 건 이것뿐이었어. 죽기 직전에 썼을지도 몰라."

"그럼 하나만 묻자. 두 사람 유품 중엔 이 편지지를 접지 않고 넣어둘 수 있는 서류 가방 같은 건 없었거든."

이시게는 쓰노다의 말을 들으며 히죽히죽 웃을 뿐이었다.

"이렇게 큰 편지지를 접지도 않고 도대체 어디에 넣어 왔다는 거야? 네 말대로 현장에서 유서를 썼다면, 이미 종이가 접혀있던 자리에 펜이 끊긴 흔적이 생겼겠지. 게다가 이 종이는 두꺼워서 자국이 분명 남았을 텐데, 그런 흔적이 없잖아!"

"잘 짚었어."

"아마추어 추리긴 하지만, 그래서 난 이 사건에 본격적으로 뛰어들기로 마음먹은 거야."

"하지만 작가 나리. 요즘 잡지 중엔 판형이 큰 것도 있잖아요. 주간지나 영화 잡지, 화보 같은 거요."

"그런 잡지 사이에 끼워 왔다면 접지 않아도 됐겠지. 하지만 그렇게까지 생각했다면 차라리 편지지 한 묶음을 통째로 들고 왔다고 하는 게 더 그럴듯해. 그런데 유품 중엔 그런 대형 잡지도 없었고, 다른 편지지도 남아있지 않았어. 게다가 정말 현장에서 유서를 썼다면 왜 굳이 그걸 접어서 봉투에 넣고, 또 주머니에 넣었겠어?"

"잃어버리면 곤란하잖아. 유서가 사라지면 큰일이니까."

"누구한테 큰일인데?"

"당사자들한테……."

"아니지. 유서가 없어지면 곤란한 놈이 따로 있었던 거야."

"흠……." 이시게는 옆눈으로 쓰노다를 보며 얼굴을 찌푸렸다. 하지만 다시 돌아보며 말했다. "영화 잡지나 화보 말인데, 표지가 예쁘잖아. 시신을 발견한 사람이 슬쩍 가져갔을 수도 있지. 자기 딸 주려고 말이야."

"허, 비싼 핸드백이나 지갑은 놔두고?"

"그런 거 훔치면 도둑놈이 되니까. 하지만 잡지 한 권쯤은……. 어쩌면 그 폐품팔이 노인이 영화광이었을지도 모르지."

"하하하, 너도 참 끈질기다. 뭐, 그 정도 끈기도 없으면 수사관 노릇도 못 하겠지. 사건이란 게 원래 그런 사소한 데서 엉키는 법이니까. 어떤 아이가 증거품을 우연히 주워 가는 바람에 수사가 미궁에 빠지는 일도 있거든."

"설마 네게 수사 강의를 듣게 될 줄은 몰랐다. 세상 참 뒤집혔군."

"하하, 잡지 얘기나 마저 하자. ……그걸 지금 찾아봤자 나올 리는 없어. 사람들은 경찰과 엮이는 걸 무척 꺼리잖아. 심한 경우엔 살인을 목격하고도 신고하지 않는 사람들도 있고. 일본 경찰은 그런 사람들에게 꽤 불친절하거든. 범인에게 자백을 받아낼 때는 밥까지 사 먹이지만, 증인이나 참고인은 지나치게 홀대하지. 경찰에 유리한 증인이면 그나마 낫지만 그렇지 않으면 진실을 말해도 오히려 위증죄로 몰릴 수도 있으니까. 교토 5번가 사건_{1955년 교토의 유흥가 고반초 지역에서 발생한 폭행치사 사건. 당시 수사에 참여했던 증인이 후에 위증죄로 체포되었는데, 경찰의 강압적 수사와 책임 회피의 희생양이었을 가능성이 제기되었다.}처럼 말이지."

"설마, 그 정도는 아니지." 이시게가 히죽히죽 웃으며 말했다.

"너는 경찰이니까 자기 변호하겠지만."

"세상일이라는 게, 특히 경찰이 다루는 사건은 말이야, 상식으로는 도저히 이해할 수 없는 일도 일어나. 애초에 범죄라는 게 상식 밖의 일이기도 하고. 아까는 너를 좀 놀리느라 반대를 위한 반대를 했지만, 그 동반 자살 사건이 일어난 사토미 공원 바로 옆에는 국립병원의 정신병동이 있어. 거기서 조금 떨어진

이 병원에도 정신과가 있고. 경증 환자들은 아침 일찍 산책을 나가기도 해. 그런 사람들한테 상식이니 뭐니 해봤자 통하지 않아. 네 말처럼 현장에서 잡지를 집어 갈 정도라면 시체를 보고 당연히 신고할 것 같지? 하지만 그런 사람들에겐 땅에 떨어진 예쁜 영화 잡지가 훨씬 더 중요하게 느껴질 수도 있어."

"알겠어. 그런 식으로 생각해 볼 필요도 확실히 있지. 정신병자가 아니더라도 인간의 행동이란 대부분 감정에 좌우되니까. 기계처럼 움직이는 게 아니잖아. 여러 갈림길이 있어도 지금으로선 무게가 실린 쪽을 택할 수밖에 없어. 우리 수사도 결국 그쪽으로 가야겠지."

"하하하하!" 이시게는 크게 웃으며 말했다. "제법인데. 너도 대단한 수사관이야. 고민 많이 했구나. 실제 수사 회의에서도 상식적인 의견만 쏟아질 땐 일부러 반대 의견을 내고 다른 가능성도 검토해 보거든."

"하하, 과분한 칭찬이군."

"그럼 이 유서는 누가 이렇게 잘라낸 걸까? 그 두 사람이 했을까?"

"그랬다면 제정신이 아니지. 전혀 앞뒤가 안 맞아."

"아니야. 난 이걸로 몇 가지 결론을 낼 수 있을 것 같아." 이시게가 말했다.

"어떤 결론?"

"우선, 종이가 이것 한 장밖에 없었을 경우."

"잠깐!" 쓰노다가 말을 막았다. "네가 가가야 집에서 이 종이를 찾아온 거잖아?"

"유서를 쓴 뒤에 새로 샀을 수도 있지."

"네 논리는 비약이 심해서 이해하기 힘들어. 아까는 자살 현장에서 유서를 썼다고 했잖아."

"추리는 추이하는 법이라며? 갈림길은 여러 개니까." 이시게는 웃으며 말했다. "유서는 꼭 죽기 직전에만 쓰는 게 아니야. 미리 써둘 수도 있지."

"유산 상속에 관한 유언장이라면 삼 년이나 오 년 전부터 미리 써둘 수도 있어. 하지만 동반 자살은…… 특히 이번 사건은, 사건 당일 오후까지도 그런 기미가 전혀 없었다고 모두가 증언했어."

"죽으러 가는 사람이 광고하고 다니겠어? 하물며 연인과의 동반 자살이라면 더더욱 몰래 했겠지."

"그러니까, 그건 미리 준비된 유서가 아니라 우연히 유서가 된 걸지도……."

"뭐라고?" 이시게는 날카로운 눈빛으로 쓰노다를 쳐다봤다.

"너도 분명 눈치챘을 거야. 그러니까 지금까지 나랑 이렇게 논쟁을 벌인 거겠지. 우연히 유서가 된 것일 수도 있고, 누군가가 일부러 유서처럼 꾸몄다고도 생각할 수 있다는 거야."

이시게는 조용히 고개를 끄덕였다. 쓰노다가 말을 이었다.

"어떤 사람의 이름, 그러니까 받는 사람 이름이 적혀 있었던 거야. 그걸 지우려고 마지막 줄을 잘라낸 거지. 그리고 균형을 맞추려고 반대쪽도 잘라낸 거고."

"왜 쓴 이름을 굳이 없애?"

"이름이 드러나면 곤란하니까."

"왜?"

"팔천만 엔과 얽히니까."

"흠……."

"죽은 사람은 말이 없는 법이니까. 이름만 빠져 있으면 팔천만 엔 횡령을 다키시마한테 뒤집어씌울 수 있잖아."

"누구야, 그놈은?"

"너 같은 사람도 자를 수 있을 만큼 힘 있는 놈. 국회의원이나 장관급……."

"그럼, 그 인간이 이 유서에 손을 댄 거네?"

"그렇게밖엔 생각할 수 없어."

"그럼 그 범인 X는, 두 사람이 자살할 걸 미리 알고 있었던 거잖아?"

"그렇게 봐야겠지."

"현장에 와서 자살한 이들을 발견하고, 유서를 조작했다는 말이야?"

"아니, 그건 불가능해. 이 유서의 절단면을 봐. 현장에서 바로 가위나 칼로 대충 자른 게 아니야. 자를 대고 정확하게 잘라낸 거야. 현장에서 그런 짓은 할 수 없지. 아니면 시신을 발견한 뒤에 그런 짓을 했다고 생각하는 거야?"

"아니, 그것도 불가능해. 오타니 순경이 발견하자마자 바로 유서를 챙겨서 보관했으니까." 이시게가 말했다.

"그렇다면 이걸 잘라낸 놈은 두 사람의 동반 자살을 미리 알고 있었던 게 틀림없어."

"잠깐만, 쓰노다. 그건 좀 성급한 결론이야. 아무리 예측했다고 하더라도, 이 유서는 사건 현장에 오기 전부터 다키시마의 안주머니에 들어있었잖아. 만약 다키시마가 손만 넣어봤어도 바로 들켰을 거라고!"

"두 사람은 이걸 쓴 뒤엔 다시 보지 못했어!"

이시게는 말없이 쓰노다를 바라봤다. 쓰노다가 다시 입을 열었다.

"누군가 이걸 주머니에 넣었을 땐 이미 두 사람은 정신을 잃은 상태였을 거야."

"하지만 수면제는 그 공원에서 먹었잖아."

"너는 왜 약을 거기서 먹었다고 단정하는 거야? 그걸 증명할 수 있어?" 쓰노다가 날카롭게 반문했다.

"그야, 텅 빈 위스키 병이랑 약통이 거기 굴러다니고 있었으니까."

"그런 건 시신 옆에 나중에 갖다 놓을 수도 있다는 거, 너도 잘 알잖아!"

"물론 조작은 가능하지. 하지만 너는 무슨 근거로 그렇게 확신하는 거야?" 이시게도 물러서지 않았다.

"아니." 쓰노다가 단호하게 말했다. "난 증거가 있어. 과학적인 증거 말이야."

"호오……, 어떤 증거?" 이시게는 능글맞은 눈빛으로 바라보았다.

"처음에 이 사건에 대해 너랑 얘기했을 때 기억나? 내가 뭐부터 물었는지. 위스키 병이랑 주스 병에 남은 지문 조사했냐고 했었지."

"응, 기억나. 단순한 동반 자살 사건이라서 살인 사건처럼 본격적으로 조사하진 않았지만, 지문은 채취했다고 말했잖아."

"그때 내가 뭐라고 물었는지 생각나? 누구의 지문이 나왔냐고 물었잖아. 그랬더니 네가 이렇게 알려줬어. 다키시마와 가가야 두 사람의 지문, 그리고 제일 먼저 출동한 파출소 순경의 지문과 현장에 와서 내용물을 조사했던 의사의 지문이 나왔다고……. 기억나?"

"기억하지."

"그 말을 듣고 나는 이상하다고 생각했어. 주스 병이라면 훨씬 더 많은 지문이 남아있어야 하거든. 예를 들면, 그걸 팔았던 가게 주인의 지문 같은 거. 약통을 싸고 있던 셀로판지에는 약사의 지문이 있어야 마땅하지. ……그래서 나는, 그 자살 사건 현장이 조작됐다고 보는 거야. 진짜 현장은 거기가 아니야."

이시게는 조용히 고개를 끄덕였다. 쓰노다는 바인더에서 어떤 메모를 꺼내며 말을 이었다.

"자살로 위장하려면 제일 먼저 필요한 소품이 유서야. 유서가 없으면 의심받기 십상이거든. 하지만 유서만 있으면 일단 통과야. 만약 이게 조작된 거라면 편지지를 잘라낸 이유도 알 수 있겠지."

"네 말이 맞아. 하지만 한 가지 걸리는 게 있어. 이 유서에 적힌 이름 말인데, 받는 사람 이름이 마지막 줄에 있었을 거라는 네 말이……."

"아니, 그건 정정할게. 갑자기 떠오른 생각이었어. 이름은 첫 줄에 있었을 거야."

"그렇지? 안 그러면 아야코가 쓴 추신 뒤에 받는 사람 이름이 오게 되니까, 이상하잖아."

"이렇게 발신인 이름이 앞에 있는 걸 보면 수신인 이름도 앞에 있었다고 봐야 해. 관청의 공문서이나, 서양식이라면 사족을 못 쓰는 부류 중엔 이런 식으로 편지를 쓰는 사람도 있어. 그 수신인이 이 유서를 조작한 범인과 가장 가까운 인물일 거야. 그자가 범인일 수도 있고."

"그럼 역시 이건 유서가 맞고, 다른 장소에서 자살한 두 시신에 X라는 범인이 이 유서를 넣어서, 여기로 옮겨놓았다는 말이야?"

"잠깐만, 잠깐만. 여기서 하나 짚고 넘어가야 할 게 있어. 바로 이거야……." 쓰노다는 다키시마와 아야코의 유서를 손에 들며 말했다. "우리는 이걸 유서라고 하지만, 사실은 진짜 유서가 아니야."

"협박해서 일부러 유서를 쓰게 만든 사건도 있었으니까."

"그럴 수도 있겠지……. 하지만, 이건 그런 종류가 아니야. 나는 다키시마도 아야코도, 전혀 다른 목적으로 이걸 썼다고 생각해."

"낙서 같은 거야? 아니면 그냥 장난?"

"아니야."

"소설이거나, 무슨 글 같은 건가?"

"그것도 아니야."

"어떤 소설에서 봤는데, 상대에게 외국어 문장을 보여주고는 그걸 번역해달라며 유언처럼 보이는 문장을 노트에 적게 만드는 수법도 있었어."

"그런 것도 아니야. 두 사람이 직접 서명까지 했으니까."

"견본을 보여주고 그대로 쓰라고 했다면……, 그것도 너무 유치한 수법이지."

"생각해 볼 수 있는 경우의 수는 많아. 과학적인 트릭을 쓴다면 수법도 무궁무진할 테고."

"그럼 넌 이게 뭐라고 생각하는데? 설마 그냥 편지 한 대목이라고 생각하는 건 아니겠지?"

"아니야, 이시게. 잠깐만. 방금 다른 생각이 떠올랐어. 이건 역시 일종의 유서야."

"허허…… 또 추리가 '추이'한 거야?"

이시게는 어처구니없다는 듯 시선을 돌려 창밖을 내다봤다.

"죽을 때만 쓰는 게 유서는 아니지. 야반도주를 할 때도, 잠적을 할 때도, 써두고 사라지면 다 유서나 다름없어. 아니면 이런 식의 편지로 누군가를 협박했을 수도 있고. 죽여버리겠다는 말보다 오히려 이런 편지가 더 섬뜩할 수도 있잖아. 안 그래, 이시게?"

물론 이시게도 유능한 현직 경찰이다. 가가야의 하숙집에서 나온 편지지 한 장을 본 순간, 그 동반 자살 현장에서 발견된 유서가 뭔가 이상하다는 걸 바로 눈치챘다. 하지만 이렇게 쓰노다와 둘이서 유서를 분석하다 보니 이 사건이 단순한 자살극이 아니라는 생각이 들었다.

쓰노다는 전에 농담처럼 말한 적이 있다.

"나도 언제 살해당할지 몰라."

그렇다면, 예전에 이 병실에 입원했던 니쿠니라는 남자의 죽음도 타살일 가능성이 짙어진다……. 이시게가 그런 생각을 하고 있을 때, 쓰노다가 다시 말을 걸었다.

"이시게, 내가 우리 집사람을, 유령을 봤다는 여교사한테 보냈었어."

"그래? 뭔가 새로운 단서라도 잡았어?"

"응, 이상한 의문이 하나 생겼어."

"무슨 의문?"

"너, 가가야 아야코의 시신을 직접 본 적 있어?"

"아니. 현장 사진으로만 봤지."

"눈이 크고, 속눈썹이 길고, 얼굴이 둥글게 생겼어?"

"얼굴은 동그란 것 같았지만 눈은 감고 있었고, 속눈썹까지는 안 보였어. 확대 사진도 아니었으니까. 그래도 이 병원 사람 중엔 그 여자를 아는 사람이 꽤 있을걸?"

"가가야 사진이 필요해!"

"설마……, 그 유령이 가가야라는 거야?"

"한번 생각해 봐. 아까처럼 또 따져보자는 건 아니지만, 시신 확인이 너무 애매했잖아."

"그러니까, 그 여자가 아직 살아있을 수도 있다는 얘기네?"

"그런 생각이 들어. 이쯤 되면 그런 의심도 해볼 만하지 않을까?"

"그럼, 기름통에서 나온 지문은 유령의 지문이라는 거야?"

"가가야는 살아서 이 병원을 빠져나갔어. 강에 뛰어들었다고는 하지만 실제로 본 사람은 아무도 없지. 게다가 시신에서도 지문은 나오지 않았잖아. 그러니 그녀의 죽음을 어떻게 확신할 수 있겠어?"

그 말을 듣고 보니 이시게도 딱히 반박할 말을 찾지 못했다.

"그 익사 현장도 말이야, 아까 그 동반 자살 사건처럼 조작됐을 가능성이 있어."

"의심하자면 끝도 없지만 우라야스에서 발견된 시신의 옷엔 분명히 '가가야'라고 이름표가 붙어있었고, 치열이며 연령대도 가가야와 다르지 않았어. 그런데도 그 여자가 살아있다고 생각하는 거야?"

"이 병원 안에 있는 건 아닐까?"

"말도 안 되는 소리 마. 어린이용 추리 소설도 아니고." 이시게는 딱 잘라 말했다.

"후훗, 그런 상상도 해볼 수 있지 않겠어?"

"환자로 위장해서 입원해 있다고?" 이시게는 기가 막힌다는 듯 말했다.

"이 병원엔 수백 명이나 되는 환자가 있어. 얼굴을 바꾸고 입원했을 수도 있고 우연히 몸에 이상이 생겨서 들어왔을 수도 있어. 아니면 간병인으로 들어왔을 수도 있고……."

"됐다, 됐어. 그만 좀 해. 병원 생활이 너무 길어지니까 너도 머리가 이상해진 거 아니야? 요즘 세상에 그게 말이 되냐고!"

"그냥 한번 해본 소리야. 나라고 진짜 그렇게 믿겠어? 걱정 마. 그래도 사진은 꼭 좀 구해줘."

"흠……. 그것보다, 기름통에서 나온 지문을 가져다줄게. 기름통 도둑이 진짜 유령인지 아닌지는 지문만 대조해 보면 금방 알 수 있으니까. 그리고 뭐? 사진? 참, 귀찮은 녀석일세. 미인이었으니까 어딘가에 사진은 남아있겠지. 미인들은 원래 사진 찍히는 거 은근히 좋아하잖아." 이시게가 웃으며 말했다.

"그러면 좋겠는데 말이지……. 그런데 메모, 일기, 편지까지 모조리 사라졌어."

"이미 지나간 일은 잊어버려. 그리고 참, 유령은 이제 안 나타날 거야." 이시게는 자신 있게 말했다.

"응? 무슨 말이야? 새로운 추리야?"

"나를 시골로 쫓아내려는 놈은 어딘가에서 날 지켜보고 있어. 요 이삼일 내 움직임을 살폈으면, 그저 친구 병문안만 다니는 건 아니라는 걸 이미 눈치챘겠지. 너는 못 움직이니까 상대하기 쉬울지 모르지만, 이래 봬도 나 아직 안 죽었거든."

"천하의 이시게 경감님이시다?" 쓰노다가 농담하듯 이시게의 말을 받아쳤다.

"유령도 긴장하고 있을걸. 드럼통 속에서 기름통이 발견된 것도 이미 귀에 들어갔을 테니까. 난 강적이거든."

"그래서 널 멀리 보내려는 거야."

"나, 안 가."

"발령 취소됐어?"

"아니."

"그럼 설마 경찰을 그만두겠다는 거야?" 쓰노다는 깜짝 놀라 되물었다.

"그만두는 건 아니고……." 이시게는 목소리를 낮추며 말했다. "휴직 처리해 달라고 했어."

"그런 게 가능해?"

"오늘 아침에 본부장한테 전화했어. 그보다, 넌 이 사건에서 이제 손 떼는 게 어때?"

"왜?"

"목숨이 위험해."

"설마……?"

"권력으로 나를 움직일 수 없다면, 다음 수는 이거지."

이시게는 오른손 두 손가락을 쭉 펴 권총 모양을 만들고 겨눴다.

"……."

"이쯤 되면, 범인은 한 명을 죽이나 두 명을 죽이나 마찬가지라고 생각하게 되거든. 그리고 이 사건 뒤엔 거물이 있어. 청부 살인 업자도 있고."

"뭐? 일본에도 그런 조직이 있어?" 쓰노다는 놀라며 물었다.

"미국처럼 체계적인 조직은 아니야. 방금 말한 그 거물 밑에, 목숨 아깝지 않은 놈들이 있어. 옛날 도박꾼이나 건달들처럼 '큰형님을 위해서라면……' 하고 물불 안 가리는 그런 부류 말이야.

"정말?"

"나보다 네가 더 위험해, 거동이 불편하니까."

"겁주지 마!" 쓰노다는 농담처럼 말했지만, 얼굴에는 긴장감이 돌았다.

"그게……." 이시게는 진지한 표정으로 말했다. "이미 1호 습격이 시작됐거든."

"뭐, 나한테?"

"아니, 나한테. 아까는 말 안 했지만…… 어젯밤, 자전거를 타고 집에 가는 길에 하마터면 차에 치일 뻔했거든."

"어디서?"

"시립 야구장 앞이야. 거긴 길이 좁잖아. 내가 여기서 나가서 언덕길을 내려가고 있는데, 뒤에서 엔진 소리도 없이 헤드라이트도 끈 채 갑자기 속력을 올리더라고."

"네가 나오길 기다리고 있었던 거네?"

"응. 그때는 몰랐는데 지금 생각해 보니 반대쪽 도로에서 날 지켜보고 있었던 것 같아."

"그래서?"

"지금 거기는 화재 감시탑 공사 중이거든. 자전거를 공사장 흙더미 위로 몰고 올라가서 그 뒤쪽으로 몸을 날려 엎드렸지."

"널 죽이려던 게 아니라 그냥 우연이었을 수도 있잖아? 진짜로 해칠 생각이었다면 권총 같은 걸 썼겠지."

"총은 소리가 나잖아. 게다가 총알은 증거로 남아. 경찰이 총에 맞아 죽기라도 하면 전국 모든 경찰이 가만있지 않아. 무사시노 사건 1956년 도쿄 무사시노 부근에서 한 남성의 총격으로 22세 신임 순경이 피살된 사건이 그랬지. 하지만 차로 치면 간단해. 설령 걸려도 단순 과실로 넘길 수 있고 잘만 꾸미면 뺑소니로도 처리할 수 있거든."

그때 노크 소리가 났다.

"예, 들어오……."

쓰노다가 대꾸할 틈도 없이 하마무라 수간호사가 체온표를 들고 들어왔다.

"어머, 형사님이셨군요." 하마무라가 눈을 동그랗게 뜨며 말했다.

"아, 네." 이시게도 허리를 펴고 인사했다.

"어, 간호사님. 이 친구를 알아요?" 쓰노다는 맥박을 재기 위해 팔을 내밀며 하마무라에게 물었다.

"알지. 서너 번 검시 현장에 같이 간 적 있었죠?"

"네, 네." 하마무라는 대답한 뒤 맥박을 쟀다. "구십팔……. 조금 높으시네요."

"이시게랑 한참 얘기를 나눴거든요."

"무슨 말씀을 나누셨길래요? 아까부터 꽤 진지해 보이시던데요?"

"어, 알고 있었네요?" 이시게가 물었다.

"두세 번 이 방 앞을 지나갔는데, 계속 말소리가 들리더라고요. 무슨 이야기를 그렇게 재미있게 나누셨어요?"

"추리 소설 얘기죠." 이시게가 얼버무리듯 답했다.

"재미있겠네요. 쓰노다 씨도 추리 소설을 쓰세요?"

"쓸 수만 있다면 한번 써보고 싶네요."

"추리 소설이라면, 어떤 내용인데요?"

"지문 얘기 같은 거요. 일본인은 모두 지문 등록을 해야 한다는 게 제 지론이거든요."

"어머, 그건 모두 범죄자 취급하는 거잖아요."

"그건 옛날 사고방식이에요. 지문 확인이 꼭 범죄자에게만 필요한 건 아니라고요. 실제로 일본에서는 지장을 공식적으로 인정하고 있잖아요. 그리고 무슨 일이 생겼을 때 개인을 식별하는 데도 쓸 수 있고……."

"후후훗, 그렇긴 하네요. 그래도 좀 기분 나쁘긴 해요."

"허허, 간호사님도 지문 채취당해 본 적 있어요? 뭔 사고라도 치셨나?" 이시게가 농담조로 놀렸다.

"어머, 농담도. 그런 거 아니에요. 병원에서 한 거예요."

"어째서요?"

"원장님이 예전에 이 지역 공안 위원이셨잖아요."

"하하하, 그러고 보니 예전에 내가 원장님한테 강조한 적이 있었네!" 이시게가 소리쳤다.

이것으로 기름통에서 나온 지문 건도 해결된 셈이었다. 원장이 지문 대장만 보여주면 되는 일이었다. 두 사람은 잠시 멍하니 서로를 바라보다가, 이시게가 먼저 하마무라에게 물었다.

"오늘 원장님 계시나요?"

"네, 계세요."

"좀 뵙고 싶은데."

"말씀드릴까요?"

"아니, 내가 갈게요."

이시게는 가볍게 자리에서 일어나 장난스럽게 하마무라를

문밖으로 밀치며 나갔다. 겨울 해는 조금씩 기울고 있었고, 삼십 분쯤 지나자 이시게가 종이 뭉치를 안고 돌아왔다.

"빌려왔어."

"우리 얘기 전부 다 했어?"

"아니, 우리 얘긴 한마디도 안 했어. 전에 있었던 침대 수납장하고 매트리스 도난 사건 조사 때문에 필요하다고 하고 빌려온 거야."

"기름통 얘기는?"

"안 했지. 말 안 해도 범인은 이미 우리가 뭘 하고 있는지 다 알고 있을걸." 이시게는 웃으며 말하고는, "조심해!" 하고 놀래켰다.

"조심은 네가 해야지. 또 차에 치이지나 마." 쓰노다도 농담으로 받아쳤다.

쓰노다는 다키시마 커플의 유서를 이시게에게 돌려주며, 잘린 부분을 확대해서 사진 찍어달라고 부탁했다. 그날도 별다른 일 없이 저물었다.

다음 날 오후, 이시게는 지문 카드를 들고 병실로 찾아왔다.

"결과는?" 쓰노다가 바로 물었다.

"가가야 지문은 아니었어."

"병원 사람 중엔?"

"이마이 간호사 걸로 보이는 게 하나 있긴 한데, 확실치는 않아."

"그건 이마이 간호사 방에서 나온 거니까 당연한 거고. 다른 건?"

"하나는 병원 사람의 지문이 아니었어."

"그게 범인 거겠네?"

"응. 결국 범인이 병원 사람이라는 가설은 깨진 셈이지."

"조금 골치 아픈 상황이 됐네."

제9장

낙서

"그 기름통에서 나온 지문 말인데, 병원 사람 게 아니었어."
다음 날, 쓰노다는 에쓰코에게 말했다.

"유령 지문이었구나. 유령은 가가야였어?"

"가가야 지문도 아니었어."

"어머, 재미없게." 에쓰코는 정말 시시하다는 얼굴로 말했다.

"재미없다니, 그건 아니지."

"여기서 사건이 중단되면 당신 또 심심해서 좀이 쑤실 텐데. 유령도 그날 이후로는 나오지 않고."

"문제는 이제부터야. 새로운 실마리를 찾을 거야, 다시 원점으로 돌아가서."

"원점으로 돌아가도 소용없어요."

"왜?"

"누군가 이미 그 팔천만 엔을 찾아냈을 거예요. 그러니 유령도 더는 나타나지 않는 거고. 유령은 그 돈을 찾으려고 돌아다녔던 건데 그걸 찾았으니까 더 이상 나타날 이유가 없는 거지."

에쓰코는 쓰노다의 맞은편 빈 침대에 걸터앉아 긴 다리를 살랑살랑 흔들었다.

"그럼 그 기름통 사건은 뭐야?"

"거긴 유령이 숨어있던 곳이에요."

"나도 그렇게 생각해."

"그리고, 범인은 여자예요."

"그렇게 대담한 일을, 여자는 못 하지." 쓰노다는 아내를 놀리듯 말했다.

"대담하다니, 뭐가?"

"이 침대 수납장이랑 매트리스를 훔쳐 간 일 말이야."

"어머, 난 그전 사건 얘기를 하는 게 아니에요. 지난번 동반자살 사건이나 수납장 도난 사건 말고, 당신이 봤다는 유령하고 기름통 사건을 말하는 거라고."

"그래. 그럼 여자가 범인이라고 생각하는 이유부터 대봐."

"당신은 예전 4호실 도난 사건에 너무 사로잡혀서 뭐든 자꾸 그 사건이랑 엮으려고 하잖아. 그러니까 추리도 자꾸 엉뚱한 데로 새는 거고. 난 그 도난 사건이랑 이번 일은 전혀 별개라고 생각해요. 알겠어요?" 에쓰코는 단호하게 말했다.

"알겠어. 이 얘기만 도대체 몇 번째야. 그래서, 다음은?" 쓰노다는 웃으며 재촉했다.

"우선 첫째, 유령을 봤다는 중학교 여교사가 본 게 유령의 정체라고 생각해."

"응."

"그게 여자였잖아. 일단 거기서 '여자'라는 말이 나왔지? 다음은 간호사 기숙사 얘기야. 거긴 남자 출입 금지인 거 알지?"

"알지."

"이마이 간호사 방은 현관 바로 옆이잖아요. 그 현관은 병실에서도, 약국에서도, 진료실에서도 훤히 다 보여. 게다가 아침이든 낮이든 밤이든 사람들이 들락날락하는 곳이고. 그런 곳에 남자가 들어가면 누가 봐도 수상하게 생각하지. 사무장도 그 안에 들어갈 땐 반드시 간호사를 대동하잖아요. 그리고 그날 밤엔 이마이 간호사도, 다른 간호사도 모두 방에 있었어. 이걸 종합해 보면 대낮에 기름통을 훔친 범인은 여자였다고 볼 수밖에 없지."

"기름통을 훔친 게 여자라 해도, 경첩에 기름칠한 사람까지 여자라고 단정 지을 수는 없잖아."

"당신, 이 병실에 들어온 이후로 너무 따지더라."

"추리라는 건 말이야, 수십 개의 갈림길 중에서 하나하나 가능성을 좁혀가며 가장 타당해 보이는 걸 골라내는 일이야."

"알 듯 말 듯 참 애매한 이론이네. 잠깐 조용히 하고, 내 명탐정 추리를 들어봐요."

"그래, 한번 들어보지."

"이래 봬도 나도 탐정 역할을 맡고 나서 기름통이 없어진 걸 알아낸 뒤로는 집에서 추리를 꽤 열심히 해봤다니까."

"알겠으니까, 다음 얘기로 넘어가!"

"여자, 그러니까 범인 X는 그 기름통이 이마이 간호사 방에 있다는 것을 이미 알고 있었어요. 재봉틀 밟는 소리가 들린 적이 있거든. 그래서 변장을 살짝 했죠. 아주 최소한으로……, 이를테면 간호사 차림 같은 거. 흰 가운에 머리에는 하얀 간호사 모자, 큰 마스크에 하얀 양말까지. 뒤에서 보면 누군지 알아볼 수 없을걸."

"진짜 이마이 간호사가 볼일이 있어서 돌아올 수도 있잖아."

"그 위험성도 충분히 있죠. 근데, 이마이 간호사가 무슨 과 소속이었더라?"

"외과라고 하던데."

"그래, 맞아." 에쓰코는 끄덕이며 다시 말을 이었다. "게다가 정식 간호사잖아요. 수술이라도 있으면 두세 시간은 수술방에서 꼼짝 못 할걸? 내가 범인이라면 문은 닫아두지 않았을 거예요. 누가 봤다고 해도 문이 활짝 열려있으면 그냥 그런가 보다 하고 넘어가겠지. '어머, 기름통 좀 빌려 갈게요' 하고 장난스럽게 말하면서 재봉틀이 있는 2층으로 후다닥 올라가는 거야. 고개는 푹 숙여서 최대한 얼굴이 안 보이게 하고. '어, 누구지?' 정도는 생각하겠지만, 딱히 수상하게 여길 정도는 아닐 거예요."

"그럼, 이마이가 수술실에 있다는 걸 알고 있으니까 범인은 병원 사람이네?"

"잠깐만, 아직 내 추리는 안 끝났어요. 방금 얘기한 건, 그럴 가능성도 있다는 하나의 예시일 뿐이야."

"또 있어?"

"응. 이번에는 앞뒤 안 재고 그냥 훔쳤다고 보는 거예요. 들킬 걱정 같은 건 처음부터 안 했겠지. 그런 걸 신경 썼다면 애초에 거기서 훔치진 않았을 거고. 그냥 집에서 가져와도 되고, 없으면 그냥 사면 되는 물건이잖아요. 비싼 것도 아닌데."

"그래서, X가 여자라는 증거는 그게 다야?"

"아니, 아직 몇 개 더 남았지. 그래도 일단 숨 좀 돌리고요." 에쓰코가 이렇게 말하고는 보온병에 든 뜨거운 물을 찻주전자에 따르며 "당신도 한잔 마실래?" 하고 물었다.

"응, 줘."

에쓰코는 도자기 찻잔에 차를 따랐다. 한 잔은 쓰노다에게 건네고 다른 한 잔은 자신이 들었다. 쓰노다는 차를 마시며 재촉했다.

"세 번째는 뭔데?"

"경첩에 기름칠한 사건 말인데, 이 병원 직원들은 대부분 여자잖아요. 남자가 변장하면 금방 들켰을 거예요. 아까도 말했지만, 흰 가운에 얼굴을 반쯤 가려주는 큰 마스크면 꽤 괜찮은 변장이 되니까. 내가 보기엔 간호사로 변장하는 게 제일 쉬워요. 소품도 병원에 널려있으니까 얼마나 간단해. 그리고 숨어 있을 만한 곳은 바로 저기 여자 화장실이에요. 칸도 다섯 개나 되잖아. 그 안에 있으면 웬만해선 안 들킬 거야. 한 칸만 있는 게 아니니까 다섯 군데를 돌아다니며 숨을 수도 있고. 아마 다섯 칸 전부에 기름칠을 해뒀을 거예요. 병원 안에서 변장을 하고 다시 원래 모습으로 돌아올 수 있는 안전한 장소는 거기밖에 없어."

"……." 쓰노다는 말없이 히죽히죽 웃으며 조용히 아내의 추리를 들었다.

"간호사로 변장하기 전엔 손에 작은 보자기쯤 들고 있어도 전혀 수상하지 않아요. 그냥 환자 보호자겠거니 하겠지. 이 화장실은 새로 지어서 깨끗하니까 다른 병동 사람들도 종종 와서 쓰잖아요. 하지만 범인 X는 될 수 있으면 사람들과 마주치지 않으려고 무척 신경 썼을 거예요. 병동을 드나들 때도 처음부터 흰 가운 정도는 걸치고 있었을지도 모르고. 화장실에서 나왔는데 만약 1호실, 2호실, 3호실 쪽에서 누가 오면 화장실 옆 계단을 타고 2층으로 올라갔을 거예요. 반대로 5호실, 6호실, 7호실 쪽에서 오면 이쪽으로 와서 병동 현관으로 빠져나갔을 거고."

"그 계단을 타고 2층으로 올라가면 뭐가 있는데?" 쓰노다가 물었다.

"밤이 되면 사람이 하나도 없는 치과 진료실, 검사실, 연구실, 도서실, 소아과, 그리고 하마무라 수간호사의 방이 있죠."

"좋아, 계속해 봐." 쓰노다가 재촉하듯 말했다.

"손에 들고 있던 보자기 안엔 간호사 캡 정도만 들어있었을 거예요. 그걸 머리에 쓰고 나면 보자기는 접어서 아무 데나 넣으면 되고. 문제는 기름통이지. 보자기에서 꺼내서 쓰고, 다시 보자기에 싸서 가져갔다가……."

"여자라면 보통 핸드백을 들고 다니잖아?"

"무슨 소리야! 흰 가운에 간호사 캡을 쓰고 핸드백을 들고 돌아다니면 완전 눈에 띌 거라고요. 게다가 유령 흉내를 낼 땐 그 핸드백을 어디다 두겠어?"

"그럴듯하네. 여자다운 섬세한 추리군. 그럼, 범인 X는 이 병원 사람이 아니라는 게 당신 생각이지?"

"응. 지문도 일치하는 사람이 없잖아. 당신 생각은?"

쓰노다는 힘없이 웃으며 입을 열었다.

"모순이 너무 많아서 뭐라 단정하긴 어렵네. ……그럼, 당신 추리를 존중하면서 하나만 더 물어볼게. 유령과 기름통 도둑은 어떤 관계야?"

"내 생각엔 경첩에 기름칠한 사람도, 기름통을 훔친 사람도, 유령도, 전부 같은 사람일 것 같아."

쓰노다는 조용히 생각에 잠겼다. 오늘 두 사람의 대화는 이렇게 끝이 났다. 에쓰코는 평소처럼 주변을 정리하고 대충 치워둔 뒤 집으로 돌아갔다.

쓰노다는 무릎 위에 판자를 올려놓고, 겨울 햇살을 등으로 받으며 원고를 쓰고 있었다. 그때 이시게가 찾아왔다. 평소와 달리 기모노 차림이었다.

"재밌는 걸 하나 발견했어." 이시게는 병실로 들어서며 쓰노다에게 말했다.

쓰노다는 하던 일을 옆으로 치웠다.

"괜찮아, 일하면서 들어도 돼."

"재밌는 물건이라는 게 뭔데?"

"이거야."

이시게는 안주머니에서 종이에 싼 가느다란 물건을 꺼내 판자 위에 올려놓았다. 쓰노다가 펴보니 종이 안에는 정맥 주사용으로 보이는 굵은 바늘이 들어있었다.

"이건 뭐지?" 쓰노다는 바늘을 손가락 사이에서 굴리며 물었다.

"그 기름통 안에서 나왔어."

"흐음……." 쓰노다는 무척 흥미를 느꼈다. "왜 이런 게 거기 들어있었지?"

"나도 몰라. 도움이 될까 해서 가져왔어."

"오래된 것 같네……. 기름통 대롱 속에 들어있었던 거야?"

"응, 대롱에 꽉 끼어있더라고."

"기름은 남아있었어?"

"조금 남아있었어. 그런데 왜 기름통 안에 이런 게 들어갔을까?"

"나도 전혀 감이 안 와."

"주사로 썼을까?"

"글쎄……, 바늘만으론 아무 쓸모도 없지."

"기름통 끝에 이걸 끼우면……."

"기름통 안엔 재봉틀 기름이 들어있잖아. 그 바늘구멍으로 액체를 밀어내기엔 기름통 내부에 압력이 부족하지 않을까?"

"밀어내지 않아도 그냥 흘러나오지 않을까……."

"글쎄……."

쓰노다도 주삿바늘 하나만으로는 도무지 무슨 의미인지 짐작할 수 없었다.

"그건 그렇고, 그 뒤로 유령은 어때?" 이시게가 농담조로 물었다.

"완전히 잠잠해. 휴업 중인 모양이야." 쓰노다가 주삿바늘을 침대 수납장 위에 올려놓으며 말했다.

"유령도 겨울엔 잘 안 나온다잖아. 흰옷 하나 걸치고 돌아다니기엔 너무 춥지."

"유령도 춥고 덥고를 느껴?"

"그건 아니겠지만……. 죽을 결심을 한 사람도 겨울엔 물에 잘 안 뛰어들어."

"왜?"

"글쎄, 감기 걸릴까 봐?"

"실없는 소리 좀 작작 해." 쓰노다는 웃으며 고개를 돌렸다.

"진짜라니까. 통계에도 분명히 나와 있어."

"감기 걸린 익사자냐?" 쓰노다가 놀렸다.

"하하하하." 이시게는 웃으며 담배에 불을 붙였다.

"그건 그렇고, 오늘은 웬 기모노 차림이야?"

"비번이라서."

"영구 비번 되는 건 아니고?" 쓰노다가 걱정스러운 얼굴로 물었다.

"아니, 아직은 아닌가 봐." 대답을 하던 이시게는 문득 생각이 난 듯 말을 이었다. "참, 너 지난번에 가가야 아야코가 살아있는 거 아닐까 의심했잖아?"

"아……, 살아있는 유령도 이상하긴 하지."

"유체이탈인가?"

"진부해."

"실은, 내가 전국에 수배 요청을 해놨어."

"뭘?"

"가가야 아야코가 입고 있던 기모노 말이야. 누군가 주웠을지도 모르고, 어쩌면 팔아먹었을지도 몰라. 우라야스에 조사할 사람도 보냈어."

쓰노다의 말대로 가가야가 살아있다고 가정한다면, 만약 그 기모노가 발견될 경우, 사건 당시 그녀는 알몸인 채로 어디론가 사라졌다는 얘기가 된다.

"그렇지, 알몸으로 돌아다닐 순 없을 테니까. 그것도 결정적 단서가 될 수 있겠네."

"물론 기모노가 발견되지 않는다고 해서 그녀의 생존설이 성립하는 건 아니야." 이시게는 여전히 개운치 않은 표정으로 말했다.

"조금 전에 에쓰코한테 대단한 얘기를 들었어." 쓰노다가 말했다.

"그래? 무슨 얘긴데?"

"기막힌 추리야."

"금슬 좋은 부부라 보기 좋네. 무슨 추린데?" 이시게가 웃으며 물었다.

"기름통 얘기랑 범인이 여자라는 추리. 집사람 말로는······."

쓰노다는 에쓰코와 나눈 대화를 이시게에게 들려주었다.

"역시, 감탄할 만하네."

"귀담아들었지. 우리 생각에서 크게 벗어나진 않았지만, 여자다운 섬세함이 돋보이더라."

"눈썰미가 대단하네. 부창부수야. 나도 남자라 처음엔 거기까진 생각 못 했는데 말이야."

"지금으로선 앞이 안 보이는 상태인데, 이시게 넌 앞으로 어떻게 할 생각이야?"

"당분간은 조용히 지켜볼 생각이야. 섣불리 움직이다가 놈들에게 꼬리를 잡힐 수도 있으니까. 이렇게 너랑 얘기하는 정도야 괜찮지만, 너도 조심해."

"괜찮아. 먹는 것도 마시는 것도 다 조심하고 있어. 게다가 병실에서 한 발짝도 안 나가니까."

"그렇게까지 답답하게 지낼 바엔 차라리 퇴원하든가 병원을 옮기는 건 어때?"

"싫어."

"경찰 병원은 안전해."

"거긴 더 싫어. 난 여기서 나갈 수 없어. 일 때문에 집에 연락도 자주 해야 하고, 이 문제도 꼭 해결하고 싶어."

"여기선 방어할 방법이 없잖아. 적어도 병실이라도 옮겨야 하지 않겠어?"

"난 이 4호실에서 벌어진 괴이한 일을 밝혀낼 거야. 이 방에 분명 뭔가 남아있어." 쓰노다는 고집스럽게 말했다.

"여긴 아무것도 없어." 이시게는 병실 안을 둘러보며 말했다.

"아냐, 벽과 유리창의 낙서도 단서가 될 수 있어. 누워서 낙서를 보며 추리하는 것도 재미있다고."

"즐기는 건 대찬성이야. 하지만 이런 낙서에 무슨 의미가 있겠어? 적어도 다키시마 커플 사건과는 관련이……."

"없을 수도 있지. 하지만 이 방에서 풀리지 않은 건 오직 이 낙서들뿐이야."

"낙서에 무슨 의미가 있을 것 같진 않은데. 원래 낙서엔 달

필도 없고 명문구도 없는 법이야. ……어, 저건 뭐지?"

이시게는 쓰노다가 누워있는 침대 옆 벽면을 들여다보았다. 가장 먼저 눈에 들어온 건 연필로 그린 듯한 여자 얼굴이었다. 눈이 크고 속눈썹은 유난히 길게 그려져 있었다. 그 옆엔 두꺼운 매직펜으로 썼다가 지운 듯한 흔적이 희미하게 남아있었다.

아프다, 불 질러버릴 거야 -아키야마 류타로

"불을 지르겠다니, 살벌하네." 이시게가 웃으며 말했다.
"퇴원할 때쯤 썼겠네. 아니면 간호사한테 혼났을 거야."
"다음은……." 이시게는 고개를 쭉 내밀고 낙서를 살폈다.

**모래 위에 쓴 글자는 파도가 지우지만,
내 고통은 누가 지워주나**

"이건, 제법 의미 있는 말인데."
"후후, 나름 시를 썼네. 하지만 글씨가 너무 형편없어. 어디서 베껴 쓴 문장이겠지."
"간호사한테 차인 놈일 거야. 다음 건 더 심하네. 글씨도 엉망이고 맞춤법도 다 틀리고."

으사 새끼 주겨버릴 거야

"하하하, '의사'도 '죽인다'는 말도 글자가 다 틀렸네. 내가 우에노 미술학교 화장실에서 본 낙서 중에 진짜 걸작이 있었는데 말이야." 이시게가 말했다. "낙서에 걸작이 없다고는 했지만 거기 건 예외였지."

쓰노다 침대 쪽 벽면의 낙서는 그 정도뿐이었고, 맞은편 벽에도 낙서가 있었다. 누워서 썼는지 행도 글씨도 비스듬하게 기울어져 있었다.

사나이라면 고통쯤은 참아라

"이 녀석은 정상이네."

난 여자랍니다

글씨체가 같은 걸 보니, 같은 사람이 쓴 것 같다.

퇴원 1956. 4. 9.

"어, 이건 다키시마 커플이 자살하기 전날이잖아? 뭔가 의미가 있는 걸까?" 이시게가 고개를 갸웃거리며 말했다.

"정확히는 두 사람이 약을 삼킨 날이지. 하지만 간호사에게도 물어봤는데 사건과는 전혀 상관없는 환자였어. 사건이 일어나기 전 일이기도 했고."

"그래도 이렇게 단서를 찾아다니고 있을 때, 뭔가 비슷한 걸 보면 괜히 찜찜하단 말이지." 이시게는 그것을 유심히 들여다보며 말했다.

낙서는 반투명 유리창에도 쓰여있었다. 문장은 제법 괜찮았지만, 글씨는 서툴렀다.

Death is not death but transition. 죽음은 죽음이 아니라 단지 전이일 뿐이다

성서에 있는 구절이다. 환자가 쓴 것치고는 수준급인데, 그 밑에 헤노헤노모헤지 히라가나문자인 へのへのもへじ(헤노헤노모헤지)의 글자를 각각 적절히 배치해 사람 얼굴 모양의 그림을 만드는 일종의 언어유희 그림을 덧붙여 놓은 건 무슨 의미일까?

"이 안에 팔천만 엔이 숨어있는 건가?" 이시게는 창가에서 의자로 돌아오며 말했다.

"설마." 쓰노다도 웃었다.

"아무리 봐도 암호처럼 보이는 건 하나도 없잖아. 나머지는 죄다 의미 없는 흠집들뿐이네. 뭐, 오래 입원 중인 당뇨병 환자의 심심풀이로는 제법 재미있는 놀이겠지. 그런 거 하나하나에 의미를 붙여버리면 에드거 앨런 포의 『황금 벌레』 흉내라도 내게 되는 거지."

"후훗." 쓰노다는 의미심장하게 웃었다.

"유치장에 가보면 전에 있던 사람이 남긴 손톱자국 같은 걸

꼼꼼하게 살펴보고 연구하는 놈들도 있어. 그러면서 '아, 이 녀석도 여기 잡혀 왔었구나' 하고 혼자 감탄하는 거야. 우연히 자기 친구가 갇혔던 방에 갇히게 되었던 거지."

"다음 사람에게 주는 경고나 전달 사항 같은 것도 걔네들만 쓰는 독특한 은어로 써놓는다고 하던데?"

"맞아. 방 안도 우리가 다 살펴보긴 하는데, 그래도 가끔 발견되는 게 있어. 걔네들 은어는 우리도 다 알아서 대부분은 지워버리지만 말이야. 그래서 전철 같은 데서 대화만 들어도 '아, 이놈은 건달이구나, 자전거 도둑이구나, 불량배구나, 교도소에서 막 나온 놈이네' 하고 바로 알 수 있지."

"허, 대단한데." 쓰노다는 처음 듣는 이야기였다.

"그걸로 먹고사는걸, 뭐. 전문 서적도 있어. 『은어 구성의 양식 및 어휘집』이나 『은어 암호집』, 심지어 『은어 전집』같은 책들을 법무부에서 만들어서 우리 교육 자료로 쓰게 하지. 여기에도 은어 비슷한 게 있었으면 눈에 띄었겠지만 그런 건 하나도 없어. 손톱자국이나 뭔가에 부딪혀서 생긴 자국들뿐이야. 침대의 철제 파이프가 닿았던 자리는 흠집투성이고."

"에쓰코랑 둘이서 살펴봤는데, 환기구도 뭔가 숨길 만한 구조는 아니더라고."

"그렇지? 팔천만 엔이라니, 그냥 꿈같은 얘기지. 제수씨도 그랬잖아, 이제 여긴 아무것도 없으니까 유령도 안 나오는 거라고. 나도 그 말에 동의해."

"그럼 기름통 사건은 어떻게 설명할 건데?"

"유령이랑은 상관없을지도 모르지."

"정말 그럴까?" 쓰노다는 납득이 가지 않는 표정이었다.

"그럼 이 낙서를 연구하고 분석해서 그 안에서 '황금 벌레'가 기어간 흔적이라도 찾아 봐. 하지만 조심해. 유령은 널 노리고 있을지도 모르니까." 이시게가 또 한 번 쓰노다를 놀리며 말했다.

"그딴 소리 말고, 진지하게 좀 해." 쓰노다는 굳은 얼굴로 말했다.

"뭘 진지하게 하라는 건데?"

"이 낙서 말이야."

"아직도 그 소리야? 아무것도 없다고 백만 번은 말했잖아. 의미 없다니까." 이시게는 언짢은 얼굴로 말했다.

"있을지도 몰라. 우린 지금까지 침대 위쪽의 벽면만 봤잖아. 침대에 가려진 아래쪽도 볼 필요가 있어."

"참 별난 놈이네. 봐서 뭘 어쩌겠다고?"

"남긴 메시지를 찾는 거지."

"누구 메시지?"

"다키시마나 가가야."

"헛소리도 작작 해라. 그런 걸 어디다 숨겨? 있었으면 진작 유령들이 찾아냈겠지. 너도 전에 제수씨랑 같이 찾아봤다며?"

"응, 찾아봤지. 하지만 그땐 유서를 숨겨둔 장소를 찾으려 했던 거였지, 유서 그 자체를 찾았던 건 아니야."

"아무리 소설가라도 그런 궤변은 좀 아니다. '나는 유서를 숨긴 장소를 찾았던 거다, 유서 그 자체를 찾은 건 아니다?' 그게 도대체 무슨 말이야?"

"처음에 난, 유령들이 찾고 있는 게 어딘가에 숨겨둔 다키시마의 유서라고 생각했어. 숨겨진 팔천만 엔에 대한 거 말이야. 그래서 유령이 침대 수납장이며 매트리스를 훔쳐 갔을 텐데, 사실 다키시마는 그렇게 금방 들킬 만한 곳엔 숨기지 않았을 거야. 에드거 앨런 포의 『도둑맞은 편지』에서 그랬던 것처럼 누구 눈에나 띌 만한 곳에 대놓고 버려뒀을지도 몰라. 그러기엔 낙서가 딱이지. 조약돌을 숨기려면 해변의 자갈밭에, 나뭇잎을 숨기려면 숲속에, 유서를 숨기려면 낙서 속이지."

"하하하. 그럴지도 모르지, 이론적으로는. 하지만 이 낙서 속엔 아무것도 없어." 이시게는 내뱉듯 말했다.

"하지만 말이야……."

"잠깐!" 이시게는 손을 들어 날카롭게 말을 끊었다. "쓰노다, 넌 아주 중요한 사실을 놓쳤어. 다키시마는 이 병실로 실려 오기 전부터 의식은 없었고, 끝내 의식을 회복하지 못한 채 죽었잖아."

"아냐……." 쓰노다는 고개를 저으며 말했다. "그럼, 가가야인가? 그래, 그럴지도 모르지. ……역시 난 뭔가 있는 것 같아. 그런 생각이 가시질 않아."

"그럼 어떻게 할 건데? 도와줄게. 네 그런 집착을 내 손으로 끊어줘야겠어."

"그럼, 이쪽 침대 밑부터 살펴보자." 쓰노다는 침대에서 내려오며 말했다. "그쪽 침대를 좀 당겨봐. 벽에 뭐가 있는지 보게."

이시게는 침대를 벽에서 떼어냈다. 철제 파이프가 닿은 자리는 석회벽이 벗겨져 군데군데 갈색 속살이 드러나 있었다. 쓰노다는 다리를 절며 자세히 살펴보았지만 암호처럼 보이는 것은 아무것도 없었다.

"아무것도 없잖아!" 이시게가 안쪽을 들여다보며 말했다.

이시게는 침대를 다시 제자리에 밀어 넣었다. 이번엔 쓰노다가 쓰던 침대 쪽을 살폈다. 앞서 본 침대 벽처럼 이쪽도 긁힌 자국과 작은 구멍만 있을 뿐이었다.

"아무것도 없네." 무릎을 꿇고 꼼꼼히 살피는 쓰노다의 모습을 보며 이시게는 안쓰러운 듯 말했다.

이시게 역시 그 유서에 대해 많은 의문을 품고 있었다. 그렇다고 해도 이 병실 어딘가에 다키시마의 유서가 숨겨져 있으리라고 생각하지는 않았다. 게다가 의식조차 회복하지 못한 채 죽은 다키시마가 도대체 무엇을 남길 수 있었겠는가.

"아……, 없는 것 같네."

쓰노다는 아쉬운 듯 손끝으로 벽을 쓸며 몸을 일으켰다. 그러다 문득, 그의 손가락이 한 곳에 멈췄다.

"어라?"

"왜? 뭔가 있어?" 이시게가 들여다보았다.

"긁힌 자국이 있어." 쓰노다가 계속 벽을 만지며 말했다.

그 자리는 마침 매트리스가 닿는 부분이었다. 벽은 거무스름하게 때가 타서 얼핏 봐서는 알아보기 힘들었다.

"무언가에 긁힌 자국이군." 이시게도 말했다.

손가락 한 마디 정도 되는 줄 두 개가 사선으로 겹쳐 있었다.

"그렇게 보이긴 하지만, 아닐 수도 있어."

"설마 그게 암호라도 된다는 거야?"

"이 침대는 다키시마가 누워있던 침대야."

"그래, 맞아."

"그리고 이 자리는 누워서 팔만 뻗으면 딱 닿는 위치지."

"아이쿠, 선생님! 다키시마 씨는 의식도 못 찾고 그대로 죽었다고 몇 번을 말씀드렸잖아요."

하지만 쓰노다는 그 말에 대꾸하지 않고 혼잣말처럼 중얼거렸다.

"매트리스가 벽에서 약간만 떨어져 있었다면 글씨를 쓸 수도 있었겠지."

"이게 글자라고 생각해? 침대 파이프를 고정한 볼트 때문에 생긴 자국일 뿐이야."

"글자일지도 몰라."

"어휴, 이런 말 꼬리처럼 생긴 게? 몽골어? 힌디어? 아니면 아프리카 원주민 언어? 이시게가 놀렸다.

"그래도 여기서 이상한 것은 이것밖에 없어." 이시게는 두 침대의 철제 파이프를 가리키며 말했다.

"그럼 이 파이프의 페인트 벗겨진 자국들도 암호나 글자라는 거야? 봐봐, 여기 'ㅏ' 자처럼 생긴 것도 있고, 'ㅿ'도 있고, 숫자 '7', 알파벳 'T'랑 'L'도 보이네."

"그건 자연스럽게 생긴 자국이야."

"구실은 갖다 붙이기 나름이지. 좋아, 그렇다 치자. 그리고 그게 어느 나라 글자인지는 모르겠지만 한번 해독해 보라고. 경시청에서 『아메리칸 블랙 체임버 The American Black Chamber』1931년 미국에서 출간된 미국 정부의 암호기관 '블랙 체임버'에 관한 책 같은 책이라도 구해다 줄까? 나 같으면 말이야, 차라리 '모래 위에 쓴 글자' 어쩌구 했던 거나, '불 질러버릴 거야'라고 했던 낙서 같은 걸 찾아보겠어. 게다가 유리창에 적혀 있던 '죽음은 죽음이 아니라 단지 전이일 뿐이다' 같은 철학적인 글이 훨씬 더 암호처럼 보인다고. 침대는 이제 그만 봐도 되겠지?"

"응."

"시큰둥한 대답이군. 그러고 보니 고대 히브리 문자에도 비슷한 게 있었지. 오타루에 있는 무슨 동굴에서 나왔던 거. 아니, 그건 페니키아 문자였나?" 이시게는 쓰노다를 계속 놀리며 침대를 벽 쪽으로 다시 밀어붙였다.

"어머나!" 노크 소리도 없이 문이 벌컥 열리더니, 하마무라 수간호사가 얼굴을 내밀며 말했다. "시끌벅적해서 무슨 일이라도 난 줄 알았잖아요. 아, 이시게 씨가 계셨군요. 전 또, 몸도 못 움직이는 환자분이 혼자서……."

"찾는 게 좀 있어서요." 이시게가 명랑하게 말했다.

"무얼 잃어버리셨어요?" 하마무라는 고개를 갸웃거리며 물었다. 그녀 특유의 버릇이었다.

"아하하하, 큰돈이요."

"어머, 돈이요?"

"농담이에요. 침대 정리 좀 했어요." 쓰노다가 침대로 돌아가며 말했다.

"농담도 참……." 그렇게 말하며 하마무라는 방을 나갔다.

"진짜 농담이 아니라, 제수씨라도 여기서 재우면 어때?"

"흠……, 유령이 무서워서 같이 있어 달라고 하란 거야?"

"아니, 이상하게 뭔가 하고 있으면 꼭 누군가 나타나잖아."

"그야 수간호사니까, 환자 상태가 걱정돼서 그렇지."

"아냐, 내가 오면 항상 누군가가 엿본다니까?"

"괜히 기분 탓일 거야. 게다가 여긴 그 말 많던 4호실이잖아. 이래저래 사람들 눈길을 끌 수밖에 없지."

"조심해, 조심." 이시게가 웃으며 말했다.

그 뒤로 두 사람은 시답지 않은 농담을 주고받으며 시간을 보냈다. 이시게가 돌아간 뒤, 쓰노다는 다시 원고 작업에 매달렸지만 자꾸만 낙서들이 신경 쓰였다. 고개를 돌려 낙서를 다시 한번 읽어보았다. 한 글자씩 건너뛰며 읽어도 보고 두 글자씩 건너뛰기도 하고, 사선으로도 거꾸로도 읽어봤지만 아무 의미도 없어 보였다.

매트리스 옆의 긁힌 자국 두 줄, 이시게가 '말 꼬리'처럼 생겼다고 했던 홈집도 다시 생각해 보았다. 그것이 글자인지, 암호인지, 아니면 그냥 우연히 생긴 홈집인지조차 알 수 없었다. 한심하다는 생각에 쓰노다는 생각을 접었다.

시계는 밤 아홉 시 정각을 가리켰다.

'어라, 오늘은 야간 회진이 늦네.'

쓰노다가 귀를 기울이고 있을 때, 1호실부터 회진이 시작된 듯했다. 노크 소리, 문이 삐걱거리는 소리, 환자 상태를 묻는 간호사의 목소리가 차례로 들려왔다. 굳이 목소리를 듣지 않아도, 발소리만으로도 하마무라 수간호사임을 쓰노다는 알아챌 수 있었다. 그런데 이상하게도 회진은 1호실, 2호실, 3호실을 지나 4호실을 건너뛰고 곧장 5호실, 6호실, 7호실로 이어졌다. 다인실인 7호실에서 시간이 조금 걸리더니, 이내 다시 돌아와 4호실 문을 노크했다.

"어떠세요?"

하마무라는 웬일인지 혼자였다. 병실로 들어선 그녀는 등 뒤로 팔을 뻗어, 조용히 문을 닫았다.

"오늘은……, 쓰노다 씨께 드릴 말씀이 있어서요."

고개를 살짝 기울이며, 하마무라가 작은 목소리로 말했다. 손에 작은 주사기를 들고 있었지만 안은 비어 있었다.

"무슨 일이죠?"

"유령 얘기예요."

"오호……."

"어젯밤에 저도 봤거든요."

하마무라의 얼굴이 조금 굳어있었다.

"……?"

"마침 제가 기숙사를 둘러보고 본관 2층에 있는 제 방으로 돌아가려 했을 때, 이 병동으로 들어오는 여자가 있었어요. 평소 같으면 신경 쓰지 않았을 텐데, 이미 자정이 지났을 때였거든요. 시간이 시간인지라 '어머? 이 시간에?'라는 생각이 들었죠. 게다가 뭔가 수상했어요. 그래서 발소리를 죽이고 남쪽에 있는 또 다른 현관으로 살며시 들어가 복도 모퉁이에서 이쪽을 지켜봤죠. 그랬더니……."

하마무라는 목소리를 더 낮추었다.

"4호실 앞에 그 여자가 서 있었어요. 처음엔 사모님이신 줄 알았어요. 많이 닮았더라고요. 그래서 말을 걸어보려 했는데, 그 여자가 제 기척을 느꼈는지 힐끗 뒤를 돌아보더니 앞에 있는 화장실로 쏙 들어가 버리더라고요. 사모님이었다면 그러지 않았을 테고, 다른 보호자라면 굳이 저를 보고 피할 이유도 없잖아요? 수상하다 싶었지만 그냥 돌아가려고 두세 걸음 걷는 순간 '쏴아' 하는 요란한 물소리가 들렸어요. 그런데 이상하게도 평소 같으면 들렸을 삐걱거리는 문소리가 안 나는 거예요.

굳이 그럴 필요도 없었지만 한번 화장실 안으로 들어가 봤어요. 그런데…… 그 여자가 없더라고요."

하마무라는 겁먹은 듯 문득 말을 멈추며, 손으로는 무의식적으로 침대 수납장 위에 놓인 시계와 약 봉투의 위치를 고쳐놓았다. 쓰노다는 그녀의 손놀림을 눈으로 좇으며 말했다.

"어떻게 된 겁니까? 그 여자는."

"분명히 화장실 안으로 들어가는 걸 봤어요. 물 내리는 소리도 들었고요. 그런데 흔적도 없이 사라졌어요."

"화장실 다섯 칸을 전부 확인하신 거예요?"

"네. 물소리가 났던 칸을 제일 먼저 봤어요. 그 칸은 문이 반쯤 열려있었고, 물도 아직 콸콸 흐르고 있었어요. 하지만 나머지 네 칸 어디에도 그 여자는 없었어요."

"창문으로 빠져나간 건 아닐까요?"

"아뇨. 창문마다 금속 방충망이 단단히 설치되어 있어요." 하마무라는 고개를 저으며 말했다. "혹시 몰라 오늘 아침에 바깥쪽에서 확인해 봤는데, 전부 빨갛게 녹슬어 꿈쩍도 하지 않더라고요."

그곳은 다섯 칸짜리 화장실 말고는 쥐 한 마리 숨을 틈도 없다는 것을, 입원한 날 한두 번 들어가 본 쓰노다는 알고 있었다.

"그 여자는 어떤 사람이었나요?" 쓰노다가 물었다.

"사모님이랑 비슷했어요. 머리 모양도요. 어둑어둑해서 얼굴 생김새까지는 잘 보이지 않았지만요. 마스크도 쓰고 있었서 더 이상한 느낌이 들었어요. 게다가……, 전 너무 무서워요…….”

하마무라가 숨을 깊이 들이쉬며 말을 이으려 했을 때, 복도 끝에서 누군가가 달려오는 발소리가 들렸다.

"수간호사님!"

하마무라를 부르는 목소리가 들려왔다. 하마무라는 깜짝 놀란 듯 몸을 굳히며 문을 열었다.

"왜?"

"어머, 여기 계셨네요?" 복도에서 누군가가 말했다. "히라바야시 선생님이 찾으세요. 왕진 가셔야 한대요."

"아……, 그래." 하마무라는 쓰노다를 돌아보며 말했다. "그럼, 몸조리 잘하세요."

그녀는 뭔가 하고 싶은 말이 더 있는 듯 잠시 망설이다가 결국 아무 말 없이 조용히 문을 닫고 나갔다. 복도 끝으로 두 사람의 발소리가 점점 멀어지자, 그제야 화장실에서 물 내려가는 소리가 들려왔다. 누군가 안에 있었던 모양이다.

잠시 후, 다시 어딘가에서 "수간호사님" 하고 하마무라를 부르는 가느다란 목소리가 들려왔다.

"어?"

쓰노다는 귀를 쫑긋 세웠지만, 아무 소리도 들리지 않았다. 화장실 물소리는 점차 잦아들었고, 가볍고 희미한 발소리가 멀어져 갔다.

'아까 하마무라는 무슨 말을 하려던 걸까?'

쓰노다는 생각했다. 그저 밤중에 어떤 여자가 이 4호실을 엿보고 있었다는 사실을 알리고 싶었던 걸까? 아니면 그 여자가 에쓰코를 닮았다는 걸 전하고 싶었던 걸까? 하지만 그녀는 분명히 말했다.

"전 무서워요."

뭐가 무섭다는 걸까? 유령이 무섭다는 의미일까? 그렇다면 굳이 화장실 문을 열어보진 않았을 텐데.

'아니, 아까 그 말투로 봐선 뭔가 다른 의미였던 것 같은데.'

쓰노다는 머리를 굴렸다. 생각해 보면 하마무라 역시 의심스럽지 않다고는 할 수 없다. 의심하기 시작하면 끝도 없다. 지금까지 벌어진 일들이 모두 그녀의 소행이라면 사건은 오히려 간단하게 풀린다.

니쿠니의 죽음도 하마무라라면 손대는 게 어렵지 않다. 쓰노다의 약에 손을 대는 일도 식은 죽 먹기다. 방금 전에도 아무렇지도 않게 약 봉투를 만지작거리지 않았던가! 기름통도 원래 그녀의 물건이다. 그 안에 넣은 주삿바늘에도 병원 사람의 흔적이 묻어있다.

'오늘 내가 이시게와 나눈 대화를 엿듣고 자신이 범인이 아니라고 일부러 변명하러 온 게 아닐까? "전 무서워요"라는 말도 하마무라의 연기일지도 몰라!'

밤 열 시가 다 되었다. 쓰노다는 오늘의 일기를 쓰고 불을 껐다. 병원 안은 소리 없이 고요한 잠에 빠져들었다. 쓰노다는 어둠 속에서 한동안 잠들지 못했다. 후두둑 후두둑, 빗방울이 처마를 두드리는 소리가 들려왔다.

잠시 후, '끼익' 하고 병실 문 경첩에서 작은 소리가 났다. 누군가가 다가오는 느낌이 들었다. 쓰노다는 온몸의 신경을 귀에 집중했다. 발소리가 들렸다. 서늘한 기운이 온몸으로 퍼져나갔다. 발소리는 쓰노다가 있는 4호실 앞에서 멈췄다. 심장이 요란하게 쿵쾅거렸다. 병실 문이 살며시 열렸다. 심장이 얼어붙은 순간, "자?" 하는 에쓰코의 목소리가 들렸다.

"어?"

"어머……, 저예요."

스위치가 켜지며 눈부신 백열등 불빛이 쓰노다의 눈을 찌르는 듯했다.

"무슨 일이야? 이 시간에." 짜증 섞인 목소리로 말하며 쓰노다가 고개를 들었다.

"어머, 미안해요." 에쓰코는 기모노 위에 코트를 걸치고 검은 핸드백을 들고 있었다. 그녀는 가방을 열며 말했다. "전보가 와서요. 병원에 몇 번이나 전화했는데 연결이 안 되더라고. 중요한 일인 것 같아서 직접 가져왔어. 근데 표정이 왜 그래요? 무섭게."

에쓰코는 빠르게 말하며 전보 한 통을 쓰노다에게 건넸다. 봉투를 열어보니 홋카이도의 신문사에서 보낸 것이었다. 연재 중인 아동물 원고 한 회분이 아직 도착하지 않았다는 내용이었다.

"일주일 전에 보냈는데……." 쓰노다는 혼잣말처럼 중얼거렸다. "내일 보내도 되지, 뭐. 하루만 더 기다려 보고 도착하지 않으면 다시 써서 보낸다고 전보 좀 쳐줘. 지금 몇 시야?" 쓰노다는 머리맡 시계에 손을 뻗으며 말했다.

"열한 시 십 분이네. 그럼, 난 갈게요." 에쓰코는 검은 장갑을 끼며 말했다.

"차는 대기시켜 놨어?"

"아니, 보냈어요. 그래도 큰길로 나가면 택시는 잡을 수 있어. 잘 자요, 좋은 꿈 꿔."

에쓰코는 병실을 나섰다. 동 병동 현관문 경첩이 가느다란 비명 소리를 냈다.

제10장

주삿바늘

사람들이 부산스럽게 오가는 소리에 쓰노다는 잠이 깼다. 무슨 일이 생긴 건지 몽롱한 머리로 생각해 보았지만, 병원에서는 이런 일이 흔했다. 한밤중에 수술도 자주 있었다. 응급 병원이다 보니 외상 환자나 자살을 시도한 사람도 실려 왔는데, 한번은 음독자살을 시도한 청년이 약 기운이 풀리자 옆방에서 밤새 날뛰며 소란을 피운 적도 있었다. 소리를 지르고, 유리를 깨고, 결국 경찰까지 출동했었다.

하지만 이번에는 어딘가 분위기가 달랐다. 야광으로 된 시곗바늘은 한 시 십 분을 가리키고 있었다. 다급한 발소리가 이쪽으로 가까워지더니, 7호실 쪽으로 돌아 사라졌다. 뒤이어 날카로운 여자 목소리가 들렸다. 쓰노다는 무슨 일인가 하고 귀를 기울였지만 알아들을 수 없었다.

발소리는 7호실에서 나와 쓰노다의 병실 앞에서 멈췄다. 노크도 없이 문이 열렸다.

"무슨 일이죠?" 어둠 속에서 쓰노다가 말했다.

"수간호사님 못 보셨나요?"

"수간호사님은 왜요?" 쓰노다는 침대에서 몸을 일으키며 물었다.

"아까부터 찾았는데 안 보이세요."

"언제부터요?"

"열한 시쯤부터요. 혹시 안 오셨나요?"

"왔었죠, 야간 회진할 때요. 아홉 시 조금 넘어서."

"그 뒤로는요?"

"안 왔어요."

"이상하네……."

"저랑 얘기를 나누고 있었는데 누가 데리러 와서 나갔어요. 벌써 네 시간이나 지났네요. 무슨 일일까요?"

"이상하네요……."

"아, 혹시 미조구치 씨인가요?"

"네."

"무슨 일인지 저는 잘 모르겠네요. 불 좀 켜주실래요?"

미조구치는 방으로 들어와 벽 옆의 스위치를 눌렀다.

"외출하신 건 아닐까요?"

"아뇨, 외투도 신발도 그대로 있어요……."

"흠……."

그때 히라바야시 선생이 얼굴을 내밀었다.

"늦은 시간에 죄송합니다."

"하마무라 수간호사님이 안 보인다고요?"

"네."

"이상하네요. 언제부터요?"

"아홉 시 조금 넘어서부터요."

"아까 미조구치 씨 말씀으로는 열한 시쯤이라고……."

"사람들을 깨운 게 열한 시 반쯤이었습니다."

"대체 무슨 일일까요?"

"전혀 모르겠네요."

"아홉 시쯤이면, 제 방에서 나간 직후겠군요?"

"네, 맞습니다. 하마무라를 불러오라고 실습생을 보내서 두 사람이 같이 돌아오던 중이었는데, 오는 길에 복도에서 사라져 버렸습니다."

"복도에서 사라졌다고요?" 쓰노다는 히라바야시를 의심스러운 눈으로 바라보며 말했다.

"네, 정말이에요."

"정말 복도에서 사라졌나요?"

"북 2병동 복도까지는 실습생과 함께 있었습니다. 실습생이 예닐곱 걸음 앞서 걷고 있었는데, 북 2병동 당직실 쪽으로 꺾어지는 모퉁이에서 슬쩍 뒤를 돌아봤을 땐 하마무라 씨가 복도 중간쯤에 있었대요."

"거기는 양옆에 뭐가 있어요?"

"전부 병실이에요. 복도 중앙에서 북쪽으로는 다인실인 4호실, 남쪽으로는 일인실인 12호실이 있습니다."

"조금 전에 미조구치 씨한테도 말했는데, 어디 잠깐 외출하신 건 아닐까요?"

"그런 일은 지금까지 단 한 번도 없었어요. 담당자인 데다 책임감도 강하셔서, 알리지 않고 삼십 분 이상 자리를 비우는 일은 없었습니다."

"이 병원에서 오래 근무하셨어요?"

"벌써 육칠 년쯤 되셨을 거예요."

"혹시 애인이라도……." 쓰노다는 웃으며 물었다.

"차라리 그런 거라면 다행이겠지만요." 히라바야시도 웃으며 답했다. "아무리 찾아봐도 없습니다. 병실, 기숙사, 2층 각 방, 화장실까지 전부 뒤졌지만 흔적도 없어요. 말도 없이 한밤중에 외출하는 것도 이상하고, 우비 같은 것도 챙기지 않은 것 같고요."

"다른 사람 우비나 신발이 없어졌다는 말은 없나요?"

"글쎄요. 그거까진 확인 못 해봤습니다."

"최근에 뭔가 이상한 일은 없었나요?"

"음……. 사무실 사람 말로는 가끔 하마무라를 찾는 전화가 걸려 왔다고 하더라고요."

"그래요? 어떤 사람인가요?"

"그게, 꼭 하마무라 씨가 자리에 없을 때만 전화가 왔다네요. 메시지를 남겨드리겠다며 이름을 물어도 알려준 적이 없대요."

"흠, 하마무라 씨는 뭐라던가요?"

"'이상하네' 하면서, 본인도 좀 수상하다고 생각했대요." 히라바야시가 담배를 꺼내 라이터로 불을 붙이며 말했다.

하마무라는 미인은 아니었지만, 그렇다고 못생기지도 않았다. 약간 들린 코며, 왼쪽 눈이 살짝 사시인 것도, 보기에 따라서는 오히려 매력으로 느낄 수 있을 것이다. 이야기를 나눌 때 고개를 살짝 기울이는 버릇도 딱히 밉지는 않았다. 겉으로는 서른 안팎의 직업적 냉철함이 느껴지는 여성이었지만 본성은 따뜻하고 상냥했다. 하지만 일을 할 때는 조금도 봐주는 법이 없었다.

"말 안 듣는 환자들은 아주 벌벌 떨어요"라고 실습생이 말한 적도 있었다. 하마무라는 간호사들에게도 일에 관해서는 꽤 엄격했던 모양이었다. 하지만 쓰노다에게는 잘해주었다. 그 하마무라가 공교롭게도 무슨 특별한 일로 쓰노다를 찾아와 이야기를 나누다 말고, 돌아가던 복도에서 감쪽같이 사라져 버린 것이다.

"선생님은 하마무라 수간호사가 없어졌다는 걸 어떻게 아신 거죠?" 쓰노다는 히라바야시가 담배를 한 모금 빨아들이는 모습을 지켜보며 물었다.

"왕진을 같이 나가기로 되어있었는데 야간 회진 이후로 당직실에 돌아오질 않더군요. 그래서 하마무라를 데리러 갔던 실습생한테 어떻게 된 거냐고 물었죠. 그 실습생은 복도에서 수간호사가 안 보이니까, 다인실인 4호실도 들여다보고 내과 간호사실도 확인하고, 2층에 있는 수간호사 방까지 가봤지만 어디에도 안 보인다고 하더군요. 그래서 무슨 말도 안 되는 소리냐며 짜증을 좀 냈어요. 그 길로 다른 간호사를 데리고 왕진을 나갔습니다. 불러놓은 차를 타고요. ……삼사십 분쯤 지나 돌아와 보니, 그 실습생이 병원을 다 찾아봤지만 아무 데도 없다며 울상이 돼서 보고하더라고요. 저도 걱정이 돼서 병실마다 찾아봤지만 없었습니다. 혹시 쓰노다 씨 병실에서 무슨 일 있었던 거 아니냐는 말이 나와서 제가 직접 찾아온 겁니다. 대체 하마무라와 무슨 얘기를 나누신 겁니까?"

"딱히 별 얘긴 아니었어요."

"이 병동에 가장 최근에 입원한 분이시라면서요?"

"예."

쓰노다는 일부러 유령 이야기는 꺼내지 않았다. 그 유령이 아내 에쓰코를 닮았다는 이유도 있지만, 유령 이야기가 나올 때마다 제일 먼저 부정하던 사람이 하마무라였다는 말을 들었기 때문이다.

"문학 얘기를 좀 나눴습니다."

"하마무라는 그 나이에도 문학소녀였으니까요."

"실습생이 복도 모퉁이에서 본 사람이 진짜 하마무라 수간호사였을까요?" 문득 궁금해진 쓰노다가 질문을 던졌다.

"예? 그, 그게 무슨 말씀이시죠?" 히라바야시는 놀란 얼굴로 되물었다.

"아니, 혹시 다른 사람을 착각한 게 아닐까 해서요."

어젯밤 하마무라가 봤다던 유령의 모습이 쓰노다의 머릿속을 스쳐 지나갔다.

"마침 하마무라가 그 복도에서 사라졌다고 추정되는 시간에 그녀의 목소리를 들었다는 사람이 있어요. 다인실인 4호실에 있는 환자인데, 소등 벨이 울린 뒤에도 잠을 이루지 못하고 있었답니다. 그 환자는 복도 쪽 창가 자리를 쓰고 있어요. '아, 하마무라 수간호사님이 지나가시는구나' 하고 발소리로 알아차렸다고 합니다. 그런데 그 발소리가 갑자기 멈추더니, '아! 너는……' 하는 하마무라의 목소리가 들렸다고 해요. 그러다가 잠깐 둔탁한 발소리가 나고, 문소리가 희미하게 들렸답니다."

"'아! 너는……'이라고요? 혹시 소리를 질렀습니까?"

"아뇨. 하마무라 씨는 무슨 일이 생겨도 소리 지를 사람은 아니에요. 조용히 나무라듯 낮고 차분한 목소리였다고 합니다."

"혹시 싸운 건……."

"그렇진 않았다고 합니다."

"문소리는 가까운 병실에서 난 건가요?" 쓰노다는 계속해서 물었다.

"아니요, 좀 멀리서 난 것 같다고 하더라고요. 그리고 잠시 후엔 자동차가 멈추는 소리를 들었다는 사람도 있었습니다. ……하지만 그 무렵 병원에 온 사람은 아무도 없었거든요. 하마무라 씨가 그 차를 타고 나갔다면 우비도 신발도 필요 없었겠지만요."

"아, 그 자동차라면 아마 제 아내일 겁니다." 쓰노다가 재빨리 말했다.

"아, 부인께서 오셨었나요?"

"예, 전보가 와서요." 쓰노다는 머리맡의 서류 가방에서 전보를 꺼내 보여주었다. "하지만 그건 열한 시 십 분쯤이었고, 하마무라 수간호사가 돌아간 건 아홉 시 반이 되기 전이었어요."

"그렇다면 자동차 소리는 앞뒤가 맞지 않는군요."

문득 쓰노다는 등골을 타고 내려가는 한기를 느꼈다. 에쓰코가 돌아간 건 열한 시 십 분쯤이었지만, 병원에 도착한 시각은 그보다 더 일렀을지도 몰랐다.

쓰노다는 전보를 집어 들고 확인했다. 이치카와 전보국의 착신 시간이 아홉 시 삼십 분 이후라면 에쓰코의 알리바이는 완벽하게 성립된다. 하지만 착신 시간은 아홉 시 십 분이었다. 전보국에서 병원까지는 스쿠터로 십 분이면 충분하다. 만약 에쓰코가 마침 그 시간에 외출 준비를 하고 있었다면, 집에서는 자동차로 고작 사오 분 거리다.

"그, 그 하마무라 수간호사가 사라졌다는 복도를 한번 볼 수 있을까요?"

쓰노다는 히라바야시가 대답도 하기 전에 가운을 걸치고 그 위에 외투를 하나 더 입었다.

"가시죠, 가시죠······." 히라바야시는 선뜻 응하며 피우던 담배를 재떨이에 비벼 껐다. "거기, 쓰노다 씨는 다리가 불편하시니까 부축 좀 해드려." 히라바야시가 간호사에게 일렀다.

"괜찮습니다."

쓰노다는 톡톡, 지팡이 소리를 내며 복도로 나갔다. 복도는 몹시 추웠다. 동 병동 복도를 곧장 따라가다가 왼쪽으로 꺾으면 북 2병동이 나오는데, 쓰노다도 이곳에 온 것은 처음이었다.

"실습생이 봤을 때는 하마무라 씨가 이 근처에 있었다고 하더군요." 히라바야시가 멈춰 서서 말했다.

다인실인 4호실 앞에는 이름표 열대여섯 개가 두 줄로 나란히 걸려있었다. 맞은편 12호실에는 '야마나 하루', '이시다 세쓰코' 같은 여자 이름이 붙어있었다.

"그때 함께 돌아왔다던 실습생은 어디 있습니까?" 쓰노다가 물었다.

"저예요."

낯익은 얼굴이었다. 열일고여덟 살쯤 되어 보이는, 동그란 얼굴에 건강하고 생기 넘치는 모습이었다.

"당신이 돌아보았을 때, 수간호사님은 이 근처 어디쯤 계셨나요?"

"여기쯤요……."

실습생은 히라바야시 바로 옆으로 다가가 그 자리에 섰다.

"그런 다음엔 어떻게 했죠?"

"당직실에 들어가서 히라바야시 선생님께 수간호사님이 오셨다고 말씀드리고, 앰플을 케이스에 담고 있었어요. 선생님께서 '왜 안 들어오지?'라고 하셔서 나가봤더니 수간호사님이 안 보이는 거예요."

"그 사람이 정말 수간호사님이었어요?"

실습생은 잠시 멍하니 쓰노다의 얼굴을 바라보다가 곧 말뜻을 알아차린 듯 말했다.

"하지만 수간호사님은 분명히 계속 제 뒤를 따라오고 계셨어요."

"수간호사님은 그때 주사기를 들고 있었죠?"

"네, 뒤를 돌아봤을 때도 이렇게 들고 계셨어요."

실습생은 오른손 손가락으로 무언가를 집는 시늉을 하더니 그 손을 가슴께로 가져갔다.

"뒤돌아서 수간호사님을 본 뒤, 당직실에 들어갔다가 다시 여기로 돌아오기까지 몇 분 정도 걸렸죠?"

"글쎄요……, 얼마나 됐을까요……. 이삼 분쯤……?"

실습생는 고개를 갸웃거리며 히라바야시를 바라보았다.

복도는 길었다. 하마무라 수간호사가 사라진 지점을 중심으로, 좌우로 대략 이십 미터씩 뻗어있었다. 당직실로 꺾어지는 복도 끝에는 현관이 있는데, 그때는 단단히 잠겨 있었다. 오른쪽으로 꺾어지면 당직실 옆에 2층으로 올라가는 계단이 있고, 현관 왼편에도 계단이 있었다.

"하마무라 씨 방도 확인해 보셨죠?" 쓰노다는 이 건물 구조에 대한 설명을 다 듣고 나서 히라바야시에게 물었다.

"네, 벽장 속까지 다 살펴봤어요."

"그때 복도나 현관 쪽 창문 상태는 어땠습니까?"

"안쪽에서 전부 잠겨 있었어요."

"하마무라 씨가 사라지고 당신이 여기로 돌아올 때까지 지나간 사람은 없었을까요?" 쓰노다는 실습생에게 물었다.

"지나간 사람이 있습니다. 남 병동의 한 보호자가 사무실 전화를 빌려 쓰러 다니거든요." 이번엔 히라바야시가 대신 답했다.

따지고 보면 이게 바로 추리 소설에서 말하는 밀실이 아닌가, 하고 쓰노다는 생각했다. 쓰노다는 병실 양쪽으로 길게 뻗은 복도를 둘러보았다. 병실 문은 모두 닫힌 채 고요히 잠들어 있었고, 커다란 형광등이 복도를 새하얗게 밝히고 있었다. 4호실 옆 벽에는 캔버스 크기가 20호 약72cm×60cm쯤 되는 어설픈 일본화가 걸려있었다.

이곳에서 하마무라는 누군가를 만난 것이다. 하마무라는 "너는……"이라고 말했다. 그녀가 만난 인물은 도대체 어디에 숨어있었던 것일까? 쓰노다는 하마무라의 목소리를 들었다는 4호실 환자를 만나 보았다. 히라바야시 선생이 말한 대로였다.

다른 사람 목소리는 들리지 않았다고 했다.

"수간호사님 걸음걸이는 좀 특이하잖아요."

그것은 쓰노다도 알고 있었다. 그때 문득 쓰노다는 흥미로운 사실 하나를 떠올렸다. 하마무라가 남긴 말, "너는……"이었다. 그래서 쓰노다는 확인해 보고 싶었다.

"수간호사님이 그때 '너는'이라고 하신 건가요, 아니면 '당신은'이라고 하신 건가요?"

그녀가 마주친 인물이 아내 에쓰코였다면 하마무라가 '너는'이라고 했을 리는 없다는 생각이 들었기 때문이다.

"분명히 '너는……'이라고 말했어요. 아시잖아요, 수간호사님은 절대로 윗사람이나 환자들한테 '너' 같은 말은 안 쓰시는 분인 거. 그래서 전 간호사 중에 누군가를 만난 줄 알았어요."

이건 기록해 둘 만한 좋은 증언이었다. 다음으로는, 하마무라가 '너는'이라고 말한 뒤에 휘청이는 듯한 발소리가 잠깐 들렸으며 이어서 문소리가 나기까지는 고작 이삼십 초 남짓이었다는 증언이 있었다. 쓰노다는 이 증언도 중요하게 받아들였다. 그리고 바로 이삼십 초 뒤, 남 병동의 보호자가 전화를 빌리러 이곳을 지나갔다. 그렇다면 하마무라는 아직 이 복도 어딘가에 있을 가능성이 크다.

"일인실도 다 확인하셨나요?" 쓰노다는 12호실 문을 힐끗 보며 물었다.

"전부 확인했죠. 그런데 말입니다, 쓰노다 씨. 저는 하마무라가 여기서 누군가를 만나 급하게 다른 데로 간 게 아닐까 싶어요. 2층이든 어디든 올라갔다가 밖으로 나갔을 수도 있고요."

쓰노다도 이제는 그렇게 생각할 수밖에 없었다. 그렇다고 해도 하마무라는 도대체 어디로 나간 것일까. 현관문이 열려있던 곳은 동 병동뿐이었고, 그곳에서는 쓰노다가 귀를 기울이고 있었다. 하지만 문을 아주 조금씩 조심스럽게 열었다면 소리가 나지 않았을 수도 있다.

'아냐.'

쓰노다는 속으로 중얼거리며, 아까부터 발밑에서 반짝이던 작은 조각 하나를 집어 들었다. 그것은 파리 머리만 한 크기의 유리 파편이었다.

"이건 뭐죠?"

"주사기 파편이네요." 히라바야시가 들여다보며 말했다.

"왜 이런 곳에……."

"병원이잖아요. 주사기쯤이야……."

그렇게 말하긴 했지만 히라바야시도 뭔가 떠오른 듯 다시 주변을 유심히 둘러보았다.

"하마무라 씨가 가지고 있던 것과 같은 건가요?" 쓰노다가 물었다.

"푸른색이네요. 이봐, 모리타."

히라바야시가 간호사를 불렀지만, 근처에는 아무도 없었다.

"환자한테 주사기를 주는 일은 없죠?"

"원칙적으로는 그렇습니다만."

"하마무라 씨가 가지고 있던 것도 파란 주사기였어요. 이 그램인가 삼 그램짜리요. 이건 다른 주사기일 수도 있겠지만요."

"그건 나중에 간호사들에게 확인해 보면 알 수 있겠죠. 도대체 다들 어디 간 거야, 정말."

히라바야시는 투덜거리며 간호사들을 찾으러 가려 했다. 쓰노다는 이리저리 주변을 살펴보다가 그를 말렸다.

"놔두세요, 선생님. 하마무라 씨는 살해당했을지도 몰라요."

"뭐, 뭐라고요? 말도 안 되는 소릴……."

"아뇨……, 저걸 좀 보시죠. 방금 발견했는데……."

쓰노다는 벽에 걸린 일본화 앞에 섰다. 액자 아랫단은 그의 눈높이쯤에 있었다. 검은 천으로 싸인 액자틀의 오른쪽 안쪽에, 가느다란 주삿바늘이 꽂혀 있었다.

"어? 저런 곳에 주삿바늘이……!" 히라바야시는 어이없다는 듯 쓰노다를 쳐다보며 말했다. "어떻게 저런 곳에 주삿바늘이 꽂힐 수가 있죠?"

"저도 지금 그걸 생각하던 참입니다. 여기서 하마무라 씨는 누군가와 몸싸움을 벌인 겁니다. 그때 주사기가 손에서 튕겨 나가 저기에 부딪히면서, 바늘은 꽂히고 몸통은 바닥으로 떨어져 깨진 것 같아요."

"하지만, 살해당했다면 더 크게 소리 지르지 않았을까요? 어린애도 아니고 무슨 소리라도 났을 텐데."

"네. 소리를 지르긴 했죠. '아! 너는……'이라고요. 하마무라 씨는 말을 끝내기도 전에 살해된 겁니다."

"그, 그럴 수가. 그런 일이 순식간에 벌어졌다고요?" 히라바야시는 말도 안 된다는 듯 고개를 저으며 말했다.

"칼로 찌르거나 때리는 건 어렵겠지만, 목을 졸랐을 수도 있습니다. 갑자기 세게 조르면 찍소리도 못하고 당할 수 있죠."

"하지만 목이 조여지는 순간에 심한 경련을 일으킬 텐데."

"하마무라 씨 목소리를 들었다는 환자가 '나중에 휘청이는 듯한 발소리가 났다'고 했잖아요. 경련을 일으키며 끌려갈 때 나는 발소리처럼 들리지 않나요?"

"그래도 그렇지, 아무리 힘센 남자라 해도 경련을 일으킨 시신을 끌고 이 긴 복도를 빠져나가는 건 쉬운 일이 아닙니다. 공범이 있었다면 모를까요. 실습생이 언제 다시 돌아올지도 모르고, 이 많은 병실 중 누가 일어나 화장실에 갈지 모르는 상황이잖아요. 실제로 바로 직후에 남 병동 보호자가 이 복도를 지나갔고요."

"그래서 전 하마무라 수간호사의 시신이 반드시 이 근처 어딘가에 있다고 생각합니다."

"대체 어디 말입니까! 전부 다 찾아봤다니까요. 환자 말고 시신은 하나도 없었어요." 히라바야시는 불쾌한 표정으로 입을 삐죽 내밀며 말했다.

"가까운 병실부터 다시 확인해 보시죠."

"이미 확인했다니까요." 히라바야시는 쓰노다의 등에 대고 말을 던졌다.

"이 12호실은요?"

"제 환자가 아니라 자세히는 모르지만, 결핵성척추염 환자랍니다. 깁스를 해서 목도 돌릴 수 없다고 하던데요. ……어?" 히라바야시는 몸을 획 돌리더니 복도 끝을 향해 외쳤다. "어이! 미조구치! 다니이!"

곧 발소리가 들려왔고 간호사 미조구치가 잰걸음으로 나타났다.

"여기 이시다라는 환자, 언제 입원했지?"

"글쎄요……." 미조구치는 고개를 갸웃했다. 외과 소속이라 이 병동 사정은 잘 알지 못했다.

"내과 애들 불러 와."

미조구치는 복도 모퉁이로 달려가 누군가를 불렀다. 곧 두 사람이 함께 뛰어왔다.

"이 환자, 언제 입원했는지 아나?"

"어머, 언제 입원했더라……."

"뭐, 뭐라고?"

히라바야시는 노크도 없이 병실로 뛰어 들어갔다. 쓰노다도 그 뒤를 따랐다. 히라바야시는 전등 스위치를 켰다. 맞은편 오른쪽 침대에는 목까지 깁스를 한 여자가 잠들어 있었다. 이쪽 침대에는 이불을 푹 뒤집어쓴 누군가가 누워있었다…….

히라바야시는 이불을 홱 젖혔다. 그 안에는 흰옷 차림의 하마무라가 전깃줄에 목이 감긴 채 누워있었다. 히라바야시가 맥을 짚을 필요도 없었다. 하마무라의 몸은 이미 싸늘하게 식어 있었다.

"어이! 청진기! 강심제……, 링거!"

그는 하마무라의 시신을 이불로 덮고 옆에 있는 다른 침대를 들여다보고는 곧바로 다급한 목소리로 외쳤다. 그 환자의 푹 꺼진 뺨도 흙빛으로 변해 있었다.

○

검시가 끝난 뒤 하마무라의 방으로 시신을 옮겼을 때, 수사팀은 그녀의 방에서 수상한 물건을 발견했다. 벽장 속 이불에 숨겨져 있던 어마어마한 금액의 예금 통장들이었다. 그리고 한 형사가 무언가를 집어 들며 말했다.

"어, 이게 뭡니까?"

그것은 새 기름통이었다.

"기름통이네." 다른 형사가 말했다.

"기름통을 왜 벽장 이불 속에 넣어둔 거야."

"여자란 종족은 도무지 이해할 수 없는 짓을 아무렇지 않게 한다니까. 무슨 기름이야?"

파이프 아래쪽 나사를 돌려 안을 들여다보았다. 걸쭉한 액체가 가득 들어있었다.

"냄새는 안 나는데……." 기름통을 이리저리 만지던 형사가 의아한 듯 말했다.

"어? 파이프가 막혀 있네. 안에 뭐가 들어있어. 어쩐지 기름이 안 나오더라."

파이프 입구에 핀을 찔러 넣어 꺼내보니, 놀랍게도 굵은 주삿바늘 하나가 나왔다.

"어, 어! 이게 뭐야!"

기름통은 통째로 감식반에 넘겨졌다. 그 안에 든 액체는 말을 백 마리도 죽일 수 있을 정도의 청산가리 농축액이었다.

제11장

물소리 문제

　병원 안의 어수선한 분위기는 이곳까지 전해졌다. 쓰노다의 하루 일과는 이미 시작되었다. 늘 인슐린 주사를 놓아주던 하마무라 수간호사 대신 오늘은 다른 간호사가 다녀갔다. 그 간호사의 얼굴에는 겁에 질린 듯한 굳은 표정이 역력했다. 식사를 가져온 배식원도 어딘가 불안해 보였다.

　식사를 마친 뒤 그릇을 싱크대에 내려놓고 있는데, 낯익은 신문 기자들이 우르르 몰려들었다.

　"오늘 아침까지도 선생님이 입원하신 줄 몰랐습니다."

　"당뇨병이라면서요?"

　"당뇨면 뭐, 사치스러운 병이네요."

　"술을 너무 드신 거 아니에요?"

　그들은 제멋대로 입을 놀리며 담배꽁초를 아무 데나 문질러 껐다.

"왜들 줄줄이 다 모였어?" 쓰노다는 시치미를 떼며 물었다.

"수간호사 살인 사건 때문이죠."

"난 아무것도 몰라."

"왜 이러세요. 선생님이 시체를 발견하셨잖아요?"

"누가 그래?"

"다들 그렇게 말하던데요."

"난 모른다니까."

"시치미 떼셔도 소용없어요."

쓰노다는 그냥 웃기만 했다. 이름은 밝히지 말아 달라고 병원 측에 그렇게 당부했건만, 결국 새어 나간 모양이다.

"선생님이 아주 귀신같이 찾아내셨다면서요. 병원에선 찾는데 꽤 고생한 모양이던데요?"

"난 몰라. 병원에 물어봐."

"다들 난리법석을 떨면서도 못 찾았다면서요. 선생님은 처음부터 알고 계셨던 거 아니에요?"

"그만하라니까!"

"헤헤헤……."

웃는 기자는 쓰노다도 처음 보는 얼굴이었다. 입원해 있는 사이 새로 온 신입 기자인 듯했다. 쓰노다는 불쾌했다. 다리가 이 모양이라 꼼짝 못 하니 망정이지, 멀쩡했다면 자신도 용의선상에 올랐을지 모른다는 생각이 들었다.

"피해자가 살해되기 직전에 이 방에 놀러 왔었다면서요?"
"야간 회진 때 온 거였어."
"하지만 꽤 오래 얘기를 나눴다던데요?"
"내 몸 상태에 관한 얘기를 나눴을 뿐이야."
"그런가요……?" 기자는 히죽히죽 웃으며 주위를 둘러봤다.
"여긴 이렇게 자물쇠까지 달린 방이니까요." 조금 전에 낄낄거리던 바로 그 기자가 이어서 말했다.
"자물쇠는 밖에서 잠그게 되어있어." 쓰노다는 약간 언성을 높이며 말했다.
"그 수간호사는 매일 한밤중에 놀러 옵니까?"
기자의 말에 담긴 음흉한 속셈이 너무 노골적이라, 쓰노다는 매우 언짢았다.
"말 같지도 않은 소리 마, 한밤중이라니……. 밤 아홉 시 조금 지난 시간이었어."
"그 여자 성격은 어때요?"
"몰라."
"왜 몰라요. 꽤 유명하던데요?"
"뭐야?"
"아하하하, 그렇게 발끈하실 건 없잖아요. 어쨌든 흐름상으로 보자면 그 여자의 마지막 모습을 본 사람이 바로 선생님이시니까요."
"수간호사는 간호 실습생이랑 같이 돌아갔어."

"선생님이 그 실습생한테 '저건 하마무라가 아니야!'라고 말했다면서요?"

"내가 그런 말을 왜 해!"

"밤 아홉 시가 넘으면 복도는 불을 꺼서 좀 어둡다던데요. 같은 복장에 마스크까지 쓰고 있으면, 조금 떨어져선 구분하기 어렵죠."

"……." 쓰노다는 대꾸하지 않았다.

"선생님은 그걸 알고 계셨던 거 아닌가요?"

쓰노다는 더는 대꾸할 가치도 없다고 느꼈다. 어젯밤 실습생에게 물어본 말을 이렇게 왜곡하다니, 정말 어이가 없었다.

"하마무라 씨랑 어떤 얘기를 나누셨죠?" 예전부터 알던 기자가 조용히 물었다.

"그냥 잡담이었어."

"특별히 이상한 점은 없었나요?"

"없었어……."

쓰노다는 그 유령 이야기나 기름통 사건은 굳이 꺼내고 싶지 않았다.

"그 수간호사와 병원 측은 사이가 어땠습니까?"

"좋았던 것 같던데."

"간호사들과는요?"

"좋은 선배였던 것 같아."

"환자들과는요?"

"말 안 듣는 환자가 있으면 꽤 단호하게 대했다더라고."

"하마무라 씨 방에서 예금 통장이 엄청 많이 나왔다던데, 혹시 아는 거 없으세요?"

"사적인 일은 전혀 몰라. 어젯밤에 잠깐 얘기한 게 전부야."

"그 간호사, 매일 아침 사복 차림으로 이 병실에 들렀다면서요?" 아까 그 신입 기자가 물었다.

겨울 아침, 동이 트기 시작하는 여섯 시쯤이면 하마무라는 일어나자마자 흰 가운도 걸치지 않고 매일 인슐린 주사를 놓으러 왔다. 이 한심한 질문엔 대꾸할 마음조차 생기지 않았다.

"인슐린 주사를 놓으러 온 거야." 누군가가 대신 대답했다.

"요즘 매일 같이 이시게 경감이 온다면서요?"

"응."

"왜죠?"

"왜냐고?" 쓰노다는 놀란 척하며 눈을 크게 뜨고 말했다. "이시게는 초등학교 때부터 친구야."

"그리고, 선생님." 아까 무례하게 굴었던 기자 하나가 또 고개를 쭉 내밀며 말했다. "하마무라 씨가 살해당할 때, '앗! 선생님!'이라고 외쳤다잖아요?"

"'너는……'이라고 했어." 쓰노다는 말을 바로잡았다.

기자는 쓰노다의 말을 못 들은 척하고 질문을 이어갔다.

"그 '선생님'이란 말은, 여기서는 의사나 선생님 정도밖에 없잖습니까."

"그럼, 그 의사를 찾아보던가." 쓰노다는 내던지듯 말했다.

"의사들은 모두 알리바이가 있어요."

"난 신경통 때문에 혼자선 걸을 수도 없어."

"지팡이가 있잖아요."

"그럼, 자네는 날 용의자로 보는 건가?" 쓰노다는 짜증이 나서 언성을 높였다.

"그렇게 생각하는 경찰도 있습니다."

"마음대로 생각해." 쓰노다가 말했다.

그때, "어이" 하며 이시게 경감이 모습을 드러냈다.

"드디어 오셨네요. 수사1과 과장님이 직접……." 아까 그 기자가 능청스럽게 말하며 이시게에게 길을 비켜주었다.

"무슨 일이야, 쓰노다. 큰소리를 다 내고."

"날 범인 취급하잖아."

"뭐? 너를?" 이시게는 일부러 과장된 표정을 지으며, 기자들의 얼굴을 하나하나 훑어보았다. "내가 보증하지. 이 사건과 쓰노다는 전혀 관계없어."

"그건 경감님의 공식 입장입니까?" 기자 중 한 명이 물었다.

"공식? 무슨 공식?"

"경감으로서의 공식 입장이요."

"허허……." 이시게는 능청스러운 얼굴로 말했다. "나 이제 경감 아니야."

"예? 그게 무슨 말씀이시죠?"

"경찰 일에서 잠깐 손 뗐어."

"정말입니까?" 기자들은 얼빠진 얼굴로 이시게를 바라봤다.

"진짜야."

"정말이야?" 쓰노다도 물었다.

"그래……. 오늘부터 휴직이야."

"그런 얘긴 처음 듣는데요." 기자 하나가 의아한 얼굴로 말했다.

"서에 가보면 알 거야. 곧 공식 발표가 있을 테니까."

"이유가 뭡니까?"

"몸이 안 좋아서 내가 먼저 얘기했지."

"하필 사건이 터진 이 시기에……."

"어쩔 수 없지. 이미 그 전부터 나온 얘기야, 살인 사건은 어젯밤 일이고. 이 사건은 가나사카 경감이 맡을 거야. 그건 그렇고, 자네들은 무슨 일이지?"

"쓰노다 선생님이 그 시신을 발견해서요."

"그래? 처음 듣는 얘기군." 이시게가 말했다.

그때 기자 하나가 큰 소리로 말했다.

"어? 여긴 농림성 직원 다키시마가 동반 자살하고 실려 왔던 병실 아니야?"

"맞아."

기자들은 서로 얼굴을 마주 보다가, "몸조리 잘하세요" 하고 입을 모아 인사하고 돌아갔다.

"이봐, 아까 그 얘기 사실이야?" 기자들이 나가자 쓰노다가 물었다.

"진짜야. 유배 가는 거 내가 거부했거든. 이런 사건이 터진 걸 보면 휴직하기 잘한 것 같아."

"그래."

"오늘 아침에 사건 소식 듣자마자 사사베 본부장한테 전화했어."

"그래서?"

"한번 해보라고 하시더라고."

"그랬구나."

"응. 그보다 어젯밤 사건 얘기 좀 해봐." 이시게가 재촉했다.

쓰노다는 어젯밤 아홉 시부터 있었던 일을 하나도 빠짐없이 이시게에게 이야기했다. 이야기가 끝나갈 무렵 문이 열리더니 에쓰코가 얼굴을 내밀었다. 놀란 얼굴이었다.

"세상에, 이게 무슨 난리야. ······어머, 오셨어요? ······하마무라 씨가 살해당했다면서요?"

"일이 정말 심각해졌네요."

이시게는 의자를 옆으로 밀며 앉을 자리를 만들었다.

"왜 살해된 거예요? 언제쯤?" 에쓰코는 가지고 온 우편물과 신문을 쓰노다에게 건네며 누구에게랄 것도 없이 물었다.

"어제 당신이 왔을 때쯤이야."

쓰노다는 아내의 얼굴을 살피며 말했지만 별다른 기색은 없었다.

"어떻게 살해당했어요?" 에쓰코가 물었다.

"전선으로 목이 졸렸어."

"어머…… 어디서?"

"본관 바로 앞, 북 2병동 복도. 시신은 12호실에 숨겨놨더라고." 쓰노다는 에쓰코에게 상황을 대강 설명했다.

"그럼 왜 그 방에 다른 여자 이름표가 걸려있었는데도 아무도 눈치채지 못했을까? 그런 환자는 없었잖아?"

"아니, 실제로 있었어. 이삼일 전에 입원한 환자인데, 다인실에 걸려있던 이름표를 떼다가 12호실에 걸어둔 거야. 12호실 안쪽도 들여다봤어. 이름표는 하나인데 병실에 환자가 두 명이면 누가 봐도 이상하겠지만, 일단 이름표가 두 개 걸려있으면 얼핏 봐서는 시체라고 생각 못 할 테니까. 병실이 어둡기도 하고."

"하지만 누군가는 그 병실에 한 사람밖에 없다는 것을 알고 있었을 거야."

"그 병동 담당자였던 하마무라는 이미 죽어있었어. 확인차 병실을 들여다본 사람은 그 병동 간호사가 아니었고. 나중에 확인해 보니 소아과 간호사였더라고. 히라바야시 선생님도 그 병실 상황은 전혀 모르고 있었어. 범인은 하마무라를 살해한 뒤, 시신 발견을 늦추려고 일인실에 환자 이름표를 두 개 걸어둔 거야. 이 정도 규모의 병원이라면 병실을 바꾸는 일도 종종 있잖아. 그 허점을 교묘하게 노린 거지."

"그 12호실 환자는 몰랐대?"

"그 여자 환자는 그때 깨어있었어. 근데 고개를 돌릴 수 없는 상태라 들어온 사람이 누군지는 정확히 못 봤대. 미리 들은 건 없었지만, 병실에 새로 입원한 환자인 줄 알았다는 거야."

"그럼, 그 환자는 범인 얼굴을 본 거네?"

"봤대."

"어떤 남자였대?"

"남자? 아니야, 여자였어."

"어머, 여자……." 에쓰코는 몸을 움찔했다. "그 환자는 찍소리도 안 내고 있었나보네요."

"응. 누가 들어오는 기척이 나서 눈을 떴더니, 간호사 한 명이 들어와서 비어 있는 반대편 침대에 사람을 내려놨대."

"그럼 범인은 진짜 간호사구나."

"왜 그렇게 생각해?" 쓰노다는 흥미로운 듯 에쓰코에게 물었다.

"간호사 일을 오래 한 사람은 덩치 큰 남자도 거뜬히 잘 옮겨. 환자의 팔 하나를 어깨에 걸치고 오른손으로 허리를 받쳐서, 옆으로 껴안듯이 말이야."

"호오, 잘 알고 계시네요. 간호사가 범인이라는 제수씨의 추리, 흥미롭습니다. 지금 경찰에서 모든 간호사의 알리바이를 조사하고 있는데 아직까지 딱히 수상한 사람은 없어요."

"환자나 보호자들은요?"

"그쪽도 조사 중인 것 같아요."

"어머…… '같아요'라니, 남 일처럼 말씀하시네요. 태평한 우리 수사과장님."

"이시게, 옷 벗었대."

"네? 정말이에요?" 에쓰코는 깜짝 놀라 되물었다.

"뭐, 이런저런 사정이 있어서……." 이시게는 쓴웃음을 지어 보였다.

전근 얘기는 에쓰코도 쓰노다에게 들어서 알고 있었다.

"남편의 호기심으로 시작된 일인데, 폐를 끼쳤네요."

"뭐, 오히려 자유가 생긴 거죠."

그때 경찰서 형사들이 우르르 몰려왔다.

"아, 과장님. 와 계셨군요?"

"응, 친구 문병 왔지."

이시게는 자리에서 일어나 형사들에게 자리를 내주었다.

"신문하시려고요?" 쓰노다가 웃으며 물었다.

"신문이랄 것도 없습니다만, 하마무라 수간호사가 여기서 나간 직후에 살해당한 것 같습니다."

"그런 것 같더군요."

"선생님 병실에선 무슨 대화를 나누셨죠?"

"뭐, 대화랄 것도 없었습니다. 그냥 세상 돌아가는 얘기 정도?"

"별다른 점은 못 느끼셨습니까?"

"딱히 그런 건 없었어요."

"왜 하필 어젯밤엔 선생님 병실에 가장 늦게 들렀을까요?"

"글쎄요. 뭐, 소설 얘기라도 하고 싶었던 걸지도 모르죠." 쓰노다는 시치미를 뗐다.

"얘기 도중에 누가 데리러 왔다면서요?"

"간호 실습생이었어요. 왕진 가야 한다고 했던 것 같은데."

"평소에도 수간호사가 자주 찾아와서 얘기를 나눴나요?"

"아뇨, 그렇지는 않아요. 회진이나 체온 잴 때 잠깐 한두 마디 나누는 정도죠."

"이건 다른 얘긴데요······." 형사 한 명이 끼어들었다. "이 병원에 유령이 나온다는 얘기가 있던데요?"

"그런 소문도 들었지만, 난 유령 같은 건 안 믿어요."

"사모님이시죠?" 에쓰코 쪽을 보며 물었다. "어젯밤 늦게 여기 오셨다면서요?"

"네, 왔어요. 남편에게 전보를 전해주러 왔거든요."

"그 전보라면 이겁니다." 쓰노다가 전보를 꺼내 형사에게 내밀며 답했다.

"차로 오신 거죠?" 형사는 전보를 쓰노다에게 돌려주며 에쓰코에게 물었다. "차는 지나가던 택시를 잡으신 건가요?"

"아뇨, 따로 택시를 불렀어요."

"병원에 도착하셨을 때, 현관이나 복도에서 마주친 사람은 없었나요?"

"네."

"근처에 다른 차는요?"

"글쎄요, 못 본 것 같아요."

"정말 대담한 살인 사건이네요." 형사는 이번엔 쓰노다 쪽을 보며 말했다.

"윤곽은 좀 잡혔나?" 형사들의 질문이 일단락되자, 이시게가 물었다.

"전혀요. 이런 중대한 시기에 과장님이 빠지시다니, 정말 난감합니다."

"그러게. 몸이 좀 안 좋아서 당분간은 좀 쉬려고."

"이번 사건, 어떻게 보세요?"

"난 모르지." 이시게는 웃으며 말했다.

"그래도 아까 현장에 계셨잖아요?"

"가긴 갔는데, 그냥 슬쩍 들여다봤을 뿐이야."

"그런 식으로 빠져나가시네요." 형사 중 한 명이 웃음을 터뜨리며 말했다.

"하하하, 당분간은 수사 같은 건 잊고 쓰노다 선생 밑에서 소설 공부나 좀 해보려고."

"와……, 소설을 쓰시려고요?"

"아니, 쓴다는 게 아니라 읽겠다는 거지. 새로운 소설을 실컷 읽어보려고. 특히 추리 소설. 어느 추리 작가가 그런 글을 썼더라고. '현직 경찰은 세상 물정을 너무 모른다. 추리 소설이라도 읽고 공부 좀 해라'라고 말이야, 하하하. 이번 범인은 간호사로 보이는 여자였다던데, 간호사 중에 용의자가 있어 보여?"

"그런 것 같진 않습니다."

잠시 대화가 끊어졌다.

"쓰노다 선생님은 어떻게 12호실에 시신이 있을 거라고 생각하신 겁니까?" 형사 한 명이 물었다.

"무거운 시신을 끌고 그 짧은 시간에 긴 복도를 빠져나갈 수는 없을 거라고 생각했거든요. 누군가한테 들킬 수도 있고. 그냥 그뿐입니다."

"12호실을 다 조사했는데, 지문 하나 안 나왔습니다."

"범행에 사용한 전깃줄은?" 이시게가 물었다.

"어디서나 볼 수 있는 그냥 평범한 전선이에요."

"그건 어디서 난 거지?"

"병원에 전기업자가 몇 번 왔었어요. 그 전선 조각입니다."

"처음부터 하마무라 씨를 죽일 생각은 없었던 거네요." 에쓰코가 말했다.

"전깃줄로 세게 조이고 끝을 두세 번 꼬면, 매듭을 묶지 않아도 절대로 느슨해지거나 풀리지 않지. 범인 것으로 보일 만한 물건은 아무것도 없었나?" 이시게가 물었다.

"네, 아무것도……. 이거, 꽤 까다로운 사건이 될 것 같네요, 과장님."

"그러게 말이야. 참, 수간호사에게 가끔 걸려 왔다는 전화는?"

"지금 조사 중입니다."

"그 수간호사는 고향이 어디지?"

"후쿠시마현의 아사카 나가모리 지역입니다."

"엣! 뭐라고요? 후쿠시마?" 쓰노다가 불쑥 끼어들었다.

"왜 그래? 후쿠시마가 어쨌다는 거야?" 이시게가 물었다.

"아니……. 나도 그 근처, 고리야마시에서 시라카와시 일대를 자주 다녔었거든."

"흠……."

이시게는 의심스러운 눈초리로 쓰노다를 바라봤다. 그사이 형사들은 "쾌유를 빕니다" 하고 줄줄이 인사하고는 돌아갔다.

"하마무라의 본가가 있는 아사카 나가모리는 왜?" 사람들의 발소리가 멀어지자 이시게가 다시 물었다.

"아사카 나가모리는 가가야의 고향 바로 옆이야."

"도대체 하마무라 씨는 누구한테 살해당한 걸까요?" 에쓰코가 이시게에게 물었다.

"유령이지." 쓰노다가 말했다.

"유령?" 에쓰코는 두 남자의 얼굴을 번갈아 보았다.

"하마무라 수간호사가 봤다는 그 유령."

"그 여자, 왜 이곳을 들여다보고 있었을까요?"

"그건 유령이 아니면 알 수 없지."

"아, 알겠다!" 에쓰코가 갑자기 외쳤다.

"뭐야?" 쓰노다가 물었다.

"저 화장실 문 경첩에 기름칠한 이유!"

"그래. 유령이 밤마다 거기 숨으려고 기름을 발라놨던 거야."

"그럼 하마무라 씨를 죽인 범인은 여기를 엿보던 젊은 여자고, 이마이 씨 방에서 기름통을 훔쳐간 사람이라는 말이죠?"

"뭐, 그렇지."

"근데 하마무라 씨는 왜 그 유령한테 살해당한 거지?" 에쓰코가 열심히 물었다.

"얼굴을 들켰으니까."

"그럼 너는 하마무라가 살해된 건 '유령 사건', 그러니까 다키시마 사건이랑 연관돼 있다고 보는 거네?" 이시게가 물었다.

"난 그렇다고 생각해. 그 유령의 얼굴은 하마무라가 아는 여자였던 거야. 그 얘길 나한테 하려고 했는데, 왕진 가야 한다고 실습생이 데리러 오는 바람에 말하다 말고 돌아가 버렸지. 그래서 유령은 정체가 들통날까 봐 하마무라의 입을 막아버린 거야."

"왜 낮에 와서 얘기하지 않았을까?"

"낮에는 내 방에 사람이 제법 많거든. 에쓰코도 있고 너도 오고, 어제는 문병객도 있었으니……."

쓰노다는 하마무라가 그때 '그 유령은, 당신 아내였어요!'라고 말하고 싶었던 게 아닐까 생각했다. 하지만 끝내 말을 다 하지 못한 채 하마무라는 돌아갈 수밖에 없었다.

"그 범인은 하마무라 수간호사를 살해한 뒤, 어떻게 이 병원을 빠져나간 걸까요?" 에쓰코가 다시 물었다.

"그건 그렇게 어려운 일도 아니야."

"12호실을 통해서?"

"아니, 12호실 창문은 안쪽에 걸쇠가 채워져 있었어. 현관이나 복도 창문도 모두 잠겨 있어서 그쪽으로는 못 나가. 하지만 오른쪽으로 돌아가면 엑스레이실 앞이나 현관 옆쪽 계단을 통해 2층에 올라갈 수 있지. 밤엔 2층을 거의 사용하지 않거든. 2층을 지나서 이 병동 화장실 옆 계단으로 내려온 다음, 화장실에 숨어서 변장을 풀고 당당하게 이 병동 현관으로 나갔을 거야."

"그렇다기엔 한 가지 이상한 점이 있어. 어째서 여닫을 때마다 소리가 나는 이 병동 현관문 경첩에는 기름칠을 안 했을까?"

"나도 생각해 봤지. 화장실 경첩은 화장실 안에 들어가서 기름칠을 할 수 있어. 하지만 현관문은 항상 누구에게나 보이는 곳이야. 북 1병동, 북 2병동 창문에서 현관이 정면으로 보이지. 게다가 여자 키로는 위쪽 경첩에 기름을 바르려면 발판이 있어야 해. 그러다가 누구한테 들키기라도 해봐."

"그럼, 어젯밤 그 범인은 네가 말한 순서대로 사라졌다고 치고, 그 전날 밤 화장실에서 사라졌다는 건?" 이시게가 물었다.

"그때 하마무라의 심리 상태를 분석해 보자. ……살아있었다면 실험해서 확인해 봤을 텐데. 방충망이 설치된 그 작은 공간에서 빠져나오는 건 불가능해. 순서는 이래. 화장실에 어떤 여자가 들어갔어. 수상한 여자라고 생각한 하마무라는 뒤를 따라갔지. 모습은 보이지 않았지만, 지금까지 들리지 않던 물소리가 화장실 한 칸에서 세차게 나는 거야. 누구라도 화장실에서 그런 소리를 들으면 볼일을 보고 있다고 생각하겠지. 하마무라는 그 칸을 들여다봤지만 아무도 없었어. 거기서 그녀는 평정심을 잃었지. 유령 얘기도 떠올랐을 거야. 남은 네 칸도 확인해 봤지만 역시 아무도 없어. 여기에 문제가 있어. 내 생각엔 말이지, 그 여자는 실제로 물소리가 나는 칸에 들어가지 않았던 거야. 몸만 반쯤 들어가서 물탱크 줄을 당겨 물을 내린 뒤, 맨 끝 칸으로 재빨리 들어가 문 쪽 벽에 도마뱀처럼 몸을 찰싹 붙이고 숨어있었던 거지. 하마무라는 물소리가 나는 칸에 아무도 없는 것을 보고 혼란에 빠졌어. 다음 칸도 확인했지만 마찬가지였고. 세 번째, 네 번째 칸부터는 아마 형식적으로 들여다봤을지도 몰라. 어쩌면 아예 확인하지 않았을 수도 있어. 유령은 바로 그런 하마무라의 심리를 이용한 거야. 나는 어젯밤, 정확히 말하면 오늘 새벽이지. 잠도 거의 못 자고 그 화장실 밀실 트릭을 곱씹으며 계속 생각했어."

"그 정도로 치밀한 놈이 왜 기름통에 지문을 남기는 우를 범했을까? 결정적인 실수잖아. 그보다 이마이 간호사 방에서 훔쳤다는 것도 너무 허술하지 않아?"

"나도 그게 계속 마음에 걸려. 내 해석은 이래. 기름통을 썼을 당시엔 이 일이 설마 살인으로까지 번질 거라고는 범인도 예상 못 했던 거지."

"아니야……." 이시게가 갑자기 쓰노다의 말을 끊었다. "꽤 설득력이 있긴 한데, 그걸로는 완전히 설명이 안 돼."

"그럼 너는 어떻게 생각하는데?"

쓰노다가 날카롭게 되묻자, 이시게는 뭔가 말하려다 입을 다물었다. 그리고 그의 얼굴엔 우울한 기색이 어렸다.

제12장

유치한 협박장

 오늘도 하늘은 쾌청했고 초겨울치고는 드물게 따뜻한 날이었다. 쓰노다가 창문을 활짝 열어 놓고 침대에 앉아있는데 창밖에서 이시게가 얼굴을 불쑥 내밀었다.
 "뭐야, 너였어?" 쓰노다가 말했다.
 "음, 날씨 참 좋네."
 "거기서 뭐해?"
 "그냥, 잠깐 들여다봤어."
 "어서 들어와."
 "들어가긴 할 건데……."
 이시게는 쇠창살을 흔들어 보고 창틀을 살펴보더니, 곧 건물을 돌아 병실 안으로 들어왔다.
 "오후 체온은 쟀어?"

"아직이야. 그보다, 어때? 범인 윤곽은 좀 잡혔어?"

"난 아무것도 몰라. 서에 가지도 않거든."

"넌 수사에 협조도 못 하는 거야?"

"응. 서장이 당분간 얼굴 비추지 말래."

"서장까지 그런 소리를 해? 너무하잖아!"

"사실은 말이야, 서장이랑 공안위원장이 만난 모양이야."

"공안위원은 민간인이잖아?"

"민간인이지. 하지만 정치권 입김이 닿은 인물이니까."

"구린 짓을 하고 있군." 쓰노다는 내뱉듯 말했다.

"이봐, 쓰노다. 지금까지 있었던 대형 비리 사건들이 왜 하나같이 흐지부지 끝났는지 알아?"

쓰노다는 말없이 이시게의 얼굴을 바라보았다.

"이번 사건도 마찬가지야. 뒤에 거대한 세력이 있어. 내 목을 날린 것도 그놈들이지. 나는 괜찮아. 하지만 점점 걱정되는 건 너야. 이 일에 너무 깊이 관여하면 니쿠니나 하마무라처럼 언제 죽을지 몰라. 당분간은 퇴원을 하든가 다른 병원으로 옮기는 게 어때?"

"사양할게." 쓰노다는 단호하게 잘라 말했다.

이시게는 쓰노다의 성격을 어릴 적부터 잘 알고 있다. 원래 좀 삐딱한 구석이 있는 녀석이고, 누가 말리면 더 고집을 부리는 성미까지 있다.

"너는 어떻게 할 생각이야?" 쓰노다가 물었다.

"이미 배에 올라탄 마당에 중간에 내릴 순 없지. 네가 여기서 버티고 있는데 나 혼자 빠질 순 없잖아." 이시게는 웃음을 터뜨리며 말했다.

"그나저나 아까는 왜 창문을 기웃거린 거야?" 쓰노다가 문득 생각나서 물었다.

"유령이 또 나타날까 봐 걱정돼서 말이지."

"하하하, 웃기고 있네. 경찰 일에서 손 떼더니 너도 겁이 많아졌구나?"

"후훗." 이시게는 웃으며, 큼직한 얼굴을 손바닥으로 쓱쓱 문질렀다.

"그건 그렇고, 경찰은 이번 사건이 다키시마 사건과 연관 있다고 보는 거야?" 쓰노다가 물었다.

"딱히 거기까진 생각하지 않는 것 같아."

"그럼 어떻게 보고 있는데?"

"원한이냐 치정이냐, 두 방향으로 수사하는 모양이야."

"그 여자에게 치정 문제가 있었나?" 쓰노다가 말했다.

"사람이잖아. 사랑은 뜻대로 되는 게 아니지. 남몰래 하는 사랑도 있는 거고."

"원한도 무서워. 별것도 아닌 일에 원한을 품는 인간도 있으니까."

"유령 얘기는 어떻게 됐어?"

"응. 어떤 형사 입에서 얘기가 나온 것 같은데, 윗선에선 그냥 웃고 넘겼다더라."

"하마무라가 전날 유령을 봤잖아. 그럼 전에 있었던 도난 사건은?"

"그건 아예 수사 선상에서 제외된 것 같아. 우리는 그 사건이 동반 자살 사건과 이어져 있다고 보지만, 경찰은 거기까지는 생각 못 하겠지. 뭐, 우리도 엉뚱한 길로 가고 있는 걸 수도 있고."

"그렇지 않아." 쓰노다는 단호하게 말했다.

"아마추어니까 그런 말이 쉽게 나오지." 이시게는 쓴웃음을 지으며 말했다. "어쨌든, 정말 조심해. 밤엔 아내라도 곁에 두는 게 어때?"

"집에도 일이 많아. 잡지사 쪽이랑 연락도 해야 하고……."

"당뇨라는 게 갑자기 상태가 확 나빠지는 병도 아니잖아. 한 달 치 식단이라도 짜달라고 해서 집에서 식이 요법 하면 되지."

"너 요즘 부쩍 내 걱정을 많이 한다?"

"으흠."

"그보다, 가가야 아야코 사진이 한 장 필요해."

"하하하, 너 아직도 가가야 아야코가 살아있다고 생각하는 거야?"

"그래."

"그럼 유령도 가가야라는 말이야?"

"그럴 가능성도 있지."

"과학을 안 믿는 사람은 답이 없지."

"그래서 그 잘난 과학이 뭘 밝혀냈는데? 시골 경찰이 가가야 지문이라도 떠서 대조해 봤다는 거야?" 쓰노다도 지지 않고 받아쳤다.

"전에도 말했잖아. 우라야스에서 떠오른 시체는 피부가 다 문드러지고 훼손되어서 지문 채취 자체가 불가능했다고."

"거 봐. 치열이 비슷하다느니, 체격이 어떻다느니, 속옷에 '가가야'라고 새겨져 있었다느니……, 그런 건 전부 정황일 뿐이잖아?"

"잠깐만, 친구." 이시게가 말을 가로막았다. "그럼, 가가야라고 판단한 그 시체가, 가가야라는 성을 가진 다른 여자란 말이야? 가가야라는 게 그렇게 흔한 성이 아니라고. 그 시체는 가가야라는 이름이 새겨진 속옷을 입고 있었어. 세탁소 마크도 있었고, 거기서 증언도 했다고."

"이시게, 예전에 센주에서 일어난 간장 가게 살인 사건 기억나? 그때 구제국대학, 그러니까 지금의 도쿄대학 법의학교실에서 부검을 했어. 그런데도 열여섯 살짜리 소년하고 예순 먹은 노인을 헷갈려서 잘못된 감정을 했어."

"'십육'과 '육십'의 오타였던 거 아냐?" 이시게가 농담을 던졌다.

쓰노다는 침대 수납장 위에서 얇은 잡지 한 권을 꺼냈다.

"그렇게 오래된 사건 얘기를 꺼낼 필요도 없지. 이거 봐."

경찰청에서 발행하는 《경찰월감警察月鑑》경찰관 및 법조계 관계자를 위해 발행된 전문 간행물 최신호로, 이시게도 알고 있는 책이었다.

"자, 여기 한번 읽어봐."

쓰노다는 페이지를 획획 넘기며 이시게에게 보여주었다.

〈살인범이 된 화재 사망자〉

그건 한 기사의 제목이었다. 부제목은 다음과 같았다.

— 시가현, 엉터리 '경찰 기록' —
죽은 자가 다시 목을 매다?
수사 실수로 인한 재검시

이시게도 읽어 본 기사였다. 시가현 마이바라시 관할 경찰서에서 일어난 사건으로, 자녀에게 살해당해 불에 탄 줄 알았던 예순 살의 노인 시신이, 알고 보니 그의 자녀인 십오 세 소년이었다는 내용이다.

"옷도 다 타버렸고 얼굴도 알아볼 수 없게 변했겠지만 발견된 건 불과 서너 시간 뒤였어. 키 차이도 꽤 났고 노인은 틀니를 끼는 사람이었는데도 형사들이나 감식반, 심지어 부검을 맡은 교토대학 전문가까지 모두 그 시신을 노인으로 봤어. 목을 맨 노인의 시신이 나중에라도 따로 발견됐으니 다행이지, 아니었으면 그 소년은 아버지를 죽인 살인자로 몰려서 일본 전역의 경찰에게 쫓기는 신세가 됐을 거야. ……이게 바로 지금 일본에서 실제로 벌어지는 일이야. 그런데 가가야의 경우는 어때? 몇 달이나 물에 잠겨 있던 시신이었잖아. 넌 자꾸 과학적이라고 말하지만, 그거 다 믿을 만한 건 아냐. 지문이 없으면 그걸로 끝이야? 개인을 식별할 방법이 지문밖에 없겠어? 나 같은 아마추어도 그 정도는 생각하거든. 그리고 말이야, 넌 가가야 방에서 어떤 변태가 속옷을 훔쳐 갔다는 사실도 잊은 것 같다." 흥분한 쓰노다는 단숨에 말을 쏟아냈다.

"흠……." 이시게는 아픈 데를 찔린 듯한 기분이었다.

이시게도 그 익사체에 대한 보고는 받았지만 발견 장소가 다른 관할인 우라야스 경찰서였고 시신을 직접 보지도 못했다. 쓰노다의 말대로 그 동반 자살 사건의 시신이 조작된 사실을 그때 알았더라면, 당연히 정밀 감식을 의뢰했을 것이다.

"그런데 말이야, 그 유령이 우리 집사람과 닮았다는 말이 참 찝찝해. 가가야 사진을 보면 감이 좀 잡힐 텐데 말이야."

"그런 이유라면 굳이 사진까지 볼 필요는 없어. 정말 닮았다면 이 병원 의사든 간호사든 이미 얘기했을 거야. 동반 자살한 그 두 사람을 발견하고 여기까지 따라온 오타니 순경한테도 직접 물어봤어. 제수씨와 안 닮았대. 체격은 비슷하고 미인이었다고는 하지만 얼굴은 다르다고 분명히 말했어. 정말 닮았으면 네가 입원했을 때 병원 사람들 모두 제수씨를 보고 야단법

석을 떨었겠지."

"하긴, 우리 집사람 같은 타입은 워낙 흔하지. 동네 한 바퀴만 돌아도 닮은 사람 열 명쯤은 마주칠 만큼 평범한 얼굴이야. 굳이 꼽자면, 눈이 크고 속눈썹이 길다는 게 특징이라면 특징이지만."

"응? 무슨 얘기야? 아, 오셨어요?"

문이 드르륵 열리더니, 대화 속 주인공 에쓰코가 생기 넘치는 얼굴을 내밀었다. 손에 든 장바구니 안에는 오늘 도착한 듯한 잡지며 우편물이 한가득 담겨 있었다.

"자꾸 찾아와서 귀찮게 하고 있네요."

"철없는 저희 남편을 늘 챙겨주셔서 고맙습니다." 에쓰코는 쓰노다의 무릎 위에 우편물을 내려놓으며 말했다. "볼일 좀 보고 오느라 늦었어요. 오늘은 우편물이 풍년이네. 뜯어줄까?"

"응."

에쓰코는 봉투 끝을 가위로 잘랐다. 쓰노다는 엽서를 대충 훑어보고는 에쓰코가 건네준 편지를 받아들었다. 보낸 사람을 확인하다가 '네모토 도메'라는 고풍스러운 이름이 적힌 속달 우편 한 통이 눈에 들어왔다. 쓰노다는 모르는 이름이었다. 주소는 '아사가야'라고만 적혀 있고, 동네 이름도 번지수도 없었다. 쓰노다는 어디선가 만난 춤 선생이나 무도회 같은 곳에서 보낸 모임 안내장쯤으로 생각했다.

"그 속달 편지, 오늘 아침에 왔어. 근데 그 '네모토 도메'라는 사람은 누구야?"

"모르겠는데."

"또 카바레 초대장이야?"

에쓰코는 히죽히죽 웃었다. 예전에도 여자 이름으로 연애편지 비슷한 초대장을 속달로 받은 적이 있었다.

"아냐."

쓰노다는 말없이 편지를 읽고 이시게 앞에 내밀었다. 이시게는 쓰노다의 얼굴을 보다가 곧바로 편지로 눈을 돌렸다.

"뭔데?"

에쓰코가 들여다보았다. 그건 흔한 편지지에 펜으로 쓴 글이었다.

> 쓸데없는 수사는 삼가시는 게 신상에 좋을 겁니다.
> 그렇지 않으면 어떤 재앙이 닥칠지 모릅니다.

그것뿐이었다. 받는 사람 이름도 서명도 없었다.

"협박장이잖아?" 에쓰코가 어깨를 움츠렸다.

"그런 것 같군……." 쓰노다가 말했다.

"사실은, 나한테도 왔어."

이시게는 그것을 쓰노다에게 돌려주며, 주머니에서 똑같은 봉투를 꺼내 쓰노다의 무릎 위에 올려놓았다. 꺼내서 열어보니 내용도 똑같았다.

"너한텐 언제 왔어?" 쓰노다가 우편물에 찍힌 소인을 보며 말했다. "아, 오늘 아침에 왔구나."

"응. 여덟 시 조금 넘어서."

"마치 루팡 소설 같지 않아요?" 에쓰코가 웃으며 말했다.

"멍청한 놈이군." 쓰노다가 내뱉듯이 말했다.

"왜?"

"이런 단서를 남기다니, 허술하기 짝이 없어."

"난 뭐 상관없지만, 이걸 받고 네가 좀 걱정스러웠어. 형사한테는 익숙한 일이거든. 큰 사건이 터지면 온갖 투서가 쏟아지고 말도 안 되는 점괘나 협박장 비슷한 것도 날아오니까."

"너한테 온 협박장을 보고 왜 내가 걱정된 거야?" 쓰노다는 조금 묘한 표정을 지으며 물었다.

"내 편지엔 따로 한 장, 쪽지가 붙어있었거든."

"그걸 진작 보여줬어야지."

"하하하, 이거야."

이시게는 봉투 안에서 종이를 꺼내 들었다. 그 종이에는 단 한 줄만 적혀 있었다.

쓰노다 씨께 꼭 전해주시기 바랍니다.

쓰노다를 어떻게 하겠다는 것도 아니고, 그저 '전해 달라'는 말뿐이어서 오히려 섬뜩했다.

"하하하, 애들 장난도 아니고. 게다가 이건, 상대가 결정적인 증거를 남긴 셈이야. 능숙한 협박범이라면 이런 편지를 절대 남기지 않지. 나중에 꼼짝 못 할 증거가 될 테니까."

"게다가 이건 속이 너무 빤히 보여."

이시게도 웃으며 봉투를 앞뒤로 이리저리 뒤집어 두 사람에게 보여주었다.

"왜?" 쓰노다가 들여다보며 물었다.

"소인은 '이치카와 우체국'으로 찍혀 있어. 그런데 주소는 아사가야로 되어있잖아. 이건 우체국 창구가 아니라 우체통에 넣은 거야. 우리더러 눈치채라고 일부러 그런 거지. 우체국 소인은 속일 수 없지만, 주소는 아사가야든 홋카이도든 가고시마든, 뭐든 맘대로 적을 수 있으니까. 이 편지가 수상하다는 걸 일부러 티 내려는 수작이지. 그러니까 이건 증거가 될 만한 물건이 아니야. 함정인 거지."

"음……. 그러고 보니, 이 글씨체는 말이야……." 쓰노다가 말을 하다 말았다.

"내 글씨랑 비슷하다고 하려는 거죠?" 에쓰코가 말했다.

"응, 내 생각은 그래. 당신 글씨랑 닮았어."

"정말 똑같네……. 기분 나빠." 에쓰코는 인상을 찌푸렸다.

"당신이 쓴 건 아니지?" 쓰노다가 웃으며 에쓰코를 놀렸다.

"세상에, 자기 남편한테 협박장을 쓰는 아내라니……. 어디 추리 소설에 나온 적 있는데, 참 수법이 어설프네."

"그래도 조심해야 할 거예요. 아까도 말했지만, 이제 퇴원하는 게 낫지 않겠습니까?" 이시게는 에쓰코의 얼굴을 보며 말했다.

"글쎄요……. 이 사람 고집을 누가 말려요. 적에게 등을 보이고 도망치는 건 절대 못 할 사람이에요."

"언제 죽을지 모른다는데도?"

"하하, 자꾸 죽는다, 죽는다 하지 마."

"이렇게라도 겁을 줘야지, 초짜한테는."

"또 초짜 얘기야?"

"경찰 쪽에도 신경 좀 쓰라고 슬쩍 말해둘 테니, 너도 조심 좀 해."

"죽는다는 소리 입에 달고 사는 놈이 죽은 적 없고, 죽인다는 놈도 입만 살아있는 법이야."

"시대가 변했잖아요. 요즘 사람들한테 그런 고리타분한 얘기가 통하겠어? 무슨 짓을 저지를지 모른다니까." 에쓰코가 쓰노다의 말을 끊고 나섰다.

마침 그때, 평소와 달리 원장이 직접 회진을 와서 세 사람의 이야기는 거기서 끊기고 말았다.

쓰노다는 협박장 따위에 신경 쓸 남자가 아니었다. 미국 영화, 아니면 라디오 방송 〈소년 탐정단〉 에도가와 란포의 《아케치 고고로》 소설 시리즈에서 탐정의 조수로 활동하며 수사에 도움을 주는 청소년 탐정단을 주인공으로 한 당대 인기 라디오 드라마 에나 나올 법한 그런 일이 이 나라에서 실제로 벌어질 리 없다고 생각했다. 최근엔 유명 영화배우나 프로야구 선수에게 '돈을 가져오지 않으면 얼굴이고 손이고 가만두지 않겠다'는 협박장을 보낸 놈도 있었지만, 하나같이 학생 티도 못 벗은 풋내기들이거나 시골에서 올라온 양아치들이었다. 신문 기삿거리도 되지 못한 채 싱겁게 붙잡히고 말았다.

하지만 주소는 아사가야라고 써놓고 굳이 이치카와에서 편지를 부친 데다가 아내 에쓰코의 필적까지 흉내 낸 점이 쓰노다는 몹시 거슬렸다. 만약 그 글씨가 아내가 쓴 필적이 아니라 에쓰코를 잘 아는 제삼자가 쓴 것이라면 필적 위조 트릭을 의심해 볼 수 있을 것이다. 하지만 그게 진짜 아내의 글씨라면, 너무 어처구니없어서 그런 생각조차 할 수 없었다. 도리어 너무 속이 훤히 들여다보이는 탓에 괜히 섬뜩한 기분까지 들었다.

하지만 그후로 이삼일은 별일 없이 지나갔다.

"당신을 미끼로 쓰다니 불쾌해. 아니면, 설마 당신이 범인인가?" 어느 날 쓰노다는 아내를 놀리듯 말했다.

"응, 진짜 그럴지도 몰라요. 난 이중인격자거든. 낮에는 착한 아내지만 밤에는 무서운 범죄자, 여자 지킬 앤 하이드야."

에쓰코는 천연덕스러운 얼굴이었다. 이시게는 그날 이후로 모습을 보이지 않았다.

○

아침부터 하늘이 잔뜩 흐린 어느 날, 오전 열한 시가 되자 평소처럼 에쓰코가 신문과 우편물을 들고 찾아왔다.

"이시게 씨는?"

"그날 이후로 안 와."

"경찰들은?"

"안 와. 신문 보니까 하마무라가 전에 근무했던 병원을 조사하고 있나 봐."

"결국 미제로 끝날 것 같네. 그건 그렇고, 유령은요?"

"휴업 중인가 봐."

"아, 맞다. 오늘 아침 신문에 나왔던데, 다키시마 사건 때 그 과장…… 이름이 뭐더라……." 에쓰코는 가져온 신문을 펼치며 말했다. "승진했대, 세 단계나 껑충 뛰어서. 식량청 일본이 1946년에 신설한 행정 기관으로, 전국적으로 쌀·보리 등 주요 곡물들의 관리 및 배급을 담당했다 식품국장이 됐다네. 호리키리 슈헤이라는 사람, 알지?"

쓰노다도 그 이름을 알고 있었다. 다키시마와 가가야의 집안일까지 여러모로 세심하게 챙겨준 친절한 과장이었다. 신문에는 그의 사진도 실려있었다. 무테안경을 쓴 온화하고 관료다운 인상이었다. 제1고등학교 중등 교육을 마친 엘리트 청소년을 대상으로, 제국대학(도쿄대학) 진학을 위해 예비 교육을 실시하던 학교와 제국대학 출신의 수재라는 약력도 소개되어 있었다. 그는 다키시마와 같은 시코쿠 출신이었다. 그래서 더 각별히 신경을 썼던 모양이다.

"젊은 사람이네. 쉰 살도 안 됐겠군."

"요즘 사람들은 출세가 빠르잖아."

"세상이 젊어진다는 건 좋은 일이야. 칠팔십 먹은 노인네들이 감 떨어진 정치를 하는 건 정말 질색이거든."

"어머, 이 사람……. 부처님이랑 같은 날 태어났네. 4월 8일."
에쓰코가 큰 소리로 말했다.

"하지만 이 국장 얼굴은 '천상천하 유아독존 석가모니가 태어났을 때 가장 처음 했다는 말로, 세상에 자신만큼 존귀한 것은 없다는 뜻' 같은 인상은 아니야. 태생부터 딱 관료야. 겉보기엔 온화해 보이지만 말이야."

"그래도 구제국대학 출신 수재라잖아. 그러니까 마흔 몇 살에 국장도 되는 거지."

"늦은 편이지." 쓰노다가 내뱉듯 말했다.

"후후, 당신도 그때 법대에 갔어야 했나?"

"사양할게."

"후후훗."

"나는 야인으로 사는 게 좋아. 하고 싶은 말 하고, 자고 싶을 때 자고, 일어나고 싶을 때 일어나는 이런 생활이 내 체질엔 딱 맞아. 소세키의 『나는 고양이로소이다』에 나오는 스즈키 도주로의 말처럼, 시답잖은 아부를 떨거나 싫은 놈이랑 술잔을 주고받는 한심한 짓은 딱 질색이야. 매일 같이 붐비는 전철에서 삼십 분, 한 시간씩 견디며 다닌다는 생각만으로도 진이 빠진다니까."

"국장쯤 되면 농림성에서 관용차가 나오잖아요."

"그 차로 일주일에 닷새는 골프장 다닌다잖아."

"서민은 그런 거 질투하는 거 아녜요."

"우리가 낸 세금으로 굴리는 차인데 말이지. 자동차 얘기가 나와서 말인데, 이 호리키리 씨도 취미는 사진, 독서, 자동차 운전이라고 나와 있네."

"당신 취미인 '자고, 먹고, 여행하는 것'보단 좀 고급스럽긴 하네."

"나도 자동차 운전쯤은 할 줄 알아."

"아아, 그러셔요? 참, 오라버니, 공대 기계과 출신이었지? 이 호리키리 국장도 법대 출신이지만 군대에 갔다 왔으니까, 자동차 정도는 굴리도록 배웠겠죠."

에쓰코는 점심 식사가 끝나자 집으로 돌아갔다. 오늘은 해가 나지 않아 추웠다. 쓰노다는 오후 내내 고센류 인간의 삶과 세태를 풍자와 해학으로 표현하는 에도 시대 일본의 짧은 정형시 책을 붙들고 있었다. 고센류는 어떤 때든 그를 즐겁게 해주었다.

오후 네 시 삼십오 분, 저녁 식사가 왔다. 당뇨병 환자는 식사가 늘 제한되었고 밥은 겨우 한 입 거리다. 쓰노다에게는 이 식사 시간이 가장 즐거웠다.

"날씨가 궂어졌네요."

배식원은 문 옆 선반에 식판을 올려놓고 갔다. 오늘도 쓰노다는 천천히 밥을 먹었다. 식사를 마치고 나니 다섯 시 십 분을 조금 넘긴 시간이었다. 병실 구석에 있는 싱크대에서 그릇을 대강 씻은 뒤, 쓰노다는 모처럼 식판을 배식 준비실로 가져갔다. 병실 문은 열어둔 채 가벼운 알루미늄 식판을 오른손에 들고 왼손으로 지팡이를 짚었다. 두 손을 다 쓰고 있어서 문을 닫을 수는 없었다.

시간이 시간인지라 물을 뜨는 사람이나 배식원, 배식을 돕는 실습생들이 오가고 있었다. 쓰노다의 병실에서 배식 준비실까지는 고작 칠팔 미터 거리였다. 그는 천천히, 아주 천천히 걸어갔다. 다리는 많이 나아졌지만 방심하면 바늘로 찌르는 듯한 통증이 있어서 선뜻 활발하게 움직일 수는 없었다.

식기 소독용 솥 앞에 낯익은 보호자가 식기를 씻고 있었다.

"몸은 좀 괜찮으세요?"

부스스한 머리에 삶에 지친 기색이 역력한 중년 여자는 어딘가 가겟집 안주인을 떠올리게 했다.

"네, 걱정해 주셔서 감사해요……."

"긴 병이라 정말 고생이 많으세요."

쓰노다는 쟁반을 선반 위에 올려놓고 펄펄 끓는 솥 안으로 식기를 하나하나 집어넣었다. 뜨거운 물이 튈 수 있어 자칫하면 위험했다. 그는 다섯 개의 그릇을 모두 넣은 뒤 솥뚜껑을 닫고, 다시 지팡이를 툭툭 울리며 배식 준비실을 나와 4호실로 돌아갔다. 복도에는 아무도 없었다.

검은 바탕에 흰 글씨로 새겨진 '4호실'이라는 팻말 아래로 쓰노다의 이름표가 매달려 있었다. 이름표가 약간 비뚤어져 있어서 쓰노다는 그것을 바로잡고 병실로 들어갔다. 등 뒤로 손을 뻗어 문을 닫고, 침대로 향했다. 거센 빗줄기가 기와를 세차게 두드리기 시작했다. 쓰노다는 읽다 만 고센류 책에 다시 빠져들었다. 한 시간쯤 지나자, 심한 피로감이 몰려왔다.

밤 여덟 시 삼십 분, 실습생이 와서 "별일 없으세요?" 하고 인쇄된 글귀라도 읊는 듯 묻고 돌아갔다. 하마무라 사건 이후로는 더더욱 형식적으로 변한 듯했다.

아홉 시 반, 취침 전 약을 먹을 시간이었다. 그리고 이십 분쯤 지나 쓰노다는 불을 껐다.

'까딱하다가는 나도 정말 이시게 말대로 언제 살해당할지 몰라!'

쓰노다는 어둠 속에서 몸서리를 쳤다. 빗소리가 쓸쓸하게 귓가를 두드렸다……. 오늘은 웬일인지 졸음이 몰려왔다. 유령이 나타나던 그 무렵에는 밤마다 참을 수 없이 졸음이 쏟아지던 일이 문득 떠올랐다. 쓰노다는 입원 전까지만 해도 수면제를 자주 복용하던 사람이었고, 약에 예민한 편이라 밤에 먹는 약은 오블라토 가루약을 쉽게 복용할 수 있도록 보조하는 식용 필름지에 싸서 먹고 있었다.

"밤에 먹는 약은 수면제지요?" 쓰노다는 의사에게 한번 질문한 적이 있었다.

"맞아요. 요즘은 어떠세요?" 의사도 웃으며 물었다.

"예, 입원했을 당시보다 훨씬 잘 잡니다."

"그렇다면 다행이네요."

"그런데, 약을 오블라토에 싸주시는 건 무슨 이유인가요? 저는 웬만큼 쓴 약도 잘 먹는 편인데요."

"하하하, 아내분께 들었습니다."

"뭐를 말입니까?"

"약에 꽤 민감하신 편이라고 하시던데요. 그래서 그렇게 드린 거예요."

"그게 무슨 관련이 있는 겁니까?"

"그건 의사의 비밀입니다. 가끔은 약 종류를 바꾸기도 하거든요. 한 종류만 계속 먹으면 내성이 생길 수도 있어서요. 하하하, 비법을 다 공개하면 약효도 떨어집니다. 뭐, 별거 아니더라도 '이건 정말 잘 듣는 약이야' 하고 믿고 드시면 되는 겁니다. 그게 제일 중요하죠."

쓰노다도 덩달아 웃었다.

"마음먹기 나름이다……, 뭐 그런 겁니까?"

"그런 셈이죠."

"일종의 최면술이네요."

"의사의 치료나 약 처방에도 그런 요소가 상당히 가미되어 있죠."

"하긴, 배가 아파서 뒹굴다가도 의사만 오면 안심이 돼서 통증이 가라앉기도 하니까요."

처음에는 아주 강한 약을 써서 환자를 안심시켰다가 점차 주성분은 줄이고 전분 같은 증량제를 섞어서 주게 되면, 마지막에는 주성분이 빠진 전분만으로도 환자가 푹 자게 된다. 쓰노다도 어떤 책에서 이 얘기를 읽은 기억이 있었다.

쓰노다는 또다시 그 '유령'을 떠올렸다. 유령이 에쓰코라는 가설이 머릿속에 맴돌았다. 많은 의문이 거기에 있었다.

▶ 여교사 이시이가 본 유령은 아내 에쓰코를 닮았다고 했다.
▶ 하마무라 수간호사가 목격한 여자도 에쓰코를 쏙 빼닮았다고 했다.
▶ 게다가 협박장도 에쓰코의 필체와 비슷하다.
▶ 그리고 에쓰코라면, 약에 손대는 일쯤은 식은 죽 먹기다.
……

쓰노다는 한동안 병실 밖으로 나가지 않았다. 하지만 오늘은 오랜만에 식기를 들고 4호실 밖으로 나갔다. 고작해야 일이 분……. 그토록 이시게가 조심하라고 당부했건만……. 어디선가 괘종시계 소리가 들려왔다. 열한 시인가, 아니, 어쩌면 열두 시일지도 모른다…….

제13장

문이 닫히는 소리

 소리도 없이 문이 열렸다. 아니, 열린 것 같은 느낌이 들었다. 차가운 공기가 흘러들어와 쓰노다의 얼굴을 스쳤다. 소리가 나지 않는 것이 이상했다. 이 4호실 문은 미닫이문이라 레일 위를 구르는 쇠바퀴에서 제법 큰 소리가 나야 할 텐데, 아무 소리도 들리지 않았다. 쓰노다는 고개는 돌리지 않은 채 눈을 가늘게 떴다. 방 안은 어두웠다. 평소 같으면 늘 희미하게 켜져 있던 복도 전등조차 어쩐 일인지 오늘은 꺼져 있었다. 현관 불빛이 반투명 유리창을 통해 희미하게 비치고 있었다.
 그 불빛을 등지고 한 여자가 서 있었다. 머리는 하얀 천으로 감싸고 커다란 마스크로 얼굴 절반을 가리고 있었다. 허리 밑으로는 침대에 가려 쓰노다의 눈에는 보이지 않았다. 한동안 나타나지 않던 그 유령이었다.

비도 그친 듯했고 세상은 숨 죽인 듯 고요했다. 유령은 등 뒤로 팔을 뻗어 문을 닫았다. 조용조용하게 아주 조금씩……, '끼익, 끼익' 하고 벌레가 우는 듯한 소리가 났다.

여자의 눈이 쓰노다를 뚫어지게 바라보고 있는 듯했다. 쓰노다도 눈을 깜빡이지 않은 채, 가만히 여자를 응시했다. 문이 닫히기까지는 긴 시간이 걸렸다. 여자는 천천히 침대 쪽으로 다가왔다. 마치 몽유병자 같은 걸음걸이였다.

'끼익, 끼익…….'

어디선가 문 경첩이 살짝 삐걱거리는 소리가 났다. 여자는 순간 움찔하며 걸음을 멈췄다. 그러나 그 소리는 더 이상 들리지 않았다. 쓰노다는 눈을 가늘게 뜨고 살펴보았다. 주변이 어두운 데다가 근시인 탓에 여자의 모습은 흐릿하게만 보였다. 여자는 어느새 쓰노다의 얼굴 위로 몸을 숙일 만큼 가까이 다가와 있었다. 쓰노다는 눈을 감고 숨을 죽였다. ……시간이 한없이 길게 느껴졌다. 여자가 움직이는 기척이 느껴졌다.

쓰노다는 눈을 떴다. 둥근 손전등 불빛이 침대 아래를 비추고 있었다. 쓰노다가 그것을 자세히 보려고 몸을 반쯤 일으키자 침대 프레임이 끼익 소리를 냈다. 전등 불빛이 사라지고 여자는 일어섰다.

"앗……!"

쓰노다가 낮게 소리치며 이불을 확 젖혔다. 그는 이불을 발로 걷어찼다. 신경통이 와서 다리가 찌릿하고 욱신거렸다. 여자의 손을 붙잡은 줄 알았지만, 빗나갔다. 쓰노다는 얼굴을 비틀어 돌렸다. 무거운 이불이 하반신을 짓누르고 있어서 마음대로 몸을 움직일 수가 없었다. 그 순간 오른쪽 어깨를 단단한 것으로 세게 얻어맞았다.

"윽……!"

쓰노다는 안간힘을 쓰며 두 손으로 여자를 붙잡으려고 했다. 훅, 향수 냄새가 풍겼다. 어디선가 맡아본 익숙한 향기였다.

'엇! 에쓰코?'

쓰노다는 손을 뻗어 여자의 마스크를 잡아 뜯었다. "앗!" 하고 여자가 소리치며 쓰노다의 머리통을 세게 내리쳤다. 핑 하고 건물 전체가 흔들리는 것 같았다. 쓰노다는 쿵 소리를 내며 바닥으로 떨어져 침대 밑으로 굴러 들어갔다.

"으악! 누가 좀 와줘……. 에, 에쓰코, 에, 쓰, 코……."

쓰노다의 절규가 꼬리를 물고 복도 끝으로 길게 퍼져나갔다. 여자는 침대 밑을 들여다보았지만, 침대 프레임 때문에 더 이상 공격할 수 없었다. 잠시 주위를 살피며 귀를 기울이던 여자는 몸을 홱 돌려 문밖으로 달아났다. 쾅! 하는 소리와 함께 문이 닫혔다. 싸한 냄새가 코끝을 찡하게 자극했다. 볼에서 턱으로 피가 주르르 흘렀다. 쓰노다는 서서히 의식을 잃어갔다.

그 깊은 밤의 절규를, 건너편 간호사실에서 들은 이가 있었다. 간호사실은 배식 준비실 옆에 있었다. 그 사람은 벌떡 일어나 복도로 뛰쳐나갔다. 남자였다.

그의 뒤에서 문이 쾅 하고 닫혔다. 배식 준비실 앞에서 남자는 4호실 앞의 화장실로 누군가가 들어가는 모습을 언뜻 보았다. 남자는 4호실 앞에서 문을 잡아당겼지만, 열리지 않았다.

"쓰노다!"

남자는 소리를 질렀지만 안에서는 아무런 반응도 없었다. 남자는 잠시 망설이다가 방금 누군가가 들어간 화장실로 달려갔다. 화장실 안에서는 세찬 물소리가 들렸다. 남자는 스프링 도어를 밀어 문을 열었다. 내부는 한눈에 들어왔다. 남자는 일부러 불을 켜지 않았다.

희미한 어둠 속에 점퍼 차림의 이시게가 서 있었다. 이시게는 히죽 웃었다.

'넌 이제 독 안에 든 쥐다.'

오른쪽 벽엔 남성용 소변기 세 개가 줄지어 있었고, 정면에는 여자 화장실 다섯 칸이 나란히 놓여있었다. 그중 맨 오른쪽 문은 반쯤 열려있었고, 그 안에서는 여전히 요란한 물소리가 나고 있었다. 이시게는 방금 밀고 들어온 문 뒤쪽을 힐끗 살폈다. 거기엔 아무도 없었다.

이시게는 오른쪽에서 두 번째 칸을 열었다. 물소리 나는 첫 번째 칸에는 아무도 없을 것이란 걸 알고 있었다. 지난번 하마무라 사건 때 이미 겪은 일이었다. 그 수법은 이제 통하지 않는다. 두 번째 칸 안쪽은 어두컴컴했다. 어쩌면 문 뒤쪽에 도마뱀처럼 누군가 바짝 붙어 숨어있을지도 몰랐다. 이시게는 안으로 조심스럽게 몸을 반쯤 밀어 넣었다.

"윽……!"

그는 앞으로 고꾸라졌다. 누군가가 그의 뒤통수를 세게 후려치고 밀었다. 손을 뻗어 버텨보려 했지만, 타일 바닥이라 손이 미끄러져 소변기에 이마를 부딪쳤다. 뒤를 돌아볼 것도 없었다. 나는 새처럼 문을 열고 달아나는 여자의 모습이 눈에 들어왔다. 그 여자는 물소리가 나던 화장실 첫 번째 칸 안에 숨어 있었다. 이시게의 예상이 보기 좋게 빗나간 것이다.

이시게는 휘청거리며 몸을 일으키고는 머리를 세게 흔들었다. 뒤통수가 지끈거리고 눈앞이 아찔했다. 뒤통수를 손으로 만져봤지만, 다행히 상처는 없는 듯했다. 그때 복도를 뛰어오는 발소리가 들렸다. 이시게는 화장실을 박차고 뛰쳐나왔다. 복도 끝에서 간호사 두 명이 달려오고 있었다. 바로 옆 계단을 뛰어 올라가는 다른 발소리도 들렸다.

"무, 무슨 일이세요?" 달려오던 간호사 하나가 이시게를 보고 놀란 얼굴로 물었다.

"쓰노다를 부탁합니다. 습격당한 것 같아요. 범인은 2층으로 올라갔어요. 누가 반대편으로 돌아가 주세요."

이시게는 빠르게 말을 내뱉고는 화장실 옆 계단을 따라 2층으로 뛰어 올라갔다. 머리가 자꾸 아찔해졌다. 그 여자에게 보기 좋게 당한 것이 분했다. 그는 난간을 붙잡고 계단을 올랐다. 맞은편 계단에서도 누군가 올라와 준다면, 도망친 여자는 더 이상 갈 곳이 없을 것이다. 2층은 밤에 인적이 드물고 창문은 모두 단단히 잠겨 있다는 것을 이시게는 알고 있었다.

하마무라가 쓰던 방은 사건 이후로 비어 있었다. 이시게는 그동안 덫을 놓고 기다리고 있었다. 하마무라를 살해한 범인은 분명 다시 나타날 것이다. 왜냐하면 범인의 목적은 하마무라가 아니라 4호실과 쓰노다였기 때문이다. 하지만 범인이 언제 나타날지는 알 수 없었다. 게다가 범인은 이시게를 아는 자가 틀림없었다. 이시게가 무심코 쓰노다의 병실에서 자거나 병원 안을 돌아다니기라도 한다면 범인이 눈치채고 경계할 우려가 있었다.

이시게는 매일 잠복을 위해 집을 나설 때부터 신중하게 움직였다. 범인이 자신의 일거수일투족을 감시하고 있을지도 모른다고 생각했기 때문이다. 범인이 이시게의 행동력을 두려워하고 있다는 것은 그를 시골로 좌천시키려 했던 일만 봐도 알 수 있었다. 이시게는 쇼지 병원장의 허락을 받아 그날 이후 줄곧 외과 주임 간호사 미조구치의 방에서 잠복하고 있었다. 그 사실은 쓰노다에게도 알리지 않았다.

몰래 방으로 들어오는 이시게를 보고 미조구치는 농담을 던지곤 했다.

"꼭 무슨 밀회라도 하는 것 같네요."

"상대가 이런 늙은이라니, 안타깝네요."

"하하하, 형사님은 아직 한창이시죠. 저야말로 이제 할머니예요."

그러나 미조구치는 아담한 체구에 날씬한 몸매를 지닌 아름다운 여성이었다. 한 번 결혼한 적 있다는 소문도 있었다. 이시게는 그녀만큼은 믿을 수 있을 것 같았다. 그래서 병원에서 이 계획을 알고 있는 사람은, 병원장을 제외하면 이 미조구치뿐이었다.

이시게는 2층으로 이어지는 계단을 올라갔다. 누군가가 반대편 계단에서 올라와 줄 게 틀림없었다. 조금 전까지만 해도 당직실에서 사람들의 말소리가 들렸던 것이다. 이시게가 2층 계단참에 도착했을 때였다. 2층 어딘가에서 '쾅'하고 문이 닫히는 큰 소리가 들렸다. 2층 복도는 어두웠다. 가로등 불빛이 희미하게 비쳐, 병실 문들의 위치가 어렴풋이 드러나 있을 뿐이었다. 하지만 여자의 모습은 어디에도 보이지 않았다.

복도는 일직선으로 뻗어있었다. 저 멀리 복도 끝에는 좌우로 내려가는 계단의 난간이, 밝은 유리창을 등지고 흐릿하게 보였다. 복도 양쪽으로는 각 병실의 문들이 시커멓게 줄지어 있었다. 이시게는 복도 한가운데까지 갔다. 시간상으로 보아, 이시게가 이 복도에 나타났을 때는 범인이 아무리 빨리 달려도 복도의 삼 분의 이 지점밖에 오지 못했을 것이다. 그때, 복도 끝 좌우에 있는 계단에서 누군가 올라왔다. 왼쪽 계단에서는 사무원 모토하시가, 오른쪽 계단에서는 외투를 걸친 외과 주임 간호사 미조구치가 올라왔다.

"앗! 이시게 형사님! 2층으로 수상한 사람이 올라왔다면서요?" 모토하시가 큰 소리로 외쳤다.

"어머, 그 사람 어디로 갔지?"

미조구치는 빠른 걸음으로 복도를 살피며 주위를 두리번거렸다.

"전 아무도 못 봤는데요." 모토하시가 말했다.

"저도 못 봤어요. 방금 '쾅' 하는 소리가 2층에서 났어요."

"2층 방은 전부 잠겨 있나요?"

"네."

"열쇠는 어디 있죠?"

"사무실에 있어요. 가져올까요?"

이시게가 고개를 끄덕이자, 모토하시는 되돌아갔다.

"이 복도 스위치는 어디에 있죠?"

미조구치는 종종걸음으로 달려가 계단 옆에 있는 스위치를 눌렀다. 이시게는 그 모습을 가만히 지켜보았다. 복도 천장 중앙에는 지름이 사십오 센티미터쯤 되는 반투명 유리 전등이 이삼 미터 간격으로 설치되어 있었다. 곧이어 모든 전등에 불이 들어왔다. 복도는 대낮처럼 환해졌다. 이시게는 씩 웃었다. 여자가 사라진 트릭을 간파했기 때문이다.

이시게가 계단을 올라왔을 때, 어딘가에서 문이 닫히는 소리가 들렸다. 범인은 이 복도에 있는 어느 방에 숨어있는 게 분명했다. 모토하시가 열쇠가 잔뜩 달린 열쇠 꾸러미를 들고 올라왔다. 이시게는 하나하나 문손잡이를 당겨보았다. 모든 방이 단단히 잠겨 있었다. 그사이, 이시게는 미조구치와 모토하시에게 망을 봐달라고 부탁했다. 조금 전 화장실에서처럼 어디서 튀어나올지 몰랐다. 또다시 그 수에 말려들 순 없었다.

  문이 잠겨 있지 않은 건 복도 중앙에 있는 도서실뿐이었다. 이시게는 도서실의 불을 켰다. 정면에는 커다란 유리창이 있었다. 유리창과 문을 제외한 벽면은 천장까지 모두 책과 병에 담긴 온갖 표본들로 가득했다. 중앙에 긴 철제 테이블이 놓여있고, 창가엔 의자 예닐곱 개가 난잡하게 놓여있었다.

  아무도 없다.

  이시게는 성큼성큼 안으로 들어가 창문에 손을 대보았다. 안쪽에서 잠금장치를 완전히 돌려 잠근 상태였다. 천장 환풍구는 어린아이 머리도 들어가지 못할 만큼 좁았다. 문 뒤편에도, 책상 아래에도, 책장 뒤편에도 범인은커녕 고양이 한 마리 들어갈 틈조차 없었다.

  "아무도 없네요."

  세 사람은 잔뜩 긴장해 굳어있던 몸이 풀어지며, 어쩐지 여우에 홀린 듯한 기분이 들었다.

  "쳇, 당했군!" 이시게가 내뱉듯 말했다.

  이것은 예전에 범인이 썼던 수법이다. 화장실에 들어가는 척하며 일부러 물소리를 크게 내고, 정작 그 칸에 들어가지 않고 옆 칸에 숨어있었다. 이번에는 물소리 대신 문소리를 이용한 것이다. 이시게는 조심스럽게 열쇠로 문을 하나하나 열어보았다. 하지만 어디에도 범인의 흔적은 보이지 않았다. 어느 방이든 창문이 모두 안쪽에서 단단히 잠겨 있었다. 숨을 곳도, 달아날 곳도 없었다.

'구멍'이라 할 만한 건, 각 방에 놓인 소형 석탄 난로의 굴뚝뿐이었다. 혹시나 해서 바깥쪽 창틀을 살펴보았지만, 모든 창문에는 먼지가 살포시 내려앉아 있었고, 최근에 손댄 흔적은 전혀 없었다. 복도도 샅샅이 살폈지만, 못 하나 헐거워진 곳도 없었다. 그런데도 범인은 마치 증발하듯 사라져 버린 것이다. 천장 마감재도 흔들리는 곳은 한 군데도 없었다. 설령 있다고 해도 사람이 맨몸으로 올라갈 수 있는 높이가 아니었다. 복도 폭은 삼 미터로, 양옆으로 병실이 줄지어 있었지만, 천장에 손이 닿을 만한 발판은 어디에도 없었다.

이쯤 되자 아래에서 올라온 모토하시나 미조구치, 그리고 이시게 본인 중 하나가 범인이라는 결론밖에 나오지 않았다. 물론 이시게 본인일 리는 없다. 모토하시는 범인보다 키가 훨씬 크고, 그 짧은 시간에 변장을 풀 시간도 없었다. 그렇다면 남은 건 미조구치뿐인데, 범인은 그녀보다 조금 더 키가 컸던 것 같다. 게다가 미조구치라면 저렇게 물소리를 내거나 이시게를 때려눕히고 2층으로 도망치지 않아도, 다른 병실로 들어가거나 모퉁이를 돌아 북쪽으로 빠져나가는 등, 도망칠 방법은 얼마든지 있었을 터였다.

이상한 것은 도서실이 잠겨 있지 않았다는 점이었다. 물어보니, 다른 방들은 오후 다섯 시가 되면 모두 잠그지만 도서실은 참고서나 오래된 진료 기록을 언제든 열람할 수 있도록 늘 열어둔다고 했다.

"이상은 없었습니까?" 모토하시가 저녁 일곱 시에 순찰을 돌았다는 말에, 이시게가 물었다.

"네, 평소와 다르지 않았어요."

"어?"

그때 이시게는 복도 구석에서 이상한 물건 하나를 발견했다. 작고 납작한 나무쐐기였다.

"이건 뭔가요?" 이시게가 집어 들며 물었다.

"청소할 때처럼 문을 전부 열어두어야 할 때, 문이 닫히지 않도록 밑에 받쳐두는 나무쐐기예요."

"보통은 어디에 두죠?"

"문 안쪽 구석에 둡니다."

그 말을 듣고 보니, 도서실뿐 아니라 다른 방에도 그런 나무쐐기가 한두 개쯤 굴러다니고 있었다. 그런데 도서실에 있던 것 하나가 보이지 않았다. 복도에 있던 쐐기가 도서실 것인 듯했다.

그때였다.

"불이야!" 아래층에서 누군가 날카로운 목소리로 외쳤다.

"어디야?"

"동 병동이야!" 다시 고함 소리가 들렸다.

이시게는 계단을 구르듯이 뛰어 내려갔다. 계단참에 이르자 뿌연 연기가 그곳까지 밀려오고 있었다. 화장실 옆으로 내려갔더니 4호실 유리문이 새빨갛게 달아올라 있었다. 이시게는 문을 열어보려 했지만 문은 굳게 잠겨 있었다. 발로 힘껏 걷어찼지만 꿈쩍도 하지 않았다.

"쓰노다! 쓰노다!"

비상벨이 날카롭게 울리기 시작했다. 이시게는 다인실로 달려가 작은 의자를 들고 와서 유리를 내리쳤다. 뜨거운 연기가 소용돌이치며 복도로 확 밀려 나왔다.

"쓰노다! 쓰노다!"

하지만 안에서는 아무런 대답도 없었다. 이시게는 정신없이 유리를 마구 두들겨 깨부수고는 깨진 유리 틈으로 뛰어 들어갔다. 유리에 긁혀 팔이 두세 군데 베인 듯했지만 그런 것은 신경 쓸 겨를이 없었다.

"쓰노다!"

불길로 환해진 병실 안, 침대 위에는 쓰노다가 없었다. 이시게는 연기 속을 헤치며 쓰노다를 찾아다녔다. 쓰노다는 침대 밑에 쓰러져 있었다. 이시게는 기어 들어가 쓰노다의 몸을 침대 밑에서 끌어냈다.

"누구 없어요!"

이시게가 소리쳤지만 사람들은 대피하느라 정신이 없었고

간호사들도 환자들을 이동시키느라 손이 모자랐다. 이시게는 쓰노다를 문 앞까지 질질 끌고 갔으나 깨진 유리 구멍으로 그를 내보내는 건 불가능했다.

이시게는 손으로 침대 다리를 붙잡고는 발로 문을 힘껏 걷어찼다. 다행히도 미닫이 문짝의 쇠바퀴가 레일에서 빠졌다. 문이 방 안쪽으로 쓰러졌지만 침대에 걸려 꽝음을 내고 멈췄다. 이시게도, 쓰노다도, 온몸에 유리 파편을 뒤집어썼다. 이시게는 쓰노다의 몸을 복도로 질질 끌고 나왔다.

그때 사이렌 소리가 들려왔다.

"위험해! 동 병동 환자들은?" 누군가가 다급하게 외쳤다.

"전부 대피시켰습니다!"

"다 나왔지?" 모토하시의 목소리 같았다.

모토하시는 각 병실을 뛰어다니며 확인하고 돌아와서는, "방화벽 내립니다! 모두 대피하세요!"라고 외치며 철문 고리를 풀었다. 철문이 무시무시한 소리를 내며 내려와 동 병동을 차단했다. 여러 대의 펌프가 엔진 소리를 내며 작동했다. 호스에서 뿜어져 나온 물줄기가 동 병동을 뒤덮었다. 신속한 대처와 원활한 물 공급 덕분에, 화재는 동 병동 4호실과 양옆에 있는 3호실, 5호실의 절반을 태우고 복도 천장 일부만 그을린 채 진화되었다.

이시게는 도무지 이해할 수 없었다. 화장실에서 나와 여자를 뒤쫓으며 2층으로 향하고 있었을 때, 달려오던 간호사에게

'쓰노다를 부탁한다'고 분명히 말했다. 그런데도 4호실 문은 잠겨있었다. 평소엔 잠그지 않던 문이 갑자기 잠겨있던 것도 이상했다.

"그때 그 간호사는 어디 있죠?"

소동이 가라앉은 뒤, 이시게는 간호사를 찾아 병원 안을 돌아다녔다. 그사이 쓰노다는 수술실로 옮겨졌다. 병원장도 호출되어 수술실로 들어갔다. 이시게는 한참 동안 수술실 복도에 놓인 벤치에 앉아있었다. 도무지 마음이 진정되지 않았다.

"왜 쓰노다를 확인하지 않은 거지?" 그 간호 실습생을 찾아낸 이시게는 다그치듯 말했다.

"쓰노다 선생님이 '별일 아니야!'라고 하셨어요!"

"뭐, 뭐라고?" 이시게는 깜짝 놀라 되물었다. 말도 안 되는 일이었다. "그럼 왜 병실에 들어가지 않은 건데?"

"쓰노다 선생님이 안에서 문을 밀면서 열어주지 않으셨어요."

"그래서 어떻게 했지?"

"쓰노다 선생님을 불렀어요. '쓰노다 선생님! 쓰노다 선생님!' 하고요. 그랬더니 쓰노다 선생님이 아무 일도 아니라고 하셨어요."

"아무 일도 아니라고 했다고?" 이시게는 잠시 생각했다.

"쓰노다를 불렀더니, 대답을 했다는 거지?"

"네."

"그리고 '무슨 일 있으세요?'라고 물었고, 대답이 없어서 다시 '아무 일 없으세요?' 하고 또 물었단 거고." 이시게는 차근차근 간호 실습생에게 물었다.

"네, 맞아요." 그녀는 고개를 끄덕이며 말했다.

악의가 있었던 것은 아니었을 것이다. 그때는 아직 불길이나 연기도 보이지 않았을 테고 겁도 났을 것이다. 그래서 이시게가 "누가 반대편으로 돌아가 주세요"라고 말했을 때 그녀도 다른 간호사를 따라 그대로 뛰어가 버린 모양이었다. 이시게는 그때의 상황이 어렴풋이 짐작되었다. 당시 쓰노다는 이미 의식을 절반쯤 잃은 상태였다. 간호 실습생이 문밖에서 "아무 일 없으세요?" 하고 그를 부르자 쓰노다는 "으응……!" 하고 신음했고, 이 젊은 간호 실습생은 그가 '아무 일 없다'고 답했다고 착각한 것이다.

"게다가…… 형사님이 비틀거리면서, 무서운 얼굴로……. 저는……."

이시게는 알겠다는 뜻으로 손을 저어 실습생을 돌려보내고, 천천히 동 병동 쪽으로 걸어갔다. 기진맥진한 상태였다.

'일이 한번 꼬이기 시작하면, 이렇게 악조건이 줄줄이 겹쳐서 걷잡을 수 없게 되는 법이지…….'

이시게는 어두운 마음으로 북 2병동 현관을 나와, 동 병동 현관 쪽으로 발길을 돌렸다. 병원 안의 소란은 아직 가라앉지 않았다.

"어머!"

이시게의 귓가에서 익숙한 목소리가 들렸다.

'아차, 전화하는 걸 깜빡했다!'

이시게는 그제서야 그 사실을 깨달았다. 그만큼 정신이 산란해 있었다. 그 자리에 서 있는 사람은 에쓰코였다. 누군가 대신 연락을 준 모양이었다.

"무슨 일이에요?" 커다란 눈을 동그랗게 뜨고, 이시게를 바라보며 물었다. "남편은요?"

"전화 받고 오신 거죠?"

"아니요……. 남편은요?"

이시게는 슬픈 표정으로 고개를 저었다.

"소방차 사이렌 소리가 들렸어요. 병원에 와 보니 동 병동에 불이 났다고 하던데요? 남편은요?" 에쓰코는 다시 물었다.

"수술실에 있어요."

"네? 다친 거예요? 서, 설마 죽은 건 아니겠죠?"

"그보다, 제수씨는 어떻게……."

"불안한 예감이 들었어요. 사이렌 소리가 들리니까……."

에쓰코는 수술실 쪽으로 서둘러 달려갔다. 이시게는 북 2병동 모퉁이를 돌아서 갈 때까지, 멍한 눈으로 그녀의 뒷모습을 바라보고 있었다.

○

다음 날 늦은 밤, 나무관 하나가 경찰 운구차에 실려 쇼지 병원을 빠져나왔다. 비가 억수같이 쏟아지고 있었다. 운구차는 인적이 끊긴 도로 위에서 연신 사이렌을 울리며 곧장 지바로 달려갔다.

차 안에는 깊은 상심에 잠긴 이시게가 힘없이 고개를 떨군 채 앉아있었다. 운구차는 지바 시내에 들어서더니, 곧 지바현청 앞에서 좌회전해 지바대학 의학부가 위치한 언덕을 올랐다. 이윽고 차량은 캠퍼스 안을 한 바퀴 돌아 법의학교실 옆 현관에 바짝 붙어 세워졌다.

미리 기다리고 있었는지 의국원과 직원으로 보이는 남자가 비를 맞으며 나무관을 교실 안으로 옮겼다. 이시게도 그 뒤를 따라갔다. 남자는 인적 없는 복도를 몇 번이나 꺾어 돌았다. 운구차는 돌아갔다. 플라타너스 가로수 사이로 보이던 법의학교실의 환한 불빛도 이윽고 하나둘씩 꺼져갔다. 건물 전체가 완전한 어둠 속에 깊이 잠겨버렸다. 비상문 위 붉은 조명만이 눈에 스며들었다.

제14장

발로 뛰는 수사

 이시게는 지금 도호쿠행 기차에 몸을 싣고 있다. 쓰노다의 팔천만 엔 보물찾기는 결국 살인 사건으로까지 번지고 말았다. 하마무라 수간호사 살인 사건 수사는 그 뒤로 전혀 진전이 없었다. 이시게로서는 답답하기 짝이 없었지만, 어찌할 도리가 없었다. 가끔 예전 부하들이 찾아와 수사 상황을 보고해 주지만, 어디서부터 손을 대야 할지 몰라 모두들 난감해하는 눈치였다.

 "이상한 점이 하나 있습니다. 하마무라의 그 예금 통장 말인데요. 대체로 검소한 사람이라 월급도 거의 쓰지 않고 저축하던 여자인데, 최근 서너 달 사이에 형편에 맞지 않는 거액이 통장에 들어와 있더라고요." 형사 하나가 슬쩍 흘려주었다.

 "물론 그건 조사해 봤겠지?"

"예. 하지만 전혀 감을 잡을 수가 없습니다."

"어떤 예금인데?"

"미쓰비시 은행의 '히노데 예금'입니다."

"아, 당첨되면 예금자에게 삼십만 엔을 주는 추첨이 붙어있는 거?"

"네. 그리고 무기명 정기 예금도 하나 있습니다."

"액수는?"

"히노데 예금은 십만 엔짜리가 두 개, 무기명 정기 예금은 이십만 엔입니다."

"그게 다야?"

"네. 그 외에 보통 예금이 약 삼십만 엔 정도 있는데, 그건 월급을 모은 걸로 보입니다."

"조사해 봤어?"

"예, 조사했습니다."

"하마무라 본인 예금이 확실해?"

"그런 것 같습니다."

"그런 것 같다고? 그건 너무 모호한 말이잖아." 이시게가 웃으며 말했다.

"은행 쪽 말로는, 예금하러 온 사람이 본인인지 아닌지는 알 수 없다고 하더라고요."

"어? 그건 이상한데."

"하마무라는 통장에 돈을 입금할 때, 근무 중이라 바쁘다면서 친한 잡역부나 간병인한테 대신 부탁하곤 했다더라고요. 물론 직접 가기도 했고요. 그리고 보통 예금 창구는 히노데 예금이나 무기명 예금과는 창구가 다르대요."

"그런 큰돈을 잡역부나 간병인한테 맡기진 않았을 거야."

"과장님도 그렇게 생각하십니까?"

"'생각하십니까?'는 무슨. 잡역부나 보호자한테 부탁한 돈이라 해봤자 많아야 한 번에 오천 엔이나 육칠천 엔 정도겠지."

"어째서 그렇게 보시는 건가요?"

"거긴 월급을 한 달에 두 번 나눠서 주거든. 하마무라 월급은 기껏해야 만 이삼천 엔 정도야. 거기서 식비나 용돈, 할부금 같은 거 빼고 나면 그런 큰돈을 한꺼번에 넣을 순 없지. 분명 어디서 받은 돈일 거야. 그런 돈은 본인이 몰래 직접 가지."

"하지만 본인도 직접 가지는 않았던 것 같아요. 그래서 수사팀에선 그 돈을 현금으로 받은 게 아니라 이미 입금된 통장으로 받은 거라고 보고 있습니다."

"통장에 찍힌 도장은 평소 하마무라가 쓰던 거랑 달랐지?"

"역시 과장님, 예리하십니다."

"놀리지 마."

"다른 새 도장이었다고 합니다. 아무 데서나 파는 싸구려 도장이었어요."

"예금한 날짜는?"

"8월 6일, 9월 14일, 10월 26일······."

"그 날짜들에 무슨 의미라도 있었나?"

"아뇨. 다만 8월 6일은 월요일, 9월 14일과 10월 26일은 금요일이었다는 것 정도입니다. 8월과 9월 건은 보너스 이자가 붙는 십만 엔짜리 예금이고, 10월 26일 건만 무기명 정기 예금 이십만 엔짜리였습니다."

"은행은 어디야?"

"고이와 지점입니다. 워낙 바쁜 은행이라 예금하러 간 여자의 얼굴은 기억이 안 난다고 하더군요. 꽤 교묘하게 움직인 것 같습니다."

"그 통장은 보통 예금 통장과 함께 보관돼 있었나?"

"아니요. 따로 보관돼 있었습니다. 서류 봉투에 넣어서 벽장에 있는 손님용 이불 속에 넣어두었더라고요. 도장은 인형 같은 걸 넣어두는 유리 진열장 아래에 들어있었습니다."

"지문은?"

"서너 개 정도가 마구 겹쳐 있었어요."

"당사자 지문은?"

"판별할 수 있는 건 하나도 채취하지 못했습니다."

"하마무라의 친구 관계는?"

"특별한 건 없었고요. 보기 드물게 성실한 사람이었습니다. 다만 가끔 하마무라를 찾는 전화가 걸려 왔고, 수상한 남자가 두세 번 찾아온 적이 있었다고 합니다."

"흠……."

"그런데 이상하게도, 늘 하마무라가 자리에 없을 때만 전화가 왔는데, 상대가 메모도 남기지 않고 이름도 밝히지 않았다고 합니다."

"하마무라가 있을 땐?"

"한두 번 전화가 왔었다고 하는데, 나중에 하마무라가 '이상한 사람이야······. 뭔가 착각하고 있는 것 같아'라며 화를 냈다고 하더군요."

"이상하군······. 물론 돈의 출처는 아직 모르는 거지?"

"네, 그게 밝혀지면 사건도 풀릴 거라고 다들 열을 올리고 있습니다. 과장님 쪽에서는 혹시 들으신 거 없습니까?"

"전혀. 그 여자 신상은?"

"조사했습니다. 구제여학교에 다니다가 4학년 때 그만뒀더군요. 전쟁 때 학교가 불타서 그런 것 같습니다. 이후 도쿄대학병원에서 간호사가 되었고, 잠시 지바대학 병원에 있다가 지금의 쇼지 병원으로 옮겨왔습니다."

"결혼한 적은 없고?"

"네, 없다고 합니다. 뭐, 요즘 여자들이 그렇잖아요. 줄곧 쉬지 않고 간호사 일을 해 왔고 기숙사나 병원 말고는 다른 데서 생활한 흔적도 없는 것 같습니다."

"아이를 낳았다는 말도 있던데, 그건 헛소문이지?"

"예. 부검 결과, 출산 경험은 없는 것으로 나왔습니다."

"없어진 물건은?"

"도난당한 건 없었습니다."

"전 직장도 조사해 봤나?"

"네, 그런데 모두가 입을 모아 '정말 좋은 사람이었다'고 하더군요."

"남자가 찾아오거나 전화가 걸려온 건 언제부터야?"

"사건 발생 두세 달 전부터입니다."

"흠……." 이시게는 문득 생각난 듯 말했다. "아, 그리고 말이야. 하마무라가 죽기 직전에 했던 '너는……' 하고 끊긴 그 말, 뭔가 의미가 있어 보이지 않나?"

"네, 바로 그겁니다. 그래서 저희도 혹시 환자가 잘못 들은 건 아닌지, 현장에서 하마무라와 목소리가 비슷한 간호사를 데려다 실험도 해봤거든요……."

"어이, 잠깐. 하마무라 목소리랑 비슷한 사람이 있다는 건 좀 재미없는 얘긴데."

"하하하, 그 말씀 하실 줄 알았습니다. 그런데 그 간호사는 그날 밤 지바현 다테야마에 있는 친정집에 있었다고 하더군요. 실험 결과, 환자가 들었다는 말은 틀림없는 것 같습니다."

"그 환자 말이야. 혹시 무슨 사건에 연루됐다거나 하마무라랑 뭔가 얽힌 사람은 아니겠지?"

"그 점은 걱정하지 않으셔도 됩니다."

이시게의 수사도 큰 진척은 없었다. 진척은커녕, 언젠가 야구장에서 차에 치일 뻔했던 사건과 비슷한 일이 두세 번 반복

되었다. 한번은 사람이 없는 공사장 비계에서 철재가 떨어진 적이 있었고, 어둠 속에서 공기총으로 저격당할 뻔한 일도 있었다. 도쿄에서 돌아오던 날, 집 근처에서 삼륜차에 치일 뻔한 적도 있었다. 한쪽은 콘크리트 담벼락이었고 반대쪽은 도랑이었다. 담벼락 쪽을 걷고 있었다면 한순간에 깔려 죽었겠지만 다행히도 그때는 도랑 쪽 가장자리를 걷고 있었다. 당시 이시게는 술이 조금 들어간 상태였다.

우연일 리가 없다. 그날은 비가 내리고 있었다. 운전자는 우비 모자로 얼굴을 가리고 있었고, 차체에는 어떤 표식도 없었다. 번호판조차 진흙으로 덮여있었다. 이시게는 도랑 속으로 굴러떨어졌지만 다친 곳은 없었다. 하지만 집에 돌아와 아내에게 잔소리를 들었다.

"그거 보세요. 술 좀 적당히 드셔야죠."

그 때문만은 아니었다. 설상가상으로 이시게는 심한 위통에 시달리고 있었다.

"매일 시간 맞춰 움직이고 식사도 규칙적으로 하다가 요새 갑자기 생활이 불규칙해져서 그런 거야." 이시게는 변명했지만 실은 과음 탓인 듯했다.

"궤양이 있을지도 모릅니다." 의사는 이렇게 말했다.

그래서 이시게는 이웃 도시 마쓰도에 있는 구치소 병원에 다니기 시작했다. 그 병원에는 그의 친구가 의사로 있었고 집에서는 버스로 십이삼 분쯤 걸리는 거리였다.

그 후, 쓰노다의 아내에게서 아무런 연락도 오지 않았다. 에쓰코는 사건 이후 교토에 있는 친정으로 돌아갔다. 이시게는 사건을 다시 '다키시마 동반 자살 사건'까지로 되돌려 생각해 보았다. 그것 말고는 딱히 다른 방법이 없어 보였다. 그리고 또 하나, 쓰노다가 말했던 '가가야 생존설'과 '가가야 유령설'도 생각해 보았다.

이렇게 놓고 보니 가가야의 생전 사진 한 장쯤은 있어야겠다는 생각이 들었다. 이시게는 가가야가 생전에 근무했다던 호쿠에쓰 정유 회사의 도쿄 사무소를 방문하기 위해 니혼바시로 향했다. 가가야는 이곳에서 한 달 남짓 근무했을 뿐이라 애초에 큰 기대는 하지 않았다.

예상대로 사무소에서는 사진 한 장도 구할 수 없었다. 하지만 뜻밖의 사실을 하나 알게 되었다. 이시게가 오기 한 달쯤 전, 가가야의 사진을 찾으러 온 사람이 있었다는 것이다.

"남자였습니까?" 이시게가 물었다.

"아니요, 여자분이었어요. 가가야 씨랑 같은 학교를 나온 고향 친구라고 했어요."

"흠……."

"졸업 명부도 만들고 학급 앨범도 만든다고 했어요."

반 친구였다는 여자가 그렇게 말했다고 한다. 그리고 가가야의 집안 사정도 잘 알고 있는 눈치였다.

"나이는 어느 정도로 보이던가요?"

"글쎄요. 스물여섯, 일곱쯤? 아니면 서른쯤 됐으려나……. 왼쪽 뺨에 크고 푸르스름한 멍이 있었어요……."

"멍이요……?" 이시게는 무심결에 되물었다.

이 시점에서 가가야의 사진을 찾으러 왔다는 사실부터가 수상했다. 게다가 그 '멍'이라는 것도 영 석연치 않았다. 일부러 사람들 기억에 남기려고 그런 멍 자국을 연출한 것이 틀림없다. 서툰 수법이지만 그래서인지 오히려 이시게는 더 소름이 끼쳤다.

"그 여자를 다음에 또 만나게 되면 알아보시겠습니까?"

"네, 그 멍이 참 안쓰러울 정도였거든요……."

"그 멍이 없으면요?"

"그래도 알아볼 수 있을 거예요. 눈이 크고 속눈썹도 길었어요. 그 멍만 없었더라면 아마 꽤 미인이었을 겁니다."

이시게는 혹시 몰라 여직원에게 에쓰코 사진을 한 장 보여주었다.

"네, 이 사람 같아요." 여직원은 사진을 잠깐 보고 말했다.

다음으로 이시게는 가가야가 호쿠에쓰 정유 회사에 들어가기 전까지 다녔다던 타자 학원을 찾아갔다. 여기는 상황이 더 나빴다. 그 시절의 반 친구들은 함께 졸업 후 전국 각지로 흩어졌고, 기념사진도 찍지 않았다고 했다. 이곳 역시, 그 '멍든 여자'가 먼저 다녀간 뒤였다.

이번에는 4호실 앞에서 유령을 봤다고 증언했던 여교사 이시이를 만나기 위해, 이시게는 그녀가 근무하는 중학교를 찾아갔다. 안내받은 곳은 '보건실'이라는 팻말이 걸린 밝은 방이었다. 커튼으로 나뉜 공간에는 침대 두 개가 나란히 놓여있었고, 약품과 주사기가 들어있는 유리 수납장이 있었다. 이시이는 보건 교사였다. 이시게는 신문에 실렸던 가가야의 사진을 확대해서 가져왔다.

"유령이 이 사람이었습니까?" 가볍게 몇 마디를 나눈 뒤 이시게는 사진을 보여주며 말했다.

"아니요. 눈이 훨씬 더 컸어요······."

"이 사람이었습니까?" 이시게는 이번에 에쓰코의 사진을 내밀며 말했다.

"네, 이분이라면······." 이시이가 사진 속 얼굴의 하관 쪽을 손으로 가리며 말했다. "닮은 것 같아요."

이시게는 고맙다는 인사를 건넨 뒤 학교 언덕길을 내려왔다. 또 에쓰코였다.

'트릭이 분명해.' 이시게는 그렇게 생각했다.

설마 에쓰코 본인이라면 이렇게까지 노골적으로 자기 얼굴을 드러내고 다닐 리 없다. 하지만 우연이라 해도, 에쓰코는 하마무라가 살해된 그날 밤 병원에 와 있었다. 쓰노다에게 온 긴급 전보를 가져다주러 왔다고는 했지만······. 쓰노다가 습격당한 날 밤에도 에쓰코는 병원에 있었다. 그때는 아무 이유도 없었다.

두 사람 사이에 자식은 없지만 누가 봐도 금슬 좋은 부부였다. 그런 아내가 왜 남편에게 독을 먹이고 공격하고, 심지어 불까지 지르겠는가. 에쓰코를 결혼 당시부터 알고 지낸 이시게로서는 도저히 상상하기 힘든 일이었다. 하지만 경찰도 이 점을 주목하며 에쓰코의 그간 행적을 면밀히 조사하고 있었다.

에쓰코의 아버지와 오빠는 모두 의사이며 교토에서 개인 병원을 운영하고 있었다. 사람들은 유령이 에쓰코였다고 말했고, 사진을 찾으러 간 '멍든 여자' 역시 에쓰코 같았다고 증언했다. 하지만 에쓰코의 자매나 친척 가운데 그녀와 닮은 여자는 아무도 없었다. 이시게는 에쓰코가 교토 집에 있는지 확인해 보았다. 도쿄의 정유 회사와 타자 학원에 멍든 여자가 나타났을 무렵, 에쓰코는 아리마 온천으로 여행을 떠나 있었다.

이시게는 가가야 아야코의 본가에 직접 가서 확인해 보는 수밖에 없다고 생각했다. 다키시마의 본가는 그다음 문제다. 가가야 아야코 생존설만 무너뜨릴 수 있다면 뭔가 실마리를 잡을 수 있을지도 모른다. 아니면, 제대로 된 사진이라도 손에 넣을 수 있을지도 모른다. 만약 살아있다는 단서가 포착된다면 전국에 지명 수배를 내릴 수도 있다.

그래서 지금 이시게는 이 기차에 몸을 실은 것이다. 이시게는 기차를 탈 때도 신중을 기했다. 여러 차례 습격을 당한 그는 누군가에게 끊임없이 감시당하고 있다는 사실을 잘 알고 있었다. 하지만 이시게도 현장에서 잔뼈가 굵은 형사였다. 미행이 붙었는지 알아차리는 건 물론이고 미행을 따돌리는 것쯤은 식은 죽 먹기였다. 그는 여행 가방조차 들지 않았다.

그는 오늘 아침 일찍, 산책이라도 나가는 차림으로 모자도 쓰지 않은 채 집을 나섰다. 기차표는 이삼일 전에 친구에게 부탁해 미리 구해 두었다. 점심 무렵, 우에노역 플랫폼에 모습을 드러낸 이시게는 베레모를 비스듬하게 눌러 쓴 모습이었다. 아침에 걸쳤던 검은 코트는 어느새 붉은빛이 감도는 화려한 갈색 코트로 바뀌어 있었다. 가는 테 안경에 새하얀 머플러, 손에는 돌돌 말아쥔 주간지. 딱 봐도 경륜이나 경마 신문 기자처럼 보였다. 그는 옆구리에 백화점 선물 꾸러미를 끼고 있었는데, 주말을 이용해 근처 고향 집에 다녀오려는 사람처럼 보이기도 했다.

기차는 오전 열 시에 우에노를 출발해, 점심 무렵에는 이미 우쓰노미야 근처를 지났다. 이시게는 도시락을 사 먹고 주간지와 기차 안에서 산 스포츠 신문을 훑어보았다.

스카가와 역에 도착한 것은 오후 두 시를 조금 넘긴 시각이었다. 마을에는 잿빛 구름이 낮게 깔려있었고 금방이라도 눈이 내릴 듯한 날씨였다. 역 앞에서 물어보니, 버스는 십 분쯤 뒤에 도착할 거라고 했다. 정류장 표지판 앞에 서서 시간표를 들여다보는 사이 사람들이 하나둘 모여들기 시작했다.

버스는 십 분 정도 늦게 도착했다. 승차감이 나쁜 구식 버스 좌석에 앉아 사십 분가량 흔들리다 보니 어느새 목적지에 도착했다. 그곳은 척박한 외딴 마을이었다. 버스에서 내린 사람은 이시게 혼자였다. 주변에 가가야 집을 물으니, 이 근방에는 가가야 성을 쓰는 집이 여러 채 있다고 했다. 가가야 아야코의 아버지 이름을 대자, 바로 근처에 있는 집을 알려주었다.

옛날에는 상당한 지주 집안이었던 모양인데, 농지 개혁으로 대부분의 논밭을 빼앗기고 최근 두 차례 폭우로 피해도 막심했다고 한다. 기울어진 커다란 초가집은 굵은 지지대 네댓 개가 벽을 간신히 떠받치고 있었다. 이시게는 우에노 백화점에서 사 온 조림 반찬 세트와 아이 선물을 꺼내며, 자신을 생명 보험 회사 직원이라고 소개했다.

"함께 돌아가신 다키시마 씨의 보험금을 지급해야 해서 말입니다······."

시골 사람들에게 도쿄 백화점 포장지는 매력적인 물건이었다. 게다가 경찰처럼 보이지 않는 이시게의 부드러운 태도는 사람들에게 안도감을 주었다. 이시게는 생명 보험 회사 이름이 큼직하게 인쇄된 서류 봉투에서 서류 한 장을 꺼내 무릎 위에 펼쳤다.

"다키시마 씨가 보험을 많이 들어 두셨거든요······. 그런데 이게 동반 자살 사건이다 보니, 보험금 지급 절차가 꽤 까다롭습니다. 자살일 경우 보험금을 지급하지 않는 규정도 있고······. 혹시 보험 지급에 도움이 될 만한 자료가 있을까 해서요. ······ 아버님께서는 아야코 씨가 돌아가셨을 때, 도쿄에 다녀오셨지요?" 이시게는 이제 보험 회사 직원 연기에 익숙해져 있었다.

"네……, 하지만 그땐 모든 일을 농림성 임원분이 다 처리해 주셔서요." 아야코의 아버지인 규에몬 씨가 대답했다.

"그랬다고 하더라고요. 혹시 다키시마 씨가 아야코 씨에게 보낸 편지 같은 건 남아있지 않을까요?"

"제가 갔을 땐 아무것도 없었습니다."

그럴 만도 하다는 생각이 들었다. 다키시마의 집을 샅샅이 뒤진 자라면 아야코의 집을 그냥 놔두었을 리 없다.

"일기나 메모 같은 건……?" 이시게는 옆에 나란히 앉아있던 여자에게 물었다.

여자는 아야코의 올케였는데, 그녀의 남편인 아야코의 친오빠는 이번 전쟁 때 사망했다고 했다.

"아무것도 없어요. 우리도 이상하다고 생각했을 정도예요." 올케는 조심스럽게 대답했다.

"역시 어렵네요……." 이시게는 아쉬운 기색을 보이며 말했다. "혹시 다키시마 씨에게 도움이 될 만한 자료가 있을까 싶어서 내심 기대하고 왔습니다만……, 혹시 두 분이 함께 찍은 사진 같은 건 없을까요?"

"그것도 없어요……. 분명 지난 설에 갔을 때는 앨범을 보여줬거든요. 그런데 이번에 정리한 유품 속엔 그 앨범이 없었어요. 그것도 참 이상하죠." 올케는 미간을 찌푸리며 말했다.

생각보다 훨씬 치밀한 놈이라고 이시게는 생각했다. 이런 상황을 내다보고 미리 사진까지 치워버린 것이다.

"그럼 옛날 사진은요……? 집에서 찍은 사진이나 학창 시절 사진 같은 건 없습니까?" 이시게가 다시 물었다.

"있었는데……, 없어졌어요."

"언제쯤이었습니까? 아야코 씨가 돌아가신 뒤였나요?"

"네, 여름이었나……. 아, 맞다. 오봉 한국의 추석과 유사한 일본의 명절로, 양력 8월 15일에 해당한다 때 제단에 두려고 찾았었는데, 있어야 할 사진이 없어졌더라고요."

이건 이시게도 이해가 되지 않는 일이었다. 이 집엔 가족밖에 없는데 아야코의 사진이 없어졌다니. 이시게는 더 캐물었다. 신문이나 잡지 어디에도 아야코의 얼굴이 제대로 나온 사진은 한 장도 없었다. 그 이유를 이시게는 알고 싶었다.

"신문사에서도 분명 사진을 구하러 왔을 텐데……."

"그게, 사실 사정이 있었어요. 매일 같이 신문사 사람들이 들이닥치고, 자꾸 동네 사람들 입방아에 오르내리고……. 게다가 마침 물난리까지 나서 집안 물건들은 죄다 다락 위로 올려둔 상태였거든요. 뭘 찾는 것도 번거로웠어요. 그 일 때문에 집안 식구들이 다 생병이 났고요……."

이런 조그만 농촌에서는 그럴 수도 있겠다는 생각이 들었다. 사진은 이제 단념할 수밖에 없었다. 이시게는 화제를 돌렸다. 쇼지 병원의 하마무라 수간호사도 이 근처 출신이라 혹시 무슨 연관이라도 있을까 싶어 질문을 건넸다.

"혹시 하마무라 미네코라는 사람을 아십니까? 후쿠오다 출신인데요."

"글쎄요……"라며 두 사람이 서로 얼굴을 마주 보며 말하더니, "모르겠네요……" 하고 올케가 대답했다.

"무슨 일을 하시는 분인가요?" 규에몬 씨가 물었다.

"간호사입니다."

"그럼, 혹시 도미코 씨 친구시려나?" 하고 올케가 말했다.

"도미코 씨요?" 이시게가 되물었다.

"아야코의 언니 말이에요."

"예? 아야코 씨한테 언니가 있다고요?"

이시게는 깜짝 놀랐다. 이곳에 오기 전 이치카와 경찰서에서 이 집안의 호적 등본을 확인했지만 그런 여자는 생존해 있지 않았다. 호적에 올라 있는 사람이 한 명 있긴 했지만, 여섯 살인가 일곱 살 무렵에 사망했다고 기록되어 있었다.

"아야코 언니이긴 한데 호적에는 없습니다. 태어나자마자 제 할머니의 남동생 댁에 양녀로 보냈거든요."

시골에서는 종종 있는 일이었다. 호적에 양자라고 올리는 것을 꺼려 해서 그냥 친자식으로 올려 버리는 경우가 많았다. 그렇다면 호적에 도미코라는 사람이 없는 것도 당연한 일이다. 성씨도 달라져서 이름도 고사쿠 도미코로 바뀌어 있었다.

"그 도미코 씨는 지금 어떻게 지내고 계신가요?"

"그게……. 통 연락도 없고, 어떻게 지내는지 모르겠네요."

규에몬 씨가 걱정스럽게 말했다.

"무슨 일을 하시는데요?"

"간호사예요." 올케가 말했다.

"예? 간호사라고요?" 이시게는 엉겁결에 목소리를 높였다.

"지금은 어디에 계신가요?"

"도쿄로 갔었는데, 느닷없이 7월에 돌아왔다가 다시 도쿄로 가더니, 그 뒤로는 소식이 없어요."

"주소는요?"

"네리마 어디라고 했는데……."

이시게는 혹시 몰라 그 주소를 물어 적어 두었다.

고사쿠 도미코는 신제고등학교를 졸업한 뒤, 이곳 스카가와의 적십자 병원에서 간호사로 일했다. 나이는 스물여섯. 그런데 이번 4월, 아야코 사건이 신문에 보도되고 '팔천만 엔을 횡령한 다키시마의 애인'이라며 주간지와 여성지에서도 화제가 되자, 병원에서도 스카가와에서도 지내기 힘들었는지 결국 도쿄로 떠나버린 것이다.

문득 이시게는 생각했다.

'혹시, 아야코로 착각한 그 익사체가 사실은 도미코였던 건 아닐까?'

하지만 도미코가 7월에 돌아왔었다는 말을 고려한다면 도미코의 익사체가 사건 이후 적어도 두세 달 동안 물에 잠겨 있었다는 사실은 앞뒤가 맞지 않았다.

'그렇다면 그 유령이 도미코였던 걸까?'

그 가능성은 충분히 있어 보였다.

"도미코 씨 사진은 없을까요? 이시게가 물었다.

"그것도 집에 있었는데……, 없어졌어요."

이시게는 그 '멍든 여자'에 대해서도 물어보았으나 모른다는 답변만 돌아왔다. 이시게는 도미코가 변장했을지도 모른다고 생각했다. 아야코에게 언니가 있었고 그 언니가 간호사였다면……. 이제야 감이 잡히기 시작했다. 그 멍든 여자는 이 집안 사정에도 밝았다고 했다. 그게 도미코라면 앞뒤가 맞다.

"다키시마 씨의 상사였던 호리키리라는 분이 여러모로 도움을 주셨다지요?" 이시게가 규에몬 씨에게 물었다.

"네, 참 좋은 분이셨어요. 아야코 일도 전부 해결해 주시고, 위로금이라면서 큰돈도 보내주셨어요. 저희가 수해를 크게 입었거든요……."

"아이고, 그러셨군요. 정말 훌륭한 분이시네요. 아야코 씨도 보험이 있었지요?"

"네, 백만 엔 정도요……."

꽤 큰 금액이었다.

"사모님도 따로 위로금을 보내주셨어요." 올케가 덧붙였다.

이건 이시게도 고개가 갸웃해지는 이야기였다. 호리키리의 아내와 아야코는 그다지 가까운 사이였다고는 보기 어려웠다. 지금까지 조사한 바로도 그 두 사람 사이에 별다른 접점은 없었다. 이시게는 문득, 그 아내 쪽도 조사해 볼 필요가 있겠다는 생각이 들었다.

"아버님께서는 호리키리 씨 부인을 직접 만나보신 적 있으십니까?"

"아뇨……."

"그게……, 나중에 들은 얘긴데요, 그 사모님도 도미코 씨처럼 간호사였다고 하더라고요." 올케가 말했다.

"오호……." 이시게는 중얼거렸다. 처음 듣는 이야기였다.

"누구한테 들으셨어요?"

"글쎄요……, 도미코 씨한테 들었나……."

만약 도미코에게서 들은 이야기라면, 고사쿠 도미코는 어떻게 호리키리 부인에 대해 알고 있었던 걸까? 혹시 두 사람이 같은 병원에서 근무한 적이 있었던 건 아닐까?

"호리키리 씨 부인도 스카가와 출신인가요?"

"글쎄요……, 거기까진 잘 모르겠네요."

하지만, 이시게는 문득 이상한 점을 깨달았다. 이 사건은 처음부터 이상할 정도로 '간호사'들이 계속 얽혀 있다.

▶ 쇼지 병원에 나타난 유령은 간호사 복장이었다.

▶ 살해당한 하마무라도 간호사였다.

▶ 유령의 얼굴을 보았다는 교사 이시이는 간호사 자격증을 가진 보건 교사다.

▶ 아야코의 언니 고사쿠 도미코도 간호사다.
▶ 방금 들은 바로는, 호리키리의 아내도 간호사 출신이다.

그리고,

▶ 쓰노다의 아내 에쓰코의 친정은 병원을 운영하고 있고, 그녀도 병원 일을 도운 적이 있다.

이 모든 것이 단순한 우연일까? 아니면, 이들은 모두 보이지 않는 하나의 실로 이어진 관계일까? 그렇다면, 그 실의 끝을 쥐고 있는 사람은 누구란 말인가? 이시게의 머릿속엔 수많은 의문이 소용돌이치기 시작했다.

들을 수 있는 이야기는 다 들었다고 생각한 이시게는 고맙다는 인사를 건네고 자리에서 일어섰다.

"아, 맞다. 얼마 전에도 아야코의 사진을 찾으러 온 사람이 있었습니다." 규에몬 씨가 뒤늦게 생각난 듯 말했다.

"어떤 여자였습니까?"

그렇다면 '멍든 여자', 즉 도미코가 아닌 또 다른 누군가가 아야코의 사진을 찾고 다닌다는 얘기다.

"아니요. 여자가 아니라 경찰……, 형사였습니다."

"형사요? 이곳 스카가와 경찰입니까?"

"아뇨, 이치카와에서 왔다고 했어요. 이름이 이시게라고 했습니다."

"예? 뭐라고요?" 이시게는 어이가 없어 말문이 막혔다.

"명함을 두고 갔어요."

이시게가 의아한 표정을 짓자 규에몬 씨는 책상 서랍을 뒤져 명함 한 장을 꺼내왔다. 그 명함에는 분명히 이렇게 적혀 있었다.

지바현 경감 | 이시게 테쓰로

이럴 수가! 그건 이시게의 명함이 분명했다.

'당했다!'

이시게는 멍한 기분으로 가가야의 집을 나섰다. 누군가에게 조롱당한 기분이었다. 범인은 이시게가 언젠가 이곳에 올 것을 내다보고, 먼저 찾아와 이런 장난을 한 것이다. 이번에도 이시게는 한발 늦었다.

그 집을 나서자 겨울 해는 이미 저물고 있었다. 버스는 마침 바로 왔다. 스카가와 마을에도 아름다운 불빛이 하나둘 켜지기 시작했다. 이시게는 택시를 불러 국립병원 언덕길을 올랐다.

제15장

이시게, 더 북쪽으로

 병원에는 당직자만 남아있었다. 이시게는 연차가 오래된 간호사를 만나 고사쿠 도미코에 관해 물었다. 그 간호사는 기숙사에 간호부장님이 계시다며 그쪽으로 안내해 주었다.
 마흔일곱이나 여덟쯤 되어 보이는 간호부장이 이시게를 만나 주었다. 이시게는 신분을 밝히고 도미코에 관한 이야기를 꺼냈다. 하지만 이곳에도 도미코의 사진은 남아있지 않았다. 그녀는 봄에 병원을 그만두고 도쿄로 갔다가 7월에 다시 돌아와 사람들에게서 자기 사진을 받아 갔다고 한다. 이유는 역시 자극적인 폭로 기사를 싣는 주간지나 석간신문에 사진이 실리는 것을 꺼렸기 때문이라고 했다. 들어보니, 아야코의 사진을 구하지 못한 석간신문에서 도미코의 사진을 대신 실은 적도 있었던 모양이었다.

"두 사람이 그렇게 닮았나요?" 이시게가 물었다.

"글쎄요……, 저는 가가야 아야코란 분을 뵌 적이 없어서요."

"그, 고사쿠 도미코씨 사진이 실렸다는 석간은 어느 신문입니까?"

하지만 간호부장은 그마저도 모른다고 했다. 어쩌면 그것도 도미코가 사진을 찾아다니기 위해 만든 구실 중 하나였을지도 모른다. 이시게는 문득, 아까 가가야 집에서 두 사람 얼굴이 얼마나 닮았는지 물어보지 않은 게 못내 아쉬웠다. 자매라면, 착각할 정도로 닮았을 수도 있지만 또 전혀 닮지 않았을 수도 있는 법이다. 이시게는 도미코가 이런저런 이유를 대며 자기 사진과 여동생 사진을 모으고 다닌다는 것이 이번 사건과 상당한 관련이 있다고 판단했다.

이시게는 죽은 하마무라 수간호사에 관해서도 물어보았지만 간호부장은 그녀를 모른다고 했다. 마지막으로, 가가야 집에 찾아갔다는 '이시게 경감'이라는 인물에 관해서도 물었지만, 이 병원까지는 오지 않은 듯했다.

그렇다면 이시게를 사칭한 남자는 고사쿠 도미코의 존재를 모르고 있었다고 해석할 수 있다. 만약 가가야 집에서 고사쿠 도미코 이야기를 들었다면 반드시 이곳에 찾아왔을 것이다. 그 말인즉슨, 그 '이시게 경감'의 목적은 도미코가 아니라 아야코였던 셈이다.

도미코는 간호사로서도 유능했던 모양이었다. 음악과 연극을 좋아해, 직접 무대에 서기도 했다고 한다. 병원에는 그녀의 지문이 보관되어 있었다. 국립병원인 덕이었다. 그것은 이시게에게 큰 수확이었다.

이시게는 역으로 발걸음을 돌렸다. 날은 이미 저물어 있었다. 그는 도미코의 양부모 집에도 들러볼까 생각했지만 별다른 소득은 없을 거라 판단했다. 본가나 병원, 친구들에게도 사진이 없다면 거기까지 가봤자 한 장도 얻지 못할 터였다. 이시게는 역에서 지급 전보를 보내고 기차에 올랐다. 다음 역인 아사카 나가모리역에서 내려 JR 스이군선으로 갈아탄 뒤, 후쿠로다로 향했다.

후쿠로다는 온천이 있는 지역이었다. 이시게가 향하는 곳은 역에서 제법 거리가 있어 택시를 불렀다. 그는 후쿠로다관이라는 여관에 방을 잡았다. 하마무라의 집은 여기서 이 킬로미터쯤 더 들어간 곳에 있었다.

그는 느긋하게 목욕을 하고, 술 한 병을 시켜 천천히 홀짝였다. 산속에 자리한 조용한 온천장이었다. 원래 목욕을 좋아하는 이시게는 몇 번이고 탕에 몸을 담갔다. 집을 나설 때부터 조심하고 있었기에 여기까지는 미행이 붙지 않았다.

"미행이 붙었다면 방심할 수 없지. 쓰노다 꼴 날 순 없어!"

미지근한 물에 몸을 담근 채, 이시게는 여태까지 있었던 일들을 하나씩 되짚어 보기 시작했다. 사건은 온통 의문투성이였고, 여전히 알 수 없는 것들뿐이었다. 다만 한 가지 어렴풋이

드는 생각은, '그 유령은 고사쿠 도미코가 아닐까?'라는 것이었다.

다음 날 아침 일찍 이시게는 여관을 나섰다.

하마무라 수간호사의 집도 농가였다. 하지만 가가야네와는 달리 근근이 입에 풀칠하는 가난한 살림이었다. 집 처마 밑에는 곶감이 주렁주렁 매달려 있었다. 마당에는 이파리 하나 없이 앙상한 큰 감나무가 네다섯 그루 서 있었고, 본채 옆 헛간 구석에는 소 한 마리가 멍하니 고개를 내밀고 있었다. 마당 한편에는 두레박이 매달린 옛 우물이 있었다.

이 집에도 하마무라 수간호사가 남긴 칠십만 엔이 굴러들어 왔다.

'팔천만 엔에는 한참 못 미치지만, 죽은 인간들 하나같이 죄다 부자가 되었단 말이지!' 이시게는 자신의 박봉과 비교하며 쓴웃음을 지었다.

이곳에서도 별다른 소득은 없었다. 가가야 아야코도, 고사쿠 도미코도 전혀 관계가 없었다. 물론 호리키리의 아내에 대해서는 꿈에도 모를 사람들이었다. 하마무라가 살해당했을 때는 고리야마에 사는 오빠가 병원에 가 있었기 때문에 다른 식구들은 아무것도 몰랐다. 형제가 워낙 많다 보니 이 집에서는 하마무라의 죽음보다 칠십만 엔이라는 돈이 더 중요한 문제였던 모양이었다.

이시게도 사실 큰 기대를 품고 후쿠로다에 온 건 아니었다.

하마무라의 본가가 근처에 있어서 들려봤을 뿐이고, 그는 그저 어제 도쿄로 보낸 전보의 답장을 기다리는 중이었다. 온천이 있다고는 해도 딱히 볼 것도 없었다. 폭포가 하나 있긴 하지만 자랑할 정도는 아니었다. 여관도 도카이도선이 지나는 이즈반도_{시즈오카현 동부, 해안 경관과 온천으로 유명한 관광지} 근방과 비교하면 시골 여인숙 수준에 불과했다. 온천 역시 광천수보다 조금 나은 정도라 온천이란 이름이 무색할 지경이었다. 이시게는 여관에서 사흘을 머물렀다. 그리고 사흘째 밤, 마침내 기다리던 긴 속달이 도착했다.

"그래! 홋카이도로 가자!"

이시게는 여관에서 아오모리행 급행열차 승차권을 예매하고 고리야마로 가서 열차에 올랐다. 운 좋게도 삼등실 침대칸 하나를 얻을 수 있었다. 그는 침대에 누워 조금 전에 도착한 두툼한 속달 봉투에서 내용물을 꺼냈다. 그 안에는 표가 하나 그려져 있었고, 이런 내용이 써 있었다.

○ 호리키리의 아내 도리우미 야스코(29)는 전처가 사망하기 전까지 첩이었음. 도쿄대학 병원 간호사 양성 과정을 거쳐, 한때 지바현에서도 근무한 적이 있음. 출생지는 홋카이도 아쓰타군 아쓰타촌 모라이. 그곳에 현재 부모가 생존해 있음.

○ 호리키리 집의 가정부 가쓰마타 기요코(22)는 4월 하순, 행실이 좋지 않다는 이유로 해고됨. 기요코의 본가는 홋카이도 아쓰타군 아쓰타촌 73번지. 부모는 생존해 있으며 이웃 주민들의 말에 따르

면 평소 행실에 문제는 없었다고 함. 현재 거주지는 확인되지 않음.
○ 호리키리 집의 또 다른 가정부 하라다 야스코(21)는 5월 중순, 지바현 인바군 야치마타초 다키다이에서 옴.
○ 하숙생 마쓰모토 가네오(22)는 법대생으로, 작년 4월부터 살고 있음. 고향은 시코쿠 이마바리시 혼다초 3-786.
○ 고사쿠 도미코의 주소는 네리마구 히가시 네리마 8-2, 578번지의 '아마노'라는 사람의 집으로, 4월부터 한 달 남짓 거주했으나 이후 행방불명. 도쿄와 지바 간호사 협회에도 등록된 기록 없음.
○ 다키시마에게는 누나나 여동생이 없으며, 친척 중에도 비슷한 인물은 없음.
○ 하마무라와 고사쿠 사이에는 현재까지 확인된 관련성이 없음.
○ 도리우미 야스코와 고사쿠의 관계 역시 불분명함.
○ 하마무라와 도리우미 야스코의 관계는 현재 관계자들에게 확인 중이나 특별한 연관은 없는 것으로 보임.
○ 가쓰마타 기요코와 고사쿠 도미코, 하마무라의 관계도 조사 중이나, 현재까지는 아무런 연결고리가 없음.

대체로 이시게가 조사해 정리했던, 그 동반 자살 사건 이후 등장한 여자들의 현황표였다. 베개 밑에서 덜컹거리는 기차 바퀴 소리를 들으며, 이시게는 위스키 병뚜껑을 열었다. 마른오징어를 씹으며 그 표를 읽고 또 읽었다. 겉보기엔 서로 아무런 관련도 연결고리도 없어 보이는 여자들이지만, 어딘가 보이지 않는 실로 이어져 있는 것만 같은 기분을 지울 수 없었다.

- ▶ 가가야 아야코는 다키시마와 함께 자살했다.
- ▶ 고사쿠 도미코는 가가야 아야코의 친언니다.
- ▶ 도리우미 야스코는 다키시마의 직속 상사 호리키리 슈헤이의 첩이었다.
- ▶ 가쓰마타 기요코는 도리우미 집에서 일하는 가정부였으며, 현재 행방불명 상태다.
- ▶ 하마무라 미네코는 다키시마가 입원했던 병원의 수간호사였다.

그리고 호리키리의 아내 도리우미와 해고된 가정부 가쓰마타는 같은 홋카이도 출신으로, 두 집은 고작 십 킬로미터 정도밖에 떨어져 있지 않았다. 또한 고사쿠·가가야 자매와 하마무라의 본가 역시 기차로 삼사십 분 거리였다.

한밤중, 기차가 센다이를 지나자 눈이 내리기 시작했다. 다음 날 오전, 아오모리역에 도착한 이시게는 세이칸 연락선혼슈북단에 위치한 아오모리역과 홋카이도 남부에 위치한 하코다테역을 잇는 철도 연락선으로 갈아탔다. 쓰가루 해협을 건너는 데 걸리는 시간은 네 시간 반. 바다는 비교적 잔잔했고 배는 예정된 시간에 도착했다. 긴 선착장에서 바로 기차 승강장으로 이동한 이시게는 급행 마리모호號에 몸을 실었다. 홋카이도 여행은 이시게에게 십수 년 만이었다. 눈에 들어오는 모든 것이 새롭고도 낯설었다.

삿포로에 도착한 것은 밤 아홉 시가 조금 넘은 시각이었다. 눈이 많이 쌓이지는 않았지만 그 위를 지나는 썰매 방울 소리가 반가웠다. 이시게는 역 앞의 여관에 방을 잡고, 한밤중 시계탑 소리를 오랜만에 들었다. 뽀드득, 뽀드득, 뽀드득. 눈길을 걷는 사람들의 발소리가 몹시 추워 보였다. 날이 밝으면 크리스마스이브가 된다. 홋카이도는 역시 추웠다. 이시게는 모직 셔츠와 양말, 장갑, 목도리 같은 방한 용품을 몇 가지 더 구매했다.

점심 무렵, 기차는 삿포로역을 출발했다. 삿쇼선이라 불리는 지방 노선이었는데, 덜컹덜컹 달리던 기차는 정오가 다 되어 이시카리 후토미역에 도착했다. 이때쯤부터 눈보라가 몰아치기 시작했다. 원래라면 환승 버스가 도착했어야 할 시간이었지만, 내려보니 눈보라 때문에 버스는 한두 시간 늦는다고 했다.

작은 역 대합실 안에서 난로를 빙 둘러싼 사람들이 불을 쬐고 있었다. 기차에서 내린 사람은 스물대여섯 명쯤 되었을까. 바깥문은 단단히 닫혀 있었지만 눈보라는 가차 없이 문틈으로 들이쳤다. 난로는 시뻘겋게 타오르고 있었지만 손끝과 얼굴만 뜨거울 뿐, 등줄기는 얼음을 댄 것처럼 시려왔다. 사람들은 이따금 몸을 돌려 등을 쬐었다가 다시 난로에 손을 내밀었다. 작은 원통형 난로라서 예닐곱 명만 손을 뻗어도 금세 자리가 꽉 찼다. 가끔씩 큰 문이 열릴 때마다 살을 에는 눈보라가 들이쳤고, 그와 함께 온몸이 새하얗게 뒤덮인 사람들이 눈사람이 되어 뛰어들어 왔다.

"와아, 눈보라가 엄청나!"

눈과 콧등까지 눈으로 뒤덮인 남자는 두 팔로 몸에 쌓인 눈을 툭툭 털고 발을 쿵쿵 굴러 눈을 털어냈다. 발을 구르는 건 지금 막 들어온 사람만이 아니었다. 시뻘겋게 달아오른 난로 앞에 있는 이들도 무릎 아래는 얼음처럼 시려서, 당장 발이라도 구르지 않으면 발끝에서 정수리까지 한기가 뼛속을 타고 올라갔다. 조금만 방심하면 손끝과 발끝부터 심한 동상에 걸리고 만다. 그래서 사람들은 끊임없이 발을 구르고, 손을 비비고, 얼어붙은 얼굴을 벅벅 문질렀다.

이시게도 발을 구르며 얼굴을 문질렀다. 이방인이라 위축감이 느껴지던 이시게는 난로를 에워싼 사람들 틈에 손을 내밀지도 못한 채, 심한 사투리가 섞인 그들의 대화를 조용히 듣고 있었다.

사람들의 이야기에는 아무런 근심도 없어 보였다. 이들은 대부분 이 지역 주민들이었다. 사람들은 본격적으로 겨울이 왔다는 이야기며 치솟는 물가와 세금 이야기, 연어가 안 잡힌다는 이야기나 도루묵잡이, 무 농사 작황, 옆 동네 소문까지 큰 소리로 이야기를 나누고 있었다. 하지만 그 속에 어두운 이야기는 없었다. 만사태평한 사람들이었다.

남자 중에는 외투에 달린 모자를 뒤집어쓰고 그 위에 큰 수건을 둘러 얼굴을 감싼 사람도 있었고, 외투 위를 굵은 새끼줄로 단단히 동여맨 사람도 있었다. 여자들은 작업용 바지나 남자 바지를 입고, '가쿠마키'라고 불리는 도호쿠·홋카이도 지역 특유의 모포를 세모로 접어 머리부터 푹 뒤집어쓰고 있었다. 남녀 모두 발에는 고무장화를 신고 있었다.

그들 틈에는 도시풍의 단화를 신은 부부가 있었다. 네 살쯤 되어 보이는 여자아이와 함께, 젖먹이를 품에 안고 있었다.

"어디서 오셨어요?" 아이를 좋아하는 이시게는 털 스웨터에 싸인 포동포동한 아기를 달래다가 문득 말을 걸었다.

"도쿄에서 왔어요. 선생님은요?" 부인이 생기 넘치는 건강한 얼굴로 물었다.

"이치카와에서 왔어요."

"어머, 저흰 고이와예요." 고이와는 이치카와에서 강 하나만 건너면 있는 도쿄 쪽 지역이다.

"어디까지 가세요?" 이시게가 남편에게 물었다.

"아쓰타까지요."

"오, 아쓰타요?"

"혹시 아세요?"

"네, 저도 아쓰타까지 갑니다."

이곳에서 아쓰타 마을까지는 대략 삼십 킬로미터가 조금 안 된다고 했다. 이시게는 가쓰마타 기요코를 아느냐고 물었다. 하지만 부부는 도쿄에 있는 중학교 교사로, 오래전에 고향을 떠난 터라 기요코를 알지 못했다. 부부는 겨울 방학을 맞아 아버지 병문안을 겸해 고향집에 가는 길이라고 했다. 그사이 눈보라는 점점 더 거세졌다. 유리창에는 눈이 잔뜩 들러붙어 바깥 풍경은 보이지 않았다. 나뭇가지와 전깃줄은 휘이휘이 비명을 질렀다.

"어이, 여기 석탄 좀 넣어줘!" 누군가가 창구 쪽에서 역무원에게 고함쳤다.

한 시간 반쯤 지나자, 타이어에 체인을 감은 버스가 덜커덩거리며 간신히 도착했다.

"버스 왔소! 애 데리고 있는 엄마 먼저 타쇼!"

사람들은 이시게와 이야기를 나누던 교사 부부를 등 떠밀듯 먼저 버스에 태웠다. 시골 사람들의 따뜻한 마음씨에 이시게는 가슴속까지 따스해지는 것을 느꼈다. 도시 사람들과는 어쩌면 이렇게 다를 수 있을까. 모두들 이 추위 속에서 얼어붙을 만큼 오래 기다렸건만, 누구 하나 먼저 타겠다고 나서는 사람은 없었다.

작은 구식 버스는 사람들로 미어터졌지만 추위는 더 심해졌다. 차장은 대나무 빗자루로 지붕과 창문에 쌓인 눈을 털어냈다. 버스는 눈보라 속에서 몸을 비틀듯 천천히 움직이기 시작했다. 이시카리 마을에 도착하자 몇몇 승객이 내렸고, 버스는 한동안 평야를 달렸다. 이윽고 해안을 따라 구불구불한 골짜기를 숨 가쁘게 오르내렸다. 골짜기를 벗어나자 이번엔 깎아지른 해안 절벽 길이 나왔다.

눈보라는 쉬지 않고 왼편에서 거세게 몰아쳤다. 홋카이도의 눈보라가 얼마나 무서운지는 직접 겪어보지 않고는 알 수 없다. 한 치 앞도 보이지 않았다. 버스는 마치 앞이 보이지 않는 사람처럼 발끝으로 더듬듯 앞으로 나아갔다.

바람이 덩어리째 몰아칠 때면 버스는 마치 중풍 든 사람처럼 휘청휘청 흔들렸다. 이시게는 몇 번이고 간담이 서늘해졌다. 눈보라는 가끔씩 숨을 고르듯 잠잠해질 때가 있었는데, 그럴 때면 발아래로 하얀 거품을 물고 날뛰는 바다가 보였다. 오른쪽으로는 황량하고 비탈진 들판이 펼쳐졌고, 개 한 마리도 보이지 않았다.

새까만 눈송이가 미친 듯이 하늘을 날아다녔다. 사람들은 몸을 둥글게 웅크린 채 서로에게 기대어 끊임없이 발을 굴렀다. 창문 틈새로 연기처럼 눈이 새어 들어와 어깨며 등에 금세 수북이 쌓였다.

'듣던 것보다 훨씬 험한 길이군……' 이시게는 쓴웃음을 지으며 생각했다.

이시카리에서 이십 킬로미터 길을 다섯 시간 가까이 걸려가고 있었다. 승객들 얼굴은 하나같이 보랏빛으로 얼어있었다. 종종 눈 더미에 길이 막히면 차장과 운전기사가 내려서 눈을 치웠다. 눈이 일 미터 가까이 쌓인 곳도 있었다.

남자들도 내려서 "영차!" 하며 도왔다. 버스 안에 가만히 있는 것보다 그게 오히려 운동이 되니 몸이 데워졌다. 이시게도 두어 번 내려서 거들었다. 눈보라가 그대로 휘몰아치는 벌판은

땅이 꽁꽁 얼어붙어 있었고, 군데군데 지면이 훤히 드러나 있었다.

"지독한 눈보라구먼……."

이시게가 물어보니, 이런 눈보라는 좀처럼 없는 일이라고 했다. 당연히 버스도 운행을 멈춰야 할 날씨였지만 내일이 크리스마스라 무리하게 운행하는 중이라고 했다. 버스는 어둠이 완전히 내려앉은 뒤에야 마을로 들어섰다. 절벽 위에서 골짜기 아래 불빛이 보이기 시작하자 사람들은 '이제 살았구나' 하고 안도했다.

"누구누구 왔는가?"

"형님, 무사하셔요?"

몇몇 사람이 눈길을 헤치며 버스로 달려왔다. 정류장에는 마중 나온 사람들로 북적였다. 전화도 불통이라 생사를 알 수 없어, 조금만 더 늦었더라면 구조대를 보낼 뻔했다는 말이 나올 정도였다.

"이런 험한 날에 오시다니, 참 고생 많으셨네요." 헤어질 때 교사 부부는 웃으며 그렇게 말했다.

이시게는 물어물어 가쓰마타 기요코의 집을 찾아 눈길을 걸었다. 아직 초저녁인데도 집집마다 문을 단단히 걸어 잠갔고, 거리에는 불빛 하나 보이지 않았다. 눈이 수북이 쌓인 문을 삐걱 열자 난로 앞에 가쓰마타 기요코의 어머니로 보이는 여자가 앉아있었다. 그녀는 갑자기 들이닥친 도시풍의 손님을 의심스러운 눈빛으로 바라보았다. 이시게는 방문 이유를 밝히고 마루 끝에 앉았다. 기요코의 아버지는 삿포로에 볼일이 있어 집을 비운 상태였다. 봄이면 청어잡이 배에서 계약직 선장으로 일하는 어부라고 했다.

이시게는 기요코와 도리우미 야스코의 관계에 대해 들을 수 있었다. 기요코는 재작년 야스코가 고향에 내려왔을 때 그녀를 따라 도쿄로 갔다고 한다. 매달 꼬박꼬박 연락이 왔고 가끔 동생들에게 책을 부쳐주기도 했는데, 지난 4월 말부터는 웬일인지 소식이 끊겼다. 걱정이 되어 호리키리 씨 댁에 물어보았더니, '기요코가 남자와 함께 나가버렸으니, 혹시 집에 오거든 돌아오라고 전해달라'는 답변이 돌아왔다고 한다. 얼마 뒤에는 그녀의 짐까지 되돌아왔다고 했다. 그리고 7월 말에, 호리키리 씨 댁에서 그간의 노고에 대한 감사 표시로 십만 엔을 보내왔다.

여기서도 가가야와 하마무라에 관해 물어보았지만 모른다고 했다. 도리우미 야스코도 재작년에 처음 본 게 전부라 자세한 것은 알지 못한다고 했다.

"어릴 때부터 도쿄에서 지낸 것 같아요. 간호사가 되었고, 지금은 높은 분의 부인이 되셨다고 들었습니다."

십만 엔의 위로금(?) 덕분인지 그녀는 야스코를 나쁘게 말하지 않았다.

"좀 이상한 질문일지도 모르지만……, 기요코 씨는 치아가 튼튼한 편이었나요?" 이시게가 물었다.

"네, 그게 자랑이었죠. 충치 하나 없었어요."

이시게는 그것으로 충분하다고 생각했다.

"그러니까, 그 이후로는 아무런 소식도 없었단 말씀이시죠……?" 이시게가 물었다.

"그게……, 이달 초에 돌아왔어요."

"네? 뭐, 뭐라고요?"

이시게는 너무나 뜻밖의 이야기를 듣게 되었다. 이시게는 기요코가 누군가의 대역이 된 것이 아닐지, 특히 우라야스 앞바다에서 떠오른 시체, 즉 가가야 아야코의 대역이 된 것은 아닐지 의심했었다. 그런데 기요코 어머니의 말처럼 그녀가 이달 초, 그러니까 12월 2일에 나타났다면, 이시게의 추측은 첫 단추부터 잘못 꿰어진 셈이었다.

이시게는 고개를 갸웃거렸다.

"혼자 왔습니까?"

"아뇨, 남자랑 같이 왔어요."

"흠……."

이시게는 기요코 어머니의 얼굴을 쳐다보았다. 그날도 오늘처럼 눈보라가 거센 밤이었다고 했다. 우체국에서 전화가 왔다기에 찾아갔더니 이시카리의 여관에서 걸려온 기요코의 전화였다. 여기까지 왔는데 눈보라가 심해서 갈 수가 없다는 내용이었다.

"그런데 너, 호리키리 씨는 네가 행방불명이라고 하던데. 도대체 무슨 일이 있었던 거냐?" 어머니는 울먹이며 물었다.

기요코는 남자와 함께 여기까지 오긴 했지만 버스도 없고 눈보라도 하루이틀 사이에 그칠 것 같지 않은 데다가, 같이 온 남자도 회사 일 때문에 오래 머물 수는 없으니, 가족이 보고 싶지만 상황이 상황인지라 다음 날 바로 도쿄로 돌아가야겠다고 했다.

"그러더니 그다음 날에 '선물도 못 사 와서 미안하다'며 전신환 우체국을 통해 돈을 송금하는 우편환의 일종 으로 만 엔을 보냈더라고요."

"허……, 그게 정말 기요코 씨였을까요?" 이시게는 웃으며 물었다.

"그럼요. 아버지 얘기도 하고 동생들 걱정도 하면서 울기까지 했다니까요."

그렇다면 더 이상 따져볼 여지가 없었다. 이시게의 추리는 바닥부터 무너져 내렸다. 그는 혹시나 하는 마음에 기요코의 사진을 두 장 받아서 그 집을 나왔다. 가는 길에 우체국에 들러, 기요코가 살아있다는 내용이 담긴 장문의 전보를 이치카와로 보냈다.

숙소로 돌아온 이시게는 천천히 목욕을 했다. 야구 평론가 고니시 도쿠로 씨가 예전에 어떤 잡지에서 극찬한 적 있는 아쓰타 마을의 연어 꼬치구이를 주문하고 술도 한 병 곁들였다.

'이럴 줄 알았으면 오지 말걸.'

기요코가 살아있다면 문제는 또 다른 방향으로 발전한다.

하지만 이시게는 겨우 일 년 남짓 일한 가정부에게 십만 엔이나 되는 큰돈을 보낸다는 것이 영 마음에 걸렸다.

'그래도 자기가 직접 데려온 아이였고, 도리우미 야스코도 고향 사람들에게 성공한 모습을 보여주고 싶은 허영심이 작용했을지도 모르지.' 이시게는 그렇게 생각을 바꿔보았다.

철은 조금 이르지만 도루묵 초밥이 밥상에 올랐다.

'참 멀리서도 왔구나!'

파도 소리를 들으며 이시게는 잠자리에 들었다.

○

다음 날 아침은 거짓말처럼 바람 한 점 없이 맑은 겨울날이었다. 하늘은 뚫린 듯이 파랗다. 눈을 떠보니, 머리맡에 전보 한 통이 놓여있었다.

'그럴 리 없다. 죽은 자의 알리바이를 무너뜨려라.'

기요코는 살아있을 리 없다는 뜻이었다. 이시게는 다시 가쓰마타의 집으로 발걸음을 돌렸다.

"전화 목소리 말입니다. 정말 기요코 씨였습니까?"

"네, 기요코 목소리였어요."

"전화 상태는 어땠습니까?"

"눈보라 때문인지 지지직거리는 잡음이 심하긴 했지만 아버지랑 동생들 걱정도 하더라고요."

이시게는 가쓰마타의 집을 나와 우체국으로 가 전화 기록을 확인해 달라고 요청했다. 12월 2일, 이시카리 28번지에서 우체국으로 호출 전화가 걸려온 것이 확인되었다. 전화번호부를 찾아보니, 28번지는 가네만이라는 여관이었다. 만 엔짜리 전신환도 실제로 접수되었다.

이시게는 다시 이시카리 마을로 출발했다. 구름 한 점 없는 눈길은 하얗게 번져 눈이 아플 만큼 눈부셨다. 버스는 두 시간 반쯤 달려 이시카리 마을에 도착했다. 이곳은 이시카리강 하구에 자리한, 홋카이도에서도 가장 오래된 마을이었다. 이시게는 버스에서 내려 나룻배를 타고 강 건너 마을로 갔다.

사람들에게 '가네만'이 어디냐고 묻자 곧바로 알려주었다. 이시게는 가네만에 가서 직함이 인쇄된 명함을 내밀며 질문을 건넸다. 여관 직원은 한 여자가 스물일곱, 스물여덟쯤 되어 보이는 남자와 함께 12월 2일 밤에 하룻밤 묵었으며, 그 여자는 스무 살 정도로 보였다고 답했다.

"여기서 전화했다고 하던데요?"

"네. 눈보라가 심해서 버스가 하루이틀은 못 다닐지도 모르는 상황이었어요."

"통화는 두 사람 중에 여자가 한 건가요?"

"네, 그랬던 것 같아요."

"두 사람 옷차림은 어땠습니까?" 이시게가 물었다.

"꽤 세련되어 보였어요. 부잣집 사람들 같았죠. 휴대용 라디오도 가지고 있더라고요."

"남자는요? 말투가 도쿄 말이었습니까?"

"네, 도쿄 쪽 사람 같았어요. 체구가 작고 검은 안경을 썼고, 말투가 여자처럼 상냥했어요. 저런 사람이 요즘 도쿄에서 유행하는 '시스터 보이' 그런 거 아니냐며 나중에 손님들이 수군대기도 했죠. 네, 여자분은 이 지역 사투리를 쓰더라고요."

"전화는 객실에서 걸었습니까?"

"네."

"그럼, 누가 전화를 받았는지는 모르시겠군요."

"그렇긴 한데……, 여자분이 '아쓰타의 누구누구에게 연결해 주세요'라고 하는 걸 들었어요."

"눈보라가 심해서 전화에 잡음이 많이 섞였다던데, 사실입니까?"

"어머, 그랬던가요? 처음에 전화를 신청한 건 저였는데, 그렇게 심하진 않았어요. 물론 객실에선 라디오를 틀어놓고 계시긴 했지만요."

"두 사람은 하룻밤만 묵고 떠났습니까?"

"네. 오후 네 시 반쯤 버스로 도착하셨다가 다음 날 아침 첫차로 삿포로로 떠나셨어요."

"그 여자가 이 여자였습니까?" 이시게는 기요코의 사진을 보여주며 물었다.

"아뇨." 여관 종업원은 망설임 없이 고개를 저었다.

"이분보다 체격이 조금 더 크고, 얼굴도 둥근 편이었어요."

이 대답이면 충분하다고 이시게는 생각했다. 그는 두 사람의 얼굴형과 체격을 자세히 물은 뒤, 여관을 나왔다. 역시 누군가의 트릭이라는 확신이 들었다.

이시게는 우체국으로 가서 전신환 신청서를 보여달라고 요청했다. 하지만 여기서도 두 사람은 한발 앞섰다. 신청하러 온 건 여자였지만 글씨를 예쁘게 못 쓴다며 직원에게 대신 써 달라고 부탁했던 것이다. 발신인은 '가쓰마타 기요코'였지만 주소는 '가네만 여관'으로 되어있었다. 아까 여관에서도 확인했지만 숙박자 명부도 두 사람이 직접 작성한 것이 아니었다. 여자는 기요코가 아니다. 그렇다면 그 남자는 대체 누구일까? 이시게는 곰곰이 생각했다.

이시게는 정오에 버스를 타고 후토미로 돌아가 다시 기차를 타고 삿포로로 향했다. 도리우미 야스코의 친정까지는 굳이 찾아갈 필요가 없다고 생각했다.

'대체 누구지? 가쓰마타 기요코가 살아있는 것처럼 꾸민 자는?'

그자가 바로 기요코를 죽인 사람이 틀림없다고 이시게는 확신했다. 하루라도 빨리 도쿄로 돌아가야 했다. 새해가 코앞이었다. 삿포로에 도착한 이시게는 역에서 비행기 시간을 확인하고 좌석을 예약한 뒤 삿포로 경찰서에 들렀다. 전보가 하나 와 있었는데, 열어보니 이렇게 적혀 있었다.

'비행기에 타지 마라. 기차도 주의하라.'

"쳇."
이시게는 혀를 차고 전보 용지를 구겨 난로에 던져 넣었다. 기분이 몹시 나빴다. 이번 홋카이도행은 아무도 모르는데, 비행기도 기차도 조심하라니!
그날 밤 이시게는 경찰 숙소에서 하룻밤 신세를 졌다. 옛 동료 서너 명이 모여 회포를 풀었다. 시뻘겋게 달아오른 난로 앞에서 마시는 삿포로 맥주 맛은 각별했다. 이야기는 밤이 깊도록 끝날 줄 몰랐다. 밖은 징글벨 소리와 말 썰매의 방울 소리가 울렸다. 이시게는 문득, 올해는 아이들에게 크리스마스 선물도 못 해줬다는 사실을 떠올렸다.
다음 날 아침, 그는 경찰 지프를 얻어 타고 삿포로역으로 가서 도쿄행 기차표를 끊었다. 급행열차는 저녁 다섯 시에 출발할 예정이었다. 하얀 눈에 반사되어 아른거리는 붉고 푸른 네온사인을 뒤로하고 이시게는 삿포로역에서 열차에 올랐다. 친구 서넛이 그를 배웅해 주었다.
이시게는 자신이 미행당하고 있다는 사실을 알고 있었다. 그래서 일부러 직접 역에 나와 도쿄행 승차권을 끊은 것이다.

기차는 삼십 분만에 오타루에 도착했고, 사 분간 정차했다. 이시게는 기념품과 모자를 객실 선반에 올려둔 채 데크_{열차 출입구와 객실을 연결하는 작은 복도 공간}로 나왔다. 계단식으로 이어진 오타루 거리의 불빛이 눈에 들어왔다.

> 슬프도다, 오타루의 거리여
> 노래하지 않는 이들의
> 거친 목소리여

이시카와 다쿠보쿠_{메이지 시대의 시인 겸 문학평론가}의 이 시구처럼, 오타루 사람들의 말소리에 귀를 기울였다. 이곳 말투는 삿포로와는 제법 다르게 느껴졌다. 이시게는 자신을 지켜보는 시선이 등을 태울 듯 뜨겁게 느껴졌다.

'삐, 삐, 삐……'

열차 출발을 알리는 벨소리가 울려 퍼졌다. 문이 하나씩 하나씩 닫혀갔다. 이시게는 눈앞의 열차 출입문을 살짝 열어둔 채, 감상에 잠겨 있었다. 열차가 스르륵 움직이기 시작하며 앞으로 사오 미터쯤 나아갔다.

"앗, 위험해!"

누군가가 고함친 순간, 이시게는 훌쩍 플랫폼으로 뛰어내렸다. 바로 앞이 개찰구였다. 이시게는 뒤를 돌아보며 씩 웃었다. 개찰구를 빠져나오자 시동이 걸린 경찰 지프 한 대가 기다리고 있었다. 지프는 이시게를 태우고 그대로 비탈길을 내달려 해안으로 향했다. 선착장에 이르자 작은 보트가 기다리고 있었다.

"고맙네. 삿포로 식구들에게 인사 전해주게."

"몸조심해!" 지프차를 몰고 온 경찰이 말했다.

그 말이 끝나기도 전에 이시게가 탄 보트는 이미 칠팔 미터쯤 멀어져 있었다.

이시게가 받았던 전보는 그에게 닥친 위협을 알리는 메시지였다. 이시게는 삿포로의 옛 동료들에게 조사 중인 사건의 전말을 털어놓고 도움을 청했다. 걱정이 된 동료들은 그날 밤 출항하는 배를 수소문해 주었고, 승선 절차까지 대신 밟아주었다. 그를 뒤쫓던 자도 만만치 않은 놈이었겠지만 지프에서 보트로 이어지는 재빠른 릴레이까지는 따라잡지 못했을 것이다. 친구란 존재가 새삼 이렇게 든든할 수가 없었다. 공무로 온 것도 아닌데, 이시게는 그 마음이 사무치게 고마웠다.

이시게가 탄 배는 석탄을 실은 화물선이었다. 한밤중에 출항했고, 오타루를 떠나 도쿄항까지 직선 항로로 나아갔다. 밤은 깊었지만 항구는 아직 잠들지 않았다. 산비탈을 따라 층층이 이어진 오타루의 불빛은 마치 보석함을 들여다보는 듯 찬란했다. 하늘은 맑았고 별이 가득했다.

그때, '뿌우' 하고 기적이 울렸다. 등대 불빛이 뱃전 너머로 깜빡이며 멀어져 갔다. 항구를 벗어나자 배는 키를 왼쪽으로 꺾고 속도를 올렸다. 이윽고 항구의 불빛은 산 그림자에 가려 사라졌다. 좌현 너머로 어촌의 불빛만이 드문드문 깜빡일 뿐이었다. 이시게는 어두운 바다를 말없이 바라봤다. 바람이 불고, 와이어가 쓸쓸한 소리를 냈다. 그는 천천히 갑판을 걸어갔다.

"젠장……!" 이시게가 깜깜한 파도에 대고 욕설을 퍼부었.

경찰이면서도 아무것도 손을 쓸 수 없는 이 현실이 참을 수 없이 분했다. 석탄을 실은 화물선 '제7이시카리마루호'는 느릿느릿 남쪽으로 항해했다. 생각해 보면, 상대는 눈에 보이지 않는 무서운 놈이었다. 이시게는 스카가와, 후쿠로다, 삿포로, 이시카리를 돌아다니며 모은 단서를 하루라도 빨리 도쿄로 가져가고 싶었다. 이 모든 행동을 지켜보는 누군가가 있다!

사흘째 아침, 배는 도쿄만에 들어섰고 시바우라 부두에 접안했다. 이시게는 배에서 내리자마자 대기하고 있던 차를 타고 경시청으로 향했다. 그는 단번에 4층까지 계단을 올라 서쪽에 있는 수사1과의 조사실 명패들을 하나씩 확인해 나갔다.

이시게는 '다나아미 경감'이라는 이름표가 붙어있는 문 앞에서 노크를 했다. 하지만 아무런 대답이 없었다. 이시게가 문을 열자 작고 어두운 방이 나왔다. 난로가 따뜻했다. 그는 등 뒤로 팔을 뻗어 문을 닫고는 히죽 웃었다. 다나아미 경감이 책상에 발을 올린 채 잠들어 있었다. 경감은 발소리에 눈을 떴다.

"어이……, 돌아왔군."

이시게의 얼굴을 보자마자 다나아미 고사쿠 경감은 자리에서 일어나 커다란 손을 내밀었다. 따뜻한 그 손을 잡는 순간,

이시게는 문득 가슴 깊은 곳에서 무언가 뜨겁게 치밀어 오르는 것을 느꼈다. 다나아미 경감은 이시게의 선배였다. 이시게는 경찰 학교 시절 그에게 많은 것을 배웠다. 나이도 그보다 열 살쯤 위였다.

"또 만만치 않은 사건에 손을 댔군 그래." 다나아미 경감은 웃으며 의자를 내주고 자신도 자리에 앉으며 말했다.

"네. ……그래도 도와주셔서 감사합니다. 지금은 제가 아무래도 휴직 중이라서요……."

"자네가 휴직 중이라고 해서, 무슨 일인가 싶었지."

"뭐, 일본이라는 나라가 원래 그런 나라지 않습니까."

"하하! 자넨 옛날부터 쓸데없이 체념이 빠르다니까."

"그래도 아직은 목숨이 아깝습니다."

"그건 나도 마찬가지지."

"보내주신 보고서, 후쿠로다 온천에서 잘 받았습니다. 고생 많으셨죠?"

"그래, 경시청이 대놓고 나설 수 없으니 괴롭더구만. 쓰노다 선생처럼 언제 당할지 모르는 상황이니, 자네도 꼭 조심하게."

"이미 두어 번 당했습니다. 홋카이도에서도 하마터면 큰일 날 뻔했고요. 비행기를 탔더라면……. 그런데 제가 비행기로 돌아올 거라는 정보는 저쪽에서 어떻게 알았을까요?"

"하하하, 자네가 스카가와에서 '홋카이도에서 비행기로 돌아오겠다'고 전보를 쳤지 않나."

"허어……, 그럼 일본 전보국도 믿을 수 없다는 말입니까?"

"하하하, 너무 앞서가지는 말게. 우리가 자료를 모아서 결론을 내듯, 저쪽도 자네 동선쯤은 충분히 짐작할 수 있지. 홋카이도로 가는 방법은 보통 둘뿐이니까. 하코다테 홋카이도남부의항구도시에서 배를 타거나, 치토세 공항에서 비행기를 타겠지. 그래서 자네한테 조심하라는 전보를 보낸 거야. 자넨 원래 앞뒤 안 보고 달리는 타입이지 않나."

"하하하하." 이시게도 따라 웃고 말았다.

그는 성격이 급한 편이었다. 수사할 때도 정해진 예산 안에서 꾸물거리는 일은 도무지 체질에 맞지 않았다. 그래서 그는 자비까지 털어가며 부하들에게 모든 교통수단을 이용하게 했다. 범죄 수사는 속도전! 그것이 이시게의 지론이었다. 그러나 바로 그 성격의 허점을 찔린 셈이다.

"빠른 것도 좋지만, 그 틈을 노리는 자들도 있어." 다나아미 경감은 좋은 선배로서 타이르듯 말했다. "자네가 홋카이도로 간다면, 가쓰마타 기요코의 집에 갈 거라는 건 알고 있었지. 나도 걱정은 됐지만 자네 움직임을 보며 짐작은 했어. 미행하는 놈들이 자네와 접촉하려 한다면, 그 타이밍은 자네가 삿포로를 떠날 즈음일 거라고 말이야. 홋카이도 쪽엔 아직 자네 얼굴을 아는 사람이 없으니 도쿄에서부터 면식 있는 놈이 따라갈 수밖에 없을 테지. 설령 비행기로 갔더라도 자넨 하루 먼저 움직였으니 따라잡을 수가 없을 거고."

"선배님의 계산이 정말 뼈저리게 와닿습니다."

"하하하, 우리 쪽에서도 지금 조사 중이야. 자네 말대로 호리키리 집 가정부가 실종된 건 뭔가 수상해. 가쓰마타의 사촌이라는 자를 찾아서, 정식으로 수사 의뢰서를 제출하게 했네. 홋카이도에 있는 부모는 뭐라고 하던가?"

"남자와 함께 도망간 거라고 믿고 있습니다. 어쨌든 돈을 십만 엔이나 받았으니까요……."

"누구한테?"

"호리키리 부인이 보냈답니다."

"흠……, 그 간호사 출신 말이지." 다나아미 경감은 얼굴을 찌푸렸다.

"그래서, 가쓰마타와 닮은 사람은 있었습니까?"

"보게." 다나아미 경감은 자리에서 일어나 옆 선반에서 두툼한 서류철을 꺼내더니, 이시게 앞에 툭 내려놓으며 말했다. "그 익사체와 나이, 체격, 치아 형태가 비슷한 실종자들을 전부 조사해 봤는데, 해당되는 실종자가 전국에 대략 백마흔일곱 명이나 되더군."

"그거 참 놀랍습니다……."

이시게는 어이가 없어서 여기저기에 메모 딱지가 붙은 두툼한 서류들을 펼쳐볼 엄두조차 나지 않았다.

"그 사촌이라는 사람은 가와사키에 있는 자전거 공장에서 일해. 그런데 재미있는 얘기를 하나 하더라고. 가쓰마타 기요코가 사라지기 이삼일 전쯤, 그 남자에게 편지를 보냈다는 거야. '이번 휴일에 우에노에서 아사쿠사까지 안내해 주고, 좋아하는 초밥도 사주겠다'고 말이지."

"그건 좀 이상하네요."

"약속해 놓고 갑자기 사라지는 일이야 있을 수 있지만, 호리키리 집안 식구들이 한 말이나 동네 사람들 얘기는 완전히 딴판이란 말이지."

"저도 그게 이상하더라고요. 게다가 가쓰마타는 12월 2일에 이시카리에 나타났습니다!" 이시게가 다나아미의 얼굴을 쳐다보며 말했다.

"뭐, 뭐라고?" 경감은 눈이 튀어나올 듯 크게 떴다.

이시게는 이시카리의 여관에서 있었던 일을 자세히 설명했다. 경감은 고개를 끄덕이며 듣고 있었다.

"아, 맞다. 자네 아직 점심도 못 먹었지?" 이야기가 일단락되자, 경감이 물었다.

"네."

"그럼, 경찰 숙소에 가서 밥이나 먹자고. 여기 있으면 기자들이 귀찮게 들이댈 테니까. 내가 마치다에서 일어난 노파 살인 사건 수사에서 갑자기 손을 뗐거든. 기자들이 그걸 수상하게 보고 있어."

"허……, 이 사건 때문입니까?"

"하하하, 경시청에도 아직 배짱 있는 사람들이 있거든. 윗선에도 말이지."

"그럼, 선배님 말씀 따르겠습니다. 점심 한 끼만 신세 지겠습니다."

"홋카이도에선 제대로 못 먹었을 테고……."

"공금보다야 제 경비가 훨씬 풍족했습니다. 아, 맞다. 후후훗……, 선배님이 좋아하시는 도루묵 초밥을 샀는데요. 기차에 두고 내리는 바람에……." 이시게가 웃으며 말했다.

이어서 이시게는 경감에게 그 급행열차 트릭을 설명했다.

"하하하, 나도 그럴 거라 짐작은 했네."

"출발하기 전에 미리 짐을 붙여뒀으니 이쯤이면 도착했을 겁니다. 연어 내장 젓갈도 한 통 사왔고요."

"고맙군 그래. 역시 후배밖에 없어. 그렇다면 점심을 더더욱 푸짐하게 대접해야겠는걸."

"잠깐 전화 좀 써도 될까요?"

"어디에?"

"이치카와에요."

"허허, 집에 있는 마누라한테?"

"아, 아닙니다. 마쓰도에 있는 구치소 병원입니다. 제 주치의가 거기 있거든요. 하하하, 환자가 며칠씩 자리를 비우면 의사도 걱정합니다." 이시게는 그렇게 말하며 수화기를 들었다.

전화를 마친 뒤, 두 사람은 함께 경시청을 나섰다.

"사실은, 아까 지바 본부장한테서 전화가 왔었네." 해 질 무렵, 차를 타고 미야케자카 언덕에서 우회전을 하며 다나아미 경감이 말했다.

"그래요? 뭐라고 하시던가요?"

"'부탁하네' 딱 그 한마디였어."

사사베 본부장은 이시게의 신변을 걱정하고 있었다. 다감하고 정이 많은 이시게의 가슴 깊은 곳에서 뜨거운 무언가가 끓어올랐다.

"그리고 말이지, 사사베 본부장이 자네를 좌천시킨 놈들을 캐고 있는데 그렇게 쉽게 꼬리가 잡힐 놈들이 아니야. ……아직까지 이렇다 할 배후가 전혀 안 보여. 지금으로선 그냥 제자리걸음이지." 경감은 설명했다.

이시게도 어느 정도는 짐작하고 있었다. 그는 창밖으로 시선을 돌렸다. 해 질 무렵의 도시는 분주했다. 집을 떠난 지도 벌써 열흘 가까이 지났다. 그동안 집에 엽서 한 장 보내지 못했다. 전쟁터에 나갔을 때를 제외하면 이런 적은 한 번도 없었다. 아내는 경찰관의 아내로서 이런 사정을 잘 알고 있었다. 하지만 아이들은 지금 어떻게 지내고 있을까……. 흉악범을 뒤쫓으면서, 동시에 자신도 흉악한 세력에게 쫓겨 언제 죽을지도 모르는 신세. 이시게는 이 또한 숙명이려니, 하고 생각했다. 연말의 분주한 거리 풍경이 창밖을 스쳐 지나갔다.

"바쁜 와중에……, 아직 여장도 못 푼 자네를 불러내서 미안하네."

"아닙니다."

"자넬 본청에 놔두고 싶진 않았어."

"네?"

"경시청이라는 데가 안전해 보여도 실상은 그렇지 않거든. 저 복도도 긴자(도쿄에 위치한 번화가) 거리처럼 아무나 자유롭게 드나들 수 있어. 누군가 자넬 감시하고 있다면 아마 거기에도 와 있을 가능성이 크지."

"아, 그렇습니까……."

"그리고 자네에게 말해줄 것도 있어. 죽은 가가야 아야코의 언니, 고사쿠 도미코 말이야."

"지문은 도착했습니까?"

"응, 도착했지. ……도미코의 지문은 역시 그 기름통에서 나온 지문과 일치했어." 다나아미 경감이 조용히 말했다.

"저, 정말입니까……?" 이시게가 감개무량해하며 말했다.

마침내 하나의 실마리를 손에 넣을 것 같았다. 하지만 여전히 풀리지 않은 의문들이 그의 머릿속에 가득했다.

▶ 왜 고사쿠 도미코는 '4호실'을 뒤지고 다닌 걸까?
▶ 왜 그녀는 쓰노다를 공격했을까?
▶ 왜 그녀는 하마무라 수간호사를 죽여야만 했을까?
▶ 왜 그녀는 실종된 걸까?
▶ 왜 그녀는 여동생과 자신의 사진을 모으고 다녔을까?

▶ 4호실 침대 수납장과 매트리스 도난 사건은 그녀와 어떤 관련이 있을까?

　고사쿠 도미코에 관한 일만으로도 이시게의 가슴 속에는 수많은 의문이 떠올랐다. 그 밖에도 가정부 가쓰마타 기요코의 실종, 자신이 기요코라 주장하며 12월에 이시카리에 나타난 여자. 하마무라의 통장에서 발견된 사십만 엔, 그리고 사건에 연루된 인물들이 모두 간호사라는 사실……. 아직도 이시게에게는 알 수 없는 일투성이였다. 그래도 경시청이 직접 나서준 것만으로도 천군만마를 얻은 것 같았다.
　자동차는 경찰 숙소 현관 앞에 멈췄다.
　"자네가 의뢰했던 조사 말일세. 두 사람이 동반 자살했을 때 먹은 수면제 말이야. 그게 벌써 팔 개월이나 지난 일이잖나. 다키시마가 산 건지 가가야가 산 건지, 지금으로선 확인할 방법이 없어서 난감한 상황이야." 식사를 주문하고 데운 술이 두세 병 나오자, 다나아미 경감은 아끼는 후배에게 술을 따라주며 말했다.
　"그렇죠……." 도쿄에 돌아와 따끈하게 데운 술을 오랜만에 입에 대며, 이시게는 진심을 담아 선배의 말에 대답했다.
　"어차피 그건 조작된 물건이었으니까. 약상자 껍데기에 두 사람의 지문밖에 없었다는 건, 너무 이상하잖아."
　"그렇죠."

"허허허, '그렇죠'라니, 그 동반 자살 사건 당시 자네는 이치카와 경찰서 수사1과 과장이었어. 그런 자네가 남 얘기하듯 '그렇죠'는 아니지 않나?" 경감이 웃으며 말했다. "비록 눈치챈 건 한참 뒤였지만 어쨌든 그게 이번 사건의 물꼬를 튼 셈이니 그 점은 높이 평가하네."

"칭찬해 주시니 몸 둘 바를 모르겠습니다." 이시게는 무릎 위에 손을 얹고 고개를 숙이며 말했다.

"하하하, 자네를 칭찬한 게 아니야. 자, 한잔하게나. 큰 잔으로……."

옛 부하와 마주 앉은 식탁은 화기애애했다. 그러나 두 사람의 가슴 속에는 무서운 적을 향한 투지가 젊은 시절처럼 다시 끓어오르고 있었다.

"그리고 말이지, 동반 자살 사건이 있었던 그날 밤에 사용된 농림성의 관용차도 조사해 봤네. 교통과에 부탁 좀 했지. 결국 그 차를 찾았어."

"찾아내셨습니까?" 이시게가 들뜬 목소리로 물었다.

"그래. 좀 오래된 차였는데, 다행히 그날 이후로 사용하지 않았더군. 그대로 차고에 방치되어 있더라고."

"차가 아깝네요."

"하하하, 농림성이지 않나. 뭐, 수사하는 입장에서야 방치되어 있던 게 오히려 다행인 셈이지. 우리 쪽에도 그렇게 놀고 있는 차 한 대만 있다면 꽤 요긴할 텐데."

"그래서, 그 차는요?"

"그대로 두라고 했지. 손대지 말라고."

"눈치채지는 않을까요?"

"괜찮을 거야. 그 차, 안 그래도 교통사고를 내서 보닛이 찌그러져 있거든. 충돌 사고야. 어찌나 고맙던지. '상대방 운전자가 상해 보험을 청구해서 검찰 쪽에서 실물 검증을 해야 한다'고 말해두고 손도 못 대게 해놨어."

"그것참 잘됐네요."

"그날 밤 차량 운행 일지도 조사하라고 지시해 뒀네."

"그건 국장 같은 높은 사람들 전용차 아니었나요?"

"아니야, 비료과에서 쓰던 거더라고. 그 '자동차 사용 허가서'만 찾아내면, 누가 탔는지 금방 알 수 있을 텐데……."

"그날 운전기사는 아직 파악 안 됐습니까?"

"아주 판을 잘 짜놨더군. 평소 그 차를 몰던 친구가 하필이면 그날 휴가를 냈더라고." 경감은 내뱉듯 말했다.

"흠, 누가 일부러 그 운전사를 쉬게 한 건 아닐까요?" 이시게는 경감의 얼굴을 보며 말했다.

"아니, 그 휴가는 예전부터 정해져 있던 거더라고. 그래서 다들 그날 밤에 그 차는 사용하지 않았을 거라고 생각했는데, 조수석 안쪽에 얼룩이 남아있었어. 그걸 보고 바로 '이 차구나' 싶었지. 그날 사용된 차가 맞을 거야."

그때 여종업원이 들어와 새 술병과 안주를 놓고 갔다. 두 사람은 잠시 술잔을 기울이며 안주를 먹었다.

"뭐……, 자동차 건은 일단락됐다고 치고, 문제는 이거지. 유령, 기름통 범인, 하마무라 살해범으로 보이는 고사쿠 도미코를 어떻게 찾느냐는 거야."

"요즘은 모습을 보이지 않지만 한동안 쇼지 병원에 자주 나타났습니다. 그래서 제 생각엔, 의외로 그 여자가 병원 근처에 있었던 게 아닐까 싶습니다."

"나도 그렇게 생각하네." 경감도 고개를 끄덕였다.

"겨울 한밤중에 나타났습니다. 이미 전철도 끊겼을 시간이었고요. 연말 경계 강화로 순찰도 철저한 시기인데 안 걸렸다는 건 범인이 병원 근처에 있었다는 얘기입니다."

"하지만 그 여자는 지금 사라졌어. 범인은 자네가 홋카이도에 간 것까지도 알고 있고. 벌써 떠났을 거야. 4호실은 불타버려서 그 여자가 찾으려던 물건도 사라졌지, 뭔가 알고 있던 하마무라는 살해당했지, 수사의 핵심이었던 쓰노다 씨마저 쓰러졌어. 이제 그 병원에는 아무것도 남아있지 않아."

"그래도 그 여자는 간호사입니다. 먹고는 살아야 하니 분명 다시 일하고 있을 겁니다. 그래서, ……병원 쪽을 다시 파보려고 합니다."

제16장

네 명의 여자

다음 날부터 이시게는 다시 구치소 병원에 다니기 시작했다. 오전에 갈 때도 있고, 밤에 갈 때도 있었다. 그는 병원에 한 번 가면 오랫동안 돌아오지 않았다. 그럴 때는 아마 의국장 아라키 선생과 어설픈 장기라도 두고 있을 것이었다.

이치카와는 병원이 많은 도시였다. 종합병원만 추려 봐도 국립병원, 도쿄치의과대학 부속병원, 일본치과대학 부속병원, 시키바 병원, 게이세이전철 병원, 요시다 키시 병원, 쇼지 병원, 동양모직 부속병원 등 셀 수 없이 많았다.

"가까운 데부터 하나씩 확인해 보자."

이시게는 그날부터 병원을 찾아다니기 시작했다. 서너 군데를 돌아봤지만 가가야의 언니, 고사쿠 도미코의 흔적은 찾을 수 없었다. 마땅한 사진도 없어서 스카가와의 집이나 국립병원에서 들은 대략적인 인상만으로 찾을 수밖에 없었다.

"보건소 등록 기록을 조사해 보시는 게 어떨까요……?"

그 말을 듣고 확인해 봤지만, 고사쿠 도미코라는 이름도, 그 비슷한 사람도 나오지 않았다.

"정식 간호사가 아니었던 건 아닐까요?"

어느 병원에서 그렇게 귀띔해 주었다.

"그 말씀은……?"

"간병인이나 파출부 같은……."

어쩌면 그럴 수도 있겠다고 이시게는 생각했다.

이시게는 휴직 중인 탓에 이치카와 경찰서 동료들에게 지원을 부탁할 수 없는 처지라 혼자 힘으로 연말의 복잡한 시내를 자전거로 누비며 다닐 수밖에 없었다. 그리고 밤에는 되도록 외출을 삼갔다. 위험하기 때문이었다.

조사해 보니, 파출부 소개소가 이치카와 시내에만 열 곳이 넘었다. 다시 발품 수사가 이어졌다. 병원과 달리 이쪽은 찾기가 여간 어려운 일이 아니었다. 오늘도 이미 세 곳을 돌았고, 네 번째로 들른 곳은 국영 경마장으로 유명한 나카야마역 근처에 있는 아이세이회라는 작은 소개소였다. 고사쿠가 본명을 쓰고 다닐 것 같진 않았지만, 이시게는 일단 물어보기로 했다.

"그분이라면, 6월부터 저희 쪽에 등록돼 있습니다. 정식 간호사 면허도 있었고, 조용하고 점잖은 분이었어요."

이시게의 발품이 보상받는 순간이었다.

"지금도 계신가요?" 이시게의 목소리가 들떴다.

드디어 실마리를 찾은 것이다. 이 여자만 붙잡으면 어느 정도는 사건의 전모를 알 수 있을 것이다.

"그게요……, 등록은 되어있지만 얼마 전에 고향에 다녀오겠다고 한 뒤로 돌아오지 않았어요."

"고향이라면, 후쿠시마 말씀이시죠?"

"네, 맞아요."

"여기서 생활했나요?"

"아뇨, 후나바시시의 가이진 지바현에 속해 있으며, 이치카와시에 근접한 지역에서 통근했어요. 남편이 실직한 데다 병까지 앓고 있어서 파출부 일을 해야 한다고 하더라고요."

"주로 어디로 파견되었나요?"

"여기저기요……."

"가장 최근엔요?"

"주로 국립 사토미 분원에서 간병인으로 일했어요……."

'국립 사토미 분원'이라면, 쓰노다가 입원했던 쇼지 병원 바로 옆에 위치한 곳이 아닌가! 이시게는 숨이 막히는 듯했다. 그 무시무시한 살인범 고사쿠 도미코가, 본명을 그대로 쓰면서 태연히 바로 옆 병원에서 일하고 있었다니……. 하지만 흉악범일수록, 치밀하게 꾸밀수록, 언젠가 꼬리를 밟히기 마련이었다.

"그 사토미 분원엔 어떻게 가게 된 겁니까?"

"본인이 정신과 근무를 희망했어요."

"하지만 이치카와에는 정신과가 있는 병원이 여러 곳 있잖습니까? 여기만 해도 나카야마 정신병원이 있고, 고노다이에는 시키조 병원, 아니면 사토미 분원이 아니라 국립병원의 정신과 본원도 있고요."

"사토미로 가고 싶다고 고사쿠 씨가 직접 요청하셨어요."

사토미 분원 외곽에서 작은 언덕을 하나만 내려가면 바로 쇼지 병원의 간호사 숙소 옆이 나온다. 고사쿠가 사토미 분원을 희망한 것도 바로 그 때문이었다. 이시게는 그녀가 산다는 후나바시 주소를 적어서 사토미 분원으로 향했다.

그곳에서 수간호사를 만나 도미코에 관해 묻자 그녀가 누구인지 바로 기억해냈다. 근무 태도도 나쁘지 않았고 환자들에게도 친절해 평판이 좋았다고 한다.

"왜 그만뒀는지 모르겠어요." 수간호사도 의아해하며 말을 꺼냈다.

"여기서 간병했던 환자는요?"

"오쓰카 하지메라는 분인데, 교사 출신의 남자 환자였어요."

"그분 간병을 그만둔 건 언제쯤인가요?"

"글쎄요, 며칠이었더라……. 확인해 볼게요." 수간호사는 그렇게 말하며 자리에서 일어나다가 갑자기 생각이 난 듯 입을 열었다. "아, 맞다……. 쇼지 병원에 불이 난 바로 다음 날이었어요."

고사쿠 도미코에 대한 혐의는 점점 더 짙어졌다. 그녀는 목적을 달성했기 때문에 이곳을 떠난 것이다.

이시게는 사토미 병원을 나와 고노다이 역에서 게이세이 전철을 탔다. 이제 고사쿠 도미코는 독 안에 든 쥐였다. 수사도 막바지에 접어들었다. 덕분에 이시게는 마음도 발걸음도 한결 가벼웠다. 그토록 대담한 짓을 저질러 놓고도 본명을 그대로 쓰고 다니다니. 그녀를 체포하는 건 이제 시간 문제였다.

고사쿠 도미코가 바로 옆 사토미 병원에서 간병인으로 일한 덕에, 그녀가 흰 가운을 입고 돌아다녀도 그간 누구 하나 수상하게 여기지 않았을 것이다. 심지어는 순찰 중인 경찰에게도 들키지 않고 말이다. 이시게는 쓴웃음을 지었다.

전철이 가이진 역에 도착했다. 도미코가 살고 있는 아파트는 역에서 아주 가까웠다.

범인을 밝혀내고 행적을 좇아, 마침내 그 손목에 수갑을 채우는 것. 그 기쁨이야말로 현장에서 직접 발로 뛰며 범인을 쫓아본 형사가 아니고선 결코 알 수 없는 짜릿함이다.

이시게는 개찰구를 나와 천천히 담배에 불을 붙였다.

"하마무라를 죽인 범인을 체포해 가면 서에서 난리가 나겠지……." 이시게는 흥분을 감추지 못한 채 말했다.

가이진소라는 이름의 허름한 2층짜리 연립 주택. 그곳에 도착한 순간 이시게는 절망의 나락으로 떨어졌다. 그곳은 단지 고사쿠 도미코가 우편물이나 받아보는 장소일 뿐이었던 것이다. 방금 전까지 의기양양했던 만큼 이시게의 낙담은 매우 컸다.

"내가 너무 얕봤구나!"

그 여자는 결코 만만한 상대가 아니었다. 그토록 정교한 트릭을 써서 도망치면서도 마치 일부러 그러는 듯 기름통에 지문을 남겼다. 그리고 바로 옆 병원에서 본명을 쓰며 간병인으로 일하고 있었다.

"이것마저도 하나의 트릭이야……."

주택 관리인에게 물어보니, 요즘은 편지도 거의 오지 않는다고 했다.

"편지는 주로 어디에서 왔습니까?"

"나카야마에 있는, 무슨 파출부 소개소 같은 데였어요."

이래서는 고사쿠 도미코에게 휘둘려 이치카와 시내를 이리저리 끌려다니기만 하다가 헛고생만 하게 될 것이다. 이시게는 실망한 기색으로 물었다.

"그 고사쿠 씨, 편지를 받으러 멀리서 오는 것 같던가요?"

"글쎄요……, 그렇게 멀지는 않은 것 같았어요."

"후나바시 시내일까요?"

"글쎄요……."

"왜 여기서 우편물을 받게 된 겁니까?"

"처음엔 방을 구하러 오셨어요. 마침 빈방이 하나 있기도 했고요. 그런데 나중에 거동이 불편한 환자가 함께 있다고 하시더라고요. ……어, 남편이라고 했어요. 처음 오셨을 때야 그런 얘기가 없어서 방을 내주겠다고 했었죠. 그래서 제가 거절했어요. 그랬더니 무척 난처해하시면서, '이 주소를 이미 지인들에게 알려버렸어요. 그러니 우편물만 좀 받아주시면 안 될까요? 새 주소가 정해지면 바로 알려드릴게요' 하고 말씀하시더군요. 그래서 가끔 들러서 우편물만 가져가셨어요."

이시게는 그 여자가 이 근처 어딘가에 있을 거라는 생각을 떨칠 수 없었다. 기진맥진한 그는 무거운 발걸음으로 이치카와시 마마 지역에 있는 자택으로 돌아왔다. 그가 집을 비운 사이에 경시청의 다나아미 경감에게서 전화가 왔다고 했다. 혹시 무슨 새로운 사실이 드러난 건 아닐까? 이시게는 전화 다이얼을 돌리고 내선 번호를 말했다.

"자넨가?"

굵직한 다나아미 경감의 목소리가 곧바로 들려왔다.

"예."

"목소리에 기운이 없군."

"네, 고사쿠 도미코를 놓쳤습니다. 행적이 끊겼어요."

이시게는 경감에게 어제오늘 사이에 있었던 일을 설명했다.

"좀 더 뛰어보게. 저쪽도 움직이고 있어. 자칫하다간 고사쿠 도미코도 사라질 수 있어!"

"네……."

"우리 쪽 상황은 말이야. 마이크로필름 도서관, 기업, 군부대 등에서 신문이나 서류, 공문서 등의 종이 문서를 마이크로카메라로 작게 축소 촬영해 보관하던 필름형 자료. 일반 카메라 필름처럼 롤 상태로 말려있다 촬영을 의뢰하러 간 남자가 있었다는 사실을 확인했어."

"언제쯤입니까?"

"4월 초쯤이었대."

"국회도서관입니까?"

"아니. 메구로 시미즈초 현재의 메구로혼초에 해당에 있는 리켄 마이크로 필름 연구소야."

"다키시마였을까요?"

"그런 것 같더군."

"다키시마라고 이름을 밝혔답니까?"

"아니. 군마 경찰본부 감식과 소속이라며 '호소카와 가쓰미'라는 경찰 이름을 댔다더군. 실제로 그런 사람이 군마에 있긴 해. 명함을 도용한 거지. '수사상 비밀을 요하는 일'이라면서 수사관 조수 행세를 하고는, 마이크로필름을 꽤 많이 찍어간 모양이야."

"어떤 문서를 촬영해 마이크로필름으로 만들었는지 내용은 확인되었습니까?"

"후후, 수사상 비밀이잖나. 연구소 기술자도 대부분 문서는 보지 못했대. 장부도 있었고 전표, 편지, 사진 같은 것도 있었다더군."

"그리고, 그 신사神社 건은 어떻게 됐습니까?"

"하하하하, 그건 말이지." 배를 잡고 웃는 듯한 다나아미 경감의 웃음소리가 전화기 너머로 들려왔다. "그 집에 무슨 사당 같은 건 없더군. 그래, 사건 당시 그가 살던 집 말이야. 혹시 '신사'가 아니라, '신차' 아냐? 새로 산 차 말이야. 아니면 '신자' 같은 거 아니고?"

"글쎄요……."

"이쪽 전문가들한테 전부 알아봤는데, 결국 '신사'는 아니라는 결론이 났어."

"그렇습니까……." 이시게는 맥이 빠진 목소리로 대답했다.

이 마이크로필름과 신사에 관한 건은, 이번 수사에서 중요한 단서가 될 것으로 보고 이시게가 경시청에 따로 조사를 의뢰해 두었던 사안이었다.

"많이 실망한 모양이야?"

"이제 좀 지칩니다."

"왜?"

"이 수사 말입니다……."

"돈 한 푼 안 되는 일이라 그러나? 하하하, 너무 낙담 말게. 모레면 벌써 새해 첫날이지 않나. 그날 한번 들르게. 거하게 한잔하자고!"

"네……, 그런데 말입니다. 정말 이상한 말씀일 수도 있지만, 그 호리키리 씨 부인이…… 어쩌면 가짜가 아닐까 싶습니다."

"뭐, 뭐라고? 지금 무슨 꿈이라도 꾸는 건가? 제정신인가?"

"예, 제정신입니다. 멀쩡히 깨어있고요. 그런데 이상하게……, 자꾸 가가야의 언니인 고사쿠 도미코가 그 부인 같다는 느낌이 듭니다."

"흠……" 콧구멍을 벌름거리며 흥미를 느끼는 듯한 다나아미 경감의 목소리가 전화선을 타고 들려왔다. "그럴 수도 있겠군…… 그러고 보니, 부인은 툭하면 이즈반도에 있는 별장에 가 있어서 도쿄에 있는 날이 별로 없다더군. 의심이 간다면 자네가 직접 확인해 보는 건 어때?"

"그럴까요……." 이시게는 시큰둥하게 대답했다. 지금은 휴직 중이라 선불리 움직일 수 없는 처지였다.

"그리고 말이지……, 잘 듣고 있나? 사건 당일 사용된 차량 조사 말인데, 자료는 자네한테 이미 보내두었네. 차량에 남은 오물 분석은 과학연구소와 감식과에 요청했고, 일부는 도쿄대학에도 맡겨서 조사 중이야. 도쿄대학 쪽은 결과가 좀 늦어질 것 같긴 하지만……, 그래도 흥미로운 게 하나 나오긴 했네."

"고생해 주셔서 감사해요."

"그리고, 자네가 부탁했던 도리우미 야스코의 12월 2일 알리바이 말인데……."

"네."

"이토 이즈반도에 위치한 온천 휴양지에 있는 별장에 있었다고 확인됐어."

"누가 증언한 겁니까?"

"가정부, 채소 가게, 과자점, 꽃꽂이 선생까지!" 경감은 웃으며 말했다.

"허어, 그렇습니까?"

"하하하, 기운 내게."

"네."

"아내랑 아이들은 잘 지내지?"

"네, 뭐……."

"신년 연휴 잘 보내시게."

"네……."

"하하하, 다 죽어가는구만!" 경감의 농담을 끝으로 통화는 마무리됐다.

이시게는 호리키리의 부인을 직접 만나보기로 마음먹었지만, 발걸음은 무거웠다. 이시게는 호리키리가 농림성 비료과장이었을 때 한 번 만났었다. 지금 그는 식량청 식품국장으로 승진해, 이케부쿠로에 있던 자택에서 아오야마 관사로 거처를 옮긴 상태였다. 이시게도 고사쿠 도미코라는 인물이 어떤 사람인지는 여러 사람에게 들어서 대강 짐작은 하고 있지만 호리키리의 부인, 도리우미 야스코는 아직 만나본 적이 없었다.

그는 국철을 타고 가다가 신바시에서 내려 택시를 탔다. 미나미 아오야마 6초메 지역 부근은 호화로운 저택들뿐이었다. 호리키리의 관사는 옛 화족19세기 중반, 서양의 귀족 제도를 본떠 만든 일본의 특권층 신분 계급 가문의 저택이었던 듯, 대단히 근사했다. 좁은 골목이었지만 대문 앞에는 승용차 두 대가 서 있었다. 이시게가 방문 의사를 밝히자 가정부가 나왔다. 찾아온 이유를 알리니 가정부는 안으로 들어갔다가 곧 다시 나와 이시게를 집 안으로 안내했다. 현관에도 사진이 걸려있긴 했지만 복도 벽에는 스냅 사진과 인물

사진이 더 많이 걸려있었다. 제법 훌륭한 작품도 있었다.

이시게는 자신이 응접실로 안내된 줄 알았지만, 그곳은 뜻밖에도 술자리가 한창인 객실이었다.

"아, 오셨습니까."

방 안에는 고급 비단 기모노에 하카마^{기모노 위에 입는 주름진 바지 형태의 전통 예복} 차림을 한, 거래처 사람으로 보이는 손님 세 명이 자리를 함께하고 있었다. 호리키리는 안으로 들어서는 이시게를 보고 잠시 놀란 듯했지만, 이내 아무렇지 않은 얼굴로 술잔을 내밀었다. 이시게를 이 방으로 안내한 것은 그를 거래처 사람쯤으로 착각한 탓인 듯했다.

"실례했습니다……."

이시게가 무릎을 세워 자리에서 일어나려던 순간, 호리키리가 입을 열었다.

"아닙니다. 잘 오셨습니다. 잘 지내셨지요……?"

무테안경에 온화한 표정. 면도 자국도 말끔했다.

"어이, 안주 좀 더 가져오게." 호리키리가 맞은편에 대고 말했다.

"아닙니다. 이만 가보겠습니다. 실은 사모님을 잠시 뵙고 싶어서 들렀습니다……."

"아, 보험 때문에 오신 건가요?"

"네……."

"뭐, 그렇게 하시죠."

그에게서는 사람의 마음을 헤아리는 노련함이 느껴졌다. 호리키리 씨는 사람들에게 이시게를 보험 조사원이라고 소개했다. 그때, 살짝 까무잡잡한 피부에 눈이 아름다운 호리키리 부인, 도리우미 야스코가 기모노 차림으로 들어왔다. 나이는 서른 살쯤 되었을까.

"이시게 씨야." 호리키리가 소개했다.

"야스코라고 합니다."

"네……."

예상과 너무 달랐다. 이시게는 겨드랑이에서 식은땀이 흘렀다. 도리우미 야스코. 그래, 어딘가 모르게 고사쿠 도미코와 닮은 구석이 없는 것도 아니었다. 그렇지만 이시게는 도미코의 얼굴을 직접 본 적이 단 한 번도 없었다.

야스코는 이시게 앞에 안주를 내놓았다.

"캐비어가 없잖아?" 호리키리가 말했다.

"예, 지금 새 캔을 따고 있어요."

캐비어는 호리키리의 자랑거리인 듯했다.

"자, 한 잔……."

야스코는 술병을 들어 이시게의 잔에 술을 따랐다. 가정부가 들어와 청자색 작은 접시에 담긴 캐비어를 이시게 앞에 내놓았다.

"이게 없으면 저는 술을 못 마셔요. 하하하하." 호리키리는 웃으며 이시게에게 권했다.

과연, 아름다운 알갱이였다. 이시게가 캐비어라는 것을 실제로 본 것은 이번이 처음이었다. 세계 최고의 술안주. 이시게 따위가 감히 맛볼 수 있는 음식이 아니었다. 캐비어는 주로 러시아 카스피해에서 잡히는 철갑상어의 알을 소금에 절인 것으로, 웬만한 돈으로는 살 수 없는 식재료였다.

'우린 제철인 청어 알조차 마누라한테 마음껏 못 사주는데, 역시 식품국장은 다르구나!'

캐비어를 젓가락으로 집으며 이시게는 마음속으로 중얼거렸다. 그러고 보니, 올해는 청어 알이 너무 비쌌다. 한 근에 천 엔이라니. 이시게는 씁쓸하게 캐비어를 입에 넣었다.

이시게는 야스코의 얼굴을 바라보며 생각했다. 고사쿠 도미코가 스카가와의 국립병원에서 자취를 감춘 무렵, 야스코는 첩의 자리에서 호리키리의 정실부인이 되었다. 그리고 두 사람은 모두 전직 간호사였다. 어쩌면 일인이역도 가능하다. 야스코는 별장에 다녀온다며 가끔 관사에서 사라졌다. 혹시 그사이 도미코로 위장해, 이치카와의 정신병원에서 간병인으로 일하고 있었던 것은 아닐까? 이치카와에서 이곳까지는 자동차, 지하철, 국철을 잘만 이용하면 사오십 분 거리다.

또 하나. 가가야 아야코, 고사쿠 도미코, 도리우미 야스코, 이 셋 중에 한 명이 죽고 남은 두 사람이 세 사람분의 역할을 맡고 있는 것은 아닐까? 혹은 두 사람이 죽고 한 사람이 세 사람의 역할을 해내고 있는 것일지도 모른다. 그렇다면 이시카리에 나타났던 여자는? 하지만 나이대가 너무 다르다. 게다가 이건 너무 소설 같은 얘기다. 세 사람 중 지문이 확인된 건 오직 고사쿠 도미코뿐이다.

'야스코의 지문만 확보되면 한 방에 해결될 텐데…….' 이시게는 생각했다.

"부인과 잠시 말씀을 좀 나누고 싶은데요……." 이시게는 대화가 잠시 끊긴 틈을 타 호리키리에게 말을 건넸다.

"네, 그러시죠."

"그럼, 실례하겠습니다." 이시게가 자리에서 일어섰다.

"어머, 저한테요?" 야스코도 따라 일어섰다.

"여기서 일했던 가정부……, 이름이 뭐라고 했더라……." 복도로 나가며 이시게는 작은 목소리로 물었다.

"네, 가쓰마타 기요코요."

야스코가 앞서 응접실로 들어갔다. 그곳에도 멋진 사진들이 걸려있었다. 오래된 초상화였다.

"기요코가 왜요?"

"실종 신고가 접수됐다고 하던데요."

"아……, 기요코 집에서요?"

"사촌 동생이 신고했다고 들었습니다. 저희 쪽으로도 상황이 전달되어서요."

"하지만 12월에 한 번 집에 다녀갔다고 그 댁에서 연락을 주셨는데요."

"아, 그래요? 그것참 이상하네요." 이시게는 시치미를 뗐다.

"그런데, 누구시죠?" 야스코가 물었다.

"실은 보험 관련해 조사 사무소에서 나왔습니다. 가끔 신원 조사 같은 일도 하고요. 결혼할 때 많이들 이용하시죠. 일종의 흥신소 같은 일입니다."

"그래서요?"

"혹시 가쓰마타 씨의 사진이나 친구한테서 온 편지 같은 건 없을까요?"

"없어요. 그 애는 제 소개로 이 집에서 일하게 되었지만, 그건 제가 이 집에 들어오기 전 일이에요. 남자랑 살림이라도 차린 것 같던데……, 그래서 짐은 전부 홋카이도로 부쳤어요."

"그러셨군요……. 너무 오래된 일이라 저희 쪽에서도 처음엔 거절했습니다만, 부모님이 가쓰마타 씨 명의로 간이 보험을 들어 두셨더라고요. 금액은 오만 엔 정도됩니다만……."

"참 난감하시겠어요." 야스코도 미간을 찌푸렸다.

"함께 사라졌다는 남자가 누군지만 알아도 훨씬 수월할 텐데요……."

"예, 그게 말이에요……. 전화가 오기도 했고 기요코 혼자 있을 때 찾아온 적도 있었다고 하더라고요."

여기서도 부재중 전화와 남자의 방문이 있었다. 마치 하마무라 사건 때와 똑같은 패턴이 아닌가. 이시게는 더 이상 물을 것도 없었다.

그는 갑작스러운 방문을 사과하고 현관으로 나왔다. 야스코가 그를 배웅하러 나왔다. 이시게는 신발을 신는 척하며, 구둣주걱을 야스코의 발치에 떨어뜨렸다.

"앗, 실례했습니다."

이시게가 허둥대자, 야스코가 구둣주걱을 주워주었다. 이시게는 천천히 신발을 신고 거리로 나왔다. 구둣주걱을 손수건으로 싸서 겉옷 주머니에 넣었다.

'잠깐!' 지하철역으로 걸어가며 이시게는 생각했다. '여자 하나가 더 있던 거야. 호리키리 집 가정부였던 가쓰마타 기요코. 설마 도리우미 야스코의 진짜 정체가 기요코라고는 생각되지 않지만, 기요코—아야코—도미코로 이어지는 구조는 어떨까?'

가가야 아야코와 가쓰타마 기요코는 나이 차가 거의 없지만, 아야코의 언니인 도미코와는 여섯 살 정도 차이가 있다. 그 정도는 화장으로 커버할 수 있지 않을까? 생각해 보면 고사쿠 도미코는 스카가와 국립병원에서 연극을 자주 했다고 하지 않았던가. 그녀의 존재는 점점 더 사건의 중심으로 떠오르고 있었다. 게다가 지금까지 도리우미 야스코를 직접 확인한 사람은 아무도 없다. 부모는 먼 홋카이도에 있고, 고사쿠 도미코는 행방불명 상태다. 가정부였던 기요코도 생사조차 확인되지 않고 있었다. 그리고 이시카리에 함께 간 그 남자는 누구였을까? 쓰노다 말로는, 아야코의 생사 여부도 확신할 수 없다고 했다.

이시게는 지하철을 타지 않고 택시를 잡았다. 경시청 정문 앞에서 내린 그는 곧장 4층으로 올라갔다. 다나아미 경감은 아직 사무실에 남아있었다.

"오, 무슨 일인가? 잘 지냈나?"

이시게는 오늘 있었던 일을 간략히 보고했고, 구둣주걱에 있는 야스코의 지문 얘기를 꺼냈다.

"과연 그럴까? ……그건 너무 소설 같은 얘기잖아. 뭐, 그래도 혹시 모르니 지문 감식은 해보지. 하지만 고사쿠와 도리우미는 전혀 다른 사람이라고."

두 사람은 감식과로 가서 지문을 채취한 뒤, 고사쿠 도미코와 가가야 아야코의 지문과 대조해 보았다.

"다르군."

"다르네요."

"그래도 마음에 걸린다면 직접 확인시켜 주겠네. 도리우미 야스코는 전쟁 후 도쿄대학 병원에서 간호사 교육을 받았으니, 아직 기억하는 사람이 있을 거야."

경감은 수화기를 들고 교환수를 불러, 도쿄대학 병원의 다카라다 수간호사를 연결해 달라고 했다. 두 사람은 담배에 불을 붙였다.

"난 자네 의견에는 동의할 수 없네."

경감이 말하고 있는데, 전화벨이 울렸다.

"다카라다 씨?"

"네."

건너편에서 활기찬 목소리가 들려왔다.

"경시청 다나아미 경감입니다."

"경시청에서 전화가 왔다길래 깜짝 놀랐어요. 경감님도 잘 지내시죠?"

"여전하죠, 뭐. 다카라다 씨는요?"

"여전하시다니 듣던 중 반가운 소리네요……. 저도 뭐, 늘 똑같아요. 먹고살기 바쁘죠."

"바쁜 게 얼마나 다행입니까. 한가한 게 더 문제죠."

"호호호……."

"다름이 아니라, 예전에 간호사님 병원에서 교육받은 사람 중에 이름이 '도리우미', 도리우미 야스코인 사람을 기억하십니까? 홋카이도 출신입니다. 교육생이 너무 많아서 기억이 안 나실 것 같긴 합니다만……."

"알아요."

이렇게 바로 대답이 돌아올 줄은 몰랐기에 경감도 조금 놀랐다.

"누구라더라, 무슨 농림성 고위 관료와 결혼한 사람이죠?"

"네, 호리키리라는 사람의…… 후처로 들어갔습니다."

"전에 여성지에도 한번 나왔어요. 그 잡지 기자가 찾아와서, 이것저것 꼬치꼬치 묻더라고요. 그래서 기억하고 있어요."

"그 기사, 실렸나요?"

"네. 잡지 화보에 실렸어요."

"흐음······."

생각보다 너무 쉽게 해결되었다. 경감은 잡지 이름과 호수를 물은 뒤 전화를 끊었다.

"하하하, 일단 고사쿠와 도리우미가 동일 인물이라는 가설은 깨졌군." 경감은 웃으며 말했다.

이시게는 무거운 발걸음으로 4층에서 내려갔다.

○

"한참 기다렸어요. 전화가······." 집에 도착하자 아내가 신발을 벗는 이시게의 등에 대고 말했다.

이시게는 옷도 갈아입지 않은 채 다이얼을 돌렸다.

"기다리고 있었어. 네 얘길 듣고 싶어서 말이야."

수화기 너머로 목소리가 들려왔다.

"뭐부터 말해야 할지 모르겠군."

"뭐든 좋아. 다 말해."

"고사쿠 도미코 말인데, 바로 옆에 있는 사토미 분원까지는 뒤쫓았는데, 거기서 행적이 끊겼어." 이시게는 이어서 사건의 개요를 설명했다. "그리고 다나아미 경감 쪽 소식인데, 네 말대로 다키시마로 보이는 남자가 마이크로필름을 찍었더라고."

"응, 역시 그럴 줄 알았어."

"다음은 '신사' 건인데, 그 집엔 신사 같은 사당은 없었대. 혹시 몰라서 집주인까지 조사했다는데, 그런 건 전혀 없었다더라고. 신사는 네 착각 아냐?"

"아니야."

"다나아미 선배는 '신차', 그러니까 새 차 얘기 아니냐고 하시더라고."

"아냐, 틀림없어. 뭐, 그건 됐고. 다음은?"

"방금 전에 호리키리 씨 집에 갔다 왔어."

"뭐? 네가 직접?"

"응, 혹시 도리우미 야스코 부인이 고사쿠, 가가야, 가쓰마타 중 하나가 아닐까 싶어서 말이지."

"너무 나간 거 아냐? ……후후, 그래서 결과는?"

"지문을 떠서 대조해 봤는데, 고사쿠도 가가야도 아니었어. 도쿄대학에도 전화해서 확인해 봤고."

이시게는 다나아미 경감과 다카라다 수간호사의 통화 내용을 전했다.

"그랬군……."

"그리고 차량 오물 분석표도 말인데……."

"그건 받았어, 고마워. 그런데 너, 호리키리 씨도 만난 거야? 이번이 두 번째 아냐?"

"응. 별다른 얘기는 안 했어. 부인이랑만 이야기했지. 한 잔 얻어마셨어. 안주로 캐비어가 나오더라."

"뭐, 뭐라고?!" 무척 놀란 듯, 새된 목소리가 들렸다.

"무슨 일이야?" 이시게가 당황해서 물었다.

"범인을 알아냈어."

"누군데?"

하지만 상대는 답이 없었다. 두 사람 사이에 침묵이 흘렀다.

"너…… 너, 지금 제정신 맞지?" 이시게는 잠시 후 물었다.

"제정신이야……. 그보다 지금 당장 서둘러야 해!"

"뭘?"

"증거를 확보해야 해."

"무슨 증거?"

"네가 일을 크게 만들었어. 우리가 바짝 쫓아온 걸 알았을 거야. 네가 경계심을 심어준 셈이지. 아마 지금쯤이면 자동차 건도 눈치채고, 다급하게 움직이기 시작했을 거야. 걱정이 되는 건 기름통에 지문을 남긴 여자, 정신병원에서 고사쿠 도미코라는 이름으로 일하던 그 여자야."

"그 여자가 왜?"

"또 살해당할 거야."

"또?"

"그래. 난 그 여자가, 어쩌면 죽은 줄 알았던 가가야 아야코일지도 모른다고 생각해!"

"하지만 지문이 다르잖아."

"눈앞에서 직접 찍지 않고서야 그런 건 얼마든지 위조할 수 있어. 범인도 그 여자를 찾아내려고 혈안이 되어있을 거야. 어서 움직여 줘!"

"알겠어. 이 사건에서 또 누가 죽는 꼴은 나도 절대 못 봐!"

"나도 마찬가지야. 우리가 빠를지, 놈들이 빠를지, 이젠 시간 싸움이다!"

"그래."

"그리고 넌 쇼지 병원에 가!"

"무슨 일인데?"

"너 지난번에 병원 2층에서 하마무라 살인범을 쫓다가 놓쳤을 때, 2층 복도에 문 쐐기가 하나 떨어져 있었다고 했지?"

"응."

"바로 그거야. 복도 천장을 다시 살펴봐. 그 쐐기가 있던 부근 천장 말이야. 네가 그때 조금만 더 꼼꼼히 봤더라면 범인을 잡았을 거야."

"하지만 경찰에서도 그 천장은 다 찾아봤어."

"이삼일 뒤였잖아. 범인은 그 이삼일 사이에 증거를 지웠어. 사실 나도 방금에야 그 트릭을 눈치챘어. 그뿐만 아니라, 그 천장 안에 뭔가 더 있을 거야."

"도대체 뭐가 있다는 거야? 천장엔 전등밖에 없는데."

"그 전등이야."

"좋아, 다녀올게."

"응. 내 추리가 맞겠지만, 네가 직접 확인해 줬으면 좋겠어."

전화는 끊겼다.

"또 나가세요?"

"응."

"저녁은요?"

"다녀와서 먹을게, 먼저 먹어."

"조심해서 다녀오세요." 아내는 다시 신발을 신는 이시게에게 말했다.

쇼지 병원에는 히라바야시 선생이 당직을 서고 있었다. 이시게는 사정을 설명한 뒤, 사무원에게 사다리를 부탁하고 2층으로 올라갔다. 그날, 여자를 놓쳤던 바로 그 2층이다. 이시게는 도서실 앞 천장에 달린 창부터 살펴보기로 했다.

"여기, 최근에 수리한 적 있습니까?" 사무장 모토하시에게 물었다.

"아뇨." 그는 의아한 표정을 지었다.

이리저리 만지다 보니 유리가 통째로 쏙 빠졌다. 머리를 들이밀고 손전등을 비추자 천장 안에는 먼지가 수북이 쌓여있었고, 그 위로 누군가가 걸어간 듯한 흔적이 일직선으로 나 있었다.

이시게는 천장 안으로 들어갔다. 발자국을 따라가자, 하마무라 수간호사의 방 근처에서 멈춰 있었다. 그 자리엔 작은 상자 하나가 나뒹굴고 있었다. 그리 오래된 물건은 아니었다. 열어보니 무언가 약품 가루 같은 것이 반짝이며 묻어있었다.

주변을 자세히 살펴보니, 흔히 그렇듯 천장 마감재 한 장이 나사못으로 고정되어 분리가 가능한 구조였다. 이시게는 다시 전등 근처로 돌아가서 복도로 내려왔다.

"뭐라도 나왔습니까?" 모토하시는 이시게가 들고 있는 상자를 신기한 듯 쳐다보며 말했다.

"천장 안에서 이런 게 나왔습니다."

"뭔가요?"

"빈 약통입니다. ……하하하, 병원 천장에서 약통 하나 나왔다고 해서 그리 이상한 일도 아니겠지만요."

이시게는 웃으며 2층에서 내려왔다.

'어쩌면 하마무라를 죽인 범인도 저 안에 숨어있었던 것일지도 몰라.' 이시게는 생각했다.

하지만 그날은 오늘처럼 사다리 같은 것도 근처에 없었다.

'사다리는커녕, 막대기 하나도 없었지. 복도 양쪽 벽에서도 일 미터씩이나 떨어져 있었고, 벽을 타고 올라갔다고 보는 것도 말이 안 돼. 발을 디딜 만한 창문도 없었고…….'

도서실에서 의자를 가져와 딛고 올라가는 것은 가능하다. 하지만 문이 닫혀 있던 도서실 안에 의자를 어떻게 다시 넣을 수 있었을까? 닫히는 문짝 반동을 이용해 의자를 밀어 넣었다면? 가능성은 조금 있어 보인다. 하지만 그때 도서실 의자는 문 옆에 아니라, 테이블 중간쯤을 넘어 창문 가까이에 멀쩡히 놓여있었다. 게다가 문턱이 있어서, 의자가 점프라도 해서 쓰러지지 않고 그대로 창가까지 미끄러져 들어갔다고는 보기 어렵다.

"병원에서 이런 걸 발견했습니다. 안에 있던 약은 뭡니까?"

히라바야시 선생은 손가락 끝에 조금 묻혀서 눈으로 살피더니, 살짝 혀끝에 대어 보았다.

"코카인인 것 같네요……. 아니, 틀림없이 코카인입니다. 어디서 찾으셨죠?"

"천장 안에서요. 코카인이라면 마약이죠? 취급이 까다롭지 않나요?"

"예, 아주 엄격하게 관리됩니다."

"민간에서도 쓰긴 하죠?"

"의사들은 물에 녹여 국소 마취제로 사용합니다. 이비인후과나 치과 같은 데서 자주 쓰죠. 병원이 아닌 곳이라면……, 면봉에 묻혀서 코 속에 넣는 식으로 사용하는 사람들도 있고요."

"아, 한때 연예인들이 많이 사용했죠."

"이렇게 상자 전체에 가루가 묻어있는 걸 보니, 양도 꽤 많았겠네요."

히라바야시 선생은 상자를 툭툭 두드려 가루를 구석으로 모아보더니 "이런 게 나오면, 또 골치 아파지겠네요"라며 걱정스러운 표정을 지었다.

"네……. 이건 가져가겠습니다."

이시게는 상자를 들고 병원을 나왔다. 집에 돌아오자마자 그는 바로 전화를 걸었다.

"2층 천장은 비밀 통로였어." 이시게는 바로 말했다.

"그렇지? 그리고 하마무라 수간호사 방 천장하고도 이어져 있었지?"

"그걸 어떻게 네가……?"

"그래, 그렇다면 모든 게 맞아떨어져."

"그래도 이상하잖아. 내 눈앞에서 사라진 여자가 어떻게 저 전등 구멍으로 들어갈 수 있냐고. 주변에 발 디딜 데가 하나도 없는데."

"쐐기야." 전화기 너머에서 말했다.

"쐐기……?"

"응……. 그건 다음에 만나서 설명할게. 그보다 그 코카인 상자 말인데, 병원 측은 꽤 놀랐겠는데?"

"히라바야시 씨가 몹시 난감한 표정이더라."

"우리가 감당할 수 있는 일이 아니야. 네가 아는 건 전부 경찰에 말해."

"다키시마 사건부터?"

"그건 아직 이르지. 하마무라 사건만."

"그러면……."

"경찰은 하마무라 수간호사가 마약을 중개하거나 전달하다가 조직에서 관계가 틀어져 살해당한 걸로 볼 거야."

다음 날 아침, 이시게는 이치카와 경찰서를 찾아가 하마무라 수간호사 살인 사건과 관련해 새로 밝혀낸 사실들을 설명했다. 경찰에서도 마약 중개자들 사이의 내부 갈등으로 인한 살인에 무게를 두고 있었다.

"그렇다면 하마무라가 자리를 비운 사이에 걸려온 전화나, 찾아왔다는 남자 얘기도 다 설명이 되지." 형사 하나가 말했다. "하마무라의 통장에서 발견된 사십만 엔이라는 거액도 마약 유통으로 번 돈일 거야. 그 상자에 코카인이 가득 들어있었다면 금액이 상당했을 테니까."

문제의 천장은 새로운 검증이 이루어졌고, 본부에서는 마약 전담 수사관까지 파견했다. 하마무라 살인 사건의 양상은 급변했다. 마약 밀매는 대규모 조직이 연루되어 있었고, 구성원은 일본인뿐만이 아니라, 한국인, 대만인, 심지어는 현역 미군까지 포함되어 있었다. 군용 비행기를 이용해 밀수한 사례도 있었다.

신문은 새로운 국면을 맞은 이 사건을 다시 대대적으로 보도했다.

제17장

첫 번째 여자

이시게는 이른 아침부터 서둘러 나갔다. 오늘은 12월 31일. 한 해의 마지막 날, 섣달그믐이다. 거리를 오가는 사람들의 발걸음도 어쩐지 부산스러웠다.

이시게는 파출부 소개소 아이세이회를 다시 찾아갔다. 여기서부터 아야코의 언니 고사쿠 도미코를 다시 추적할 수밖에 없었다. 새해맞이 소나무 장식을 곱게 세워둔 문을 지나며, 이시게는 마음 한편이 찜찜했다. 경찰 신분이 아닌데 수사를 계속하는 것이 내내 꺼림칙했다.

아이세이회 여사장은 예상대로 달갑지 않은 표정이었다. 고사쿠를 찾아온 사람이 있었느냐는 물음에, 그런 사람은 한 명도 없었다며 퉁명스럽게 대답했다. 보증인^{당시 일본에서 가정부, 간호 파견인 등으로 일하는 사람은 고용 계약의 신뢰성을 높이기 위해 신원 보증인을 두었다}은 누구냐고 묻자, 그녀에게는 정식 면허증도 있었고 전출입 증명서도 갖고 있어서 보증인은 따로 세우지 않았다며 겸연쩍은 듯 말했다. 보건소에 등록도 해야 하지만 그것도 하지 않았다고 했다.
 '전출입이 있었다면 시청에서 알 수 있겠지.'
 이시게는 혹시 몰라 다시 물었더니, 전출 신고도 하지 않아 여전히 이곳에 적을 두고 있다고 했다. 이시게는 또다시 한 방 먹은 기분이었다. 서류를 보여달라고 했지만 지금의 수사 상황에는 아무런 도움이 되지 않았다.
 "편지 같은 건 없습니까?"
 "한 번도 온 적 없어요."
 "전화는요?"
 "한두 번 왔었어요."
 "그 전화, 남자였습니까? 여자였습니까?"
 "여자였어요."
 "무슨 용건이었습니까?"
 "그냥 '미조카와한테 전화 왔었다고 전해주세요'라는 말뿐이었어요."
 이시게는 이것도 단서가 될 수 있겠다고 생각했다.
 "미조카와요? 어떤 한자를 씁니까? 잘못 들은 건 아니겠죠?" 이시게는 재차 확인했다.
 "아뇨, 분명히 '미조카와'라고 했어요. 나이 든 여자 목소리였어요. ……찾아볼까요?"

"네, 그래 주시면 감사하죠."

그녀는 전화기 아래에 걸려있던 낡은 수첩을 가져와서 페이지를 넘겼다. 날짜는 기억나지 않지만 9월 중순쯤이었고, 이름은 틀림없이 미조카와라고 쓰여있었다.

"전화는 시내 전화였습니까?" 이시게는 다시 물었다.

"네, 아마 쓰다누마 쪽이었던 것 같아요."

이것도 단서가 될 수 있다. 이시게는 인사를 하고 밖으로 나왔다.

'역시 발품을 팔아야 해.'

몇 번이고 끈질기게 돌아다니다 보면 결국 뭔가는 알아낼 수 있었다. 과학이 아무리 발달해도 결국은 발로 뛰는 탐문이 수사의 대부분을 차지하는 것이다. 이시게는 곧장 쓰다누마로 향했다.

'미조카와'라는 이름이 등장했다. 이쯤 되면 끈질기기로 유명한 이시게가 가만있을 리 없다. 사람들 왕래가 잦은 역 한복판에서 그는 생각에 잠겼다. 주민등록을 보면 알 수 있을지도 모른다. 하지만 시청은 이미 연휴에 들어갔고 개인이 열람할 수 있을지도 미지수다. 작다고는 해도 쓰다누마는 도시다. 무턱대고 혼자서 뒤질 수 있는 규모가 아니었다. 이시게는 도쿄로 전화를 걸어, 다나아미 경감에게 지원을 요청했다.

"무슨 일인가?" 대기 중이던 경감이 물었다.

어제 하마무라 살해 사건과 관련해 천장의 비밀 통로 건을 보고받은 터라, 경감은 그 얘기인 줄 알고 묻는 듯했다.

"고사쿠 도미코……, 체포 영장 발부는 어렵겠습니까?"

"무슨 혐의로?"

"주거 침입으로요. 쇼지 병원에서 기름통을 훔친 적이 있으니까요."

"그 정도로 영장이 나오려나……." 경감의 목소리는 염려스러웠다.

"하지만 지금은 그 방법밖에 없습니다. 저희는 하마무라 살인과 쓰노다 습격 사건도 모두 고사쿠 도미코와 관련이 있다고 보고 있거든요. 다만, 아직은 물증이 없습니다. 그래서 일단은 주거 침입 혐의로 체포해서……."

"알겠네. 하지만 오늘은 섣달그믐이야."

"네, 섣달그믐이네요." 이시게도 문득 감회에 잠겨 말했다.

"어디로 가면 되나?"

"쓰다누마 역입니다."

"오케이, 바로 출발하지."

이시게는 전화를 끊고 시청으로 갔다. 안 될 거라 생각하면서도 '미조카와'와 '고사쿠 도미코'의 거주 기록을 조회해 달라고 요청했다. 다행히도 직원은 친절하게 찾아주었다. 주민등록, 배급 대장, 호적부, 기류寄留 대장, 세금 대장……, 고맙게도 글자순으로 정리된 색인이 있어서 수월했다.

거기에 고사쿠 도미코는 없었지만, 고사쿠라는 성씨를 가진 집은 한 곳 있었다. 미조카와는 무려 열두세 가구나 있었다. 이 지역에 사는 고사쿠 씨는 시의원이자 토박이 농가였고, 가족 중에 '도미코'라는 이름은 없었다. 이시게는 고사쿠 도미코가 이 도시에 있다고 해도 가명을 쓰고 있을 것이라고 확신했다. 전화국과 우체국에도 조회해 보았지만 역시나 그녀의 이름은 없었다.

시간을 봐가며 역으로 나가보니 마침 다나아미 경감 일행 네 사람이 도착해 있었다. 이시게는 아침부터 조사한 내용을 보고했다.

"자, 체포 영장도 발부됐으니 쓰다누마 경찰서로 가보자고." 경감이 재촉했다.

다섯 사람은 함께 경찰서로 향했다. 이곳도 모두 외근 중이라, 방범계 형사 한 명만 당직으로 남아있을 뿐이었다. 영장을 제시하고 협조를 요청했으나 주소가 너무 복잡해 그 지역 사람 아니면 짐작조차 하기 어려운 상황이었다.

삼십 분쯤 지나 형사 두 명이 지원을 나와 주었다. 그들은 미조카와라는 이름을 단서로 수색을 시작했다. 미조카와라는 성을 가진 집은 열세 채 있었고, 그중 서너 곳은 형사들도 이미 알고 있는 집이었다. 그들 모두 고사쿠 도미코 같은 여자는 없다고 했다.

이들은 우선 전화가 있는 집에는 모조리 전화를 걸어 확인해 보았다.

"경찰입니다. 댁에 고사쿠라는 여자분 계십니까? 나이는 스물대여섯쯤······."

만약 도미코에게 전화를 남겼다는 미조카와란 사람도 그녀와 한통속이라면, 이 수색은 꽤 위험한 방식이다. 하지만 그 여자는 그냥 방만 빌려줬을 뿐이라는 게 수사팀의 일치된 의견이었다. 가명을 썼을 가능성도 있어 그 점도 물어보았다. 그녀를 숨겨주고 있더라도 이웃의 눈도 있으니 완전히 감출 수는 없을 것이다. 아이세이회로 전화가 걸려온 게 9월이었으니, 지금도 그곳에 있다면 벌써 석 달이 지난 셈이다. 공산당 지하 조직원도 아니고, 그렇게 흔적 없이 잠적하긴 힘들 것이다.

그렇게 하나씩 골라내며 범위를 좁혀나가다 보니, 결국 세 집만 남았다. 두 집은 농가였고, 한 집은 철도청 직원의 집이었다. 형사들이 각각 뛰어 들어가 확인했지만 그 어디에도 고사쿠로 보이는 여자는 없었다.

시간은 점점 흘러갔다. 1956년도 이제 몇 시간 남지 않았다. 거리를 오가는 사람들의 발걸음도 분주해 보였다.

'부지런한 사람들은 이미 봄맞이 준비도 마치고, 섣달 그믐밤에 마실 술상도 차려 놓았을 테지.'

이시게도 사람인지라 문득 감상에 젖지 않을 수 없었다. 그러나 지금은 머뭇거릴 때가 아니었다. 범인은 지금 궁지에 몰려있고, 무슨 짓을 할지 알 수 없다. 이시게의 움직임은 이미 그들의 레이더에 포착되어 있다. 범인은 이시게보다 한발 앞서 움직이고 있을지도 몰랐다.

이시게는 속이 바싹 타들어 갔다. 어쩌면 고사쿠 도미코는 이미 살해되었을지도 모른다. 혹시나 하는 마음에 이시게는 전화국에 가서 9월 중순에 아이세이회로 걸려온 통화 기록을 요청했다. 다행히도 기록이 남아있었다. 전화는 역 앞 공중전화에서 걸려온 것이었다. 그 전후 통화 기록도 함께 부탁하자, 하나가 더 나왔다. 그것도 역시 역 앞이었다.

"이 '역 앞'이라는 건 무슨 의미일까요? 그 근처 사람이라는 뜻일까요?" 이시게는 사람들에게 의견을 물었다.

"아니요." 한 형사가 말했다.

"역 앞은 가게가 많잖아. 쇼핑하러 왔다가 전화를 걸었을 수도 있지."

"아니지. 그렇다면 가게 전화를 빌려 쓰면 되잖아."

"교활한 놈이라면 가게 사람에게 얼굴 팔릴 일은 안 만들었겠지. 전화국에서 조사하면 시외 전화는 기록이 남으니까, 그걸 염두에 두고 개인 전화 대신 공중전화를 썼을 거야."

"또 있어. 역을 자주 이용하는 사람, 직장인인 거지."

"하지만 그 전화는 한 번은 정오에, 또 한 번은 오후 세 시 반에 걸려 왔어요. 저는 가정주부일 거라고 봅니다." 이시게가 말했다.

"그렇다면 공중전화는 다른 데도 있을 테니까, 역을 중심으로 미조카와를 다시 찾아보자고." 지금까지 가만히 사람들의 이야기를 듣고 있던 다나아미 경감이 말했다.

"미조카와라는 이름을 가진 사람 중에 철도청 직원도 있었지?" 누군가 말했다.

형사 한 명이 지프를 몰고 달려갔지만, 방 두 칸짜리 좁은 집에 고사쿠 같은 여자가 있을 것 같지 않았다. 시간은 계속 흘러갔다. 그들은 근처 식당에서 덮밥을 배달시켜 난로 주위에 모여 앉아 삭막하게 저녁을 때웠다.

"이시게 씨, 혹시 미조카와가 아니라 다른 이름 아닐까요?" 지역 형사 하나가 사람들에게 차를 따라주다가 이시게에게 물었다.

"저는 분명 미조카와라고 들었습니다."

"쓰다누마에는요, 오래전부터 '미소카와'라는 성이 있었어요. 한자로는 未(미), 曾(소), 川(카와) 자를 쓰는데, 옛날에는 이 한자가 '木曾川(기소카와)'였답니다. 홋타 가문(에도 시대 막부의 유력 다이묘 가문)이 이 근방을 다스리던 시기에 무슨 사건이 있었고, 그 여파로 木 자가 未 자로 바뀌면서 결국 '기소카와'는 '미소카와'가 되었다는 얘기를 들은 적이 있어요.

이시게는 그것도 한 번 조사해 볼 필요가 있겠다 싶어 다나아미 경감을 쳐다보았다. 경감은 말없이 고개를 끄덕였다.

"그 미소카와라는 집은 몇 가구나 있습니까?"

"여섯 가구요."

이시게는 조금 질리는 듯한 기분이 들었다. 그는 지역 형사

두 명과 함께 지프를 타고 현장으로 갔다. 뒤이어 또 다른 팀이 나갔고, 마지막으로 형사 한 명도 출발했다. 서에는 다나아미 경감이 남았고, 삼십 분쯤 지나자 두 팀이 돌아왔다.

"완전 허탕 쳤어요."

사람들은 난로에 손을 내밀었다. 바깥은 꽤 추웠다.

"사이토는?"

그들은 아직 돌아오지 않은 형사 한 명을 기다렸다. 이십 분쯤 지나서 그가 돌아왔다.

"내가 찾아간 미소카와 집은 이사 갔더라고."

"언제?"

"9월 초."

"그럼, 관련 없겠군. 전화는 9월 17일에 아이세이회로 걸려 왔으니까."

다나아미 경감은 살짝 실망했다. 더는 단서가 될 만한 게 없었기 때문이다. 처음부터 수사 방향이 잘못되었는지도 모른다. 고사쿠 도미코는 이미 목적을 이루고 진작에 도쿄 인파 속으로 자취를 감췄을지도 몰랐다.

"그 이사 갔다는 사람은 무슨 일을 하던 사람입니까?"

"세무서에서 오래 근무했답니다. 퇴직금으로 보슈^{지바현 남부에 위치한 보소반도의 옛 지명} 가모가와 쪽에 땅과 집을 사서, 아예 내려가 살고 있다고 합니다."

"가족은요?"

"네 식구였다고 합니다. 그리고 방을 세놓았던 모양이에요. 아픈 사람이었대요."

"네? 아파요? 남자입니까?"

이시게는 이미 가이진소 연립 주택에서도, 아이세이회에서도, 도미코가 병든 남편을 돌보고 있다는 이야기를 들은 바 있었다.

"여자였답니다."

기대했던 만큼 실망도 컸다.

"나이는요?"

"글쎄요……, 이삿날에도 그 여자만 따로 다른 차에 타는 걸 이웃 사람들이 흘끗 본 게 전부랍니다."

이시게는 문득 그 여자가 도미코가 아닐까 하는 생각이 들었다. 병든 남편과 헤어진 뒤 그녀도 병을 앓고 있는 건지도 몰랐다. 이시게는 지프에 올라타 9월 초에 이사 갔다는 미소카와 다케지로라는 이가 살던 집 근처를 탐문했다. 그러나 고사쿠 도미코라는 이름을 아는 사람도, 얼굴을 봤다는 사람도 없었다.

"무슨 지독한 병이라도 걸렸던 게 아닐까요?"라고 말하는 집도 있었다. "그리고요, 조금 전에 똑같은 걸 묻고 간 사람이 있었어요."

이시게는 고개를 갸웃했다. 불길한 예감이 들었다. 그는 경찰서에 전화를 걸어 인근 병원을 샅샅이 뒤지게 하고, 전화가 설치된 병원에는 일일이 전화를 돌리도록 지시했다. 이것이 바로 경찰의 '촉'이라는 것이었다. 미소카와 가족이 이삿날에 자동차를 불렀다고 하니 그쪽 방면도 알아보게 했다. 차량 예약이 가능한 곳은 역 앞에 있는 택시 회사 하나밖에 없었다.

이시게는 경찰서로 돌아와 가모가와 경찰서에 긴급 전화를 요청했다. 전화는 바로 연결되었다. '미소카와의 집에 살던 여자 이름을 알아봐 달라'고 요청하자, 곧바로 파출소 인력을 출동시키겠다며 전화를 끊었다. 회신까지는 이십 분쯤 걸릴 거라고 했다.

택시 회사 쪽은 완전히 헛수고였다. 도쿄 쪽에서 영업차 잠시 이쪽 지역으로 온 택시를 잡아탔을 거라는 의견이 대다수였다. 병원 쪽에서도 차례로 연락이 왔지만 모두 허탕이었다. 병원 주변을 샅샅이 뒤지던 형사들도 지쳐서 돌아왔다. 벌써 열 시가 가까워지고 있었다. 이제는 누구 하나 입을 여는 사람도 없었다.

그때 전화벨이 울렸다.

"네? 뭐, 뭐라고요?" 교환대를 지키던 당직 경찰이 소리쳤다. "고사쿠 도미……네? 환자요? 여보세요, 여보세요……, 뭐라고요……?"

사람들은 일제히 숨을 죽이며 교환대 쪽을 돌아보았다.

"하나노유 목욕탕 뒤쪽……, 뭐요? 하야시…… 쳇, 끊겼어."

"괜찮습니다." 이시게가 조용히 난로 곁에서 몸을 일으키며 말했다.

가슴속에서 무언가가 끓어올랐다. 여자는 가명도 쓰지 않고 살고 있었던 것이다.

"신덴초에 있는 하나노유 목욕탕 옆……, 아니, 뒤쪽이랍니다. 하야시라는 사람 집으로 이사한 모양입니다."

이시게는 이치카와 경찰서에 전화를 걸어 설명했고, 삼십 분쯤 지나자 멀리서 사이렌 소리가 들려왔다. 경찰차가 분명했다. 사이렌 소리는 경찰서 앞에서 멈췄다. 끼익 하고 앞문이 열리는 소리가 나자 모두 고개를 돌렸다. 탁탁 지팡이 소리를 내며 한 남자가 안으로 들어섰다.

"어이……."

고개를 들자, 창백한 얼굴에 뺨이 홀쭉해진 쓰노다가 서 있었다.

"찾았다면서?"

"응." 이시게는 반가운 듯 자리에서 일어나 의자를 내주며 말했다.

"다나아미 경감님, 오랜만입니다. 가가야를 찾았다고 들었습니다."

"정확히는 가가야가 아니라 고사쿠입니다."

"아뇨." 쓰노다는 고개를 저으며 말했다. "그 사람이 가가야입니다. 가가야가 고사쿠라는 이름을 쓰고 있었던 거죠."

쓰노다의 추리는 여전히 변함없었다.

"정말 끔찍한 일을 겪으셨습니다."

"네……. 저한텐 이건 복수나 다름없죠." 쓰노다는 옅은 웃음을 지으며 말했다.

그는 4호실에서 정체불명의 여자에게 공격당했고 병실에는 불까지 났었다. 다행히 생명에는 지장이 없었지만 외상은 심각했다. 의식을 잃기도 했고 신경통도 심해졌다. 쓰노다는 그 여자의 얼굴을 보았다. 쓰노다가 살아있는 한 제2, 제3의 습격이 또 있을지도 몰랐다.

이시게는 빈 관을 지바대학 법의학교실로 옮기고 쓰노다를 마쓰도에 있는 구치소 부속 병원으로 옮겼다. 지금 같은 상황에서 이보다 더 안전한 은신처는 없을 것이다. 무시무시한 적의 눈을 완벽하게 속였다고는 할 수 없지만 적어도 안전만큼은 보장된 곳이었다.

이시게는 위장병 치료를 핑계로 약병을 들고 그 병원에 드나들었다. 이번 사건은 경시청에서도 수사 지원을 받게 되었고, 다행히도 예전부터 친분이 있던 다나아미 경감이 수사 책임자로 배정되었다. 그러면서 경감은 그동안 여러 차례 전화로 쓰노다와 연락을 주고받아 왔다.

"이제 검거하러 갈 건데……, 몸은 좀 어떠십니까?"

다나아미 경감이 허리띠를 고쳐 매며 자리에서 일어섰다.

"보시다시피, 이 대단하신 다리는 결국 못 쓰게 될지도 모른답니다."

"저런, 대단하신 다리를…… 안타깝습니다." 경감도 농담을 받아치듯 말했다. "근데, 못 쓴다니요?"

"네, 이젠 아예 구부러지질 않아요." 쓰노다가 다리를 들어 보여주며 말했다.

"조금 수척해진 것 같습니다."

"네, 칠팔 킬로그램쯤 빠졌습니다."

"그래도 살이 빠진 건 나쁘지 않지요. 당뇨는 혈압에도 좋지 않으니까요. 자, 다들 준비는 됐나?" 경감이 사람들을 둘러보며 말했다.

"네!"

경찰서 정문 앞에는 지프 한 대와 이치카와에서 온 경찰차 한 대가 대기 중이었다. 미어터질 듯 많은 사람이 차에 올라탔다.

"우리보다 먼저 찾아간 놈이 있어." 이시게가 옆에 앉은 쓰노다에게 말했다.

"뭐, 뭐라고……? 서둘러야 해!" 쓰노다는 당황한 듯이 소리쳤다.

하나노유 목욕탕은 경찰서에서 일 킬로미터 정도 떨어진 곳에 있었다. 오늘은 밤샘 영업을 하는 날이라 드나드는 사람들도 많았다. 경찰들은 목적지에서 백 미터가량 떨어진 곳에 차를 세우고 내렸다.

바람이 불어왔다. 달도 뜨지 않아 사방은 깜깜했다. 왼쪽엔 밭이 있었고, 오른쪽으로는 주택이 있는 듯 나무 담장이 이어져 있었다. 담장 안에서 개 짖는 소리가 들렸다. 곧 담장이 끊기고, 공장처럼 보이는 건물과 가시철조망이 나타났다. 경찰들은 한마디도 하지 않았다.

쓰노다는 무거운 다리를 질질 끌며 이시게와 나란히 걸었다. 멀리 어둠 속에서 산울타리 같은 것이 희미하게 보였다. 그때, 옆에서 담뱃불이 반짝였다. 다가오는 발소리를 듣고 불을 붙인 모양이었다. 먼저 출발한 형사 중 한 명이었다.

"데라시마?" 다나아미 경감이 말을 걸었다.

"네." 형사는 담배를 끄며 답했다.

"안에 있나?"

"네."

"혼자야?"

"네, 혼자입니다."

"자네들은 여기서 대기하게. 그리고 관할서 분들은 저 뒤쪽으로 돌아가 주시게. 여자 혼자니까 별일은 없겠지만……."

다나아미 경감이 낮은 목소리로 지시를 내리던 그때였다. 별채 근처에서 '탕, 탕, 탕!' 하며 귀를 찢는 듯한 총성이 울렸다. 경찰들은 깜짝 놀라 자세를 낮췄다.

"꺄악!"

여자의 비명 소리가 들리고, 형사들이 우르르 달려갔다.

'탕! 탕!'

다시 두 발의 총성이 울렸다. 경찰들이 욕설을 퍼붓는 소리가 들렸다. '쿵, 쿵' 하고 땅을 차는 발소리가 울리고, 누군가가

소리를 질렀다.

"거기 서!"

"젠장!"

 절망감에 짓눌린 듯한 목소리가 들렸다. 여자 목소리도 섞여 있었다. 쓰노다는 다리를 절룩이며 가까이 다가갔다. 둥근 손전등 불빛 속에, 한 남자가 형사들에게 제압당한 채 땅에 엎드려 있었다. 얼굴에서 피가 흘러내렸고 남자의 옆에는 미군이 쓰는 대형 권총이 나뒹굴고 있었다. 형사 하나가 남자를 일으켜 세워 수갑을 채웠다. 철컥, 철컥, 차가운 금속음이 울려 퍼졌다.

 "이 자식은……" 하고 이시게가 말하자, "수하 놈이겠지" 하며 쓰노다가 내뱉듯 말했다.

 "선수를 쳤군."

 "어떻게 알고?" 다나아미 경감이 물었다.

 "이시게가 감시당했던 거죠."

 "아, '미조카와'를 찾으러 다녔으니……."

 "당신이 고사쿠 도미코…… 씨죠?" 다나아미 경감이 문을 살짝 열고, 창백하게 굳은 표정으로 서 있는 여자에게 말을 건넨다.

 "네……."

 "경찰입니다. 무슨 일이 있었던 겁니까?"

 "그게, 갑자기 문틈 사이로 총을 쐈어요."

"다치신 데는 없습니까?"

"괜찮습니다."

"실은, 당신에게 용건이 있어서 왔습니다만……."

"네……." 여자가 조용히 말했다.

그녀는 심장이 뛰는 소리가 모두에게 들릴 만큼, 어깨로 숨을 몰아쉬고 있었다.

"저 사람은 누굽니까?" 이시게가 아까 체포한 남자를 턱짓으로 가리키며 말했다.

"모릅니다."

이시게는 신발을 벗었다. 쓰노다와 경감도 그 뒤를 따랐다. 별채는 툇마루 끝에서 신발을 벗고 곧장 안으로 들어갈 수 있는 구조였다. 툇마루는 'ㄱ'자로 꺾여있었고, 길이는 삼사 미터쯤 되어 보였다. 첫 번째 방이 여자가 세 들어 사는 방인 듯했다. 새 서랍장 앞에 커다란 책상이 놓여있고, 그 앞에 고타쓰 전열판이 달린 테이블에 이불을 덮어 사용하는 일본식 난방가구가 있었다. 양복, 외투, 기모노 등 옷가지들도 잘 정리되어 벽에 걸려있었다. 장지문 옆에는 석유 곤로와 작은 찬장이 놓여있었다.

여자는 큼직한 무늬가 들어간 고급 기모노 위에 새 앞치마를 걸치고 있었다. 얼굴은 쓰노다가 생각했던 것보다 한결 나이 들어 보였다. 체격은 아내 에쓰코와 매우 비슷했고, 얼굴도 어딘가 닮은 듯했다.

제18장

넷에서 셋을 빼다

"당신이 가가야 아야코 씨죠?" 쓰노다가 바로 물었다.

"아뇨……, 고사쿠 도미코입니다."

"정신병원, 사토미 분원에서 간병인으로 일했나?" 이시게가 물었다.

"네……."

여자는 고개를 들어 사람들을 둘러봤다.

"밤마다 쇼지 병원 복도며 2층을 돌아다녔지? 왜 그런 짓을 한 거야!"

여자는 말없이 고개를 떨구었다.

"그리고 기숙사에서 기름통을 훔쳐 화장실 문에 기름을 치고, 쓰노다에게 수면제를 먹였지. 4호실을 뒤지고, 결국엔 약에 독을 타고, 쓰노다를 공격하고 병실에 불까지 질렀어. 그리고!

하마무라 수간호사를 죽인 것도 당신이지?" 이시게는 쉬지 않고 여자를 몰아붙였다.

"아니에요!" 여자가 단호하게 말했다.

쓰노다 일행은 부채 모양으로 여자를 둘러싸고 앉았다.

"아니라고?" 이시게가 엄한 목소리로 말했다. "거짓말하지 마!"

여자는 이시게를 힐끗 보고 고개를 저었다.

"좋아, 그럼 아니라는 근거는 서에서 듣도록 하지!"

다나아미 경감이 일어섰다. 여자는 겁먹은 눈으로 옆방 미닫이문을 바라보았다.

"자, 잠깐만 기다려주세요." 쓰노다가 경감을 말리며 여자에게 말했다. "자, 하나씩 내 질문에 대답해 줘요."

"네." 여자는 순순히 고개를 끄덕였다.

"4호실엔 왜 들어간 거죠?"

"다키시마 씨가 남기고 간 것을 찾으러 갔어요." 여자는 조용히 대답했다.

"찾았나요?"

"아뇨."

"매트와 침대 수납장을 훔친 사람, 당신들 중에 있죠?"

"아니에요."

"이마이 간호사 방에서 재봉틀 기름통을 훔친 건, 당신 맞죠?"

"네……. 이름은 잘 모르겠지만, 기숙사에 있던 거예요……."

"화장실 문에 기름칠은 왜 했어요?"

"거기에 숨어있으려고요. 한밤중에 끼익 끼익 소리가 너무 심해서요."

"왜 집에서 기름을 가져오지 않고 그 방에서 훔쳤지?" 이시게가 이어서 물었다.

"그 소리가 너무 거슬렸거든요. 그러다 저녁에 기숙사 건물 옆을 지나는데, 그 방 창문이 조금 열려있었고 안으로 새 재봉틀이 보였어요."

사토미 분원의 울타리를 넘어 쇼지 병원의 동 병동으로 가려면, 기숙사 옆을 가로질러 가는 게 가장 빠른 길이었다.

"그 기름통, 버리려면 제대로 버리든가, 아니면 있던 자리에 다시 갖다 놨어야지! 기름병에 남은 지문 때문에 네가 한 짓이라는 게 다 들통났어!" 이시게가 노려보며 말했다.

"겁이 났어요. 돌아올 때는 기숙사 창문이 닫혀 있었고, 집에 가져갈 수도 없었어요. 그래서 근처 쓰레기통에 던져 넣고 도망쳤어요. 다음 날 찾으러 갔는데 그땐 이미 없어졌어요."

"나한테 수면제를 먹였죠? 여러 번." 쓰노다가 물었다.

여자는 살짝 고개를 끄덕였다.

"처음엔 그 수면제를 먹고도 푹 자질 못하고, 늘 비몽사몽이었어요. 후후후, 당신은 내가 평소 수면제를 자주 복용해서 그 정도 용량으론 깊이 잠들지 않는다는 걸 몰랐던 겁니다. 그게 실수였죠."

"하지만 선생님은 온종일 병실에서 한 발짝도 안 나왔다고 들었습니다. 그런데 이 여자가 어떻게 4호실에 들어가서 수면제을 먹일 수 있었습니까?" 다나아미 경감이 놀란 듯한 표정으로 쓰노다와 여자의 얼굴을 번갈아 쳐다보며 물었다.

"처음엔 저도 전혀 몰랐어요. 혹시 나흘마다 한 번씩 오는 약에 미리 손을 댄 건가, 하고 생각한 적도 있지만, 그건 불가능하더라고요."

"그럼 음식에 섞은 건가? 아니면 마실 것?"

"식사도 마실 것도 다 안 돼요. 아침이나 점심 식사에 넣는다고 해도 약효가 한밤중까지 가지 않을 거고요. 그렇다면 저녁 식사뿐인데, 그것도 불가능해요. 게다가 저는 병원 밥 외에는 아무것도 입에 대지 않았으니까요."

"그럼 수면제를 넣을 방법이 없잖습니까?"

"네, 그런데 딱 하나 있긴 했어요."

"아니, 그게 뭡니까?"

"역시 약이에요."

"아니, 아까는 선생님이 약은 아니라면서요!"

"제 설명이 좀 부족했네요……. 하루 세 번 식후에 정기적으로 먹는 약이 아니라, 잠자기 전에 필요시에만 먹는 약이었어요. 처음엔 그 약에 손댈 수 있는 사람이 누군지 알아내려고 병실에 드나드는 사람들의 시간표까지 만들어봤어요. 하지만 그릴 수 있는 사람은 아무도 없더군요. 그런데도 이상하게 저는 당했어요. 결국엔 이시게와 제 아내 에쓰코까지 의심하지 않을 수 없었죠."

쓰노다는 말을 멈췄다. 이시게는 씩 웃기만 했다.

"그건 당신 아내가 맞아요!" 갑자기 여자가 소리쳤다.

"뭐라고?" 경감은 깜짝 놀라 여자의 얼굴을 쳐다보았다.

"부인은 밤만 되면 낮과는 전혀 다른 사람으로 변해서, 4호실을 훔쳐보거나 잠들기 전에 먹는 약에 손을 댔어요. 그래서 저도 그걸 따라 했던 거예요. 그게 수면제라는 건 금방 알 수 있었고요."

"부인이라면 굳이 번거롭게 그럴 필요가 없지. 낮에도 얼마든지 할 수 있을 텐데……." 경감이 말했다.

"그랬다면 바로 들켰을 거예요. 그래서 일부러 누군가 몰래 들어온 것처럼 보이게 하려고 밤을 택한 거죠. ……저는 부인을 이용하기로 마음먹고, 변장을 했어요. 무대용 속눈썹도 붙이고, 머리 모양도 부인처럼 바꾸고, 걸음걸이까지도……."

"저, 정말인가?" 경감이 물었다.

"정말입니다." 쓰노다는 말했다.

"그게 사실이라는 겁니까? 무슨 이유로 그런 짓을! 부인이 어째서요?"

"사실이긴 합니다만, ……그건 진짜 에쓰코가 아니었어요."

"그럼, 누구지?" 경감이 여자의 얼굴을 보며 물었다.

"난 지금까지 이 여자가 범인이라고 생각하고 있었어. 그런데 이 여자가 거짓말을 하는 게 아니라면……." 이시게가 말을 보탰다.

"아니에요, 저는 거짓말하지 않았어요. 이제 와서 거짓말을 해봤자 무슨 소용이 있겠어요……."

"난 이시게도 의심했었어요. 하지만 이시게가 병원에 오지 않은 날에도 같은 일이 벌어지더군요. 결국 남는 건 내 아내밖에 없더라고요. 하지만 이십 년 넘게 함께 살아온 아내가 대체 무슨 이유로 그런 짓을 했겠습니까? 그리고 아내가 언제 약에 손댈 수 있겠어요? 아내가 병실에 있을 때, 난 한 번도 잠을 잔 적이 없었고 병실을 나간 적도 없었는데요."

"부인은 일단 집에 가셨다가, 다시 병원에 오셨어요. 네 시 넘어서요."

"그 네 시 넘어서 잠깐 틈이 나긴 하죠." 쓰노다가 설명했다.

"하지만, 선생님은 한 발짝도……."

경감의 말에 쓰노다가 대답했다.

"그게 맹점이죠. 매일은 아니었지만 딱 십 초에서 이십 초쯤……, 저녁 식사를 마치고 식기를 소독기에 넣으러 나가거든요. 겨우 칠팔 미터 떨어진 거리입니다."

"맞아요." 여자가 말했다.

쓰노다는 말을 이었다.

"두 손을 다 쓰고 있어서, 병실 문은 열어둔 채로 나갔어요.

그 틈을 타서, 순식간에 약을 바꿔치기한 거죠. 나중에 생각해 보니, 그 여자를 병실 앞에서 한두 번 본 적이 있어요. 하지만 별로 신경 쓰지 않았어요. 병실 앞에 있는 간호사였으니까요."

"하지만, 약을 바꿔놨다고 해도 선생님이 그걸 그날 복용할지 어떻게 압니까?"

"하하하. 제가 의외로 의사 말은 잘 듣는 편이거든요. ……그리고 약을 먹을 때 약봉지를 뒤적이진 않아요. 쌓여있는 약봉지 중에 맨 위에 있는 걸 꺼내 먹죠. 그러니까 맨 위에 있는 약봉지 한 개만 바꿔치기하면, 그날 밤엔 반드시 잠이 들게 되는 겁니다. 이 트릭을 눈치채기 전에는 병원 약을 대학에 보내서 성분 분석을 의뢰하기까지 했었어요. 물론 거기엔 병원에서 처방한 약 외에 다른 성분은 전혀 검출되지 않았고요. 그럴 수밖에 없죠. 바꿔치기 된 약은 밤에 제가 바로 먹어버리니까요."

"그럼, 그 약을 바꿔치기한 게 부인도 아니고 이 여자도 아니라면……."

다나아미 경감은 여자를 쳐다보았다가 다시 쓰노다를 바라보았다.

"하지만 여자가 셋이나 더 있는데……. 당신, 혹시 진짜 정체가 호리키리 슈헤이 집에서 일했던 가정부, 가쓰마타 기요코인 건 아니지?" 이시게가 여자에게 물었다.

"그런 분은 모릅니다."

"여동생 가가야 아야코도 아니고?"

"네……." 여자는 조용히 끄덕였다.

"홋카이도 이시카리에 간 적은?"

"없습니다!"

"당신은 스카가와 국립병원에서 연극을 했었지. 그래서 쓰노다 씨 부인으로 변장하는 것도 어렵지 않았을 거고."

여자는 고개를 끄덕였다.

"그렇다면, 쓰노다 선생을 공격한 건 누구란 말이야! 하마무라 수간호사를 죽인 건?" 경감이 큰 소리로 말했다.

"이 여자도 아니고, 가쓰마타도 아니고, 아야코도 아니면, ……남은 건 한 사람뿐이죠. 저와 이시게에게 어설픈 협박장을 보낸 여자. 에쓰코 글씨를 흉내 내고, 일부러 이치카와에서 편지를 발송한 여자."

"그게 대체……."

쓰노다는 아무 말도 하지 않았다.

"호리키리의 부인을 알고 있나?" 경감이 여자에게 물었다.

"아뇨, 본 적 없어요. 이삼일 그 집 앞에서 지켜봤지만 결국 보지 못했어요. ……저는 호리키리 씨의 부인이라는 분을 전혀 몰라요."

"하마무라를 죽인 사람이 그 호리키리의 부인이란 말이죠?" 경감은 쓰노다를 보며 말했다.

"맞습니다."

"도대체 왜?"

"에쓰코로 변장한 얼굴을 하마무라에게 들켰기 때문이죠."

"뭐라고! 그 여자도 부인으로 변장을 했다고요?" 경감은 어이없는 표정으로 쓰노다를 바라보며 말했다.

"네……. 호리키리의 부인 도리우미 야스코는 예전에 하마무라 밑에서 간호사로 일했던 적이 있어요. 하마무라는 처음엔 유령이 우리 집사람이라고 철석같이 믿고 있었죠. 그런데 저와 얘기를 나누다가, 문득 그 여자가 누구인지 알게 된 겁니다. 그래서 저한테 그 얘기를 하면서 '도리우미 야스코와 무슨 관계가 있는 거냐'고 물으려던 찰나에, 실습생이 불러서 자리를 떴어요. 그 대화를 엿들은 야스코가 북 병동까지 쫓아가 하마무라를 죽인 겁니다. 왕진에서 돌아오면 하마무라가 다시 와서 그 얘기를 꺼낼지도 모른다고 생각했겠죠. 도리우미 야스코는 예전에 하마무라 밑에서 일했던 부하 직원이었어요. 그래서 하마무라가 목이 졸릴 때 '너는……'이라고 말한 거죠. 그 말을 들었다는 환자의 증언처럼, 하마무라 수간호사는 자기 부하 직원에게만 '너'라는 호칭을 썼거든요. 그렇게 예의 바른 사람이었어요. 그래서 난 범인이 간호사이고, 예전에 하마무라 밑에서 일했던 인물일 거라고 짐작했죠. 조사해 보니 도리우미 야스코가 지바대학 부속 병원에서 하마무라와 잠깐 함께 일한 적이 있더라고요. 게다가 그 여자는 에쓰코랑 체격이 비슷해서, 에쓰코로 변장하고 밤마다 병원 안을 돌아다닌 거였죠. 우리 집사람 얼굴이 흉내 내기 쉬운 얼굴인가 봐요." 쓰노다는 웃으며 말했다.

"도리우미 야스코는 에쓰코로 변장하고 향수까지 에쓰코와 똑같은 걸 썼어요. 이 사람이 그걸 진짜 에쓰코라고 착각해서 또다시 에쓰코로 변장했으니, 우연이었지만 결과적으로 셋이 한 사람 역할을 한 셈이죠. 알고 보면 기가 막힌 얘깁니다."

"선생님도 처음엔 그 유령이 부인이라고 생각하신 거죠?" 경감이 물었다.

"마, 말도 안 되는 소리죠. 몇 년을 함께 산 마누라인데요. 유령이 설마 저까지 속이려 할 거라곤 생각 못 했지만, 다른 사람들 눈에는 에쓰코처럼 보였던 모양이에요. 이 사람도 실제로 속았잖아요."

"하마무라가 살해된 날 밤과 선생님이 습격당한 날 밤에도 부인이 목격됐다고 하던데요?"

"저도 그 일로 꽤 골치가 아팠어요. 하지만 전보가 온 것도 사실이었고……, 결과적으로는 우연이었어요."

"그렇군요. 하지만 당신은……." 경감은 여자 쪽으로 몸을 돌리며 물었다. "왜 본가에는 연락도 하지 않고, 국립병원에서도 사진을 숨겼던 거지?"

"그리고 호쿠에쓰 정유 회사며 타자 학교까지 가서 가가야 아야코의 사진을 찾으려 했던 것도 당신이지?" 이시게도 물었다.

"네……. 결국 진상이 밝혀지면 아야코의 사진도 드러날 거라고 생각했거든요."

"그런데도 당신, 참 간도 크네. 본명을 쓰고 사토미 병원에 있었잖아. 일본 경찰이 그렇게 만만한 줄 알아? 게다가 그 기름통에는 당신 지문도 남아있었어."

"알아요……. 하지만 호적도 다르고 성도 다르니까, 처음엔 아야코와의 관계를 들킬 거라고는 전혀 생각하지 못했어요. 게다가 그 사람이 살인까지 저지를 줄은 꿈에도 몰랐어요. 그래서 기름통에 제 지문이 남아있어도 별로 걱정하지 않았던 거예요. 하지만 스카가와 병원에 제 지문이 남아있다는 게 나중에야 생각나서, 그땐 좀 걱정이 됐어요."

"그럼 화재가 있던 다음 날, 왜 사토미에서 도망친 거지?"

"겁이 났어요. 그리고 기름통에 남은 제 지문도 걱정됐고요. 살인에 화재까지 일어났으니, 주변을 전부 수색할지도 모른다고 생각했어요."

"그 기름통 안에 주삿바늘은 왜 들어있었던 거죠?" 쓰노다가 문득 생각난 듯 물었다.

"그 기름통 관이 중간에 막혀있었거든요. 그래서 핀 대신 모자를 고정하던 낡은 주삿바늘로 그 관을 뚫어보려다가 그만 안으로 들어가 버린 거예요."

"하하하……."

쓰노다는 웃음을 터뜨렸다. 듣고 보니 참 어처구니없는 일이었다. 그런 것을 뭔가와 엮어보려 애썼던 자신이 우스웠다.

"하지만 하마무라 수간호사 방에서 나온 기름통에는 그 주샷바늘과 청산가리 용액이 가득 들어있었다고 하던데, 당신 짓은 아니겠지?" 이시게가 의아하다는 듯 여자에게 물었다.

여자는 고개를 끄덕였다.

"그건 그렇고, 당신 말이야. 그 호리키리 부인, 도리우미 야스코하고 병원에서 어떻게 한 번도 마주치지 않았지?" 경감은 감탄한 듯 말했다.

"저는 그 사람이 쓰노다 선생님의 부인인 줄로만 알고, 절대 마주치지 않으려고 일부러 피해 다녔어요."

"당신인 줄 알았더라면 당신도 도리우미에게 살해당했을 겁니다." 쓰노다가 말했다.

"도리우미는 정말 이 여자를 몰랐을까?"

"아니, 나중에는 알게 됐지. 처음엔 나처럼 이 사람을 아야코라고 착각한 거야. ……그래서 이 사람이 사는 곳을 알아내려고 이시게보다 먼저 스카가와 병원에 가서 아야코 사진을 구하려 했던 거지. 그 사진을 이용해 아야코를 찾아내려고 말이야. 그들 중에서 아야코의 얼굴을 아는 건 호리키리와 야스코뿐이었어. 그렇다고 호쿠에쓰 정유 회사나 관청 사람들의 도움을 받을 수도 없었어. 그녀를 찾아내면 곧바로 없애야 하는 일이었으니까. 비밀을 새어나가게 할 수도, 외부 사람을 끌어들일 수도 없었던 거지. 결국 사진만이 아야코를 찾을 수 있는 유일한 단서가 된 셈이야. ……이 사람의 존재를 알아챘을 무렵엔, 이미 이 사람이 사토미 분원에서 재빠르게 자취를 감춘 뒤였어. 그때부터 우리와 그들은 이 여자를 먼저 찾기 위한 일종의 경쟁을 벌이게 된 거지. 나는 이 사람을 살아있는 증인으로 삼고 싶었고, 그들은 이 여자를 찾아내 사건의 증인인 아야코의 입을 막고 싶었던 거야. 어차피 자기들이 이미 한 번 죽인 여자니까. 아까 그 남자도 그 일당 중 하나고."

"저는 아야코의 복수를 하고 싶었어요!" 여자는 절절한 목소리로 말했다.

"뭐라고? 복수?" 경감이 물었다.

"네……. 아야코는 그 사람들에게 살해당했어요. 하지만 제겐 그걸 입증할 증거가 하나도 없었어요. 그래서 증거를 찾으려고 4호실을 뒤진 거예요. 저는 아야코가 병원에서 나와 투신했다는 얘기를 들었을 때부터, 그 동반 자살이 뭔가 수상하다고 생각했어요. 왜냐하면 그 사건이 있었던 날 아야코가 제게 보낸 편지에 '다키시마 씨와 함께 외국으로 떠나게 됐어……'라고 쓰여있었거든요. 자살을 결심한 사람이 왜 그런 말을 하겠어요?"

"뭐, 뭐라고? 외국으로 떠난다는 말을 남겼다고?"

"네……"

"설마, 가가야 아야코가 정말 어딘가에 살아있기라도 한 건가?" 경감이 물었다.

"네, 아야코는 그날 죽지 않았어요. 병원으로 실려 간 뒤, 아야코는 의식을 되찾았어요. 가는 도중에 차 안에서 심하게 토했는데, 아마 그 덕분에 살아난 것 같아요. 하지만 너무 무서워서 병원에서는 한마디도 못 했대요."

"왜지?" 경감이 큰 소리로 말했다.

"그 사람이 내내 곁에 붙어있으면서 아야코 귀에 대고 똑같은 말을 반복했대요. '괜히 쓸데없는 소리 했다간 가만두지 않겠어! 보험금도 못 타게 할 거야. 조용히 있기만 하면 너희 집에 위로금으로 오십만 엔을 보낼 거야. 어디 한번 입만 열어봐! 너희 집안 식구 전부 죽여버릴 테니까!'라고요. 아야코는 그게 너무 무서웠어요. 그래서 의식이 돌아왔는데도 돌아오지 않은 척했어요. 그 사람이 친절한 척하면서 반나절 넘게 병실에 있었던 것도, 혹시나 두 사람이 정신을 차리고 무슨 말이라도 할까 봐 두려워서 그런 거였어요. 그래서 비서도 병실에 얼씬 못 하게 했고 의사에게도 '환자에게는 아무도 면회시키지 말아 달라'고 부탁했던 거예요. 다키시마 씨도 잠깐 정신이 들었어요. 그래서 아야코에게 증거에 대해 말하려고 했는데, 다키시마 씨 댁의 가정부 오토시 씨가 계속 옆에 붙어있고, 병원 직원 중에도 누군가가 항상 병실에 있었대요. 그래서 그는 낙서가 가득한 벽에 몰래 무언가를 남겨두었대요. 아야코는 맞은편 침대에서 눈을 살짝 뜨고 그걸 지켜봤고요. 그때 간호사가 들어와서 다키시마 씨에게 주사를 놓았고, 이어서 아야코 씨에게도 주사를 놓으려던 순간, 다른 간호사가 들어왔대요. 먼저 와서 주사를 놓던 간호사는 아야코의 주사액을 절반이나 흘리고는 허둥지둥 병실을 나가버렸고요."

"그게 다키시마의 목숨을 앗아간 주사였군요?"

쓰노다가 묻자 여자는 고개를 끄덕였다.

"그리고 아야코는 간병인이 자리를 비운 틈을 타 병실을 빠져나갔어요. 하지만 도저히 그대로는 도망칠 수 없다는 걸 깨닫고 투신 자살로 꾸민 거예요. 그때는 정신이 혼미해서, 자기 시신이 어떻게 될지까지는 미처 생각할 겨를이 없었겠죠. 그래서 일단 휘청거리며 강둑 위를 따라 역 쪽으로 가다가, 슬리퍼도 핸드백도 강둑 위에서 아래 강가로 던져버렸답니다. 그리고 고노다이 역에서 게이세이 전철을 탔어요."

"하지만 그때는 돈 한 푼 없었을 텐데. 신발도 안 신었고."

"다키시마 씨 외투 깃 안쪽 주머니에 딱 십 엔이 들어있었대요. 그걸로 표를 샀고, 쓰다누마 역에 도착해서는 개찰구로 나가지 않고 울타리를 넘어 나왔고요. 맨발이라 고노다이 역에서는 사람들이 힐끔힐끔 쳐다봤다더군요. 아야코는 미소카와 씨 댁에 도착하자마자 그 자리에서 쓰러졌어요. 그게 이른 아침 일이었고, 일단 안으로 들여 보살펴주셨는데 마침 석간신문에 그 사건이 실려나온 거예요. 그래서 더더욱 모른 척하고 아야코를 도와주신 거죠. 전쟁 때 피난 왔던 미소카와 씨네를 우리 집에서 많이 도와줬었거든요. 그래서 저한테 조용히 알려주신 거예요."

"그럼 발견된 가가야 아야코의 시체는 누구였죠?" 경감이 쓰노다의 얼굴을 보며 물었다.

"넷에서 셋을 빼보시죠."

"셋이라는 건?"

"여자 네 명 중 고사쿠 도미코 씨는 지금 여기 있고, 가가야 아야코도 살아있어요. 호리키리의 아내 도리우미 야스코도 멀쩡하고요……."

"아……. 그럼 그 시체는 호리키리 집 가정부였던 가쓰마타 기요코?"

"연령대, 실종 시기 등을 종합하면 틀림없을 겁니다. 게다가 가쓰마타 집에 보낸 과분한 돈은 도리우미 야스코의 연민일 테고요……."

"왜 가쓰마타를 죽였을까요?"

"첫째는 아마 가쓰마타 기요코가 다키시마와 가가야의 독살 현장을 목격했기 때문일 겁니다. 둘째는 가가야 아야코의 시신이 발견되지 않아 경찰 쪽에서도 가가야가 사망했다고 공식적으로 단정 짓지 못하고 있었기 때문일 거고요. 그래서 그들에겐 반드시 '대신 죽을 사람'이 필요했던 거예요."

"하지만 지금 이야기로는 아야코가 살아있다면서요. 언제 당사자가 나타나도 이상할 게 없잖습니까?"

"그럴 걱정은 없어요. 아야코가 혹시 나타난다 해도 보험 사기로 체포될 테고, 애초에 아야코가 돌아오는 걸 그 인간들이 가만히 놔둘 리도 없으니까요."

"우릴 뭘로 보고! 이 나라엔 경찰이라는 게 있는데!" 경감이 분개하며 말했다. "게다가 그 시체는 가가야 이름이 적힌 속옷을 입고 있었잖습니까."

"경감님께서 잊으신 것 같은데요. 가가야가 살던 하숙집에서 속옷이 도난당한 적이 있었죠. 전에도 이시게에게 말한 적 있습니다만, 그건 경찰의 큰 실책이었어요. 그때 혈액형 검사라도 해뒀더라면 사건의 양상이 조금은 달라졌을 테고 이렇게까지 복잡해지진 않았을 겁니다. 하하……. 뭐, 그 당시엔 경찰도 그게 살인 사건의 시체를 바꿔치기하기 위한 거라고는 전혀 생각 못 했을 테니, 어쩔 수 없었겠죠."

"당신 여동생 가가야 아야코가 살아있다고 했지?" 경감이 여자에게 물었다.

"네."

"어디에 있지?"

"여기요."

"허……, 그렇다면 먼저 그 사람부터 만나게 해줬어야지. 직접 얘기를 듣는 게 더 낫잖나."

"하지만……." 순간, 여자의 얼굴에 묘한 표정이 살짝 스쳤다. "이쪽으로 오시죠……."

여자는 옆방의 미닫이문을 열었다. 방 안으로 한 발 들여놓은 순간, 사람들은 "앗!" 하고 저도 모르게 숨을 삼켰다.

제19장

살아있는 시체

그곳에는 살아있는 시체가 있었다.

"여기, 제 여동생 가가야 아야코입니다. 이렇게 비참한 모습이 됐어요."

고사쿠 도미코의 목소리는 젖어있었다.

세 평 남짓한 다다미방 한가운데에 요가 깔려있고, 그 위에 아야코가 누워있었다. 뼈와 가죽만 앙상한 모습, 이게 정말 살아있는 사람의 모습이라고 말할 수 있을까! 그건 결코 사람의 얼굴이 아니었다. 그녀의 얼굴은 창백하다 못해 푸르기까지 했다. 코 주위의 살은 푹 꺼져서 흉측할 만큼 뾰족해져 있었다. 긴 속눈썹 아래, 예전엔 분명 아름다웠을 커다란 눈만이 유일하게 그녀가 살아있음을 말해주고 있었다.

"팔다리도 못 움직이고, 말도 못 해요."

"어쩌다 이렇게 된 겁니까?" 쓰노다는 이불 속 여자를 애처롭게 내려다보며 말했다.

"끔찍한 충격이었을 거예요. 그래도 소리는 들을 수 있어요. 판단력도 아직 남아있고요. 그런데 이제는 아무런 의사 표시도 할 수 없는 상태예요."

"언제부터죠?"

"증세가 심해진 건 두 달 전쯤이에요. 하지만 그날 아침, 미소카와 씨 댁 마당에 쓰러졌을 때부터 이미 발작은 시작됐어요."

"대체 무슨 병입니까?"

"지주막하 출혈 주로 뇌동맥류 손상에 의해 출혈이 발생하는 질환으로, 극심한 두통이나 의식 저하, 신체 마비 등의 증상을 동반한다이라는 병이에요. 그리고 사건의 충격으로 심한 우울증까지 겹쳤어요."

"그게 뭡니까? 지주…… 어쩌고?" 이시게가 물었다.

"쉽게 말하면, 젊은 여성에게도 가끔 나타나는 뇌출혈의 일종이에요."

"지금 우리가 와 있는 것도 모릅니까?"

"아뇨, 오늘은 우울 증세가 조금 덜한 편이에요. 다들 와 계신 것도, 조금 전 이야기도, 분명 듣고 있었을 거예요."

"근데 말을 못 한다면 신문해 봤자 소용없잖아." 다나아미 경감이 체념하듯 말했다.

"뭘 물어보시려는 거예요?" 도미코는 간절한 눈빛으로 쓰노다의 얼굴을 바라보며 말했다.

"중요한 걸 두어 가지쯤 물어보고 싶은데, 대답을 들을 수 없다면……."

"아니에요…… 제가 통역할 수 있어요."

"통역?"

"네. 다만 '네', '아니요'로만요."

"말도 못 하고, 손도 못 쓰는데, 그걸 어떻게 안다는 거죠?"

"눈은 움직일 수 있어요."

"흠……."

"눈을 한 번 감으면 '네', 두 번 감으면 '아니요'예요. 저는 이런 식으로 아주 오랜 시간을 들여 아야코에게서 사건의 전말을 들었어요."

형사들은 아야코의 얼굴을 바라보았다. 그녀의 얼굴은 죽은 사람처럼 미동도 없었다. 창백한 입술이 아주 미세하게 떨렸다. 그러나 눈동자만은, 스물세 살의 젊은 생명력을 아직도 뜨겁게 불태우고 있었다.

"저는 소설가 쓰노다입니다. 제 말이 들리시나요?"

사람들은 아야코의 머리맡에 양옆으로 나란히 앉아 그녀의 얼굴을 지켜보았다. 아야코의 눈꺼풀이 천천히 감겼다.

"당신과 다키시마 씨는 동반 자살할 생각은 없었던 거죠?"

쓰노다는 바로 본론으로 들어갔다. 그러자 '네'라고 말하는 듯, 아야코의 눈꺼풀이 감겼다.

"그 유서는 둘이서 누군가에게 보낸 편지였죠?"

'네.' 눈꺼풀이 감긴다.

"함께 일본을 떠날 생각이었죠?"

'네.'

"두 사람이 원한 일이었나요?"

눈이 두 번 감겼다.

"그 유서는 누군가가 보낸 편지에 대한 답장이었죠? 받는 사람은 호리키리 씨였고요?"

'네.'

"외국으로 나가라고 권한 것도 호리키리 씨였나요?"

'네.'

"그런데 왜……." 쓰노다는 잠시 생각하다가 곧 질문을 다시 던졌다. "두 사람은 외국행을 포기했던 거죠?"

'네.'

"이유는……. 아, 그래!" 쓰노다는 혼잣말을 하다 다시 물었다. "두 사람은 호리키리 슈헤이의 속셈을 눈치챘던 건가요?"

'네.'

"그 생일 파티는 호리키리 씨 집에서 있었던 거죠?"

'네.'

"그리고 거기서 독이 든 음식을 먹게 된 건가요?

'네.' 아야코의 눈꺼풀은 주저 없이 깜빡였다.

"그날 밤 식사는 중국요리였나요?" 쓰노다가 이어서 물었다.

'네.'

"캐비어가 나왔죠?"

'네.'

"자동차로 이치카와까지 데려온 거죠?"

'네.'

"운전은 호리키리가 직접 했고요?"

'네.'

"오는 길에 심하게 토하셨죠?"

'네.'

"당신은 다키시마 씨의 왼편에 앉아있었나요?"

'네.'

참으로 기이한 광경이었다. 시체처럼 누워있는 이 여자를 전등이 환하게 비추고 있었다. 핏줄이 선명하게 드러나는 새파란 뺨과 희미하게 떨리는 자줏빛 입술. 그녀의 이마에 땀이 살짝 맺혔다. 형사들은 가만히 숨을 죽인 채, 그녀의 눈만을 바라보고 있었다.

"당신은 쇼지 병원 4호실에서 다키시마 씨가 벽에 뭔가 남기는 걸 봤죠?"

'네.'

"그게 뭐였나요?"

아야코의 눈꺼풀은 움직이지 않았다.

"속기할 줄 아세요?"

쓰노다의 묘한 질문에 아야코의 눈이 두 번 깜빡였다.

"다키시마 씨는 할 줄 알았죠?"

'네.'

"가나 문자 속기였죠?"

'네.'

"이제 중요한 질문을 하겠습니다. 잘 떠올려 보세요. 다키시마 씨 집에 '신사', 그러니까 사당과 관련된 것이 있었나요?"

형사들은 아야코의 눈에 집중했다. 그녀의 눈동자는 한곳만 응시한 채, 움직이지 않았다.

"신단은 있었나요?"

'아니요.' 아야코는 눈을 두 번 깜빡였다.

"관련된 책은요?"

'아니요.'

"부적?"

'아니요.'

"그림?"

'아니요.'

"미술품이나 공예품?"

'아니요.'

모두 '아니요'였다.

"당신 집에도 없나요?"

'네.'

"호리키리 집에는?"

아야코의 눈꺼풀은 다시 움직이지 않았다.

"호리키리 집에 간 건, 그날이 처음이었나요?"

'네.'

"그 집 부인을 그때 처음 본 건가요?"

'아니요.'

"아, 전에도 본 적 있었군요. 그 사람이 첩이었을 때였나요?"

'네.'

"그 집 가정부, 당신하고 체격이 비슷했던 가쓰마타 기요코는 본 적 있어요?"

'아니요.' 아야코는 눈을 두 번 깜빡였다.

"그럼, 호리키리 집 안에 신사와 관련된 게 있었나요?"

'……'

한동안 대답이 없었다.

"그날 밤, 호리키리 집에서 있었던 일을 떠올려 보세요. 다키시마 씨의 움직임은 어땠는지, 어떤 사소한 것이라도 좋아요. 신단 같은 건 없었나요?"

'아니요.'

"공예품 같은 건요?"

'아니요.'

"설마, 진저 쿠키 생강을 뜻하는 진저는 일본어로 'ジンジャー'라고 표기하고 '진자-'로 발음되는데, 이는 신사의 일본식 발음 및 표기법과 매우 유사하다 상자는 아니겠지……." 쓰노다가 혼잣말처럼 중얼거렸다. "그럼 쿠키 상자는요?"

아야코의 눈이 두 번 감겼다. 그것도 아니었다.

"분명 신사가 틀림없는데……. 잘 생각해 보세요." 쓰노다는 아야코의 눈을 뚫어지게 바라보며 말했다.

제야의 종소리는 한참 전에 끝났다. 한기가 사람들의 피부를 파고들었다. 하지만 이 방 안의 다섯 사람은 필사적이었다.

……일 분, 이 분. 아야코의 눈은 움직이지 않았다. 무언가를 죽을힘을 다해 떠올리려 애쓰는 듯했다. 형사들은 '무언가'가 있다고 직감했다. 살점이 깎인 듯 뾰족한 콧방울이 파르르 떨리고 호흡은 점점 거칠어졌다.

"아야코도 지금 온 힘을 다해 애쓰고 있어요." 이마에 맺힌 땀을 가제 수건으로 조심스럽게 닦아주며 도미코가 말했다.

그때, 아야코의 눈이 묘하게 빛나기 시작했다.

"아, 아야코가 하고 싶은 말이 있는 것 같아요!" 도미코가 형사들에게 말했다.

이 시체 같은 여자는 무슨 말을 하려는 걸까. 그리고 그것을 누가 어떻게 알아들을 수 있을까.

"아야코! 하고 싶은 말이 있는 거지?"

아야코는 눈을 거세게 깜빡였다. 입술은 심하게 떨렸다.

"신사 얘기구나?"

아야코의 눈이 강하게 감겼다.

"잠깐만!" 이시게가 말을 끊고 나섰다. "신사라면, 이케가미의 요릿집 쓰쿠시 옆에도 있었어."

"그게 아니야⋯⋯." 쓰노다는 이렇게 말하고는, 아야코에게 물었다. "쓰쿠시는 아니죠?"

'네.'

"역시 쓰쿠시는 아니야. 그날 밤이 아니면 앞뒤가 안 맞아. 장소는 호리키리 집이야." 쓰노다는 혼잣말처럼 중얼거렸다.

"그럼, 신사와 관련된 게 호리키리 집에 있다는 거지?" 도미코가 물었다.

'네.'

"호리키리 집 어디 말인가요?" 쓰노다가 다시 물었다. "그 방 안이죠?"

'네.'

"방 안 어디쯤이죠?"

아야코의 눈동자가 격하게 흔들렸다. 그러더니 오른쪽으로 시선을 돌렸다.

"아, 머리를 이쪽으로 돌려 달라는 거구나."

이 가엾은 산송장은 스스로 고개조차 돌릴 수 없었다. 도미코가 조심스레 그녀를 끌어안고, 고개를 옆으로 돌려주었다.

"이러면 돼?"

'네.' 아야코는 눈을 깜빡였다.

"그리고⋯⋯, 아야코가 봤다는 건⋯⋯."

아야코의 눈동자가 빙글빙글 돌다가 한 지점에서 멈췄다. 사람들은 그 시선을 따라갔다. 거기엔 작은 도코노마^{방 안에 족자나 화}

병, 도자기 등을 진열할 수 있도록 꾸며진 작은 공간가 있었다. 아무 장식도 없이, 작은 라디오와 약상자, 과자 통, 열두세 권쯤 되는 책, 물병 따위가 가지런히 놓여있었다. 야시장에서 산 듯한 복수초 화분에는 작은 꽃이 두세 송이 피어있었다.

"이거야?"

도미코가 라디오를 가리키며 아야코의 눈을 보았다. 아야코는 눈을 두 번 감았다.

"책?"

'아니요.'

"물병?"

'아니요.'

도미코가 과자 통에 손을 대보았지만, 그것도 아니었다.

"이건?" 작은 복수초 꽃을 손가락으로 가리키며 도미코가 물었다.

순간, 아야코의 눈은 움직이지 않았지만, 이윽고 눈동자가 빙글빙글 격렬하게 돌기 시작했다.

"복수초?" 놀란 도미코가 되물었다.

아야코의 눈이 답답하다는 듯 거칠게 깜빡였다.

"이건 무슨 뜻일까요? '예스'예요, '노'예요?" 다나아미 경감이 애가 타는 듯 물었다.

"이 꽃에 뭔가 있는 거예요."

"하지만, 사건이 있던 4월 초엔 복수초 같은 건 피지 않을 텐데." 이시게가 말했다.

그러자 '맞아요'라는 듯 아야코의 눈이 한 번 감겼다.

"복수초 자체는 아니라는 거군. 그럼 화분?"

다나아미 경감이 얼굴을 가까이 대보았지만 아야코의 눈꺼풀은 거칠게 깜빡거렸다. 그녀도 애가 탄다는 걸, 사람들도 느낄 수 있었다. 볼에는 붉은 기운이 올라왔다.

"아, 꽃을 꽂은 꽃병?"

'맞아요……'라고 말하는 듯 아야코는 천천히 눈을 감았다가, 곧바로 연달아 두 번 깜빡였다.

"'예스'에, '노'라……. 이것과 관계가 있긴 하다는 거네요? ……꽃병에 꽂힌 꽃?" 쓰노다가 대신 물었다.

"마치 스무고개를 하는 것 같군."

이시게가 그렇게 중얼거렸지만, 아무도 웃지 않았다. 아야코의 눈은 움직이지 않았다.

"4월에 피는 꽃, ……벚꽃?"

아야코는 그렇다는 듯 눈을 한 번 감고, 이어서 다시 두 번 감았다.

"이래선 도무지 감을 잡을 수가 없잖아. 머리가 좀 이상해진 거 아냐?" 이시게가 다시 말했다.

"철쭉?"

'아니요.'

"황매화?"

'아니요.'

"수레국화?"

쓰노다는 잇따라 봄에 피는 꽃의 이름을 댔지만, 아야코의 눈은 다시 격렬하게 빙글빙글 돌았다.

"신사와 관련된 꽃이라면……, 설마 비쭈기나무_{일본에서는 신성한 나무로 여겨져, 주로 신사에 심거나 공물로 헌납하기도 한다}는 아니겠지?" 이시게가 말했다.

"그건 꽃이 아니잖아." 다나아미 경감이 말했다.

"아니……. 벚꽃이긴 한 것 같은데, ……벚꽃과 관련된 뭔가죠?" 쓰노다가 물었다.

'네.'

그것은 벚꽃과 관련된 어떤 물건인 듯했다.

"벚꽃 무늬가 있는?"

'네.'

"도코노마 위에, 벚꽃 무늬가 들어간 물건이 뭐가 있죠?"

쓰노다는 도코노마를 둘러보고는, 천천히 사람들 얼굴을 돌아가며 살폈다.

"도코노마에 있는 벚꽃 무늬……, 아니면 벚꽃과 관련된 무언가……."

쓰노다가 같은 말을 반복하자 "아, 벚꽃 그림 같은 거 아닐까요?" 하고 도미코가 말했다.

"그럴 수도 있겠네요. ……벚꽃 그림인가요?"

'아니요.'

"아! 벚나무 기둥?"

'아니요.'

"바닥?"

'아니요.'

"벚꽃 무늬라…… 아, 맞다!" 쓰노다는 무언가 떠올린 듯 외쳤다. "걸려있는 족자?"

'네. 네. 네. 네.' 아야코의 눈꺼풀이 천천히 시간을 들여 그렇게 대답하고 있었다.

"그런데, 벚꽃 그림은 아니라잖아?" 이시게가 의심스러운 표정을 지었다.

"그림이 아니라, 글씨가 쓰인 족자겠지……. 그렇죠?"

'네.' 아야코의 눈꺼풀이 답했다.

"그게 왜 벚꽃이지? 벚꽃에 대한 노래나 시인가?" 다나아미 경감이 묻는다.

'아니요.' 눈꺼풀이 답했다.

"그럼 '신사'라는 의미는 안 되잖아."

"신사에 핀 벚꽃이라도 노래했나 보군."

"아니야……." 쓰노다가 말했다. "글이 쓰인 족자의 표구그림이나 글이적힌종이의테두리나뒷면에종이,천따위를덧대장식하는것 무늬를 말하는 거죠?"

'네.'

"그럼, 그 족자에 신사와 관련된 글이 써 있었나요?"

'네.'

쓰노다는 안도하며 숨을 내쉬었다. 드디어 답을 찾아낸 것이다. 도미코는 아야코의 이마에 맺힌 땀을 닦아주고 있었다.

"그 신사와 관련된 족자, 그게 뭐 어쨌다는 거죠?" 경감이 쓰노다의 얼굴을 보며 물었다.

"4월 초에 다키시마로 추정되는 남자가 마이크로필름 촬영을 부탁했다는 이야기, 기억하시죠?"

'네, 기억합니다.'

"그 초소형 필름을 숨긴 장소입니다."

"허어……. 하지만 족자는 보통 얇은 종이나 비단 아닙니까?"

"족자 아래에는 두루마리 축이 달려있잖아요. 다키시마 씨는 그 축 안에 비밀 필름을 숨겨둔 겁니다. 놈들한테는 치명적인 정보가 담긴……."

"팔천만 엔을 숨긴 장소가 아니라?" 이시게가 웃으면서 말했다.

"그런데 왜 하필 '신사'였던 거죠?" 경감이 자세를 고쳐 앉으며 쓰노다에게 물었다.

"우선, 호리키리 집안이 대대로 신을 모시는 신관 가문이라는 점을 알아야 해요. 그리고 아까 제가 이 사람에게 '다키시마 씨는 속기할 줄 아느냐'고 물었죠? 그건 다키시마가 속기로 쓴 글을 남기고 갔기 때문이에요. 또 하나는, 다키시마 씨 주머니에서 나온, 쓰다 남은 접착제예요. 저는 사건 당일에 다키시마가 그 필름을 어딘가에 숨기고, 열리지 않게 접착제로 붙여버린 거라고 짐작했어요. 근데 만약 평소엔 잘 열리던 게 갑자기 안 열린다면 호리키리는 바로 이상하다고 생각했을 거예요. 그래서 열리지 않아도 전혀 이상하지 않은 물건, 원래 가만히 두는 게 당연한 물건, 다키시마라면 그런 데다가 필름을 숨겼을 거라고 생각했어요. ……내가 쓰던 침대 매트리스가 닿는 벽면에 할퀸 자국 같은 게 있었는데, 이시게, 기억하지?"

쓰노다는 옆에 있던 메모지를 집어 들어, 그 위에 마치 긁힌 자국 같은 기호를 그려서 보여주었다.

"이게 바로 신사 ジンジャ, 일본어 발음은 '진자'라는 글자야."

"허어……. 몽골 문자야, 티베트 문자야?"

"속기 기호……라기보다, 이건 가나 문자의 약자야. 원래 신사는 'ジンジャ'로 네 글자지만, 두 글자짜리 약자로 표시한 거지. 첫 글자의 사선은, '시ゞ'에서 점만 뺀 형태야. 어깨 부분에 점이 하나 찍혀 있지? 그건 탁점 일본어에서 탁음을 표시하기 위해 일부 문자 우상단에 붙이는 기호을 하나 생략한 거야. '시ゞ'에 탁점이 붙으면 '지ゞ'가 되잖아.

그리고 첫 글자의 끝이 위로 올라가 있지? 이건 받침인 'ーㄴ'
을 나타내는 약속 기호야. 그래서 첫 글자는 결국 '진ジン'이 되
는 거지. 두 번째 글자도 마찬가지로 '지ジ'인데, 끝부분에 오른
쪽으로 사선이 하나 반대로 그어져 있어. 얼핏 보면 로마자 X
처럼 보이지? 그 사선은 속기에서 '야ャ'를 뜻하는 선이야. 이
선이 길면 '지야ジャ'라고 읽지만, 선이 짧으니까 '쟈ジャ'로 짧게
읽는 거지. 그래서 이 두 글자를 합치면 '진쟈ジンジャ', 즉 신사가
되는 거야."

"마치 수수께끼 같군. 요즘 유행하는, 글자로 그린 만화 같기
도 하고 말이지."

"아닙니다. 만화나 기호도 아니에요. 원래 일본의 가나 문
자는 전부 한자의 약자에서 유래했잖아요. 예를 들어 가나 문
자 'ア아'는 한자 '阿언덕아'의 왼쪽 부분, 'イ이'는 '伊저이'의 왼쪽 부
분, 'ウ우'는 '宇집우'의 윗부분, 'エ에'는 '江강강.일본식훈독으로는'에''의 오른
쪽 부분이죠. 그걸 더 간략하게 만든 것이 바로 이 속기 문자입
니다. 예를 들어 'イ'는 세로선 하나로, 'エ'는 가로선 하나로 표
기하는 식이에요. 그런데 '신사'를 한자로 쓰면 족자 같은 데에
쓰기엔 획수가 너무 많아지고, 호리키리 일당도 금방 알아차리
겠죠. 하지만 속기 기호로 적으면 아주 간단하죠. 저를 공격한
유령도 이걸 찾으러 온 거예요. 하지만 안타깝게도 그자들도,
이 여자도, 속기 문자를 몰랐던 거죠."

"허어……. 쓰노다 선생님, 어떻게 그런 걸 다 알고 계십니

까?" 경감은 감탄한 듯 쓰노다의 얼굴을 가만히 바라보며 말했다.

"알고 있었던 건 아닙니다. 이게 혹시 속기 기호가 아닐까 싶어서 여러 가지 속기 방식을 전부 찾아보다가 이 문자를 알게 된 거예요. 다키시마 씨도 족자 끝에 달린 상아 장식이 벌어진 걸 우연히 알게 됐겠죠. 그래서 그 안에 필름을 넣고 접착제로 붙여버리기로 한 거고요."

"그날 다키시마의 소지품에서 접착제가 나왔다고 해서, 꼭 그날 밤에 썼다고 단정 지을 수는 없지 않습니까. 전에 쓰고 남은 걸 그냥 넣어두었을 수도 있고요."

"보셨다시피 다키시마는 깔끔하고 단정한 차림새에 소지품도 하나같이 흠잡을 데 없는 사람이었어요. 그런 사람이 반쯤 쓰다 남은 접착제를 굳이 왜 들고 다니겠습니까? 게다가 다키시마가 가지고 있던 새 손수건에는 접착제가 묻어있었습니다. 손에 묻은 걸 닦았다는 거죠. 저는 그걸 보고, 그날 밤에 사용했다고 확신한 겁니다."

"이 여자는 그 사실을 몰랐을까?"

"화장실이라도 간 틈을 타서 몰래 숨겼겠죠. 만약 알고 있었다면 도미코 씨에게 알려줬을 겁니다. 머리를 잘 쓴 거예요. 오히려 적의 가장 소중한 물건 속에 숨기는 게 가장 안전하니까요."

"그래도 그런 족자 같은 건, 팔아버릴 수도 있지 않습니까?"

"아니요. 아마도 갖다 팔만한 물건이 아니었을 겁니다. 아니면 굳이 거기에 숨길 이유가 없죠. 다키시마는 그렇게 허술한 사람이 아니에요. 다만, 이 사람에게 그걸 말할 틈이 없었던 것뿐이에요."

어느새 날이 밝아 있었다. 세 사람은 아야코의 방을 나와 안도의 숨을 내쉬었다.

"너무 무리하게 해서 죄송합니다."

세 사람이 방을 나오자, 형사 한 명이 다가왔다.

"무슨 일이야?"

"아까 그 권총 들고 있던 남자요. 연행 중에 지프차 안에서 자살했습니다. 숨겨둔 청산가리를 삼켰어요. 병원으로 옮겼지만 숨졌습니다."

어쩔 수 없다는 듯 다나아미 경감은 고개를 끄덕였다. 정월 초하루의 태양이 지붕 너머로 떠오르고 있었다.

"자, 이 정도면 호리키리를 족칠 수 있겠습니다."

다나아미 경감은 힘차게 자동차 문을 열었다. 쓰노다와 이시게가 나란히 차에 올라탔다.

"이번 사건의 실마리는, 동반 자살 현장에 남아있던 약상자와 주스 병에서 두 사람의 지문밖에 나오지 않았다는 점에서 모순을 발견한 데 있었습니다. 약국이나 주류 판매점 사람의 지문도 함께 나왔어야 정상인데, 호리키리는 그걸 간과한 거죠." 도쿄를 향해 국도를 달리는 차 안에서 쓰노다가 말했다.

"또, 두 시신 밑에 아무것도 깔려있지 않았다는 점도 이상했습니다. 가가야는 외출복 중에서도 가장 아끼던 옷을 입고 있었어요. 여자라면 죽는 순간에도 옷차림을 신경 쓰는 법이에요. 다키시마도 온전한 정신으로 그 자리에 왔다면 최소한 자기 레인코트라도 바닥에 깔아주었을 겁니다. 저는 그 점도 내내 마음에 걸렸어요. 그리고 또, 이시게가 유서 사진을 보여줬을 때 종이 폭이 유난히 짧다는 걸 눈치챘습니다. 분명 두 사람의 필체였고, 서명도 있었어요. 하지만 자살로 위장한 타살 사건에서, 실제 서명이 들어간 유서는 드물죠. 수신인과 날짜가 없는 것도 이상했고요. 그래서 저는 그 유서가 사실 다키시마가 누군가에게 쓴 '편지'일 거라고 짐작했습니다. 그래서 잘려 나간 부분의 확대 사진을 부탁했던 거예요."

자동차는 이치카와의 검문소를 지나고 있었다. 차가 속도를 줄이자 이시게를 알아본 검문소 경찰이 흰 장갑을 낀 손으로 경례했다. 에도강을 건너자, 안개가 서서히 걷히기 시작했다.

"그리고, 그 유서를 자세히 들여다보면 이상한 점이 있어요. '26일 자 속달 편지, 잘 받았습니다'라는 문장 말입니다. 물론 예외도 있겠지만, 유서라는 건 보통 죽기 직전에 쓰는 경우가 많잖아요. 그런데 사망일이 9일 밤인데, '26일 자 속달'이라니, 아무리 봐도 이상합니다. 속달 편지에 답장을 쓴다면 보통 이삼일 안에 쓰는 게 상식이죠. 만약 중요한 일이 있어서 며칠 걸렸다든가 그 속달을 한참 뒤에야 봤다든가 했다면 그런 사정을 유서에 남겼을 겁니다. ……그리고 아야코가 투신한 현장도 슬리퍼가 두 군데로 멀찍이 떨어져 있었고 핸드백도 던져놓은 것처럼 놓여있었다고 하더군요. 그걸 처음 발견한 모치즈키 경사도 여자가 미끄러지면서 신발 한 짝이 벗겨져 날아갔을 거라고 판단했지만, 정말로 스스로 목숨을 끊으려는 여자가 신발과 가방을 그렇게 내동댕이치고 뛰어내렸을까요? ……그때부터 저는 아야코가 살아있을지도 모른다고 생각했어요. 살아있다면 핸드백만큼은 몸에 지니고 있을 법한데 아야코는 그 핸드백도 버리고 갔어요. '말뚝 머리가 젖어있었고, 풀은 무거운 무언가에 끌린 듯 쓰러져 있었다'고도 했죠. 아까 그건 말씀 못 드렸는데, 저는 아야코가 땅바닥에 엎드려 물을 마신 게 아닐까 생각했어요."

자동차는 왼쪽으로 크게 돌며 고마쓰가와 다리로 향했다.

"도미코가 두 사람의 사진을 찾아다녔다는 건 고사쿠 도미코 본인 말로 확인됐지만, 또 누가 그 사진을 찾아다닌 거지?" 경감이 물었다.

"호리키리 일당이었어요. 도미코가 사진을 찾고 있다는 걸 모르고 놈들은 아야코의 사진을 서둘러 없애버리고 싶어 했죠. 아야코의 가짜 시신은 발견됐지만 진짜 시신은 어디에도 나타나지 않았어요. 아야코가 살아있을 가능성이 점점 커졌죠. 그래서 놈들은 우리가 진짜 아야코를 찾지 못하게 하려고 사진을 없애고 수색을 지연시키려 했던 거예요. 그러다 저를 죽이고 이시게까지 없애려 했던 겁니다. 제가 입원하기 전부터 수상한 여자가 4호실 근처를 자주 기웃거렸어요. 그 여자는 어떤 진실을 알게 된 니쿠니라는 사람을 가장 먼저 살해했고요. 그러다가 제가 입원해서 유령 이야기를 꺼내니까 제 아내로 변장해서 병원을 돌아다니기 시작한 겁니다."

"그 유령이 누굽니까?"

"호리키리 슈헤이의 아내, 도리우미 야스코입니다. 그런데 저도 이해가 안 되는 부분이 하나 있어요. 살해당한 니쿠니가 유령을 보고 '만주의 그 여자'라고 말했다는 건데요, 사실 도리우미 야스코도, 에쓰코도 만주에는 간 적이 없거든요. 단순한 우연의 일치일 수도 있지만, 이쯤 되면 변장이란 것도 참 무섭습니다……. 아, 얘기가 옆길로 샜네요……. 도리우미 야스코가 저와 하마무라를 공격하긴 했지만, 또 다른 목적을 가진 도미코가 4호실을 노리고 있다는 건 눈치채지 못했어요. 도미코가 워낙 영리하게 야스코의 눈을 피해 움직였거든요. 자기가 에쓰코로 변장하고 있었는데, 또 다른 여자가 그런 자기 모습으로 변장하고 있었다는 건 야스코 본인도 상상하지 못했을 거예요. 도미코는 사토미 분원에서 왔으니 병원 지리에 익숙했지만, 도리우미 야스코는 멀리서 온 사람이라 한밤중에 병원 안을 오래 돌아다니기는 어려웠을 겁니다. 그래서 사람 없는 2층을 밤마다 은신처처럼 이용했던 거죠. 하마무라의 방도 포함해서요. ……나중에 확인해 보니, 야스코가 제 병실을 뒤졌던 날은 하마무라 수간호사가 당직일 때가 많았어요. 물론 예외도 있었지만요. 그건 고사쿠 도미코의 유령이 나타났던 날이었어요. 병원에서는 매달 초 당직표를 만들어 사무실, 간호사실, 진료실에 붙여두는데, 머리 좋은 도미코는 그걸 보고 하마무라가 당직이 아닌 날은 피해서 움직였던 거예요."

"도리우미 뒤에는 호리키리가 있는 거지?" 이시게가 물었다.

"호리키리만 있는 게 아니야. 하지만 결국 사건은 호리키리 선에서 끊기고 말겠지. 예전 사례들만 봐도, 이런 식의 부패 사건은 일이 커질 조짐이 보이면 어디선가 손을 써서 줄기를 싹둑 잘라버리거든. 그렇지 않으면 호리키리 위로 국회의원이나 장관 같은 인물들이 줄줄이 엮일 테니까. 도리우미 야스코가 이 사건의 핵심 인물이 된 건 다키시마와 가가야 살인에 가담했을 뿐 아니라 가정부였던 가쓰마타 기요코까지 죽였기 때문이야. 야스코는 원래 간호사 출신이니 병원 사정에 밝기도 했고 말이야. 평범한 간호사였다가 첩으로 올라서더니 나중엔 국장의 아내 자리까지 차지했잖아. 자동차도 굴리고, 먹고 싶은 거 다 먹고, 입고 싶은 옷 다 입고, 온천 별장까지 있으니……. 예전엔 아침부터 밤까지 병원에서 혹사당하던 몸이었는데, 이젠 말 그대로 인생 역전이지. 그 모든 걸 포기하고 같이 죽느니 방해되는 놈들을 없애는 쪽을 택한 거야. 그렇게 차례차례 사람을 죽여 나갔겠지. 게다가 다키시마가 남긴 장부며 메모, 편지 같은 걸 하루라도 빨리 찾아내고 싶었을 거야. 만약 그런 게 드러나면 호리키리 한 사람만으로는 끝나지 않을 테니까. 하지만 다키시마가 그걸 마이크로필름에 담아서, 하필이면 자기 집에 숨겨놨을 거라고는 상상도 못 했겠지. 가정부 가쓰마타 기요코를 죽이고, 그 시신에 '가가야' 이름표가 달린 속옷을 입힌 것도 아마 야스코의 짓일 거야. 지문이 남으면 곤란하니까 시신의 손가락에도 뭔가 조치를 했을 테고. 물론 시신은 심하게 부패해서 지문조차 확인할 수 없는 상태였지만 말이야."

자동차는 고마쓰가와 다리를 건너고 있었다.

"그 하마무라 수간호사가 살해된 날 밤 말인데, 도리우미 야스코가 2층에서 사라졌다는 건 어찌 된 건가?"

다나아미 경감이 씩 웃으며 이시게의 얼굴을 바라보았다. 이시게는 못 들은 척하며 강 위를 지나가는 배를 바라보고 있었다.

제20장

단두대

"아하하하하, 똑똑한 이시게도 이번엔 제대로 한 방 먹었죠."
쓰노다는 밝은 목소리로 웃으며 말했다. "그건 말이죠, 2층 어딘가에서 문이 쾅 닫히는 소리가 나면서 마치 추리 소설에 나오는 '밀실 트릭' 같은 상황이 연출된 거예요. 2층 복도에 쐐기 하나가 굴러다니고 있었죠. 그 쐐기가 바로 트릭의 열쇠였던 겁니다. 많은 방들 중에서 도서실만 유일하게 잠겨있지 않았고, 여자는 도서실 앞에 있는 천창으로 도망쳤어요. 그런데 키도 작은 여자가 어떻게 그 천창에 손이 닿았을까요? 바로 그때 들린, '쾅' 하는 문소리가 핵심이에요. 이시게는 그 소리도 지난번에 들렸던 화장실 물소리처럼 조작된 거라고 했지만 이번엔 진짜였죠. 나중에 제가 꼼꼼히 좀 살펴보지 그랬냐고 이시게에게 투덜거리기도 했는데, 그 여자 키로는 손이 닿지 않을 거라고 생각한 게 이시게의 실수였어요."

이시게는 팽 하고 코를 세게 풀었다.

"후후후……. 복도 폭이 삼 미터, 문 너비는 팔십 센티미터쯤이에요. 도리우미 야스코는 복도와 직각이 되게 문을 열고, 문 바깥쪽 아래에 쐐기를 괴어서 문이 움직이지 않게 고정했어요. 그런 다음 문손잡이를 발로 딛고 올라서서 문 위쪽 모서리를 손으로 짚고 천창 뚜껑을 연 거죠. 상반신을 그 안으로 밀어 넣고, 발로 문을 세게 차버리면 쐐기가 빠지면서 문이 쾅 하고 닫히는 거예요. 불빛이 어두운 데다가 사람들은 보통 그럴 때 천장 쪽엔 신경을 잘 안 쓰거든요. 설령 수색한다고 해도 맨 마지막에나 눈이 갈 겁니다. 그 천창 구멍은 도리우미가 공범들을 시켜서 미리 만들어 둔 거예요. 그리고 언젠가는 이시게가 그 구멍을 발견할 거라는 걸 알고 일부러 그 안에 코카인 상자와 은행 통장을 갖다 놓은 거죠. 천창 구멍을 만들면서 동시에 사람들의 이목을 끌게끔 하마무라에게 이상한 전화를 걸고, 자리를 비웠을 때만 수상한 남자가 그녀를 찾아가게 한 겁니다. 아주 수법이 지능적이에요. 불법 마약 거래 조직 안에서 내분이 일어난 것처럼 꾸며서 수사 방향을 다른 쪽으로 돌리려고 한 거죠. 기름통에 청산가리 농축액을 넣고, 주삿바늘을 기름통 노즐 안에 쑤셔 넣어둔 것도, 고사쿠 도미코의 기름통 사건에서 착안한 도리우미의 트릭이었어요. 사건을 더 복잡하게 만들려고 어설픈 잔꾀를 부린 겁니다. 협박장도 같은 수법이었고요. 게다가 코카인 상자나 통장을 숨겨놓은 솜씨는 너무 형편없었어요. 딱 봐도 '일부러 여기다 숨겨놨어요' 하는 티가 너무 났으니까요. 간호사한테 사십만 엔이면 너무 큰돈이에요. 보관할 거면 자물쇠가 튼튼하게 달린 곳에 두지, 그런 곳에 보관할 리가 없어요. 매사 일 처리가 깔끔하고 야무진 하마무라 수간호사답지 않다고 생각했죠. ……그리고 도리우미가 하마무라에게 얼굴을 들킨 것이 가장 큰 타격이었어요. 그 병원에 하마무라가 있다는 걸 알았을 땐 도리우미 야스코도 무척 놀랐을 겁니다. ……조사해 보니까, 도리우미는 예전에 지바에서 하마무라 밑에 있었더라고요. 그래서 그날 밤 하마무라가 '너는……'이라고, 평소 자기 부하직원에게만 쓰던 말투로 강하게 야스코를 부른 거죠."

"쓰노다 선생님. 그럼 이시게가 머리를 가격당했을 때, 도리우미는 어째서 곧장 2층으로 도망치지 않고 화장실에 숨었을까요?"

"이시게가 올 줄은 전혀 예상 못 했던 거죠. 저를 공격하고, 불을 지르고, 문을 잠근 뒤, 조금 더 상황을 지켜보려 했던 것 같아요. ……그날 제 약봉지 안에는 말도 죽일 만큼 강한 독약이 들어있었어요. 저는 반쯤 잠든 상태에서 유령을 본 것도 약 기운 때문이라는 생각이 들어서 그 뒤로는 한 알도 입에 대지 않았어요. 야스코는 제가 이미 죽은 줄 알고 왔는데 멀쩡히 살아있으니까, 뭔가로 제 머리를 내리치고, 불을 지르고, 문까지 잠그고 도망친 거예요."

 자동차는 닌교초 쪽으로 꺾어졌다. 곱게 차려입고 새해 첫 참배에 나선 사람들이 거리를 걷고 있었다.

 "쓰노다 선생님은 언제부터 범인이 호리키리라고 생각하셨습니까?" 경감이 물었다.

 "호리키리가 사람들에게 너무 친절했다는 걸 알고 나서요."
 "허어, 친절도 함부로 했다간 큰일 나겠네요……."
 "그 친절이 지나쳤거든요. 살해한 사람들에게 큰돈을 보냈더라고요. 고작 농림성 과장급 주제에 말이죠. ……하지만 알고 보면, 그 돈으로 입막음을 했던 거였어요. 병원에 제일 먼저 달려간 것도, 한밤중에 환자 상태를 여러 번 전화로 확인한 것도, 혹시라도 그 두 사람이 깨어날까 봐 무서웠겠죠."
 "병원에서 두 사람에게 주사를 놓은 것도 도리우미였죠?"
 "네, 맞습니다."
 "아야코가 한밤중에 병실을 빠져나갔다는 얘기를 들었을 땐 간담이 서늘했겠군." 이시게가 말했다.
 "사색이 됐겠지. 게다가 시신까지 발견되지 않았으니, 정말로 죽었는지 확신이 들지 않았을 거야……."
 쓰노다는 잠시 입을 다물었다가 곧 말을 이었다.
 "호리키리의 집이 독살 현장이라고 짐작하게 된 건, ……경감님께서 구토물 분석표를 보내주셨을 때였어요. 그리고 이시게가 호리키리 집에서 캐비어를 먹었다고 말했을 때도요. 캐비어 같은 건 아무 데서나 먹을 수 있는 음식이 아니잖아요. 사실, 그때 좀 더 일찍 눈치챘어야 했어요. 호리키리가 비료과장에서 식량청 식품국장으로 승진했을 때 그의 약력이 신문에 실렸던 적이 있었습니다. 4월 8일생이라고 나왔죠. 8일은 일요일이었고, 마침 꽃 축제 날이었어요. 아마 일정 때문에 그날은 생일 파티를 하지 못하고 다음 날인 월요일로 미뤘던 것 같아요. 그 무렵엔 이미 다키시마와 사이가 벌어졌을 수도 있고요. 그러니 그냥 초대했으면 다키시마는 가지 않았겠죠. 하지만 '생일 파티'는 매년 하던 행사였으니 명분은 충분했어요. 문제는 다키시마가 아야코에게 전화로 그 얘기를 했고, 마침 가정부 오토시 씨가 들었다는 거죠. 그게 우리에겐 정말 소중한 수사의 실마리가 됐고요. 호리키리도 바보는 아니니까 아마 다키시마에게 이렇게 당부했을 거예요. '사실 자네들만 초대한 거니까, 아무한테도 말하지 말게.' 그런데 다키시마는 오히려 그걸 역이용했죠. 그 족자는 그런 행사 때나 걸어두는 상서로운 물건이었을 겁니다. 하지만 그 두 사람도 설마 그 자리에서 살해당할 거라고는 전혀 상상하지 못 했겠죠. 오토시 씨도 마찬가지였어요. '생일 파티에 초대받은 것 같았어요'라고 무심코 말했지만, 오토시 씨가 알고 있다는 걸 호리키리가 눈치챘다면 오토시 씨도 무사하진 못했을 겁니다. 우리도 그 생일 때문에 봉변을 당했죠. 호리키리 입장에선 '너를 추적 중이다'라고 대놓고 선언한 것이나 마찬가지였으니까요. 이시게가 처음 호리키리를 만났을 때 '생일이 9일인 사람 혹시 아세요?'라고 물은 적이 있어요. 호리키리는 깜짝 놀랐어요. 그때부터 공격하기 시작했죠. 물론 이시게는 그때까지만 해도 그게 살인 사건이라고는 전혀 생각하지 못했지만요. 그냥 저의 엉뚱한 장난쯤으로만 여겼죠."

"하하하……." 이시게는 민망함을 감추듯 웃음을 터뜨렸다.

"그리고 저는, 호리키리의 취미 중에 자동차 운전과 사진이 있었다는 점도 진작 눈여겨봤어야 했어요. 시체 두 구를 옮기는 일은 남에게 부탁할 수 없는 일이니까요. 아, 운전 얘기가 나와서 말인데요. 그때 흔들리는 차 안에서 아야코가 구토를 했고, 덕분에 비교적 일찍 의식을 되찾을 수 있었던 겁니다. 그런데 옷에도 토사물이 거의 묻어있지 않았고, 동반 자살 현장에도 그런 흔적이 없었죠. 그래서 저는 차 안에서 토했을 거라 판단했고, 경감님께 조사를 부탁드렸던 겁니다. 실제로 그 차 안에서 구토 흔적이 발견됐어요. 토사물엔 중국요리와 캐비어가 섞여있었고요. 이 정황을 보면 사건 당일에 서류를 가지러 왔다며 다키시마의 집을 방문한 농림성 직원도, 그 전부터 그 집에 여러 차례 전화를 걸었던 인물도, 호리키리 본인이거나 그의 공범이라는 결론이 나옵니다. 호리키리니까 가능한 일이기도 하죠. 다키시마네 식구들이 외출할 땐 늘 옆집에 사는 집주인에게 열쇠를 맡긴다는 사실도 알고 있었으니까요. 찾으러 갔다는 서류 속에는 다키시마의 유서에 언급된 '26일 자 속달'

도 포함되어 있었던 거죠. 그게 세상에 드러나면 큰일이니까요. 아마 그 속달도 마이크로필름에 찍혀 있을 겁니다."

사람들은 잠시 말을 멈췄다. 사건은 이제 막바지에 접어들었다.

자동차는 도쿄역을 왼편에 두고 천변길로 들어섰다. 니주바시 도쿄황궁앞해자에설치된아치형석조다리 앞에 있는 흰 자갈길을 사람들이 길게 줄지어 걷고 있었다. 하늘은 구름 한 점 없이 맑았다. 차는 경시청 앞에서 국회의사당 옆을 지나, 아카사카에서 참배길로 접어들었다. 긴 자동차 행렬과 한껏 차려입은 사람들의 무리가 이어졌다.

여기서 좌회전하면 호리키리의 관사가 나온다. 형사들은 두세 집 앞에서 미리 차에서 내려 초인종을 눌렀다. 이른 아침이라 대문은 아직 굳게 닫혀 있었다. 곧이어 가정부가 나왔다. 다나아미 경감이 명함을 내밀었다. 가정부는 안으로 들어갔다가 곧바로 다시 나와 대문을 양쪽으로 활짝 열었다. 형사들은 잠시 여우에게 홀린 듯한 기분이 들었다.

사람들은 정문 현관에서 바로 마루로 올라섰다. 올라선 자리엔 작은 탁자와 의자 서너 개가 놓여있었다. 그곳은 물론, 현관 벽이며 복도 양쪽 벽까지 사진 액자가 빼곡히 진열되어 있었다. 사진에는 문외한인 쓰노다의 눈에도 그 사진들은 제법 예술적인 분위기를 풍기고 있었다.

"좋은 작품이군요······." 평소 카메라를 조금 다루는 경감이,

한 소녀의 옆모습이 담긴 사진을 바라보며 말했다.

"저 인간이 직접 찍은 예술 사진이래요. 확대 인화도 직접 한다네요." 이시게가 경감의 등 뒤에서 말했다.

쓰노다는 마치 유리를 핥듯 얼굴을 바싹 들이대고 열심히 사진을 들여다보고 있었다. 다른 가정부가 나와 사람들을 안내했다. 복도를 따라 돌아가자 다다미방 앞에 다다랐다.

"이쪽입니다."

"아, 어서 오십시오!" 호리키리의 목소리였다.

가정부가 미닫이문을 열자 순간 사람들은 움찔했다. 경시청의 다나아미 경감 명함과 이 많은 인원을 보고 과연 호리키리가 어떤 반응을 보일까 싶었지만, 호리키리는 고급스러운 일본식 전통 예복 차림으로 새해맞이 술상 앞에 앉아있었다. 그 곁엔 도리우미 야스코가 있었다. 예상치 못한 광경에 사람들은 당황했다.

"아, 당신이었군요?" 호리키리는 이시게를 보더니 바로 말을 건넸다. "아니, 이렇게나 많은 분들이 한꺼번에, 무슨 일로……? 야스코, 손님 맞을 준비를 하게." 그는 당황한 기색을 감추려는 듯 야스코에게 말했다.

"괜찮습니다!"

다나아미 경감은 단호하게 잘라 말하고, 쓰노다를 돌아보며 그의 시선을 따라갔다. 열린 미닫이문 너머로 큼직한 도코노마가 보였다. 그 안에는 비단으로 보이는 커다란 족자 하나가 고색 창연하게 걸려있었다. 족자에는 '천조황대신天照皇大神, 일본 민족 종교인 신토에서 가장 중심이 되는 태양신이자, 일본 천황가의 조상신으로 여겨지는 여신'이라는 글귀가 적혀있었고, 조청 빛이 감도는 낡은 상아 축이 그 아래로 늘어져 있었다.

"자……, 앉으시죠." 호리키리가 말하자 야스코가 일어나 사람들에게 방석을 내주었다.

"무슨 용건이시죠?" 호리키리가 담배에 불을 붙이며 말했다. 라이터를 쥔 손이 미세하게 떨리고 있었다.

"오래된 일이긴 합니다만, 다키시마 세쓰조의 팔천만 엔 비자금 건입니다."

"그 일이라면 국회 법무위원회에서도 문제 제기가 있었지만 여러분도 아시다시피 저희와는 아무런 관련이 없습니다. 게다가 당신은 경시청 수사1과 소속……." 호리키리가 술상 옆에 놓여있던 다나아미 경감의 명함을 집어 들며 말했다.

"1과가 무얼 하는지 아시는군요?" 경감은 비웃는 듯한 표정을 지었다.

"뭐, 그렇습니다. ……그래서, 용건이 뭡니까?" 호리키리의 입가에 엷은 미소가 번졌다.

"다키시마 씨의……."

"그건 이미 국회 법무위원회에서도 다키시마 선에서 마무리된 일이라고 말씀드렸을 텐데요."

"경시청 수사1과는 살인 사건을 담당합니다……. 그 다키시마 살인 사건 말입니다. 그리고 가가야 아야코 살인 미수, 니쿠니와 하마무라 수간호사 살인 사건도 포함해서요."

"허어, 줄줄이 나열하시네요."

"무슨 말씀을, 아직 더 있습니다. 고사쿠 도미코 살인 미수, 쓰노다 씨와 이시게 경감……."

"고사쿠라……, 전 들어본 적도 없습니다만? ……그리고 이시게 경감님? 아, 그분이라면 보험 조사원이라며 한두 번 찾아온 적이 있었지요."

호리키리는 조용히 이시게를 바라보며 이해할 수 없는 웃음을 흘렸다.

"그래서요?" 그는 사람들의 얼굴을 둘러보며 말했다.

"집 안을 수색하겠습니다."

"정초부터 이게 무슨……, 영장이라도 있으신가요?"

경감은 주머니에서 네 번 접은 영장을 꺼내 호리키리에게 건넸다.

"무엇을 조사하겠다는 겁니까?"

"다키시마 세쓰조와 가가야 아야코 살해 증거요."

"다키시마가 살해되었다니, 금시초문이군요."

"아까도 말씀드렸을 텐데요."

"저와는 무관한 일입니다. 게다가 두 사람이 쓴 유서도 있었잖습니까. 위원회에서도 확인했고요."

"위조된 유서였습니다."

"허어, 일본의 권위 있는 필적 감정 전문가들이 모두 두 사람의 친필이라고 감정했다던데요."

"네, 필적은 진짜였습니다."

"그렇다면 더 이상 문제 될 게 없잖습니까……, 하하하." 호리키리가 크게 웃으며 말했다.

"하지만, 그건 다키시마와 가가야가 유서로 쓴 게 아니었습니다. 당신이 보낸 편지에 답장을 쓴 거였죠."

"하하하하. 저는 두 사람이 자살했을 당시, 병원에서 유서를 처음 봤습니다. 그전까진 그런 게 있는 줄은 꿈에도 몰랐어요. 만약 제 편지에 답장을 쓴 거라면, 제가 보낸 편지라도 증거로 제시하셔야……."

"후후, 그렇게 나올 줄 알았습니다. 그래서 그날 아침 일찍 다키시마 집에 있는 서류를 전부 쓸어갔던 거 아닙니까?"

"하지만 그 유서엔 '죽음으로 모든 것을 속죄하겠다'고 적혀 있었다고 하던데요?" 호리키리는 아무렇지 않은 얼굴로 받아쳤다.

"하하하, 거기엔 '두 사람은 돌아올 수 없는 여행을 떠납니다'라는 말이 적혀있었습니다. '죽음으로 속죄하겠다'니요. 유서에 '죽는다'는 말은 단 한 글자도 없었어요, '모든 것은 제 몸으로 갚겠습니다'라는 말만 있었지. 다키시마도 참, 어설픈 문학청년 흉내 내느라 애매한 표현을 쓴 겁니다. 그래서 당신들처럼 머리 좋은 인간들한테 제대로 이용당한 거고요. 일본에서는 극작가 지카마쓰 몬자에몬이 활동하던 에도 시대부터 죽음을 '돌아올 수 없는 여행'이라 표현해 왔지요. 그렇지만, 다키시마는 죽음이 아닌 진짜 여행을 떠날 생각이었습니다. 외국으로 말이에요. 유서엔 '호리키리 슈헤이 님께'라고 받는 사람 이름도 적혀 있었는데, 그 부분은 당신이 잘라냈죠?"

"허허……, 마치 다 보고 오기라도 한 것처럼 지어내시는군요." 호리키리는 비웃었다. "야스코, 당신은 저쪽으로 가서 손님들께 약주라도 내오게."

"잠깐만……." 경감이 손을 들어 저지했다.

"부인, 실례지만 성함이 도리우미 야스코 씨 맞으시죠? 괜찮으시다면 함께 들어주셨으면 합니다." 경감은 지나치게 공손한 말투로 말했다.

"왜 그러시죠?" 호리키리가 물었다.

"부인께서도 공범이니까요. 다키시마 살인 사건 말입니다. 참, 가쓰마타 기요코라는 가정부는 어떻게 하셨습니까?"

"난 모릅니다!" 야스코의 얼굴에는 털끝만큼의 동요도 보이지 않았다.

"가가야 아야코의 시신 대역으로 쓴 거죠?"

"12월에 아쓰타로 돌아왔다고, 기요코의 부모님께 편지가 왔어요."

"크음, 그건 당신이 변장해서 다녀온 거잖아?" 이시게가 말했다.

그러자 야스코는 이시게 쪽으로 몸을 틀고 말했다.

"호호호호……. 그 무렵 저는 이토의 별장에 있었답니다."

"그랬겠지. 별장 가정부도 그때 분명 당신이 이토에 있었다고 하더군."

"그렇죠?" 야스코는 승리자처럼 의기양양한 표정을 지으며 말했다.

"훗, 하지만 그건 당신이 그렇게 말하라고 시킨 거잖아. 가정부니까 안주인 말이라면 꼼짝 못 했을 거고."

"생선 가게든, 채소 가게든, 과자 가게든 얼마든지 조사해 보세요."

"그 사람들도 당신이 12월 2일쯤 별장에 있었다고 증언했지."

"그럼 의심하실 이유가 없잖아요."

"후훗, 그럴 줄 알았어." 이시게가 비웃으며 말했다. "그래, 당신이 별장에 있을 때 채소든 생선이든 과자든 죄다 고급 식재료만 들여왔지. 12월 2일에도 별장에는 그런 산해진미가 들어왔어. ……하지만, 그 음식은 가정부와 강아지가 다 먹었어."

"꽃꽂이 선생님도 다녀가셨어요."

"그 꽃꽂이 선생도 당신을 보지 못했어. '사모님은?' 하고 물었더니, 가정부가 '지금 목욕 중이세요' 하며 욕실에서 나는 물소리를 들려줬지. 그러다 객실 여기저기에 꽃을 꽂게 하고는 그냥 돌려보냈고. 가정부를 아주 잘 가르쳐 놓았더군. 워낙 고급 식재료를 들이니까, 채소 가게에서도 과자 가게에서도 당연히 당신이 별장에 와 있는 줄로만 알았던 거야. 단골 생선 가게

점원이 와서 '사모님, 생선 가게에서 나왔습니다. 오늘은 뭘로 하시겠습니까?' 하고 아무도 없는 안채에 대고 물으면, 가정부는 '네, 네……' 하며 안으로 들어가 듣고 온 척하며, '사모님이 오늘은 도미 회가 드시고 싶다네요……' 하고 둘러댄 거지. 하하하, 연기에 제법 소질이 있는 가정부야. 하지만 그 알리바이 조작에는 허점이 있었어."

이시게는 다나아미 경감에게 도리우미 야스코의 알리바이를 전해 듣고 나서, 여러 차례 이토에 전화를 걸어 사실을 확인했다. 굳이 이토까지 갈 필요는 없다고 생각했다. 관할지가 아닌 지역에서는 경찰 수사에 어쩔 수 없는 한계가 있기 마련이었다.

이시게는 말을 이었다.

"당신은 별장에 갈 때마다 꼭 '다오카 하나'라는 여자 마사지사를 부르지. 실제로 그 무렵에도 그 여자를 불렀더군. 2일 밤에 말이야. 그런데 당신이 피곤해서 잠들어버렸다면서 그 마사지사를 그냥 돌려보냈어. 역시 고단수야. 덕분에 마사지사도 '분명히 사모님이 계셨어요'라고 증언했지. 받을 사람이 없는데 일부러 마사지사를 부를 리도 없고, 게다가 삼백 엔이나 되는 수고비까지 챙겨줬으니 말이야. 생선 가게나 과자 가게, 꽃꽂이 선생은 굳이 당신을 직접 보지 않아도 일이 가능해. 하지만 마사지는 달라. 직접 손으로 몸을 만져야 성립되는 일이니까. 그 마사지사에게도 이것저것 캐물었더니, 결국 당신 얼굴은 못 봤다고 하더군. ……그즈음 당신은 삿포로에서 매춘부라도 하나 구해, 변태성욕자인 척 남장을 하고 그 여자를 이시카리로 데려갔을지도 몰라. 눈보라가 몰아치는 그 밤을 틈타 기요코 부모에게 전화를 걸었겠지. 일부러 휴대용 라디오를 틀어 전화기 옆에 두고 잡음이 섞이게 만든 다음, 기요코의 목소리를 흉내 내며 그 집 어머니와 통화한 거야. '같이 온 남자도 일 때문에 오래 머물 수 없고, 눈보라가 심해서 거기까진 못 간다'고 하면서……."

이시게가 숨 고를 틈도 없이 한꺼번에 쏟아냈지만 야스코는 눈썹 하나 까딱하지 않았다.

"그리고, 당신은 이토에 있을 때 스피츠를 꼭 데리고 나가 산책시키는데 그날은 하지 않았더군. 뭐, 이런 건 정황 증거가 안 되려나?"

야스코는 그저 입가에 옅은 미소만 지을 뿐이었다. 그 표정이 어찌나 가증스러운지, 이시게는 그녀를 노려보았다.

"가쓰마타 기요코를 죽인 것도, 하마무라 수간호사를 살해한 것도 당신이지. 게다가 쓰노다 씨를 공격하고 방화까지……." 다나아미 경감이 말했다.

"줄줄이 잘도 말씀하시네요." 호리키리가 술잔을 입에 가져가며 말했다. "이야기 잘 들었습니다. ……허허, 정월 초하루 아침에 듣기에 영 기분 좋은 이야기는 아니군요."

"그렇죠, 딱히 유쾌한 얘기는 아닙니다. 숨통을 조르는 얘기니까요. 그건 그렇고 호리키리 씨, 그 위장 자살극은 너무 허술했습니다."

"……?"

호리키리는 가만히 경감의 얼굴을 바라보았다.

"그렇게 공들여 연출한 대작이라면 꼬리가 안 보이게 처리했어야죠. 집에서 가져간 주스 병이나 약상자에 두 사람 지문만 있고 다른 사람 지문이 하나도 없었다는 건 너무 수준이 떨어지잖습니까. 요즘 머리 좀 쓰는 중학생도 그렇게 엉성하게는 안 해요."

"허어, '네 지문이 나왔으니 네가 범인이다'라는 말은 들어봤지만 '지문이 안 나왔으니 네가 범인이다'라는 말은 억지 아닌가요?"

경감은 그 말에 반응하지 않고 말했다.

"생일이 4월 8일 맞죠?"

"네, 맞습니다."

"다키시마는 그 생일 파티에 초대받은 겁니다."

"다키시마가 자살한 건 9일 밤이잖습니까……. 그리고 생일 파티에 초대받았다고 누가 그럽디까? 다키시마? 가가야?"

"두 사람 다 입막음을 당해서요."

"뭐, 가가야 씨가 살아 돌아오기라도 했나 보죠?"

"당신도 그렇게 생각합니까?"

경감은 날카로운 눈빛으로 호리키리를 뚫어지게 바라보았

다. 호리키리는 남의 일처럼 태연한 얼굴이었다.

"당시 다키시마 집에서 가정부로 일하던 오토시 씨가 증인입니다. 현재는 요릿집 쓰쿠시에 계시는 분이죠. 그날 다키시마가 가가야와 통화하는 걸 들었다고 하더군요."

"그렇군요. ……하지만 제 생일은 8일입니다."

"가쓰마타 기요코가 '오늘 바깥어른 생신이라 손님이 온다'라고 집에 편지를 쓴 게 있습니다. 편지 날짜는 9일 자였고요."

이건 다나미 경감이 허세를 부리듯 지어낸 말이었다.

"여자들은 날짜 개념이 흐릿한 법이지요."

"그리고 당신, 자동차 운전도 가능하죠?"

"허, 도쿄에 운전하는 사람이 수십만 명은 될 텐데요……. 근데 그게 무슨 상관이죠?"

"당신이 그 두 사람을 살해하고 이치카와로 옮겼잖아!"

"증거라도 있습니까?"

"그날, 당신 집에서 두 사람은 중국요리를 대접받았지. ……그 구토물이, 당신이 운전한 자동차의 시트랑 매트 틈 사이에 조금 남아있었어."

"도쿄에서 하루에도 수만 명이 중국요리를 먹습니다만." 호리키리는 시치미를 뗐다.

"그리고 캐비어도 있었지."

"허어……, 그건 참 귀한 음식이죠. 저도 아주 좋아하는 음식이지요."

호리키리는 그렇게 응수했지만, 그 순간 얼굴에 어두운 그림자가 스치듯 지나갔다.

"캐비어 같은 건 아무나 먹는 음식은 아니지. 그런 걸 먹는 사람은 극소수고, 그 안에 당신이 있어. 당신과 관계있는 두 사람, 다키시마와 가가야는 당신 생일 파티에 초대됐다가 독살당했지. 그날이 바로 생일 파티가 있던 날이었고 당신 부서에서 사용하는 차량 안에서 구토물이 나왔어. 게다가 당신은 운전도 가능하지. 후후후, 하나하나만 보면 우연일 수도 있지만 우연이 이 정도로 겹치면 말이야……." 경감은 비웃는 표정으로 말했다.

"그리고 당신, 또 하나 실수했어. 이봐, 사람이 집 밖에서 자살할 땐 말이야, 뭐라도 깔아주는 게 보통이지. 당신도 급했나 봐? 거기까진 신경도 못 썼더군. 후후후. 서서 술 마시는 사람은 없거든. 위스키를 꽤 마신 걸로 되어있잖아? 밤이슬이 내린 풀밭에 맨몸으로 그냥 앉는 사람이 어딨어?"

"하하하, 자살하는 사람은 꼭 뭘 깔고 죽어야 한다는 법이라도 있습니까?"

"나는 지금까지 그런 동반 자살은 본 적 없어."

"그것참 유감이네요……." 호리키리는 고개를 살짝 숙이며 말했다. "세상사 모든 일이 그렇게 자로 잰 듯 돌아가진 않으니까요."

"하지만 그것도 정황 증거 중 하나로 포함되지 않겠어?"

"그런 게 백 개 있어도 제가 범인이라는 증거는 하나도 안 되죠." 호리키리는 되받아쳤다.

"그래. 뭐, 하고 싶은 말이 있다면 지금 마음껏 해두라고. ……그리고 도리우미 씨!" 경감은 야스코 쪽으로 돌아보며 말했다. "당신, 간호사로 변장하고 쇼지 병원 4호실에 주사 놓으러 갔지?"

"그런 일 없어요."

"그리고 4호실에 다키시마가 남긴 뭔가를 찾으려다, 걸리적거리는 니쿠니를 그 방에서 죽였잖아. 니쿠니는 당신을 알고 있었나?"

"난 몰라요."

"흠, 4호실에 다키시마가 남기고 간 게 뭐란 말입니까? 비자금 팔천만 엔?" 호리키리가 시치미를 떼며 끼어들었다.

"그딴 건 진작 당신들이 다 써버리고, 지금은 한 푼도 안 남았겠지!" 경감이 호통을 쳤다.

"말씀이 지나치시네요!"

"대체, 뭐라고 지껄이는 거야!"

그때까지 가만히 경감과 호리키리 부부의 말을 듣고만 있던 쓰노다가 더는 참지 못하고 버럭 소리를 질렀다. 호리키리는 물어뜯을 듯한 눈빛으로 쓰노다를 노려보았다.

"당신이잖아! 내 아내 에쓰코로 변장해서 가짜 속눈썹을 붙이고, 머리 모양도 에쓰코처럼 꾸미고, 입 안에 솜을 넣어 볼살까지 불리고, 에쓰코가 쓰던 향수도 뿌리고 말이야. 내 약에 말 열 마리도 죽일 만큼의 독을 탔지. 그날 밤, 나를 공격하고 불까지 질렀잖아!"

쓰노다도 야스코에게 참을 수 없는 분노를 품고 있었다.

"난 몰라요."

야스코의 얼굴은 마치 가면을 쓴 듯, 아무런 표정도 없었다.

"그래, 당신. 어디서 배운 건지 아니면 추리 소설에서 읽은 건지, 2층에서 사라지는 솜씨 하나는 끝내줬어. 하지만 도서실 문소리를 낸 것과 문 밑에 끼워뒀던 쐐기를 그대로 남겨둔 건 치명적인 실수였어. 하마무라 수간호사의 방을 이용해 코카인 상자를 숨기고 은행 통장을 일부러 넣어둬서, 그 사건이 마약 밀매 조직의 내분인 것처럼 보이게 꾸민 것까지는 인정할게. 당신 머리치고는 꽤 뛰어난 수법이었어. 다만, 소품 배치가 너무 엉성했지."

"하하하……." 갑자기 호리키리가 웃음을 터뜨렸다. "요즘은 경찰들의 사건 조작이 유행이라죠? 2층의 쐐기니, 코카인 상자니, 예금 통장이니 하는 것들은 제 아내가 아니어도 누구든지 들여놓을 수 있습니다. 하하하, 뭐…… 그런 허무맹랑한 공상 소설은 이쯤에서 그만하시고, 술이나 한잔하면서 새해나 맞이하시죠. 원수 집에 가서도 목은 축이라는 말도 있지 않습니까. 하하하하, 이런 자리에서 몇 번 마주친들 증거가 나올 리도 없잖아요. 좋습니다. 원하신다면 검찰이든 법정이든 가서 정식으로 따져보시죠. 정황 증거 백 개 모아봤자 아무 의미 없습니다. 요즘 같은 현대 일본에선 자백조차 증거로 채택이 안 된다니까요." 호리키리가 능청스럽게 말했다.

"하하하, 역시 이렇게 나올 줄 알았습니다. 그렇지만요, 호리키리 씨. 우리도 정월 초하루부터 한가하게 놀러 온 건 아닙니다. 다나아미 경감도, 이 영장을 발부한 판사도 아무런 증거 없이 고위 관료를 체포하러 오진 않거든요. 보여드릴까요?"

"……."

호리키리는 경찰도 아닌, 다리를 절며 안색도 좋지 않은 깡마른 중년 남자를 가만히 쳐다보았다.

"후후. 직접 만난 적은 없지만, 저는 당신의 표적이었죠. 쇼지 병원 4호실에 입원해 있던 소설가 쓰노다입니다. ……이제 증거를 말씀드리죠. 독이 들어있던 제 약봉지에서 도리우미 야스코 씨의 지문이 검출됐습니다. 이상하지 않습니까? 그토록 철저하게 지문 하나 남기지 않으려 애썼던 당신이, 왜 거기엔 흔적을 남겼을까요? 하하하, 설마 그렇게 작고 얇디얇은 종이에서도 지문 감식이 가능하다는 건 생각도 못 한 모양이죠? 게다가 그 약 포장지는 파라핀지여서요. ……이제 더는 변명의 여지가 없겠죠. 그건 법정에 증거물 제1호로 제출될 겁니다."

이 말은 야스코에게 그야말로 청천벽력과도 같았다.

"그리고 호리키리 씨, 당신이 쓴 편지 말인데요. 유서에 나오는 '26일 자 속달' 있잖습니까?"

"그래요. 그런 게 정말로 존재한다면 말입니다."

호리키리는 여전히 침착한 표정으로 버티고 있었다. 사실 그 편지는 호리키리가 그날 아침, 다키시마의 방에서 가장 먼저 발견해 몰래 불태워 없애버린 것이었다.

"보여드릴까요?" 쓰노다는 한쪽 입꼬리를 올리며, 호리키리를 똑바로 바라보고 말했다.

"있다면야……."

쓰노다는 절뚝이며 옆방으로 들어갔다. 도코노마에는 '천조황대신'이라 적힌 커다란 족자가 걸려있었다. 쓰노다는 그 앞에 서서 말했다.

"이시게, 좀 도와줘."

이시게가 도코노마에 올라갔다. 다른 형사 하나가 이시게의 목말을 타고 족자를 떼어냈다.

"무, 무슨 짓입니까!"

호리키리는 마침내 얼굴빛을 바꾸며 벌떡 일어섰다.

"조용히 해."

다나아미 경감이 그의 어깨를 눌러 제지했다.

"저건 우리 집안의 가보란 말이야. 아니, 국보라고……!"

"닥쳐!" 쓰노다가 버럭 호통쳤다. "국민 혈세나 축내는 주제에……!"

족자의 표구는 고풍스러운 벚꽃 무늬로 짜인 고대 비단이었다. 족자에는 '천경병오天慶丙午. 천경 연호 시기의 병오년, 즉 천경 10년임을 의미'라고 적혀 있었고, 서명은 '불타수仏陀寿'라고만 되어있었다. 오른쪽 아래에는 같은 필체로 작게 '호리키리 구사카도 궁사신사에서 사제 역할을 하며 제사를 관장하는 최고책임자'라는 이름이 적혀 있었다.

'천경'이란 제61대 스자쿠 천황의 연호였다. 스자쿠 천황은 다이고 천황의 아들로, 동생에게 천황 자리를 양위한 후 닌나지교토에 위치한 사원으로, 황족이 대대로 주지를 맡아온 몬제키 사찰 중 하나로 들어가 머리를 깎고 출가하였으며, 불타수는 그때 얻은 그의 법명이었다. 지금으로부터 천 년 전의 일이다. 이 족자는 스자쿠 천황의 친필 글씨가 담긴 것이었다. 과연, 이것은 국보가 틀림없었다.

"이시게, 칼 좀 줘!"

"뭐, 뭘 하려는 겁니까! 안 됩니다!"

쓰노다는 이시게가 건네준 칼로 상아 축의 끝부분을 비틀어 떼어냈다. 그리고 족자를 거꾸로 들어 툭툭 치자, 조그맣게 말린 종이 뭉치 하나가 툭 떨어져 나왔다.

"호리키리, 어디 끝까지 시치미 떼 보시지! 여기 다키시마가 찍은 사진 속에는 당신들이 국회의원이나 장관들에게 뇌물로 준 돈, 암달러를 받은 정치인들의 이름과 금액이 죄다 적혀있어. 다키시마는 이런 일이 벌어질 걸 미리 알고, 관련 서류 전부를 마이크로필름에 담아둔 거야. 이 안에는 당신이 보낸 그 속달 편지도 찍혀 있어. 자, 다나아미 경감님, 그렇게 찾아 헤매던 증거가 전부 이 안에 들어있습니다."

쓰노다는 기쁘게 손을 내민 경감의 큼직한 손바닥 위에 필름을 툭 하고 떨어뜨렸다. 그때 이시게가 부하 둘을 데리고 방을 살짝 빠져나갔다가 이내 묘한 물건을 들고 돌아왔다. 그것은 사진 인화지를 자를 때 쓰는 대형 재단기였다.

"자, 증거 제3호."

쓰노다는 그것도 경감에게 건네고는, 호리키리 쪽으로 다가갔다.

"당신이 영전했을 때 실린 신문 기사에 '취미는 사진'이라고 나와 있더군요. 아까 현관에서 봤습니다. 거의 전문가 수준이던데요. 이건 사진 인화지를 재단할 때 쓰는 재단기죠? 아쉽게도 칼날 끝에서 육 센티미터쯤 떨어진 부분에, 육안으로는 잘 안 보이는 이 빠진 자국이 하나 있더라고요. 복도에 있던 인화지의 단면에서도 그 흔적이 확인됐고요. 하하하, 다키시마의 유서 양쪽 끝에도 흔적이 남아있더군요. 당신이 병원에서 처음 봤다고 주장했던, 바로 그 유서에 말입니다. ……당신은 이 재단기 칼날로 본인 이름과 날짜가 적힌 부분을 잘라낸 겁니다. 후후. 일본의 사형법이 재단기로 종이 자르듯 목을 치는 단두대였으면 좋았을 텐데, 교수형이라 참 아쉽네요.

저자 후기

처음 쓴 장편 소설이라 감회가 깊다.

지난해, 〈장편 추리 소설 전집〉의 신작 집필 작가 4인—나가세永瀨 씨가 하차하게 되어 실제로는 3인—으로 선정되었을 때는 정말 기뻤다.

나는 전후 세대 작가다. 작가가 되기 전까지는 《신청년新青年》_{1920년 창간되어 1950년까지 발행되던 추리·탐정 소설 전문 잡지} 시대부터 추리 소설을 즐겨 읽는 독자 중 하나였다. 트릭을 간파하는 것을 좋아하여, '트릭이 없는 추리 소설은 읽을 가치도, 재미도 없다'라는 신념을 가지고 있었다. 그래서 지금도 트릭 중심 소설에 전념하고 있다.

나를 추리 소설 작가의 길로 이끌어 준 이들이 네댓 명 있는데, 이번 소설 『언제 살해당할까』의 저자 후기에 그분들에 관한 이야기를 남기고자 한다.

○

다이쇼1912년-1926년 말기, 나는 삿포로 우체국에서 전신電信 담당 직원이었다. 그다지 성실하진 않았다. 근무 중에 소설을 읽다가 혼이 난 적도 있었다.

역전 거리에 '잇칸도'라는 안경점이 있었는데, 그곳은 삿포로의 음악가, 화가, 소설가 지망생들이 모여 떠들썩하게 이야기꽃을 피우던 장소였다. 주인은 일본미술전람회의 초청 화가 노세 마미 씨였다. 나는 그와 함께 추리 소설과 트릭에 관한 이야기를 자주 나누곤 했다. 그도 추리 소설 애호가였다.

우체국을 그만두고 나서는 가라후토일본제국이 1905년부터 1945년까지 통치했던 러시아 사할린섬 남부의 명칭를 떠돌아다녔다. 석탄 운송도 했고, 제지 공장에서 일하기도 했으며, 의사의 대리 진료도 했다. 이때도 추리 소설만큼은 손에서 놓지 않았다.

나의 출세작은 가라후토 시절의 추위를 소재로 쓴 단편인 「눈雪」이라는 작품이었으니, 참 묘한 인연이다. 이 작품에 관해서는 1957년 《보석寶石》 11월호에 실린 내 작품 소개문에 에도가와 란포 선생님이 써주신 글이 있어, 그 부분을 인용해 본다.

"……트릭의 발명가 혹은 연구가로서는 구스다 교스케 씨가 훨씬 선배이다. (주: 와시오 사부로鷲尾三郎 씨보다 그렇다는 뜻이다.) 구스다 씨는 전쟁 전에도 두세 편의 소설을 발표했으나 (주: 원고료가 따로 없던 작품으로, 《그로테스크》지나 《신여원新女苑》 등이 있다.) 본격적으로 추리 소설을 쓰기 시작한 것은 전후 쇼와 23년 1948년부터다. 그해 순간지《탐정 신문》현상 공모에 응모해 1등으로 입선한 「눈」이라는 단편이 그의 출세작이 되었다. 이 작품의 밀실 트릭은 존 딕슨 카의 〈밀실 강의〉존딕슨카의소설「세 개의 관」에서 여러 밀실 살인의 유형들과 해결법을 분류한 장면에 붙은 별칭에도 없는 것으로, 구스다 씨는 처음부터 트릭 발명가로서의 재능을 유감없이 보여주었다.

그 후 내가 「유형별 트릭 집성」을 발표했을 때, 동료 중에서 가장 깊은 관심을 보인 사람도 구스다 씨였다. 그는 그 유형별 분류표를 꼼꼼히 검토한 뒤, 자기만의 트릭을 몇 가지 고안해 냈다고 호언장담했다. 그 말은 허풍이 아니었다. 그 후 구스다 씨는 실제로 내가 만든 표에 없는 트릭을 활용한 작품들을 여러 편 발표했다……."

이 부분은, 에도가와 란포 선생님께서 나를 과분하게 칭찬해 주신 것이다.

○

도쿄로 올라온 뒤 나는 여러 장사를 해보았다. 이것저것 계속 바뀌긴 했지만, 스스로 싫어서 그만둔 일은 하나도 없다. 지금 와서 생각해 보면, 그때는 참 이상한 일들도 많아서 스스로도 신기하게 느껴진다.

가난했던 도쿄 시절에도《신청년》의 증간호를 부지런히 모으며 트릭 소설을 즐겨 읽었다. 그 시절 가이라쿠엔의 가사누마 씨에게 많은 신세를 졌다. 그분의 서재에는 추리 소설, 특히 엘러리 퀸의 작품이 전부 갖추어져 있었고, 장남 소이치로와 두 딸도 모두 열렬한 추리 소설 팬이었다.

가이라쿠엔은 일본에서 가장 오래된 중국요리 가게로, 알만한 사람은 다 아는 곳이다. 젊은 시절의 다니자키 준이치로 씨도 가사누마 씨에게 신세를 지곤 했다. 이 이야기는 준이치로 씨의 저서 『청춘 이야기 青春物語』에도, 가사누마 부부의 사진과 함께 실려있다.

나는 가이라쿠엔 응접실에서 다니자키 선생님을 붙들고 이렇게 말했다.

"제가 추리 소설을 쓰게 되면, 서문 좀 써주십시오."

뻔뻔하기 그지없었다. 그때는 내가 정말로 추리 작가가 될 줄은 꿈에도 몰랐다. 말 그대로 눈먼 뱀처럼 무모한 짓이었다.

○

전쟁 후에 폐결핵을 앓고, 회사 중역 자리에서도 해고되어 한가롭게 지내던 때였다. 이케부쿠로 시절의 친구 이소코 신 씨가 이런 말을 해주었다.

"너 추리 소설 좋아하더니, 트릭 얘기만 줄기차게 했었잖아. 네가 직접 써보는 건 어때? 잘되면 에도가와 선생님께 소개해

줄게."

 이소코 씨와 에도가와 선생님은 같은 동네에 살면서 전쟁 중 이런저런 마을 일을 함께해 온 사이였던 모양이다.

 어느 날 나는 오래된 원고 한 편을 들고, 국민복 차림에 삭발한 모습으로 이소코 씨와 함께 선생님 댁을 찾아갔다. 그때 가져간 것이, 내가 처음으로 쓴 추리 소설(전쟁 전에 발표된 작품들은 모두 그 이후에 쓴 것이다)이었다. 그 첫 작품은 1931년에 집필한 것이었다. 얼마 뒤 다시 선생님 댁을 찾아갔을 때, 선생님은 이렇게 말씀하셨다.

 "추리 소설로서는, 십 년쯤 전의 감각이네요."

 이 작품은 이후 몇 차례 손을 봤고, 원래 제목인 「종이紙」에서 「인육 제지人肉製紙」로, 다시 「인육의 시집人肉の詩集」으로 바뀌며 서너 번 활자화되었다. 이 일을 계기로 선생님과 알고 지내게 되었고, 이후 여러 차례 작품을 들고 가 첨삭 지도를 받았다. 지금 돌이켜보면, 어쩌면 그렇게 뻔뻔했나 싶을 정도다. 이것도 결국 눈먼 뱀처럼 용감했던 시절이었다.

 작가가 되어 탐정작가클럽 1947년 에도가와 란포가 설립한 단체로, 현재 이름은 일본추리작가협회에 들어갔을 무렵, 그곳에는 무서운 사람들이 여럿 있었다. 돌려 말하지도 않고, 사정 봐주는 일도 없이 단칼에 베어버리는 이들이었다. 하지만 그만큼 추리 소설에 해박했고, 말 그대로 '귀신' 같은 존재들이었다.

 에도가와 선생님조차 추리 소설에 대한 그들의 지식에는 혀를 내두르셨다. 그들은 작가가 아니라 평론가, 비평가, 고증가 그룹이었다. 나는 그들을 '청산가리'라고 불렀다. 나카지마 가와타로, 와타나베 겐지, 오기하라 미쓰오, 아베 가즈에, 후루사와 히토시, 니노미야 에이조(나중에는 우노 도시야스도 포함) 씨다.

그들은 어느 날 니노미야 씨 댁에서 '구스다 교스케를 격려하는 모임'을 열어주었다. 벌써 육칠 년 전의 일이다. 욕도 먹고, 위로도 받고, 채찍질도 당하면서, 나도 이 장편 추리 소설 전집에 이름을 올릴 수 있었다. 지금 생각해 보면, 앞서 언급한 모든 분께 진심으로 고개 숙여 감사드리고 싶다.

○

작년 말, 나는 심한 당뇨병으로 입원하게 되었다. 그리고 이 『언제 살해당할까』를 구상하게 되었다. 처음에는 이백 매 정도의 중편 소설로 쓸 생각이었다. 하지만 쓰다 보니 분량이 턱없이 부족하다는 것을 알게 되어, 중간부터는 고쳐 쓰며 육백 매 정도로 재구상했다.

당시 일기를 보니, 집필을 시작한 날짜는 12월 30일이었다. 회복한 직후라 술도 못 마시고 부지런히 원고를 썼다. 글 쓰는 속도가 빠른 편이라 하루에 오육십 매씩 쓰는 날도 드물지 않았다. 그래서 한 달이면 탈고할 수 있으리라 생각했다. 하지만 어림도 없었다. 마침 새해 무렵이라 술자리도 늘었고, 자잘한 일들로 외출이 잦아지니 집필 속도도 떨어졌다.

그래도 어떻게든 6월에는 탈고를 마쳤다. 분량은 총 육백팔십 매. 조금 길어졌다는 생각에 전면 수정을 거쳐 육백삼십 매로 줄였다. 이후, 고쳐 쓰고 다듬는 데만 두 달이 걸렸다. 완성된 원고는 나카지마 가와타로 씨가 읽어주셨고, 서너 군데 세밀한 지적을 받은 뒤 다시 고치고 덧붙여 최종적으로 마무리했다.

이 작품은 본격 추리 소설이다. 트릭은 하나만으로도 충분했으나, 욕심을 부리다 보니 마치 트릭 모음집처럼 되고 말았다. 지금 다시 읽어보니 다소 산만한 감도 있다. 그래도 최소한 낙제는 면한 작품이라 생각한다.

아쉬운 점이라면, 사건과 트릭에 집중한 나머지, 칠백 매에 달하는 원고를 쓰면서 인물의 심리 하나 제대로 표현하지 못한 것이다. 독자가 읽기 쉽도록 지문을 최대한 줄이고 대사를 많이 넣었는데, 지금 돌이켜보면 등장인물들이 너무 수다스러웠던 건 아닌가 싶다.

또 하나, 이른바 '귀신' 같은 독자 여러분을 어디까지 속이고 끌고 갈 수 있었는지, 그 평을 꼭 듣고 싶은 마음이다.

1957년 10월 10일
구스다 교스케

해설

서스펜스와 트릭이 가득한 장편 미스터리

『언제 살해당할까』는 1957년 11월, 출판사 슌요도 쇼텐春陽堂書店 판 〈장편 추리 소설 전집〉의 제12권으로 집필·간행되었다. 이 듬해인 1958년 1월 21일 저녁, 아사쿠사 가미나리몬 근처의 나이트클럽(!)에서 열린 출판 기념회 풍경을 기타마치 이치로가 《일본 탐정 작가 클럽 회보》1958년 3월호에 기고했다. 그에 따르면, "오후부터 내린 비로 참석자가 적을까 걱정했으나, 예상보다 많은 백팔십 명이 모였고, 늦게 온 사람은 자리가 있을지 걱정될 정도로 보기 드물게 성대하고 활기찬 모임"이었다. 에도가와 란포의 건배로 시작해, 축사와 꽃다발 증정, 노래와 춤까지 곁들여져, 작가의 폭 넓고 다채로운 교우 관계를 엿볼 수 있는 자리였다.

란포는 이사광으로 알려져 있는데, 무역 회사 사원을 시작으로 고서점, 잡지 편집, 신문사 광고부 등 이직 경력도 화려했다. 이 소설의 작가 구스다 교스케의 경력은 어쩌면 란포 이상일지도 모른다. 앞에 남긴 '작가 후기'에도 언급되어 있긴 하지만, 초판본에 실린 작가 자필로 보이는 '저자 약력'에는 "직업을 서른 번 남짓 바꿨으며, 직종은 면사무소 급사부터 대학 강사까지"라고 적혀 있을 정도다.

교스케의 본명은 고마쓰 야스지小松保爾로, 1903년 8월 23일 홋카이도 아쓰타군 아쓰타촌에서 태어났으며, 그의 집은 음식점을 운영했다. 고등소학교를 졸업한 뒤 통신학교에서 공부했고, 삿포로 우체국의 전신 담당 등을 거쳐 1924년 당시 일본 영토였던 가라후토의 에스토르현 우글레고르스크에 위치한 펄프 공장에서 일했다(참고: '작가 구스다 교스케 약력' / 《마쓰나미》 1966년 11월호). 젊은 시절을 보낸 이 북쪽 나라는 『언제 살해당할까』나 『지옥의 동반자地獄の同伴者』1958 등 구스다의 작품 속에서 여러 차례 무대로 등장했다.

몇 해 뒤 홋카이도로 돌아온 그는 '구스다 교스케'라는 필명으로 「유방을 먹다乳房を食べる」1931 등 몇 편의 단편을 잡지에 발표했다. 모두 투고 원고였다. 필명은 1933년 《신청년》에 발표된 연작 「구스다 교스케의 악당 행각楠田匡介の悪党振り」에서 따온 것이 분명하지만, 정작 그는 그 연작을 완전히 잊고 있었고, 훗날 첫 회 집필자였던 오시타 우다루大下宇陀児에게 '작명료를 내라'는 농담 섞인 청구를 받기도 했다.

1934년에 상경한 이후부터의 일화는 이 책의 '저자 후기'에

기록되어 있지만, 그것만 보아도 교스케가 꽤나 쾌활하고 호방한 인물이었음을 알 수 있다. 그는 종전 후 본격적으로 창작 활동을 시작했다. 1948년, 《탐정 신문》 현상 공모에 출품한 단편「눈」이 독특한 밀실 트릭으로 에도가와 란포에게도 호평을 받으며 입선했다. 「등灯」, 「끈細」처럼 한 글자 제목의 단편에 집착한 것도 초기 작품의 특징이다. 이듬해에는 란포의 서문이 붙은 장편 『마네킹 인형 살인 사건模型人形殺人事』을 출간했는데, 밀실 트릭에 대한 집착도 두드러졌다. "트릭을 구상하고 원고지 칸을 채우는 일이 너무 즐거워, 언제 만나도 그 얘기를 신나게 하곤 했다"는 회고는 야마무라 마사오의 『탈옥 트릭의 명수脱獄トリックの名手』에 실려있다. 초기 단편을 모은 것으로는 『인육의 시집』 1956도 있다.

한편, 「거친 입담의 다이묘べらんめえ大名」1955 같은 시대 소설과 「도시의 괴수都会の怪獣」1958 등의 청소년 소설도 집필한 교스케는, 1950년대 후반에 새로운 경지를 개척했다. 란포도 극찬한, 탈옥을 주제로 한 일련의 단편들이다. 『탈옥수脱獄囚』1959에 모두 수록된 이 작품들은 탈옥 트릭의 묘미뿐 아니라 죄수 심리에 대한 깊은 이해를 보여준다. 그 배경에는 1943년부터 거주하고 있는 지바현 이치카와시에서 오랫동안 보호사로 활동하며 교도소와 소년원을 돌며 수형자의 갱생에 힘쓴 경력이 있다.

이 책 『언제 살해당할까』의 도입부에는 작가 자신을 모델로 한 소설가가 이치카와시의 병원에 입원해 있는 동안에 연이어

발생한 기묘한 사건들이 담겨있다. 그 배경인 공금을 횡령한 농림성 공무원의 동반 자살 사건은, 다음 해에 베스트셀러가 된 장편 미스터리를 떠올리게 한다. 수수께끼 위에 또 수수께끼가 얽힌 이야기의 무대는 간토 지방 북부와 홋카이도로까지 넓어지고, 구스다 작품의 단골 탐정인 다나아미 경감도 등장해 수사가 진행된다. 대규모 장치는 아니지만, 이 작품 속에 다양한 트릭이 짜임새 있게 얽혀 있다.

1960년 전후의 미스터리 붐 속에서 그는 『교수대 아래絞首台の下』1959, 『죽음의 집의 기록死の家の記録』1960, 『네 장의 벽四枚の壁』1961 등의 장편을 비롯해 왕성한 창작 활동을 보였으나, 유행이 한풀 꺾이며 작품 수도 줄어들었다. 그러다 1966년 9월 22일 밤, 구스다 교스케는 자동차 사고를 당해 다음 날 새벽에 세상을 떠났다. 8월 11일에 세상을 떠난 오시타 우다루의 장례식에서 부지런히 일을 도운 지 불과 한 달 뒤였다.

추리 소설 연구가
야마마에 유즈루山前讓

언제 살해당할까

펴낸날	초판 1쇄	2025년 10월 30일
	초판 2쇄	2025년 11월 30일

지은이	구스다 교스케
옮긴이	김명순
펴낸이	홍성욱
펴낸곳	톰캣
출판등록	2023년 2월 21일(제 2023-000043호)

주소	경기도 고양시 고봉로 20-32
전화	031-811-4774
팩스	0504-372-4774
이메일	tomcat-book@naver.com

ISBN 979-11-985754-9-4 03830

※ 값은 뒤표지에 있습니다.
※ 잘못 만들어진 책은 구입하신 서점에서 바꾸어 드립니다.

책임편집·교정교열 이은찬

톰캣은 열정적인 작가분들의 투고를 기다립니다.
이메일로 작품과 간단한 소개를 보내주세요.